무덤의 침묵

Grafarþögn (English title: Silence of the grave)
by Arnaldur Indridason

무덤의 침묵

아르드날뒤르 인드리다손 장편소설

고정아 옮김

1

남자는 아기가 바닥에 앉아 씹고 있던 것을 빼앗아 들자마자 그것이 사람 뼈라는 것을 알았다.

생일 파티는 귀가 먹먹한 소음 속에 한참 신나게 흘러가고 있었다. 피자 배달원이 다녀갔고, 아이들은 피자와 코카콜라를 먹으며 서로에게 고함을 질러댔다. 그러다가 갑자기 무슨 신호라도 받은 양 모두 자리에서 일어나더니, 몇몇은 장난감 기관총과 권총으로 무장하고 조금 더 어린 아이들은 자동차와 플라스틱 공룡을 집어든 채 다시 사방으로 뛰어다니기 시작했다. 그는 아이들 놀이가 어떻게 돌아가는 건지 알 수 없었다. 그에게는 그저 모든 것이 정신사나운 소란일 뿐이었다.

파티 주인공의 어머니가 전자레인지로 팝콘을 튀겼다. 그녀는 남자에게 아이들을 조용히 시켜보겠다고, 텔레비전을 켜고 비디오를 틀겠다고 했다. 만약 그래도 안 되면 아이들을 내보내겠다고 했다. 아들의 여덟 살 생일 파티가 오늘로 세 번째였기에 그녀도 몹시 피곤했다. 연달아 세 번의 생일 파티라니! 첫날은 온 가족이 록 음악을 쾅쾅 틀어놓고 가격도 어이없이 비싼 햄버거 가게에 가서 식사를 했다. 그런 뒤 친척과 친지들을 불러 두 번째 파티를 했다. 아이가 견진이라도 받는 듯 성대한 행사였다. 그리고 오늘은 아이의 학교 친구와 동네 친구들을 초대한 파티였다.

그녀는 전자레인지를 열어 부풀어 오른 팝콘 봉지를 꺼내고 또 다른 팝콘 봉지를 넣으면서 내년에는 간단하게 해야겠다고 생각했다. 자신이 어렸을 때처럼 파티는 한 번으로 끝내야 했다.

젊은 남자가 소파에 말없이 앉아 있는 것도 불편했다. 그녀는 그와 가벼운 대화를 나눠보려다가 포기했고, 그가 거실에 앉아 있다는 사실에 스트레스를 느꼈다. 대화는 불가능했다. 아이들이 만들어내는 소음과 법석에 정신을 차릴 수가 없었다. 그는 그녀를 도와주려고 하지 않았다. 자리에 가만히 앉아서 묵묵히 허공만 바라볼 뿐이었다. 사교성이 꽝인 것 같았다.

처음 보는 청년이었다. 파티에 온 아들 친구 중 하나의 형인데, 아마 스물다섯 살쯤 되어 보였다. 형제 간의 나이 차이가 스무 살 가까이 나는 셈이었다. 그는 꼬챙이처럼 말랐고, 현관에서 악수를 나눌 때 보니 손가락은 길고 손바닥은 끈적였다. 동생을 데리러 왔다는데, 동생은 한참 신나는 파티를 떠날 생각이 전혀 없었다. 그녀는 그에게 잠시 들어와서 기다리라고, 곧 끝날 거라고 했다. 청년은 그녀에게 부모님이 그 동네의 타운 하우스에 사는데 지금은 해외에 출타중이라 자신이 와서 동생을 돌보고 있다고 했다. 자신은 시내의 작은 아파트에서 산다고. 그가 현관에서 몸을 어색하게 꼼지락거리는 동안 동생은 소음 속으로 달아났다.

그는 소파에 앉아서 파티 주인공 소년의 한 살짜리 여동생이 어느 방 앞을 기어가는 모습을 보았다. 프릴 달린 하얀 원피스를 입고 머리에 리본을 단 아기는 혼자서 소리를 질러댔다. 그는 소리 없이 동생을 욕했다. 낯선 집에 있는 것이 불편했다. 자신이 도와주겠다고 해야 하나 고민도 들었다. 아이 어머니가 남편은 밤늦게까지 일한다고 말했다. 그는 고개를 끄덕이고 미소를 지으려고 했다. 여자가 권하는 피자와 콜라는 사양했다.

아기는 씹으며 놀던 장난감을 손에 들고 앉아서 침을 줄줄 흘렸다. 잇몸이 간지러운 것 같았다. 이가 나는 모양이었다.

아기가 손에 장난감을 들고 다가오자 그는 그게 무얼까 궁금해졌다. 하지만 아기는 중간에 멈추더니 비틀비틀 자리에 앉아서 입을 벌리고 그를 바라보았다. 침이 줄기를 이루어 가슴팍에 떨어졌다. 아기는 장난감을 입에 넣고 씹다가 계속 그걸 문 채로 그에게 기어왔다. 아기가 손을 뻗고 인상을 쓰며 키득거리자 장난감이 입에서 떨어졌다. 아기는 한참을 두리번거린 끝에야 그것을 다시 찾아서 손에 집어 들고 그에게 다가왔고, 그런 뒤 소파 팔걸이 앞에서 몸을 일으켜 청년의 옆에 섰다. 휘청거렸지만 그 일을 해낸 것이 뿌듯한 것 같았다.

청년은 아기의 손에서 물건을 빼앗아 들고 살펴보았다. 아기는 어리둥절한 얼굴로 바라보다가 이내 울음을 터뜨렸다. 그는 그것이 사람 뼈라는 것을 금방 알아보았다. 길이가 십 센티미터쯤 되는 갈비뼈였다. 지저분한 흰색에, 부러진 부분이 닳고 닳아서 가장자리도 날카롭지 않았다. 부러진 부분 안쪽에는 갈색 얼룩이 흙처럼 박혀 있었다.

그가 보기엔 흉곽 앞쪽의 갈비뼈로, 상당히 오래된 것 같았다.

아이 어머니는 울음소리에 거실로 고개를 들이밀었다가 아기가 소파 앞, 낯선 청년 곁에 서 있는 것을 보았다. 그녀는 팝콘을 내려놓고 들어와 아기를 안아 올린 뒤 청년을 보았다. 청년은 아기 엄마에게도, 울부짖는 아기에게도 관심이 없어 보였다.

"무슨 일이죠?" 엄마가 아기를 달래면서 불안하게 물었다. 사내애들의 시끄러운 소리 때문에 목소리를 높여야 했다.

청년은 고개를 들었다가 천천히 일어나서 아이 엄마에게 뼈를 건네주었다.

"아이가 이걸 어디서 구했나요?" 그가 물었다.

"뭐 말이에요?" 엄마가 물었다.

"이 뼈요, 이 뼈 어디서 났죠?" 그가 말했다.

"뼈라뇨?" 엄마가 되물었다. 뼈를 다시 보자 아기는 울음을 멈추고 그것을 잡으려고 손을 뻗었다. 집중하느라 눈이 사시가 되고, 벌린 입에서는 침이 주르륵 흘렀다. 아기는 뼈를 빼앗아 두 손으로 들고 살펴보았다.

"진짜 뼈 같아서요." 청년이 말했다.

아기는 그것을 다시 입에 넣더니 조용해졌다.

"아기가 씹고 있는 거 말입니다. 사람 뼈 같아요." 그가 말했다.

엄마는 뼈를 씹는 아기를 보았다.

"지금 처음 보는 거예요. 사람 뼈라니, 무슨 말인가요?"

"부러진 갈비뼈 같아요." 그러고서 그는 설명을 위해 덧붙였다. "저는 의대생이거든요. 오학년입니다."

"말도 안 돼! 혹시 그쪽이 가져온 거 아녜요?"

"내가요? 아닙니다. 어디서 난 건지 모르세요?" 그가 물었다.

엄마는 아기를 보더니 입에서 뼈를 잡아 빼 바닥에 던졌다. 아기가 다시 울음을 터뜨렸다. 청년은 뼈를 집어 들고 더 자세히 살펴보았다.

"혹시 아기의 오빠가 알지도……."

청년이 아이 엄마를 보자 그녀도 어색하게 그를 마주 보았다. 그녀는 울고 있는 딸에게로 시선을 돌렸다. 그러더니 뼈를 보고, 이어 거실 창밖에 한창 공사중인 집들을 보고, 다시 뼈와 낯선 청년을 본 뒤, 마지막으로 아들을 보았다. 아이는 작은 방 한 곳에서 나와 거실로 달려오고 있었다.

"토티!" 엄마가 소리쳤다. 하지만 아이는 들은 척도 않았다. 그녀는 아이들 틈을 비집고 들어가서 힘겹게 아들을 끄집어다가 의대생 앞에 세웠다.

"이거 네 거니?" 의대생이 아이에게 뼈를 건네며 물었다.

"내가 찾았어요." 토티가 말했다. 아이는 얼른 파티로 돌아가고 싶어 안달이었다.

"어디서?" 엄마가 물었다. 그녀가 아기를 바닥에 내려놓자 아기는 다시 울어야 할지 어쩔지 알 수 없다는 듯 엄마를 올려다보았다.

"바깥에서요." 소년이 말했다. "재미있는 돌이라서요. 내가 깨끗하게 씻었어요." 소년은 숨을 헐떡였다. 땀방울이 또르르 뺨을 타고 흘러내렸다.

"바깥 어디? 언제? 뭐 하다가?" 엄마가 물었다.

소년은 엄마를 올려다보았다. 자신은 잘못한 게 없는 것 같은데 엄마의 표정이 심상치 않았다. 무슨 일인지 알 수가 없었다.

"어제 같아요. 저기 길 끝 공사장에서요. 왜요?" 소년이 말했다.

아이 엄마와 낯선 청년은 서로를 바라보았다.

"정확히 어디서 이걸 찾았는지 엄마한테 말해줄 수 있어?" 엄마가 물었다.

"꼭 그래야 돼요? 지금 생일 파티중이잖아요." 소년이 말했다.

"응, 그래야 돼." 엄마가 말했다.

그녀는 바닥에서 아기를 안아 올리고 아들을 앞세운 채 거실을 나가 현관으로 향했다. 청년이 그 뒤를 따랐다. 파티의 주인공이 빠지자 아이들은 조용해졌고, 토티의 엄마가 심각한 얼굴로 아기를 안고 토티와 함께 나가는 모습을 지켜보았다. 아이들은 서로를 쳐다보다가 그들을 따라나섰다.

그곳은 레이니스바튼 호수행 도로변의 신규 주택단지인 밀레니엄 쿼터였다. 그라바르흘트 언덕 사면에 건설된 단지로, 언덕 꼭대기에는 거대한 갈색 지열수地熱水 탱크들이 성채처럼 우뚝 서서 레이캬비크 교외 지역을 내려다보았다. 물탱크 양쪽으로 도로가 뚫리고 그 도로변에 주택이 건설되고 있었는데, 그중에는 이미 정원을 조성해 잔디를 깔고 언젠가 그늘을 드리워줄 어린 나무를 심은 집들도 눈에 띄었다.

일행은 토티를 따라 물탱크 옆 가장 높은 곳의 도로변으로 갔다. 신축 타운 하우스들이 초지까지 뻗어 있고, 멀리 북쪽과 동쪽은 레이캬비크 사람들이 소유한 여름 샬레■들이 차지하고 있었다. 주택 공사 현장이 흔히 그렇듯이, 아이들이 공사중인 집들을 드나들며 놀고, 비계를 오르내리고, 벽 뒤의 그늘에 숨고, 기초공사중인 구덩이 안으로 내려가서 거기 고인 물을 첨벙거리곤 했다.

토티는 낯선 청년과 엄마와 친구들 전부를 데리고 그런 기초공사 현장 한 곳으로 가서 재미있는 하얀 돌, 가볍고 매끈해서 주머니에 넣어 온 그 돌이 있던 장소를 가리켜 보였다. 장소를 정확히 기억하고 있던 아이는 구덩이 속으로 뛰어 내려가 돌이 놓여 있던 마른 흙 앞으로 갔다. 아이 엄마가 아이에게 가까이 가지 말라고 하고서 청년의 도움을 받아 구덩이로 내려갔다. 토티가 엄마에게서 뼈를 받아 흙 위에 내려놓았다.

"이렇게 있었어요." 소년이 말했다. 소년은 아직도 그 뼈가 신기한 돌이라고 생각하고 있었다.

금요일 오후라 현장에 일꾼은 아무도 없었다. 구덩이 두 면에 목조 구조물이 설치되어 콘크리트 작업을 기다릴 뿐 아직 벽이 없어서 흙이 훤히 드러나 있었다. 청년은 흙벽으로 다가가서 아이가 뼈를 발견한 장소를 살펴보았다. 이어 손가락으로 흙을 파헤쳐보다가, 상박골처럼 생긴 것이 땅속 깊이 파묻혀 있는 것을 보고 기

■ 별장형 목조 오두막.

겁했다.

청년의 시선을 따라가던 아이 엄마도 흙벽에 묻힌 뼈를 보았다. 가까이 다가가니 턱뼈 하나와 이빨 한두 개도 보이는 것 같았다.

그녀는 흠칫 청년을 돌아보았고, 이어 딸을 보고는 자기도 모르게 아기의 입을 닦기 시작했다.

~

그녀는 관자놀이에 터질 듯한 고통을 느낀 뒤에야 무슨 일이 일어났는지 깨달았다. 그가 자신에게 느닷없이 주먹을 날린 것이다. 동작이 너무 빨라서 그녀는 아무것도 보지 못했다. 아니면 그가 자신을 때렸다는 사실을 믿지 못하는 것인지도 몰랐다. 그것이 첫 구타였고, 그 뒤로 오랜 세월 동안 그녀는 자신이 그때 곧바로 그를 떠났다면 인생이 달라졌을까 자주 생각하게 되었다.

그가 그녀를 놓아줬다면 말이지만.

그녀는 놀라서 그를 보았다. 이렇게 별안간 맞은 이유를 알 수 없었다. 그때껏 그녀는 누구에게도 맞은 적이 없었다. 결혼하고 석 달이 지났을 때였다.

“지금 나 때린 거야?” 그녀가 관자놀이에 손을 대고 물었다.

“네가 그놈 보는 눈빛을 내가 못 봤을 줄 알아?” 그가 쉿소리를 내질렀다.

“그놈? 무슨 소리……. 스노리 말이야? 내가 스노리를 봤다고?”

“내가 모를 줄 알아? 아주 발정이 나셨던데.”

그의 이런 모습은 처음이었다. 이런 표현을 쓰는 것도 처음이었다. 발정이라니. 도대체 무슨 말을 하는 거지? 스노리와는 지하실 문 앞에서 몇 마디 주고받은 게 다였다. 그녀가 전에 하녀로 일하던 집에 깜박 두고 온 것을 그가 가져다주어서 고맙다고 얘기했다. 그를 집 안에 들이고 싶지는 않았다. 남편이 하루 종일 저기압인데다, 그를 만나고 싶지 않다고 했기 때문이었다. 스노리가 그녀의 옛 주인인 상인을 두고 농담을 해서, 둘은 함께 웃고 작별 인사를 나눴다.

"그냥 스노리잖아." 그녀가 말했다. "이러지 마. 오늘 하루 종일 왜 그렇게 기분이 안 좋은 거야?"

"지금 나한테 따지는 거야?" 그가 그녀에게 다시 다가오면서 물었다. "창밖으로 두 사람을 봤다니까. 네가 그놈 옆에서 몸을 흔드는 것도 다 봤다고. 걸레 같은 년!"

"당신, 어떻게……."

그가 다시 그녀의 얼굴에 주먹을 날려서 그녀는 부엌 찬장에 가 부딪혔다. 주먹이 너무 빨라 손으로 얼굴을 막을 겨를도 없었다.

"거짓말할 생각 하지도 마!" 그가 소리쳤다. "네가 놈을 야릇하게 보는 걸, 놈에게 수작을 거는 걸 내가 봤어! 이 두 눈으로 똑똑히 봤다고. 더러운 화냥년!"

그 말도 그에게서 처음 듣는 표현이었다.

"맙소사." 그녀가 중얼거렸다. 찢어진 윗입술에서 피가 입으로 흘러들었다. 그 맛이 얼굴에 흘러내린 눈물의 짠맛과 뒤섞였다.

"왜 날 때려? 내가 뭘 어쨌다고?"

그가 다시 때릴 기세로 그녀 앞에 우뚝 섰다. 붉은 얼굴이 분노로 타오르고 있었다. 하지만 그는 그저 이를 갈고 발을 탕 구르더니, 빙글 돌아서 지하실을 나갔다. 그녀는 대체 이게 무슨 일인지 이해하지 못한 채 그 자리에 멍하니 서 있었다.

나중에 그녀는 그 순간을 자주 돌아보며 그가 폭력을 썼을 때 자신이 곧장 그를 떠나는 방식으로 응했으면 무언가 달라졌을까 생각하곤 했다. 하지만 그러는 대신 그녀는 자신이 뭘 잘못했나 찾아보았다. 뭔가 그의 화를 돋울 만한 일을 했을 거라고. 자신은 몰랐지만 그가 보고 기분 나빠진 어떤 일이 있었나 보다고. 그가 돌아오면 그런 이야기를 하고 다시는 실수하지 않겠다고 약속해야겠다고. 그러면 모든 것이 정상으로 돌아갈 거라고 그녀는 생각했다.

그녀는 그가 자신에게나 다른 사람들에게 그렇게 행동하는 것을 본 적이 없었다. 그는 조용하고 진지한 사람이었다. 약간 사색적이기까지 했다. 그것은 그들이 처음 서로를 알아갈 때 그녀가 그에게 끌린 이유였다. 그가 일하는 쿄스 농장의 주인이 그녀의 주인인 상인의 동생이라, 그가 물품 배달을 왔었다. 그 일을 계기로 만나기 시작한 게 일 년 반쯤 전이었다. 그들은 나이가 비슷했다. 그는 농장을 그만두고 배를 탈까 한다고, 선원 일은 돈이 된다고 했다. 그는 자기 집을 갖고 싶어 했고, 자기 인생의 주인이 되고 싶어 했다. 농장 일은 너무 답답하고, 시대에 뒤처지는데다 보수도 적다고 했다.

그녀는 자신도 그 집에서 일하는 게 지겹다고 했다. 수전노인 상인은 호시탐탐 그 집에서 일하는 세 여자의 몸을 더듬었고, 심술

쟁이 아내는 일을 지독하게 시켰다. 그녀에게 앞날의 구체적인 계획이 있는 건 아니었다. 그녀는 미래를 생각한 적이 없었다. 어린 시절부터 노동밖에 몰랐다. 그녀의 인생은 그게 거의 다였다.

그는 계속 핑계를 만들어 상인의 집에 왔고, 그때마다 부엌으로 그녀를 찾아왔다. 만남이 이어지자 그녀는 그에게 아이 이야기를 했다. 그는 그녀에게 아이가 있는 걸 알고 있다고 했다. 사람들에게 그녀에 대해 물었다고. 그렇게 그는 처음으로 그녀를 더 알고 싶어 한다는 내심을 비쳤다. 그녀는 딸아이가 곧 세 살이 된다고 말하고, 뒷마당에서 상인의 아이들과 놀고 있는 아이를 불러왔다.

딸을 데리고 오자 그는 그녀에게 평생 남자가 몇 명이나 있었냐고, 가볍게 농담하듯 웃으며 물었다. 나중에 그는 그녀더러 문란하게 살았다며 무자비하게 모욕했다. 그는 아이의 이름을 부르지 않았다. 항상 별명으로, 그러니까 사생아, 병신이라고만 불렀다.

그녀의 인생에 남자는 많지 않았다. 그녀는 아이 아버지에 대해 들려주었다. 그는 코들라피외르뒤르에서 익사했다. 다른 세 선원과 함께 폭풍 이는 바다에서 죽었을 때 그는 겨우 스물두 살이었다. 그 무렵 그녀는 자신이 임신했다는 것을 알았다. 두 사람은 결혼하지 않았기에 그녀가 과부가 되었다고는 하기는 어려웠다. 결혼할 예정이긴 했지만, 그는 죽었고 그녀는 미혼모가 되었다.

부엌에서 이런 이야기를 하는데, 딸아이가 그의 곁에 있기 싫어하는 눈치였다. 아이는 낯을 가리는 성격이 아니었다. 하지만 그때는 엄마의 치맛자락을 꽉 붙든 채 그가 불러도 가지 않았다. 그가 주머니에서 사탕을 꺼내 건네도 엄마의 치마에 얼굴을 더 깊이 묻고 울면서 친구들한테 가고 싶다고 했다. 사탕을 그렇게 좋아했는데도.

두 달 뒤에 그는 그녀에게 청혼했다. 책에서 본 것 같은 낭만은 없었다. 그들은 몇 번 만나 저녁에 시내를 산책하거나 채플린 영화를 보았다. 그녀는 떠돌이 채플린을 보며 깔깔 웃다가 그를 보았다. 그는 미소도 짓지 않았다. 어느 날 저녁 영화관에서 나온 뒤 그를 태워 쿄스로 갈 자동차를 함께 기다리는데 그가 불쑥 둘이 결혼하면 안 될 이유가 있느냐고 물었다. 그러곤 그녀를 앞으로 끌어당겼다.

"나는 우리가 결혼했으면 좋겠어." 그가 말했다.

어찌 되었든 그녀는 결혼 이야기에 너무 놀라 나중에야, 그러니까 모든 일이 다 끝난 뒤에야 그것이 청혼이 아니었다는 걸, 그러니까 결혼해달라는 부탁이 아니었다는 걸 기억했다.

"나는 우리가 결혼했으면 좋겠어."

사실 이미 그가 청혼할 가능성을 생각해본 터였다. 그들의 관계는 그 단계에 이르러 있었다. 그녀는 딸아이를 키울 가정이 필요했고, 자기 집도 갖고 싶었다. 아이도 더 낳고 싶었다. 다른 남자들은 그녀에게 별로 관심을 보이지 않았다. 아마도 아이 때문인 것 같았다. 어쩌면 그녀가 딱히 매력적이지 않아서일 수도 있었다. 그녀는 키가 작고 살집이 있는데다, 모난 얼굴에 앞니도 살짝 돌출해 있었다. 작고 노련한 손은 잠시도 가만히 있질 못했다. 아마 그보다 더 괜찮은 청혼은 받지 못할 것 같았다.

"어떻게 생각해?" 그가 물었다.

그녀는 고개를 끄덕였다. 그가 키스했고 두 사람은 포옹했다. 얼마 후 그들은 모스페들의 교회에서 결혼했다. 예식은 조촐했고, 참석자는 신랑과 신부, 그리고 쿄스에서 온 신랑 친구 몇 명과 레이캬비크에서 온 신부 친구 두 명이 전부였다. 목사가 예식 후에 그들에게 커피를 대접했다. 그녀가 가족에 대해 물었지만 그는 별로 말을 하지 않았다. 자신은 외동이었고, 어려서 아버지가 돌아가시자 아이를 키울 능력이 없던 어머니는 자신을 위탁 가정에 보냈다고 했다. 그리고 자신은 여러 농장에서 일한 뒤 쿄스의 농장에 왔다고. 그는 그녀의 가족에 대해 궁금하지 않은 것 같았다. 과거에도 별로 관심이 없는 듯했다. 그녀는 두 사람의 처지가 비슷하다고 말했다. 그녀 역시 진짜 부모를 몰랐다. 어려서 입양되었고, 레이캬비크의 여러 가정에서 다양한 상황을 겪으며 자란 뒤 상인의 집에서 일하게 되었다. 그가 고개를 끄덕였다.

"우리는 새 출발을 할 거야. 과거는 다 잊어."

그들은 린다르가타 거리의 작은 지하 아파트에 세를 들었다. 거실과 부엌이 전부인 집이었다. 화장실은 바깥에 있었다. 그녀는 상인의 집을 떠났다. 그는 그녀더러 이제 돈을 벌지 않아도 된다고 말했다. 그 자신은 부두에 일자리를 구해서 일하며 어선에 탈 기회를 노렸다. 바다에 나가는 것이 그의 꿈이었다.

그녀는 배를 잡고 식탁 옆에 서 있었다. 그에게 말은 안 했지만 임신이 확실했다. 예상했던 일이었다. 둘이 아이에 대해 의논한 적이 있긴 하지만 그가 이 일을 어떻게 생각할지 알 수가 없었다. 그는 너무도 수수께끼 같았다. 아이가 사내라면 이미 생각해둔 이름이 있었다. 그녀는 사내아이였으면 싶었다. 시몬이라는 이름을 붙여줄 생각이었다.

그녀도 폭력 남편들 이야기를 들은 적이 있었다. 매 맞는 아내들 이야기도 들어봤다. 하지만 이야기를 들었을 뿐, 그가 그런 사람이라는 걸 믿을 수 없었다. 그가 그럴 수 있을 줄은 몰랐다. 아마 한 번뿐인 사건일 거라고 그녀는 생각했다. 자신이 정말 스노리하고 장난질을 한다고 생각했을 거라고. 그러니 다시는 그런 일이 없도록 조심하자고 마음먹었다.

그녀는 얼굴을 닦고 코를 훌쩍였다. 폭력이라니. 그는 지금 나가고 없지만, 금세 돌아와서 잘못했다고 사과할 것이다. 이런 일은 부당했다. 잘못된 일이고, 다시는 그러면 안 된다. 그녀는 당혹스러운 마음으로 방에 가서 딸을 보았다. 딸의 이름은 미켈리나였다. 아이는 그날 아침 고열 속에 일어났다가 하루 종일 잠만 잤고, 아직도 자고 있었다. 아이를 안아보니 몸이 펄펄 끓었다. 그녀는 아이를 안고 앉아 자장가를 불렀다. 하지만 구타의 충격이 머리를 떠나지 않았다.

모두 상자 위에 서 있네,
양말을 신고,
금발 머리를 하고,
예쁜 드레스를 입고.

아이가 숨을 헐떡였다. 작은 가슴이 오르내리고 코에서는 쌕쌕 소리가 났다. 얼굴은 빨갛게 타올랐다. 엄마가 깨우려 해봐도 아무런 반응이 없었다.

그녀는 비명을 질렀다.

아이는 중병이었다.

2

엘린보르그는 밀레니엄 쿼터에서 사람 뼈가 발견되었다는 전화를 받았다. 경찰서에는 그녀 혼자였다. 막 퇴근을 하려는 참에 전화가 울렸다. 그녀는 잠시 망설이며 시계를 봤다가 다시 돌아와 전화를 받았다. 저녁에 약속이 있어서 종일 탄두리 치킨을 생각하며 하루를 보냈다. 그녀는 한숨을 쉬고 수화기를 들었다.

엘린보르그의 나이는 분명치 않았다. 마흔은 넘어 보였다. 군살 없이 탄탄한 체격이지만 먹는 것을 좋아했다. 한 번 이혼했고 아이 넷을 키웠는데, 그중 위탁 아동 하나는 이제 집을 떠났다. 그녀는 요리를 좋아하는 자동차 정비공과 재혼해서 그라바르보귀르의 작은 타운 하우스에서 남편과 세 아이와 함께 살고 있었다. 오래전에 지질학을 공부했지만 그 분야에서 일한 적은 없었다. 레이캬비크 경찰청에서 여름 아르바이트를 하다가 경찰이 되었다. 그녀는 그리 많지 않은 여성 형사 중 한 명이었다.

시귀르뒤르 올리의 호출기가 울렸을 때 그는 애인 베르그소라와 열렬한 섹스를 하고 있었다. 호출기는 부엌 바닥에 널브러진 바지의 벨트에 달린 채로 사납게 울렸다. 그가 침대에서 일어나기 전에는 그치지 않을 것이 분명했다. 그날 그는 일찍 퇴근했다. 먼저 집에 와 있던 베르그소라가 깊고 뜨거운 키스로 그를 맞았다. 일이 자연스럽게 흘러가 그는 부엌에 바지를 벗어 던지고 전화기 코드를 뽑고 휴대전화를 껐다. 하지만 호출기를 잊었다.

시귀르뒤르 올리는 한숨을 쉬며 자신의 몸 위에 걸터앉은 베르그소라를 올려다보았다. 그는 땀이 흥건했고 얼굴이 벌겠다. 표정을 보아 하니 그녀는 아직 그를 보낼 생각이 없는 듯했다. 눈을 질끈 감고 그의 몸 위에 엎드린 채 엉덩이를 부드럽고 리드미컬하게 흔들며, 오르가슴이 물러가고 몸의 모든 근육이 다시 이완되기를 기다리고 있었다.

그 자신은 그런 여유를 부릴 수가 없었다. 그의 인생에서는 호출기가 우선순위였다.

그가 베르그소라 밑에서 빠져나가자 그녀는 베개에 머리를 얹고 기절한 듯 누웠다.

에를렌뒤르는 스쿨라카피에서 염장 고기를 먹고 있었다. 그의 단골집이었다. 레이캬비크에서 유일하게 아이슬란드 가정식을 그가 원하는 방식으로 요리하는 식당이었기 때문이다. 인테리어디자인도 마음에 들었다. 초라한 갈색 합판에 낡은 의자. 어떤 의자는 비닐 커버가 찢어져 속을 채운 스펀지가 비어져 나왔고, 바닥의 리

놀륨은 트럭 운전사, 택시 기사, 크레인 기사, 상인, 인부의 발길에 닳아 얇아져 있었다. 에를렌뒤르는 구석 테이블에 혼자 앉아서 고개를 숙인 채 고기와 삶은 감자, 물엿을 흠뻑 뿌린 완두콩과 순무를 먹었다.

점심시간은 오래전에 지났지만 그는 요리사에게 염장 고기를 부탁했다. 고깃덩이를 큼직하게 잘라 그 위에 감자와 순무를 얹고 그 멋진 더미에 나이프로 크림소스를 바른 뒤, 입속으로 한꺼번에 집어넣었다.

에를렌뒤르가 포크로 또 한 조각의 성찬을 찍어 막 입을 벌렸을 때, 테이블 위 접시 옆에 놓아둔 휴대전화가 울렸다. 그는 포크를 허공에 멈춘 채 잠시 전화기를 보았다가 음식이 가득 꽂힌 포크를, 다시 전화기를 번갈아 보고는 마침내 아쉬움 속에 포크를 내려놓았다.

"왜 나한테 평화를 주지 않는 거야?" 시귀르뒤르 올리가 첫마디도 꺼내기 전에 그가 말했다.

"밀레니엄 쿼터에서 뼈가 나왔대요. 저도 그리로 가고 있고 엘린보르그도 가는 중입니다." 시귀르뒤르 올리가 말했다.

"어떤 뼈?"

"몰라요. 저도 엘린보르그한테 전화를 받고 가는 거라서요. 과학수사팀에는 알렸습니다."

"난 지금 식사중이야." 에를렌뒤르가 느릿느릿 말했다.

시귀르뒤르 올리는 자신이 무슨 일을 하고 있었는지 말하려다가 간신히 참았다.

"거기서 봐요." 그가 말했다. "레이니스바튼 호수행 도로변이에요. 북쪽 사면의 물탱크 아래쪽요. 도시 외곽 방향 도로에서 멀지 않습니다."

"밀레니엄 쿼터가 뭐지?" 에를렌뒤르가 물었다.

"네?" 시귀르뒤르 올리가 되물었다. 아직도 베르그소라와의 일이 중단된 것에 대한 언짢음이 남아 있었다.

"천 년의 4분의 1이라는 거야? 이백오십 년? 그게 무슨 뜻이야?"

"못 살아." 시귀르뒤르 올리는 기가 차다는 듯 전화를 끊었다.

잠시 후 에를렌뒤르는 그라바르르홀트로 가서 주택 공사 현장의 구덩이 옆에 낡은 차를 세웠다. 경찰이 이미 노란색 통제선을 둘러놓아, 에를렌뒤르는 그 밑으로 들어갔다. 엘린보르그와 시귀르뒤르 올리는 이미 구덩이로 내려가서 흙벽 앞에 서 있었다. 뼈를 신고한 의대생도 함께였다. 생일 파티를 연 아이 엄마는 아이들을 집으로 데려간 뒤였다. 레이캬비크 지역 경찰의인 쉰 살가량의 뚱뚱한 남자가 구덩이에 걸쳐놓은 사다리 세 개 중 하나를 내려갔다. 에를렌뒤르가 그 뒤를 따랐다.

언론은 뼈에 상당한 관심을 보였다. 기자들이 현장에 몰려왔고, 주민들이 주변을 둘러쌌다. 단지에 이미 입주한 사람들도 있었고, 지붕 없는 집을 손질하다가 무슨 소동인지 어리둥절해서 망치와 쇠지레를 손에 들고 온 이들도 있었다. 때는 사월 말, 아름다운 봄날씨였다.

과학수사팀이 작업에 들어가 흙벽에서 표본을 조심조심 긁어냈다. 그들은 흙을 작은 꽃삽에 떨구어 비닐 봉투에 담았다. 흙벽 안쪽에 상체의 골격이 드러나 있었다. 팔 하나, 흉곽 일부와 하악골도 보였다.

“저 사람이 밀레니엄 맨이야?” 에를렌뒤르가 흙벽으로 다가가며 물었다.

엘린보르그가 시귀르뒤르 올리에게 묻는 듯한 시선을 던지자 그는 에를렌뒤르 뒤에 서서 머리 옆에 집게손가락을 대고 빙글빙글 돌렸다.

“국립박물관에는 연락했어요.” 시귀르뒤르 올리가 말하다가 에를렌뒤르가 갑자기 뒤로 돌아서자 머리를 긁었다. “고고학자가 이리 오고 있답니다. 그분이 이것의 정체를 알려줄 수 있을지도 모르죠.”

“그러면 지질학자도 필요한 것 아닌가?” 엘린보르그가 물었다. “흙에 대해 알아내려면. 뼈가 묻힌 흙 말야. 그러니까 지층의 연대를 알아내려면.”

“선배가 볼 수는 없나요? 지질학과 출신이잖아요.” 시귀르뒤르 올리가 물었다.

“지금은 하나도 몰라. 내가 아는 건 저 갈색 물질이 흙이라는 것뿐이야.” 엘린보르그가 말했다.

“묻힌 깊이가 1.8미터가 안 돼.” 에를렌뒤르가 말했다. “1미터 아니면 많이 봐줘야 1.5미터 정도. 급하게 묻었다는 거지. 보아하니 시신의 유해 같군. 이 남자, 묻힌 지 그렇게 오래된 것 같지는 않아. 그러니까 바이킹은 아니지.”

"왜 남자라고 생각하시나요?" 지역 경찰의가 물었다.

"남자요?" 에를렌뒤르가 되물었다.

"여자일 수도 있잖아요. 왜 남자라고 보시죠?" 경찰의가 다시 물었다.

"여자일 수도 있죠. 상관없어요." 에를렌뒤르가 말하고 어깨를 으쓱여 보였다. "뼈에 대해 해주실 말씀 없나요?"

"지금은 볼 수 있는 게 없어서요." 경찰의가 말했다. "뼈를 흙에서 파내기 전까지는 아무 말도 하지 않는 게 나을 것 같습니다."

"남자? 여자? 나이는?"

"아직 모릅니다."

청바지에 아이슬란드 전통 모직 스웨터를 입은 남자가 그들 앞으로 다가왔다. 장신에 수염이 덥수룩하고 누런 송곳니 두 개가 커다란 입 밖으로 튀어나온 남자는 자신을 고고학자라고 소개했다. 그러곤 과학수사팀의 작업을 지켜보더니 그들에게 바보 같은 짓 하지 말라고 했다. 꽃삽을 든 두 남자가 어찌해야 할지 몰라 머뭇거렸다. 그들은 흰 작업복 차림에 고무장갑을 끼고 보호안경도 쓰고 있었다. 에를렌뒤르의 눈에는 마치 원자력발전소에서 나온 사람들 같았다. 그들이 에를렌뒤르를 바라보며 지시를 기다렸다.

"유골이 있는 곳까지 흙을 파 내려가야 합니다." 송곳니 남자가 두 팔을 흔들며 말했다. "꽃삽으로 유골을 파낼 생각입니까? 여기 책임자가 대체 누굽니까?"

에를렌뒤르가 자신이라고 말했다.

"이건 고고학 발굴 작업이 아니에요." 송곳니 남자가 손을 저어

대며 말을 이었다. “저는 스카르프헤딘이라고 합니다. 안녕하십니까. 그렇지만 일은 고고학 발굴 작업을 하듯이 해야 하죠. 아시겠습니까?”

“무슨 말씀이신지 모르겠군요.” 에를렌뒤르가 말했다.

“저 뼈는 그렇게 오래된 것이 아닙니다. 길어봤자 육칠십 년 정도. 더 짧을 가능성도 있어요. 옷도 아직 남아 있고요.”

“옷요?”

“네, 여기요. 다른 데도 있을 겁니다. 확실해요.” 스카르프헤딘이 굵은 손가락으로 가리켜 보였다.

“살인 줄 알았습니다.” 에를렌뒤르가 멋쩍게 말했다.

“이 상황에서 증거를 손상시키지 않을 최선의 방법은 우리 발굴팀이 우리의 방식으로 발굴하는 겁니다. 과학수사팀도 도와주실 수는 있습니다. 여기까지 밧줄을 둘러 접근을 금지해놓고 유해 위치까지 땅을 파 내려가야 됩니다. 여기서 흙을 파내면 안 돼요. 우리는 증거를 유실하는 일이 없습니다. 뼈가 놓여 있는 방식 자체가 증거의 보고예요. 뼈 주변에서 발견되는 것이 많은 실마리를 안겨줄 겁니다.”

“이게 어쩌다 여기 묻혔을까요?” 에를렌뒤르가 물었다.

“모르죠.” 스카르프헤딘이 말했다. “아직 추측하기엔 일러요. 일단 발굴을 해보고 유용한 정보가 나오기를 희망해봐야죠.”

“얼어 죽은 사람이 흙에 덮인 건 아닐까요?”

“이렇게 땅속으로 깊이 들어가지는 않습니다.”

“그렇다면 이건 무덤이군요.”

"그렇게 보입니다." 스카르프헤딘이 거들먹거리듯 말했다. "모든 정황이 그래 보여요. 우리가 유해까지 파 내려가도 되겠습니까?"

에를렌뒤르는 고개를 끄덕였다.

스카르프헤딘이 사다리를 올라 구덩이 밖으로 나갔다. 에를렌뒤르가 뒤를 따랐다. 고고학자는 유골 위쪽에 서서 가장 좋은 발굴 방식에 대해 설명했다. 에를렌뒤르는 그 사람과 그가 한 모든 말을 받아들였고, 스카르프헤딘은 곧 휴대전화로 팀원들에게 연락했다. 그는 지난 몇십 년 동안 몇 차례의 굵직굵직한 고고학 발굴에 참여한 터라 뭘 어떻게 해야 할지 잘 알고 있었다. 에를렌뒤르는 그를 믿기로 했다.

과학수사팀장은 동조하지 않았다. 범죄 수사에 대해 아무것도 모르는 고고학자에게 발굴을 맡기는 것은 잘못이라며 열을 올렸다. 일을 빨리 처리하려면 유골을 벽에서 캐내 상태를 살피고 거기 폭력 행위가 개입된 정황이 보인다면 그 실마리를 찾아봐야 한다는 것이었다. 에를렌뒤르는 한참 동안 그의 말을 들었지만, 시간이 예상보다 오래 걸려도 유골까지 파 내려가겠다는 스카르프헤딘 팀의 방식을 선택하겠다고 말했다.

"뼈는 반세기 동안 여기 묻혀 있었어요. 며칠 차이가 중요할 것 같지는 않습니다." 그의 대답으로 문제는 그렇게 정리되었다.

에를렌뒤르는 공사중인 신축 주택들을 둘러보았다. 이어 갈색으로 우뚝 솟은 지열수 탱크들을 보고, 레이니스바튼 호수 쪽을 바라본 뒤 신규 주택단지가 끝나는 동쪽 초지로 눈길을 돌렸다.

키 작은 나무 네 그루가 눈에 띄었다. 그것들은 삼십 미터 정도 떨어진 풀숲 위로 우뚝 서 있었다. 가까이 가서 보니 까치밥나무였다. 나무들은 구덩이 동쪽에 일렬로 서 있었다. 에를렌뒤르는 그 옹이 지고 헐벗은 가지들을 어루만지면서, 누가 이 궁벽한 땅에 이걸 심었을까 생각했다.

3

고고학팀은 플리스 재킷과 보온복 차림으로 스푼과 삽을 들고 와서는 유골 주변의 꽤 넓은 범위에 밧줄을 둘러놓은 뒤 저녁이 되기 전에 조심조심 풀밭을 파기 시작했다. 해는 아직 환했다. 저녁 9시나 되어야 질 터였다. 남자 넷과 여자 둘로 이루어진 고고학팀은 파낸 흙을 한 삽 한 삽 면밀히 살피며 침착하고 꼼꼼하게 작업을 이어갔다. 사토장이가 땅을 파헤친 흔적은 없었다. 시간과 주택 공사 때문이었을 것이다.

엘린보르그가 경찰 수사를 기꺼이 돕겠다는 지질학 교수를 찾아냈다. 그 사람은 하던 일을 내려놓고 통화 후 삼십 분 만에 현장에 도착했다. 검은 머리에 호리호리한 체격, 유난히 굵은 목소리의 중년 남자로, 파리에서 박사 학위를 받았다고 했다. 엘린보르그는 그를 흙벽 앞으로 데리고 가, 경찰이 행인들의 시선을 차단하느라 흙벽 위로 쳐둔 천막 휘장 안으로 들어가라고 손짓했다.

천막 안에는 커다란 형광등 불빛이 유골 쪽에 어둑어둑한 그림자를 던지고 있었다. 교수는 서두르지 않았다. 흙을 살펴보고, 벽에서 한 움큼 떼어내 주먹 안에 쥐고 으깨어도 보았다. 그는 유골이 있는 지층을 그 위쪽 및 아래쪽 지층들과 비교하고 뼈 주변 흙의 밀도를 살폈다. 그러곤 예전에 경찰의 요청으로 범죄 현장에서 나온 흙덩어리를 분석했는데 그것이 사건 해결에 유용한 실마리가 되었다는 이야기를 자랑스럽게 늘어놓더니, 엘린보르그가 자신의 말을 척척 알아듣기라도 하는 양 범죄학과 지질학을 결합한 학술 연구, 그러니까 법지질학이라고 하는 분야에 대해 한참 동안 설명했다.

그의 장광설을 가만히 듣고 있던 그녀가 결국 참을성을 잃고 물었다.

"이 사람은 여기 언제부터 있던 건가요?"

"단언하기 어렵습니다. 그리 오래되지 않았을 수도 있어요." 교수가 학자적인 태도를 취하며 굵은 목소리로 말했다.

"그 오래라는 게 지질학적으로 말하면 얼마나 되죠? 천 년? 십 년?" 엘린보르그가 물었다.

교수가 그녀를 보았다.

"단언하기 어렵습니다." 그가 되풀이했다.

"연대 추정은 정확성이 어느 정도 되나요? 연수로 따졌을 때요."

"단언하기 어렵습니다."

"그러니까 알 수 있는 게 아무것도 없다는 거네요?"

지질학 교수는 엘린보르그를 보고 웃음을 지었다.

"죄송합니다. 생각을 하던 중이라서요. 무얼 알고 싶으신가요?"

"얼마나 오래됐냐고요."

"뭐가요?"

"저 사람이 저기 있던 기간요." 엘린보르그가 답답하다는 듯 말했다.

"오십 년에서 칠십 년 사이 같습니다. 정밀 검사를 해봐야겠지만 지금 추측하기로는 그래요. 흙의 밀도를 보건대 바이킹이나 야만족의 무덤일 수는 없습니다."

"그건 우리도 알아요. 옷 조각이 있으니까요." 엘린보르그가 말했다.

"여기 이 녹색 층." 교수가 벽면 제일 아래쪽의 지층을 가리켰다. "이건 빙하시대의 흙입니다. 여기 규칙적인 간격으로 들어선 이 층들은……." 그가 손을 위쪽으로 옮겨가면서 말을 이었다. "화산 응회암이고요. 최상층은 15세기 말에 형성되었어요. 이 나라에 사람이 정착한 뒤 레이캬비크 지역에 생겨난 응회암 중 가장 두꺼운 층이죠. 그리고 여기 이것들은 헤클라 화산과 카틀라 화산의 분출로 생겨난, 더 오래된 지층입니다. 수천 년 전의 일이죠. 보시다시피 기반암까지 그렇게 멀지 않습니다." 그는 기초공사 구덩이 속의 커다란 지층을 가리켰다. "이건 레이캬비크 조립현무암으로 도시 전역에 퍼져 있습니다."

그가 엘린보르그를 보았다.

"그 모든 역사에 비하면 이 무덤은 100만분의 1초쯤 된 셈이죠."

고고학팀은 9시 반 무렵에 일을 끝냈다. 스카르프헤딘은 에를렌뒤르에게 내일 아침 일찍 다시 오겠다고 말했다. 흙 속에서 아직 이렇다 할 것을 찾지는 못했고, 사실 그 위의 초목을 벗겨내기 시작한 정도였다. 에를렌뒤르가 좀더 속도를 낼 수 있는지 묻자 스카르프헤딘은 경멸하는 듯한 표정으로 증거를 망치고 싶은 거냐고 되물었다. 그들은 다시금 유골까지 파 내려가는 일을 서두를 필요는 없다는 데 의견을 모았다.

천막 안의 형광등이 꺼졌다. 기자들도 모두 떠났다. 유골 발견은 저녁 뉴스의 주요 소식이었다. 에를렌뒤르의 팀이 구덩이에 내려가 있는 장면이 텔레비전에 나왔고, 한 방송국 뉴스에서는 기자의 인터뷰 시도에 손사래를 치며 피하는 에를렌뒤르의 모습까지 나왔다.

주택단지에 다시 한번 고요가 내렸다. 망치 소리도 조용해졌다. 공사를 하던 인부들은 모두 떠났다. 이미 입주한 사람들은 잠자리에 들었다. 아이들의 고함 소리도 더는 들리지 않았다. 경찰관 두 명이 순찰차를 타고 밤사이 현장을 감시하기로 했다. 엘린보르그와 시귀르뒤르 올리는 집으로 갔다. 고고학팀과 함께 일하던 과학수사팀도 집에 갔다. 에를렌뒤르는 뼈를 발견한 토티 모자를 만나보았다. 토티는 사람들의 주목을 받아 우쭐해져 있었다. "완전히 우연이었어요." 아이 엄마는 한숨을 쉬었다. 아들이 땅에 뒹구는 사람의 뼈를 발견하다니. "평생 최고의 생일 파티였어요." 토티는 에를렌뒤르에게 말했다.

의대생은 동생을 데리고 집으로 돌아간 뒤였다. 에를렌뒤르와 시귀르뒤르 올리가 이미 그와 이야기를 나눈 터였다. 그는 처음에는 아기를 보면서도 아기가 뼈를 씹고 있는 줄은 몰랐다고 했다. 하지만 자세히 보니 사람의 갈비뼈였다고.

"그게 사람 갈비뼈인 걸 어떻게 바로 알았죠? 예를 들면 양의 뼈였을 수도 있잖습니까?" 에를렌뒤르가 물었다.

"그래요, 양 뼈 쪽이 더 가능성 있지 않았나요?" 도시 출신으로 아이슬란드의 축산 가축에 대해 아무것도 모르는 시귀르뒤르 올리가 거들었다.

"그건 착각할 수가 없어요. 저는 인체 해부를 해보았고, 이건 아주 확실했죠." 학생이 말했다.

"혹시 그 뼈가 언제쯤 거기 묻혔을지 추측되는 바가 있습니까?"

에를렌뒤르가 물었다. 엘린보르그가 부른 지질학 교수와 고고학자, 법의학자가 조만간 각자의 조사 내용을 알려주겠지만, 이 학생의 의견도 듣고 싶었다.

"흙을 봤는데 부패 정도로 봐서 칠십 년 정도 된 것 같아요. 그보다 훨씬 더 오래된 것 같지는 않더라고요. 하지만 제가 그 분야의 전문가는 아니라서요."

"맞을 겁니다." 에를렌뒤르가 말했다. "고고학자도 똑같이 추정했어요. 그 사람도 전문가는 아니지만요."

그는 시귀르뒤르 올리를 돌아보았다.

"그 시기의 실종자 기록을 살펴봐야겠어. 1930년에서 1940년 무렵. 아니면 더 이전일 수도 있고. 어쨌건 뭐가 나올지 한번 봐야지."

에를렌뒤르가 저녁 햇살 속에 구덩이 옆에 서서 모스페들스바에르 시와 코들라피외르뒤르, 에샤 산이 있는 북쪽으로 시선을 주자 캴라르드네스 만에 총총 들어선 집들이 보였다. 자동차들이 서부 도로를 타고 울바르스페들 기슭을 둘러 레이캬비크로 향하는 모습도 보였다. 차 한 대가 구덩이 쪽으로 다가오는 소리가 들리더니 한 남자가 내렸다. 에를렌뒤르 또래의 뚱뚱한 남자로 파란색 바람막이 차림에 경찰모 비슷하게 생긴 모자를 쓰고 있었다. 남자는 차 문을 탕 닫고는 에를렌뒤르와 경찰차, 그리고 구덩이 옆의 살짝 파헤쳐진 땅과 유골을 가린 천막을 쳐다보았다.

"세무서에서 오신 거요?" 남자가 거칠게 물으며 에를렌뒤르 앞으로 걸어왔다.

"세무서요?" 에를렌뒤르가 되물었다.

"사람을 잠시도 가만두질 않는다니까. 영장이나 뭐 그런 거 있는 거요?" 남자가 말했다.

"여기가 선생님 땅인가요?"

"당신은 누구고, 이 천막은 뭐요? 지금 여기서 무슨 일이 벌어지는 겁니까?"

에를렌뒤르는 자초지종을 설명했다. 이름이 욘이라는 이 남자는 건설업자이자 공사중인 땅의 소유자인데, 지금 파산 지경에 빚쟁이들에게 들볶이고 있다고 했다. 공사가 중단된 지 좀 됐지만 그는 혹시 기초공사 작업이 망가졌을까 걱정돼서 시시때때로 와서 살펴보곤 했다. 신도시의 애새끼들이 집을 망가뜨려놓기 일쑤라고. 그는 유골 소식을 듣지 못했다며 믿을 수 없다는 표정으로 구덩이 속을 내려다보았고, 에를렌뒤르는 그에게 경찰과 고고학팀이 하고 있는 일을 설명해주었다.

"저는 몰랐습니다. 목수들도 그 뼈를 못 봤을 거고요. 무덤은 오래된 건가요?" 욘이 물었다.

"아직 모릅니다." 에를렌뒤르가 말했다. 그 이상의 정보를 주고 싶지는 않았다. "그런데 혹시 저기 동쪽 땅에 대해서 아시는 것 있으신지요?" 그가 까치밥나무들 쪽을 가리키며 물었다.

"좋은 건축 부지라는 것밖에는 모릅니다." 욘이 말했다. "레이캬비크가 여기까지 뻗을 줄은 나도 몰랐습니다."

"도시가 너무 비대해진 건지도 모르죠." 에를렌뒤르가 말했다. "그런데 까치밥나무가 아이슬란드에 자생하는 나무인지 혹시 아시나요?"

"까치밥나무요? 모릅니다. 들어본 적도 없어요."

그렇게 잠시 이야기를 나누고 욘은 떠났다. 에를렌뒤르가 보기에 그는 채권자들에게 토지를 몰수당하기 직전이지만, 또 한 차례 대출을 받기만 한다면 희망이 있을 것 같기도 했다.

에를렌뒤르도 이제 집으로 돌아갈 생각이었다. 저녁 햇살이 서쪽 하늘에 곱게 뿌린 붉은빛이 바다와 땅 위로 퍼져갔다. 기온이 내려가기 시작했다.

그는 어두운 하늘을 바라보았다. 그러다가 흙을 차면서 주변을 어슬렁거렸다. 왜 미적거리는지 자신도 알 수 없었다. 집에 가봐야 기다리는 것은 아무것도 없다고, 그는 흙을 툭툭 차면서 생각했다. 반겨 맞아줄 아이들도 없고 자신의 하루를 이야기해줄 아내도 없었다. 그저 낡은 텔레비전과 안락의자, 닳은 카펫, 부엌에 널린 포장 음식 용기와 봉지들, 그리고 그가 고독 속에 읽곤 하는 책 더미뿐이었다. 그 책 중 많은 수가 아이슬란드의 실종자들, 그러니까 지난날 황야를 여행한 사람들의 고난기나 산악 도로에서의 사망 사건에 대한 것이었다.

문득 그의 발에 단단한 것이 닿았다. 흙 위로 튀어나온 돌멩이 같았다. 발끝으로 톡톡 건드려보았지만 꼼짝하지 않았다. 그는 허리를 굽혀 주변의 흙을 긁어냈다. 스카르프헤딘은 고고학팀이 없을 때는 아무것도 옮겨놓으면 안 된다고 했다. 에를렌뒤르는 별생각 없이 돌멩이를 당겨보았지만 도무지 나올 기미가 없었다.

그는 흙을 좀더 깊이 팠다. 금세 손이 더러워졌다. 비슷한 돌멩이가 하나 더 보였고, 이어 세 개, 네 개, 다섯 개째 돌멩이가 보였다. 에를렌뒤르는 무릎을 꿇고서 주변을 빙 둘러 흙을 파냈다. 물체의 형체가 천천히 드러났다. 에를렌뒤르는 사람의 손으로 보이는 그것을 가만히 바라보았다. 앙상한 손가락 다섯 개와 손바닥 뼈가 흙 밖으로 튀어나와 있었다. 그는 천천히 일어섰다.

손가락 다섯 개가 넓게 벌어진 것이 마치 흙 속에 있는 사람이 무언가를 잡으려는, 아니면 자기 몸을 보호하려는, 어쩌면 자비를 빌려는 모습 같았다. 에를렌뒤르는 충격 속에 서 있었다. 뼈들이 관용을 기원하듯 그를 향해 땅 위로 솟아 있었다. 저녁 바람 속에 전율이 그를 관통하고 지나갔다.

살아 있었어. 에를렌뒤르는 생각했다. 그는 까치밥나무들 쪽을 바라보았다.

"당신, 산 채로 묻힌 겁니까?" 그가 조용히 말했다.

그때 휴대전화가 울렸다. 고요한 저녁, 생각에 빠진 채 서 있던 에를렌뒤르는 약간 시간이 지나서야 전화가 울리는 것을 깨달았다. 그는 코트 주머니에서 전화를 꺼내 받았다. 처음에는 무언가 덜그럭거리는 소리밖에 들리지 않았다.

"살려줘요, 제발." 그는 그 목소리를 즉시 알아들었다.

그런 뒤 전화는 끊겼다.

4

전화가 어디서 걸려 왔는지는 알 수 없었다. 휴대폰 화면에는 “발신 번호 표시 제한”이라고 찍혔다. 목소리의 주인공은 딸 에바 린드였다. 그는 전화기가 손에 박힌 나무 가시라도 되는 듯 그것을 바라보며 몸을 움찔했다. 하지만 전화는 다시 울리지 않았다. 그는 에바에게 전화할 수 없었다. 에바 린드는 그의 번호를 알았고, 그들이 마지막으로 대화했을 때도 그녀 쪽에서 전화를 걸었었다. 그때 그녀는 다시는 아버지를 보고 싶지 않다고 말했다. 그는 놀라서 얼어붙은 채 전화가 다시 오기를 기다렸지만, 전화는 그걸로 끝이었다.

그는 얼른 차에 올라탔다.

에바 린드와 마지막으로 만난 건 두 달 전이었다. 그 자체로는 특별할 것 없는 만남이었다. 그의 딸은 아버지가 개입할 여지를 주지 않고 자기 인생을 살았다. 그녀는 이십 대였고, 약물의존자였다. 마지막 만남은 또 한차례의 격렬한 말다툼으로 끝났다. 그가 사는 아파트에서 벌어진 일이었고, 그녀는 꼴 보기 싫다고 말하며 그곳을 박차고 나갔다.

에를렌뒤르에게는 아들 신드리 스나에르도 있었지만, 그는 아버지와 거의 교류가 없었다. 에를렌뒤르는 아들과 에바 린드가 아주 어렸을 때 그들과 아내의 곁을 떠났다. 이혼 후 에를렌뒤르의 아내는 그를 용서하지 않았고, 그가 아이들을 만나는 것도 허락하지 않았다. 그런 아내의 결정을 받아들인 게 잘못이었다는 후회는 세월이 갈수록 점점 커졌다. 그러다가 아이들이 성장한 뒤 그를 직접 찾아온 것이다.

레이캬비크 위로 차분한 봄날의 석양이 내릴 즈음 에를렌뒤르는 밀레니엄 쿼터를 급히 빠져나가 도시로 향하는 간선도로에 접어들었다. 그는 휴대폰이 켜져 있는 것을 확인한 뒤 앞좌석에 내려놓았다. 딸의 인생에 대해 아는 것이 별로 없었기에 어디서부터 탐색을 시작해야 할지 알 수 없었지만, 에바 린드가 일 년쯤 전에 살았던 보가르 지역의 지하 아파트가 간신히 기억에 떠올랐다.

그에 앞서 그는 에바 린드가 에를렌뒤르 자신의 아파트로 오지 않았는지 확인해보았지만 그녀는 어디에도 보이지 않았다. 아파트 건물 곳곳을 살피고, 다른 계단들도 올라가 보았다. 에바는 그의 아파트 열쇠를 가지고 있었다. 그가 아파트에 들어가 소리쳐 불러보았지만 그녀는 없었다. 에바의 엄마에게 전화해볼까 하는 생각도 들었는데 차마 엄두가 나지 않았다. 지난 이십 년 동안 그들 사이에는 거의 대화가 없었다. 에를렌뒤르는 아들에게 전화를 걸었다. 두 남매가 띄엄띄엄이나마 서로 연락하고 지내는 것을 알았기 때문이다. 신드리의 휴대전화 번호는 전화번호 안내에 문의해서 알아냈다. 하지만 신드리는 다른 지역에서 일하고 있었고, 누나가 어디 사는지 전혀 몰랐다.

에를렌뒤르는 망설였다.

"젠장." 신음 소리가 새어 나왔다.

그는 다시 전화번호 안내에 전화해서 전처의 번호를 물었다.

"나 에를렌뒤르야." 그녀가 전화를 받자 그가 말했다. "에바 린드한테 문제가 생긴 것 같아. 혹시 그 애가 어디 있을지 알아?"

침묵.

"그 애가 나한테 도와달라고 전화했는데 전화가 바로 끊겼어. 나는 그 애가 어디 있는지 모르고. 뭔가 잘못된 것 같아."

여전히 묵묵부답.

"하들도라?"

"당신 지금 나한테 이십 년 만에 전화한 거야?"

그 오랜 시간이 지났는데도 그녀의 목소리에는 여전히 차가운 증오가 깃들어 있었고, 그는 자신이 실수했다는 것을 깨달았다.

"에바 린드에게 지금 도움이 필요한 것 같은데, 난 그 애가 어디 있는지 모른다고."

"도움?"

"무슨 문제가 생긴 것 같아."

"그게 내 잘못이야?"

"당신 잘못? 아니, 그런 게……."

"나한테는 도움이 필요하지 않았을 것 같아? 혼자서 두 아이를 키우는 동안? 하지만 당신은 거들떠보지도 않았지."

"하들……."

"당신 아이들은 다 비뚤어졌어. 둘 다! 당신이 무슨 짓을 했는지 이제 알겠어? 우리에게 무슨 일을 했는지? 나와 아이들에게 무슨 짓을 했는지?"

"당신이 아이들을 만나게 해주지 않……."

"내가 그 애를 바로잡으려고 노력을 안 했을 것 같아? 내가 얼마나 많은 시간을 그 애 곁에 있어야 했는지 알아? 그때 당신은 어디 있었어?"

"하들도라, 나는……."

"나쁜 놈." 그녀가 싸늘하게 말했다.

그녀는 후려치듯 수화기를 내려놓았다. 에를렌뒤르는 전화를 건 자신을 저주했다. 그는 차에 올라 보가르 지역으로 가서 반지하 아파트들이 자리한 낡은 건물 앞에 섰다. 그러곤 그중 한 집 앞에 가서 문틀에 헐겁게 매달려 있는 벨을 눌렀지만 안에서 벨 울리는 소리가 들리지 않아 문을 두드렸다. 초조하게 사람이 나오기를 기다리던 그는 아무도 나오지 않자 손잡이를 잡았다. 문은 잠겨 있지 않았다. 에를렌뒤르는 조심조심 안으로 들어갔다. 비좁은 복도에 들어서니 안쪽에서 어린아이 우는 소리가 희미하게 들렸다. 거실로 다가가자 오줌과 분변 냄새가 훅 끼쳤다.

한 살쯤 된 여자 아기가 울다 지친 모습으로 거실 바닥에 앉아 있었다. 아이는 조끼 한 장만 입은 채, 흐느낌이 올라올 때마다 몸을 떨었다. 바닥에는 빈 맥주 캔, 보드카병, 패스트푸드 포장지와 곰팡이 낀 유제품이 가득했고, 그것들의 악취가 아기의 악취와 뒤섞여 있었다. 거실의 유일한 가구인 낡은 소파에는 한 여자가 에를렌뒤르에게 등을 돌린 채 나체로 누워 있었다. 아기는 그가 소파로 다가가도 신경 쓰지 않았다. 그는 여자의 손목을 잡고 맥박을 짚어 보았다. 팔에 주삿바늘 자국이 있었다.

에를렌뒤르는 거실 옆 부엌에 딸린 작은 방에서 모포를 찾아다가 소파 위의 여자를 덮어주었다. 작은 방 안에 문이 또 하나 있기에 열어보니, 샤워기가 딸린 조그만 욕실이 나왔다. 에를렌뒤르는 아기를 안고 욕실에 들어가 온수로 몸을 닦아준 뒤 수건으로 감쌌다. 아기가 울음을 그쳤다. 아기의 다리 사이는 오줌독으로 헐어 있었다. 배도 곯고 있을 것 같았지만, 그의 주머니에는 초콜릿 말고 아기에게 줄 만한 게 없었다. 그는 초콜릿을 한 조각 잘라서 아기에게 주고는 다정하게 말을 걸었다. 그러다 아기의 팔과 등에 난 자국을 보고 얼굴을 찌푸렸다.

간이침대가 하나 보여서 그 위에 널린 맥주 캔과 햄버거 포장지를 치우고 아기를 조심스레 눕혔다. 그는 분노를 억누르면서 거실로 돌아갔다. 소파에 쓰러져 있는 여자가 아기의 엄마인지 알 수도 없었고, 궁금하지도 않았다. 그는 여자를 안아 들어 욕실로 옮긴 뒤 샤워기 밑에 눕히고 차가운 물을 뿌렸다. 여자는 몸을 씰룩이고 숨을 헐떡이더니 소리를 지르며 물을 막는 시늉을 했다.

에를렌뒤르는 꽤 한참 동안 여자에게 물을 뿌린 다음 수도를 잠그고 여자에게 모포를 던져주었다. 그러곤 다시 거실로 데리고 나와 소파에 앉혔다. 여자는 깨어났지만 멍한 얼굴이었고 졸린 눈으로 에를렌뒤르를 바라보았다. 그러더니 무언가가 보이지 않는다는 듯 주변을 두리번거리다가, 마침내 그게 무엇인지 깨달았다.

"페르들라 어디 갔어요?" 여자가 모포 두른 몸을 떨면서 물었다.

"페르들라? 그건 강아지한테나 붙이는 이름이잖소!" 에를렌뒤르가 발끈해서 말했다.

"내 딸 어디 갔어요?" 여자가 다시 말했다. 여자는 서른 살가량으로 보였다. 머리는 짧았고, 샤워 물줄기에 색조 화장이 얼굴 전체로 번져 있었다. 윗입술이 붓고 이마에는 혹이 났으며, 오른쪽 눈은 퍼렇게 멍이 들어 있었다.

"당신은 아이에 대해 물을 자격도 없어." 에를렌뒤르가 말했다.

"뭐?"

"애를 담뱃불로 지졌잖소!"

"뭐? 아니에요! 근데 누구……? 당신 누구야?"

"아니면 당신을 두들겨 팬 짐승이 아이한테도 똑같은 짓을 한 건가?"

"나를 두들겨 패? 무슨 소리야? 당신 누구냐니까!"

"페르들라는 당신에게서 떼어놓겠어요." 에를렌뒤르가 말했다. "그리고 아이에게 이런 짓을 한 남자를 잡을 겁니다. 그러니까 당신은 나한테 두 가지를 말해야 돼요."

"나한테서 애를 떼어놓는다고요?"

"몇 달 전에 여기 어떤 젊은 여자가 살았어요. 일 년 전일 수도 있고. 그 여자에 대해 아는 거 있습니까? 이름은 에바 린드. 호리호리하고, 머리는 검은색에…….”

“페르들라는 민폐덩어리예요. 맨날 울기만 한다고요.”

“이 사람이 정말…….”

“그래서 그 사람이 못 참은 거예요.”

“에바 린드 이야기부터 해요. 에바를 압니까?”

“아이를 데려가지 말아요.”

“에바 린드가 어디 사는지 알아요?”

“에바는 몇 달 전에 이사 갔어요.”

“어디로 갔죠?”

“몰라요, 바디하고 같이 갔어요.”

“바디?”

“클럽 문지기예요. 당신이 아이를 데려가면 내가 신문사에 고발할 거야. 그래도 데려갈 거예요? 신문사에 고발한다니까.”

“어떤 클럽?”

여자가 클럽의 이름을 말해주었다. 에를렌뒤르는 자리에서 일어나 구급차와 아동복지위원회 응급팀에 전화해서 상황을 간략히 설명했다.

“그리고 또 한 가지. 당신을 두드려 팬 놈은 어디 있죠?” 에를렌뒤르가 구급차를 기다리며 물었다.

“그 사람은 끌어들이지 말아요.” 여자가 말했다.

“계속 이렇게 당하고 살려고요? 그러고 싶은 겁니까?”

“아뇨.”

"그러니까 어디 있는지 말해요."

"다만……."

"그래요, 다만 뭐요?"

"그 사람을 잡으면……."

"잡으면."

"잡으면 반드시 죽여요. 안 그러면 그자가 날 죽일 테니까." 그러면서 여자는 에를렌뒤르에게 싸늘하게 웃어 보였다.

바디는 근육질 몸에 머리가 유난히 작은 남자로, 레이캬비크 중심부의 카운트 로소라는 스트립 클럽에서 문지기로 일했다. 에를렌뒤르가 갔을 때 그는 문 앞에 없었지만, 체격이 비슷한 다른 문지기가 에를렌뒤르에게 그가 있는 곳을 일러주었다.

"일대일 구역에 있어요." 문지기가 말했지만 에를렌뒤르는 그게 무슨 뜻인지 얼른 알아듣지 못했다.

"일대일 댄스요. 일대일 쇼." 문지기가 설명하고 어이없다는 듯 눈을 샐쭉 굴렸다.

에를렌뒤르는 탁한 붉은색 등을 밝힌 클럽 안쪽으로 들어갔다. 바가 하나에 테이블과 의자 몇 개가 놓여 있었고, 남자 둘이 바라보는 가운데 젊은 여자가 단조로운 팝 음악에 맞추어 단상의 금속봉 앞에서 춤을 추고 있었다. 그녀는 에를렌뒤르를 보더니 유망한 고객이라 생각했는지 그의 앞에 와 춤을 추다가 조그만 브래지어를 벗었지만, 이내 딱하다는 듯 자신을 바라보는 그의 눈길에 당황해서 발을 헛디뎠다가 다시 중심을 잡고 그 앞을 떠났다. 위엄을 유지하기 위해 브래지어는 바닥에 가볍게 떨군 채였다.

일대일 쇼는 어디서 하는 건지 둘러보다가, 그는 댄스 플로어 맞은편에 긴 복도가 있는 것을 보고 그리로 걸어갔다. 복도는 검은 색이었고, 그 끝에 지하실로 이어지는 계단이 나타났다. 앞이 잘 보이지 않아 조심조심 계단을 내려가보니 검은 복도가 또 하나 나왔다. 천장에 붉은 등 한 개가 매달려 있었고, 복도 끝에서는 우람한 덩치의 문지기가 튼튼한 팔을 가슴 앞에 팔짱 끼고 서서 에를렌뒤르를 노려보았다. 그들 사이 복도에는 문이 한 쪽에 세 개씩, 모두 여섯 개 있었다. 그중 한 곳에서 구슬픈 바이올린 소리가 났다.

덩치 큰 문지기가 에를렌뒤르에게 다가왔다.

"바디 씨 되십니까?" 에를렌뒤르가 물었다.

"여자는 어디 있소?" 문지기가 물었다. 작은 머리가 꼭 두꺼운 목에 돋아난 사마귀 같았다.

"내가 그걸 물으려고 왔습니다만." 에를렌뒤르가 놀라서 말했다.

"나한테요? 나는 여자 배정하는 일은 안 하는데. 위층에서 여자를 골라서 이리로 데리고 내려와요."

"아, 무슨 얘긴지 알겠습니다." 에를렌뒤르는 자신이 오해했음을 알아챘다. "사실 나는 에바 린드를 찾아왔습니다."

"에바요? 에바는 옛날에 그만뒀는데. 에바의 손님이셨나?"

에를렌뒤르는 그를 빤히 바라보았다.

"옛날에 그만뒀다니, 무슨 뜻이죠?"

"가끔씩 여기서 일했죠. 에바를 어떻게 압니까?"

문 하나가 열리더니 젊은 남자가 바지 지퍼를 올리며 나왔다.

그 뒤로 벌거벗은 여자가 허리를 굽혀 바닥에 떨어진 옷을 주워 드는 모습이 보였다. 젊은 남자는 바디의 어깨를 툭 치며 그들 곁을 지나가서는 계단 위로 사라졌다. 방 안의 여자는 에를렌뒤르의 얼굴을 보더니 문을 탁 닫았다.

"여기 이 아래층에서 일했다는 건가요? 에바 린드가?" 에를렌뒤르가 놀라서 물었다.

"오래전 일이에요. 이 방에 에바하고 기막히게 닮은 여자가 있습니다." 바디가 중고차 판매원 같은 열정을 내비치며 어느 방을 가리켰다. "리투아니아 의대생이에요. 그리고 저 방 여자는 바이올린을 연주하고. 소리 들었어요? 폴란드 명문대생이죠. 모두 여기 와서 돈을 벌어요. 학비 말입니다."

"에바 린드를 찾으려면 어디로 가야 합니까?"

"여자들 사는 곳은 알려드리지 않습니다." 바디가 기묘하게 즐거운 기색으로 말했다.

"여자들 사는 데를 묻는 게 아니에요." 에를렌뒤르는 피로를 느꼈다. 화를 낼 수는 없었다. 아무리 이 남자의 목을 비틀고 싶다 해도 외교적으로 조심스럽게 정보를 얻어내야 했다. "에바 린드한테 문제가 생긴 것 같아서 그럽니다. 나한테 도와달라고 했거든요." 그는 최대한 침착하게 말했다.

"당신이 대체 뭔데? 아버지라도 됩니까?" 바디가 조롱을 담아 말했다.

에를렌뒤르는 바디를 바라보며 생각했다. 저 작은 대머리를 어떻게 잡지? 바디는 자신이 던진 말이 맞았다는 걸 깨닫고 얼굴에서 웃음을 거뒀다. 늘 그렇듯 우연이었다. 그는 천천히 한 걸음 뒤로 물러섰다.

"그 경찰이라는?" 그가 물었다.

에를렌뒤르는 고개를 끄덕였다.

"여기는 아무 문제 없는 합법 시설입니다."

"그건 알 바 아닙니다. 내가 궁금한 건 에바 린드니까."

"에바가 실종됐나요?"

"몰라요." 에를렌뒤르가 말했다. "어쨌건 지금 그 애를 찾을 수가 없습니다. 아까 도와달라는 연락을 받았는데, 어디 있는지를 몰라요. 당신이 그 애를 안다고 들었습니다."

"에바하고 잠깐 사귀었어요. 에바가 말했나요?"

에를렌뒤르는 고개를 저었다.

"같이 지내기 정말 힘든 여자죠. 제정신이 아니에요."

"어디 있는지만 말해주시죠."

"마지막으로 본 것도 벌써 오래됐어요. 에바는 아버지를 몹시 싫어하는데, 알고 있나요?"

"당신이 그 애랑 사귈 때 물건은 누가 대줬습니까?"

"약 말하는 건가요?"

"그래요."

"잡아가려고요?"

"아무도 안 잡아갑니다. 나는 에바 린드를 찾아야 해요. 도와줄 수 있습니까, 없습니까?"

바디는 어떻게 해야 할지 생각해보았다. 이 사람도 에바 린드도 굳이 도와줄 필요는 없었다. 에바가 어떻게 되든 알 바 아니었다. 하지만 형사의 얼굴에 어린 표정을 보니 그를 적으로 돌리는 것보다 같은 편으로 만드는 게 나을 것 같았다.

"난 에바가 어떻게 지내는지 몰라요. 아들리한테 물어보시죠."

"아들리?"

"내가 보냈다고는 하지 말고요."

5

에를렌뒤르는 부둣가를 지나 도시의 가장 오래된 구역으로 차를 몰고 가면서 에바 린드를 생각하고, 레이캬비크를 생각했다. 시골 출신인 그는 평생 대부분의 시간을 레이캬비크에서 살며 도시가 만을 건너고 언덕을 올라 뻗어가는 것을 보면서도 자신을 줄곧 외지인으로 여겨왔다. 그러는 동안 농촌 사회의 인구는 줄었다. 도시는 더이상 시골이나 어촌에 살고 싶지 않거나 살 수 없는 사람들로 부풀어 올랐다. 다들 새로운 삶을 건설하러 도시로 밀려들었지만, 뿌리를 잃고 과거를 잃은 채 불확실한 미래 앞에 던져졌다. 그는 레이캬비크에서 한 번도 편안한 적이 없었다.

언제나 외지인 같았다.

아들리는 스무 살가량 된 깡마른 청년이었다. 붉은 머리에 주근깨 가득한 얼굴, 앞니가 없고, 찡그린 얼굴은 핏기 없이 창백했다.

그리고 기침을 심하게 했다. 그는 바디가 알려준 외이스튀르스라에티 카페에서 빈 맥주잔을 앞에 놓고 혼자 앉아 있었다. 고개가 앞으로 굽고 가슴 앞에 팔짱을 낀 모습이 마치 잠을 자는 것 같았다. 옷은 모피 깃을 두른 우중충한 녹색 파카 차림이었다. 바디의 설명은 정확했다. 에를렌뒤르는 그의 테이블에 앉았다.

"아들리 씨 되십니까?" 그가 물었지만 답이 돌아오지 않았다. 그는 바를 둘러보았다. 실내는 어두웠고 손님은 드문드문 있었다. 머리 위의 스피커에서 형편없는 컨트리 가수의 구슬픈 노래가 흘러나왔다. 중년의 바텐더가 바 안쪽에 앉아 책장 모서리가 접힌 책을 읽고 있었다.

에를렌뒤르는 같은 질문을 한 번 더 해보고 남자의 어깨를 찔렀다. 남자는 잠에서 깨어 흐릿한 눈으로 에를렌뒤르를 보았다.

"맥주 한잔 사줄까요?" 에를렌뒤르가 미소를 지으려 애쓰며 물었다. 약간의 찡그림이 얼굴을 지나가긴 했지만.

"누구시죠?" 아들리가 멍한 눈으로 물었다. 그는 멍청한 표정을 감추려는 시도조차 하지 않았다.

"에바 린드를 찾고 있습니다. 난 그 애 아버지고, 지금 사정이 급해요. 그 애가 나한테 전화해서 도와달라고 했어요."

"그, 경찰이라는?" 아들리가 물었다.

"맞아요, 경찰입니다." 에를렌뒤르가 말했다.

아들리는 허리를 세우고 앉아서 슬그머니 주변을 둘러보았다.

"왜 그걸 나한테 묻죠?"

"당신이 에바 린드랑 아는 사이라는 거 압니다."

"어떻게요?"

"에바 린드는 지금 어디 있습니까?"

"맥주 한잔 사줘요."

에를렌뒤르는 그를 바라보며 잠시 이 방법이 옳은지 생각해보았지만, 어쨌든 밀고 나가기로 했다. 시간이 없었다. 그는 일어서서 바로 갔다. 바텐더가 굼뜨게 고개를 들고 안타까운 듯 책을 내려놓더니 의자에서 일어섰다. 에를렌뒤르는 맥주를 큰 잔으로 주문했다. 그러곤 지갑을 찾아 뒤지는데, 아들리가 사라지고 없었다. 급히 둘러보니 가게 문이 닫히고 있었다. 그는 맥주잔을 내민 바텐더를 그냥 둔 채 밖으로 달려 나갔다. 아들리가 그리오타소르프의 오래된 집들 쪽으로 가는 모습이 보였다.

아들리는 걸음도 빠르지 않았고 오래 달리지도 못했다. 주변을 둘러보다가 에를렌뒤르가 쫓아오는 것을 보고 속도를 높이려 했지만 그럴 힘도 없었다. 에를렌뒤르가 곧 그를 따라잡아 손으로 밀치자 아들리는 신음하며 땅바닥에 쓰러졌다. 에를렌뒤르는 그의 주머니에서 굴러 나온 약병 두 개를 집어 들었다. 엑스터시 같았다. 아들리의 코트를 벗기자 거기서도 약병들이 덜그럭거렸다. 코트 주머니를 모두 털어보니 어지간한 약장을 채울 만한 양의 마약이 나왔다.

"그 사람들이…… 날…… 죽일 거예요." 아들리가 숨을 헐떡이면서 비틀비틀 일어섰다. 주변에 행인은 거의 없었다. 도로 건너편에서 한 노부부가 그들을 지켜보다가 에를렌뒤르가 약병을 하나 둘 집어 드는 것을 보자 서둘러 자리를 떴다.

"알 바 아냐."

"가져가지 말아요. 그 사람들이……."

"사람들 누구?"

아들리는 어느 집 담벼락에 기대어 웅크리고 울기 시작했다.

"내 마지막 기회예요." 그가 콧물을 흘리며 말했다.

"네 기회 따위는 알 바 아냐. 에바 린드를 마지막으로 본 게 언제야?"

아들리는 훌쩍이더니 탈출구를 찾듯 그를 바라보았다.

"알았어요."

"뭐를?"

"에바에 대해 알려주면 그거 돌려줄 건가요?"

에를렌뒤르는 생각해보았다.

"에바에 대해 알려주면 돌려주지. 하지만 거짓말을 하면 돌아와서 너를 묵사발로 만들어버릴 거야."

"네, 네, 알았어요. 에바가 오늘 나한테 왔어요. 만나면 나한테 빚 있는 거 얘기 좀 해줘요. 나는 이제 안 된다고 했어요. 난 임신한 여자한테는 안 파니까."

"원칙주의자 나셨군." 에를렌뒤르가 말했다.

"배를 이렇게 불룩 내밀고 와서 사정을 하다가 내가 끝까지 약을 안 주니까 길길이 날뛰고는 갔어요."

"어디로 갔는지 알아?"

"몰라요."

"그 애가 사는 데는 어디지?"

"에바는 돈이 없고, 나는 돈이 필요해요. 돈을 안 가져가면 그 사람들이 나를 죽여요."

"에바가 어디 사는지 알아?"

"어디 사냐고요? 사는 데가 없어요. 그냥 아무 데나 들어가서 뒹굴어요. 도둑질도 하고요. 자기는 돈이 없어도 되는 줄 알아요." 아들리가 경멸조로 콧방귀를 뀌었다. "그냥 가져도 되는 건 줄 안다니까요. 공짜인 것처럼요."

앞니가 없어서 발음이 샜다. 갑자기 그의 모습이 더러운 파카를 입고 용감한 척하는 덩치 큰 어린아이처럼 보였다.

그의 코에서 다시 콧물이 흘러내렸다.

"그 애가 갔을 만한 곳 알아?" 에를렌뒤르가 물었다.

아들리는 그를 보고 코를 훌쩍였다.

"그거 돌려줄 거예요?"

"그 애 어디 있어?"

"말해주면 그거 줄 거예요?"

"사실대로 말하면. 그 애 어딨어?"

"다른 여자하고 같이 왔었어요."

"다른 여자 누구? 이름이 뭐지?"

"그 여자가 사는 곳을 알아요."

에를렌뒤르가 한 걸음 다가갔다.

"다 돌려주지. 그 여자가 누구야?"

"이름은 라가예요. 저기 모퉁이를 돌아가면 나오는 트리그바가타 거리에 살아요. 선착장이 내려다보이는 큰 건물 꼭대기 층이에요." 아들리는 머뭇머뭇 손을 뻗었다. "됐죠? 이제 그거 주세요. 약속했잖아요."

"이걸 돌려줄 거라고 생각하다니, 멍청한 놈." 에를렌뒤르가 말했다. "시간만 있으면 널 경찰서로 끌고 가서 유치장에 처넣었을 거야. 오늘 운 좋은 줄 알아."

"그 사람들이 날 죽인다니까요! 제발! 그거 이리 주세요. 제발요!"

에를렌뒤르가 들은 척도 않고 일어나 가버리자 아들리는 담벼락에 기댄 채 훌쩍이며 자신을 욕하고, 허약한 분노 속에 벽에 머리를 찧었다. 그 소리는 에를렌뒤르가 꽤 멀리 갈 때까지 들렸는데, 놀랍게도 욕설의 대상은 에를렌뒤르가 아니라 자기 자신이었다.

"바보 같은 자식, 바보 같은 자식……."

돌아보니 아들리는 자기 얼굴을 때리고 있었다.

네 살 정도 된 사내아이가 문을 열었다. 잠옷 바지 차림에 맨발로 나온 아이는 더러운 머리를 한 채 에를렌뒤르를 올려다보았고, 그는 허리를 굽혀 아이를 내려다보았다. 에를렌뒤르가 빰을 쓰다듬어주려고 손을 뻗자 아이는 고개를 뒤로 젖혔다. 엄마는 집에 계시냐고 물었지만, 아이는 의심스러운 눈길만 던질 뿐 아무 대답도 하지 않았다.

"에바 린드도 여기 있니, 아가야?" 그가 물었다.

에를렌뒤르는 서둘러야 한다는 생각에 초조했다. 에바 린드가 전화한 지 두 시간이 지났다. 그는 손을 쓰기에는 이미 늦었다는 생각을 떨치려 애썼다. 그녀가 어떤 곤경에 빠진 건지 상상해보려고도 했지만 곧 그런 고문을 그만두고 딸을 찾는 일에 집중하기로 했다. 이제는 그녀가 그날 저녁 아들리와 헤어질 때 함께 있던 사람을 알고 있다. 그녀에게 가까이 다가가고 있다는 느낌이 들었다.

아이는 아무 대답 없이 집 안으로 사라졌다. 에를렌뒤르도 따라 들어갔는데 앞이 보이지 않았다. 아파트가 칠흑처럼 캄캄해서 스위치를 찾아 몇 번이나 벽을 더듬었지만 실패했고, 그는 그냥 길을 더듬어 어느 작은 방으로 들어갔다. 마침내 천장에 매달린 전구 하나가 켜졌다. 방바닥은 차가운 콘크리트가 그대로 드러나 있었다. 더러운 매트리스들이 방 곳곳에 깔려 있고, 그중 한 곳에 에바 린드보다 약간 젊은 여자가 낡은 청바지와 빨간색 티셔츠 차림으로 누워 있었다. 그 옆, 뚜껑이 열려 있는 금속 상자에는 피하주사용 주삿바늘 두 개가 담겨 있었고, 바닥에는 가느다란 플라스틱 튜브가 돌돌 말린 채 뒹굴었다. 남자 둘이 여자 양옆의 매트리스에서 자고 있었다.

에를렌뒤르는 옆에 무릎을 꿇고 앉아 여자를 찔렀다. 하지만 아무 반응이 없자 여자의 고개를 들고 상체를 일으켜 앉힌 뒤 뺨을 톡톡 때렸다. 여자가 웅얼거렸다. 그는 자리에서 일어나 여자를 일으켜 세우고 집 안을 걷게 했다. 곧 정신이 드는 듯 여자가 눈을 떴다. 에를렌뒤르는 어둠 속에서 부엌 의자를 발견하고 여자를 거기 앉혔다. 여자는 그를 보더니 고개를 가슴에 툭 떨구었다. 그가 얼굴을 가볍게 때리자 여자가 다시 정신을 차렸다.

"에바 린드 어디 있소?" 에를렌뒤르가 물었다.

"에바." 여자가 중얼거렸다.

"오늘 만났잖아. 에바 지금 어디 있어?"

"에바……."

여자의 고개가 다시 떨어졌다. 문 앞에 서 있는 사내아이가 그의 눈에 들어왔다. 아이는 한 손에 인형을 든 채 다른 손으로 빈 젖병을 에를렌뒤르에게 내밀더니 이내 입에 젖병을 물었다. 빈 젖병 빠는 소리가 이어졌다. 그는 아이를 바라보다가 이를 갈며 휴대전화를 꺼내 구조대를 불렀다.

의사가 구급차와 함께 왔다. 에를렌뒤르가 그렇게 해달라고 요청한 터였다.

"이 여자에게 주사 한 대 놔주시죠." 에를렌뒤르가 말했다.

"주사요?" 의사가 물었다.

"헤로인을 한 것 같아요. 날록손이나 나르칸티 있나요? 구급낭에 말입니다."

"있습니다만……."

"이 여자하고 당장 해야 할 이야기가 있어요. 지금 내 딸이 위험에 빠져 있는데, 이 여자가 딸의 소재를 압니다."

의사는 여자를 보고, 이어 에를렌뒤르를 본 뒤 고개를 끄덕였다.

에를렌뒤르는 여자를 다시 매트리스에 눕혔다. 여자가 정신을 차리기까지 시간이 조금 걸렸다. 구조대원들은 들것을 들고 옆에 서 있었다. 아이는 방 안에 숨어 있었다. 두 남자는 여전히 매트리스 위에 뻗어 있었다.

에를렌뒤르는 여자 옆에 웅크리고 앉았다. 여자가 천천히 의식을 되찾았다. 그녀는 에를렌뒤르를 보고, 이어 의사와 구조대원들을 올려다보았다.

“이게 무슨 일이야?” 여자가 혼잣말을 하듯 나직하게 물었다.

“에바 린드 알죠?” 에를렌뒤르가 물었다.

“에바?”

“오늘 밤 당신하고 만났잖아요. 에바가 지금 위험에 빠진 것 같아요. 그 애가 어디로 갔는지 압니까?”

“에바가 위험해?” 여자가 묻고 주변을 둘러보았다. “키디는 어디 있지?”

“사내애는 저쪽 방에 있어요.” 에를렌뒤르가 말했다. “거기서 당신을 기다리는 중이야. 자, 어디로 가야 에바를 찾을 수 있지?”

“당신은 누구야?”

“에바의 아버지요.”

“경찰?”

“그래요.”

“에바는 당신 싫어해요.”

“나도 알아요. 그 애가 어디 있는지 알고 있소?”

“에바가 진통을 시작했어요. 그래서 병원에 가라고 했죠. 에바는 걸어가려고 했어요.”

“진통?”

“배가 찢어질 것 같다더라고요.”

“어디서 출발했죠? 여기서?”

“버스 터미널에서.”

"버스 터미널?"

"국립의료원에 가겠다고 했는데. 거기 없어요?"

에를렌뒤르가 일어서자 의사가 그에게 국립의료원의 전화번호를 알려주었다. 하지만 전화를 해보니 오늘 에바 린드라는 이름의 환자는 들어오지 않았다고 했다. 그 나이대의 여자도 없었다. 전화가 산부인과 병동으로 연결되었다. 그가 에바의 인상착의를 최대한 상세히 설명해보았지만, 당직 조산사는 그런 여자는 없는 것 같다고 말했다.

에를렌뒤르는 아파트에서 달려 나가 버스 터미널로 차를 몰았다. 인적은 끊겨 있었다. 버스 터미널은 자정에 문을 닫았다. 그는 차에서 내려 스노라브리이트를 달렸고, 노르뒤르미리의 집들을 지나치며 마당을 살펴보았다. 병원이 가까워지자 딸의 이름을 소리쳐 불렀지만 아무 대답도 없었다.

마침내 그는 나무에 둘러싸인 어느 잔디밭에 핏물을 깔고 쓰러져 있는 에바 린드를 발견했다. 오래된 조산원에서 오십 미터가량 떨어진 거리였다. 하지만 이미 늦었다. 에바의 몸 아래의 풀밭은 피로 흥건했고, 그녀의 청바지도 마찬가지였다.

에를렌뒤르는 딸 옆에 무릎을 꿇고 앉아서 조산원 건물을 올려다보며, 오랜 옛날 에바 린드가 태어날 때 자신이 하들도라와 함께 그 문으로 들어갔던 일을 떠올렸다. 에바는 자신이 태어난 곳에서 죽게 되는 것일까?

에를렌뒤르는 에바를 움직여야 할지 마음을 정하지 못해 갈등하면서 딸의 이마를 쓰다듬었다.

그가 보건대 그녀는 임신 칠 개월 정도였다.

그녀는 그에게서 달아나려 했지만, 결국 오래전에 그런 시도를 포기하고 말았다.

그녀는 두 번 집을 나갔다. 두 번 다 그들이 아직 린다르가타 거리의 지하 아파트에 살 때였다. 처음으로 그녀를 때리고 꼬박 일 년이 지났을 무렵, 그는 다시 냉정을 잃었다. 그가 그런 표현을 썼다. 그러니까, 자신이 휘두르는 폭력에 대해 아직 이야기를 할 때는 그랬다. 하지만 그녀에게는 그 일이 냉정을 잃은 상황으로 보이지 않았다. 그녀를 혼절할 지경으로 두드려 패고 욕설을 퍼부을 때만큼 그가 냉정해 보일 때가 없었기 때문이다. 가장 사납게 날뛰는 순간에도 그는 항상 차갑고, 침착하고, 확고해 보였다.

시간이 지나면서 그녀는 그를 이기려면 자신도 그런 특징을 키워야 한다는 걸 깨달았다.

그녀의 첫 번째 탈출 시도는 실패할 수밖에 없었다. 전혀 준비가 되어 있지 않은 탓에 어떤 선택을 해야 할지, 어디 의지해야 할지 아무것도 몰라 이월 저녁의 찬 바람 속에 두 아이와 함께, 시몬의 손을 쥐고 미켈리나는 등에 업은 채 서 있을 수밖에 없었다. 아무 데도 갈 데가 없었다. 그녀가 아는 것은 그저 그 지하 아파트에서 도망쳐야 한다는 것뿐이었다.

목사도 만나봤지만, 그는 좋은 아내는 남편을 떠나지 않는다고 말할 뿐이었다. 결혼은 하느님의 눈에 신성한 것이기에 사람은 많은 것을 인내하며 그것을 유지해야 한다고 말이다.

"아이들을 생각하세요." 목사는 말했다.

"저는 늘 아이들을 생각해요." 그녀가 말하자 목사는 친절한 미소를 지었다.

경찰에는 연락하지 않았다. 그가 폭력을 휘두를 때 이웃들이 두 번이나 경찰을 불렀지만, 경찰은 부부 싸움을 말리고 그냥 가버렸다. 그녀의 눈이 붓고 입술이 터진 것을 보고도 경찰은 서로 한 발짝씩 양보하라고 했다. 그들 때문에 동네가 시끄러워진다고 했다. 두 번째, 그러니까 이 년 뒤에는 경찰이 그를 데리고 나가서 이야기를 했다. 그녀는 그가 자신에게 폭력을 휘두르며 죽인다고 협박했다고, 이게 처음이 아니라고 외쳤다. 그들은 그녀에게 술을 마셨느냐고 물었다. 그녀는 그게 무슨 뜻인지 이해하지 못했다. 술을 마셨느냐고 그들은 다시 물었다. 아뇨, 저는 술을 안 마셔요. 그녀가 대답했다. 그들은 바깥에서 그에게 무언가 말했다. 그런 뒤 그와 악수를 하고 가버렸다.

그들이 떠나자 그는 면도칼로 그녀의 뺨을 긁었다.

그날 저녁, 그가 잠들자 그녀는 미켈리나를 등에 업고 시몬을 앞세운 채 지하 아파트의 계단을 올랐다. 전에 쓰레기장에서 주운 낡은 유아차를 고쳐서 미켈리나를 태울 유아차로 만들었지만 그가 그녀의 탈출 계획을 감지한 듯, 그리고 그렇게 하면 그녀의 발을 묶을 수 있다고 생각한 듯 분노로 날뛰던 중 그것을 부수어버렸다.

그녀의 탈출에는 아무런 계획이 없었다. 그녀는 마침내 구세군에 가서 그날 밤 몸을 누일 곳을 구했다. 그녀에겐 레이캬비크뿐 아니라 어디에도 친척이 없었다. 그는 다음 날 아침 눈을 뜨고 식구들이 사라진 걸 알아차린 즉시 그들을 찾아다니기 시작했다. 추위 속에 셔츠 바람으로 도시를 쑤시고 다니던 그는 그들이 구세군에서 나오는 것을 보았다. 그는 아무 말 없이 다가와서 아들을 낚아채고 딸을 집어 들어 집으로 향했고, 그제서야 그녀는 자신이 발각되었음을 알았다. 아이들은 겁에 질려 반항하지 못했지만, 미켈리나가 자신을 향해 두 팔을 뻗고 소리 없이 눈물 흘리는 모습을 그녀는 똑똑히 보았다.

미켈리나는 무슨 생각을 하고 있었을까?

결국 그녀는 그들을 따라갔다.

두 번째 시도 후에는 그가 아이들을 죽이겠다고 협박했고, 그녀는 더이상 달아나려는 시도를 하지 않았다. 두 번째는 훨씬 제대로 준비한 탈출이었다. 새 삶을 살 수 있을 거라 생각했다. 아이들과 함께 북부의 어촌으로 가서 방이나 작은 아파트를 얻고, 생선 공장에 취직해 먹고살 돈을 벌 거라고. 두 번째 시도에 앞서 그녀는 시간을 두고 모든 것을 계획했다. 우선 시글뤼피외르뒤르로 가기로 했다. 최악의 불황이 지나갔기에 일자리가 많았고, 많은 외지인이 일하러 몰려드는 곳이니 그녀가 아이들과 함께 눈에 띄지 않고 조용히 지낼 수 있을 터였다. 처음에는 노동자 숙소에서 지내다가 방을 구해 나갈 계획이었다.

그녀와 두 아이의 버스비는 만만치 않았고, 남편은 부두 일로 버는 돈을 내놓지 않았다. 그녀는 오랜 세월 동안 동전을 악착같이 모아서 버스비로 치를 만한 금액을 만들었다. 그리고 때가 되자 작은 여행 가방에 아이들 옷을 전부 넣었다. 개인 물품 몇 가지와, 그녀가 다시 고쳐서 미켈리나를 태울 수 있는 유아차도 챙겼다. 그러곤 그가 어디서 튀어나올지 모른다는 두려움에 사방을 둘러보며 서둘러 버스 터미널로 갔다.

그는 평소처럼 점심시간에 집에 돌아왔다가 그녀가 집을 나간 것을 알았다. 그녀는 남편이 집에 왔을 때 먹을 점심을 준비해두어야 했고, 한 번도 그 일을 게을리한 적이 없었다. 그는 유아차가 사라진 것을 보았다. 옷장도 열려 있었다. 지난번 탈출 사건을 기억하고 구세군으로 갔지만 그녀가 없다는 말을 듣자 그는 난동을 피웠다. 사람들 말을 믿지 않고 온 건물을 뒤졌다. 이 방 저 방 쑤셔보고 지하실에 가보아도 식구들이 보이지 않자, 쉼터를 운영하는 구세군 대위를 때려눕힌 뒤 그들이 간 곳을 말하지 않으면 죽여버리겠다고 협박했다.

결국 그녀가 정말로 구세군에 가지 않았음을 알게 된 그는 온 도시를 쑤시고 다녔지만 찾지 못했다. 상점과 식당들을 이잡듯이 뒤져도 그녀는 없었다. 하루가 저물어가면서 분노와 좌절이 증폭되었고, 그는 완전히 이성을 잃은 상태로 집에 돌아갔다. 그러곤 집을 완전히 뒤집어가며 실마리가 될 만한 것을 찾아보고는, 그녀가 상인의 집에서 일하던 시절에 친하게 지냈던 친구 두 명의 집으로 쳐들어가서 아내와 아이들의 이름을 소리쳐 불렀다가 이렇다 저렇다 말도 없이 그냥 집 밖으로 내달렸다.

그녀는 하루 종일 쉬지 않고 이동해서 새벽 2시에 시글뤼피외르뒤르에 도착했다. 버스는 세 번 쉬었고, 그때마다 승객들은 다리를 펴고, 도시락을 먹거나 식당에 들렀다. 그녀는 샌드위치와 우유를 싸 왔지만 버스가 플리오트의 하가네스비크에 들어서자 다시 배가 고파졌다. 하가네스비크에서는 추운 밤 승객들을 시글뤼피외르뒤르로 실어 갈 배가 기다리고 있었다. 그녀가 노동자 숙소에 당도하자 작업반장이 싱글 침대가 있는 작은 방을 보여주고 바닥에 깔 매트리스 하나와 이불 두 장을 빌려주었다. 거기서 그들은 자유의 첫날 밤을 보냈다. 아이들은 매트리스에 닿자마자 잠이 들었지만, 그녀는 어둠을 바라보며 누워 있다가 온몸을 뚫고 지나가는 떨림을 다스리지 못하고 울음을 터뜨렸다.

그는 며칠 뒤에 그녀를 찾아냈다. 그녀가 버스를 타고 도시를 떠났을지 모른다는 생각이 들자 버스 터미널에 가서 사람들에게 캐묻기 시작했고, 마침내 아내와 아이들이 북부 도시인 시글뤼피외르뒤르로 가는 버스를 탔다는 것을 알게 되었다. 버스 기사는 여자와 아이들, 특히 몸이 불편한 딸아이를 똑똑히 기억하고 있었다. 다음번 버스로 북부를 향해 떠난 그는 자정 직후에 시글뤼피외르뒤르에 도착했다. 이어 노동자 숙소를 하나하나 뒤진 끝에 어느 작업반장을 깨워서 마침내 그녀가 자고 있는 작은 방을 찾았다. 그는 작업반장에게 사정을 설명했다. 아내가 자신보다 먼저 거기 와 있다고, 하지만 식구들이 거기서 오래 지내지는 않을 거라고.

그는 조용히 방으로 들어갔다. 작은 창으로 들어오는 거리의 침침한 빛 속에서 그는 아이들이 잠든 매트리스를 건너가 얼굴이 그녀의 얼굴에 거의 닿을 정도로 허리를 굽힌 뒤 그녀를 흔들었다. 그녀는 곤히 잠들어 있었지만, 그는 더 거칠게 흔든 끝에 그녀를 깨웠다. 그녀의 눈에 떠오른 진심 어린 공포를 보며 그는 미소 지었다. 그녀는 도와달라고 소리치려 했지만 그가 손으로 입을 막았다.

"네년이 달아날 수 있을 줄 알았어?" 그가 섬뜩한 목소리로 속삭였다.

그녀가 그를 올려다보았다.

"이게 그렇게 쉬울 줄 알았어?"

그녀는 천천히 고개를 저었다.

"내가 지금 정말로 하고 싶은 게 뭔지 알아?" 그가 이를 악물고 말했다. "저년을 산으로 끌고 가 죽이고 아무도 못 찾는 데다 묻어버린 다음 바다로 기어 들어간 모양이라고 말하는 거야. 정말로 그럴 테니 한번 봐. 지금 당장. 아들놈이 찍소리를 낸다면 놈도 같이 죽여버리고, 놈도 저년 따라서 바다로 기어 들어갔다고 할 거야."

그녀가 아이들을 보며 나직한 흐느낌을 토하자 그는 웃음을 지었다. 그러곤 그녀의 입에서 손을 뗐다.

"다시는 안 그럴게." 그녀가 신음했다. "이런 짓 절대로 안 할게. 미안해. 잘못했어. 내가 무슨 생각을 한 건지 모르겠어. 내가 미쳤나 봐. 그래, 미친 거야. 내 잘못으로 아이들을 벌주지는 마. 나를 때려, 나를. 원하는 만큼 세게. 당신이 원하면 여기를 떠날게."

그 절박한 태도가 그에게 역겨움을 안겨주었다.

"아니, 네가 원하는 건 이거잖아. 그러니 원하는 대로 해줘야지."

그가 시몬의 옆에서 잠을 자는 미켈리나에게 손을 뻗으려고 하자, 아이 엄마가 혼비백산해서 그의 손을 잡았다.

"여길 봐." 그녀가 자기 얼굴을 때리며 말했다. "여기." 이어 자기 머리카락을 당겼다. "여길 봐." 그녀는 일어나 앉아서 침대의 철제 난간에 몸을 던졌고, 그것을 의도했건 어쨌건 거기 부딪혀 의식을 잃고 그의 앞에 털썩 쓰러졌다.

그들은 다음 날 일찍 집으로 출발했다. 그는 그녀를 앞세워 생선 공장에서 일한 며칠 치 노임을 받으러 갔다. 그곳 염장터에서 일을 했기에 그녀는 아이들을 살필 수 있었고, 아이들은 근처에서 놀거나 방에서 지냈다. 그는 작업반장에게 가서 자기들은 레이캬비크로 돌아갈 거라고 말했다. 새 소식이 와서 계획을 바꾸게 되었다고. 그러니 아내가 일한 노임을 달라고 했다. 작업반장은 종이에 무언가를 끄적이곤 사무실을 가리켰다. 그가 종이를 건네면서 그녀를 보았다. 그녀는 무언가 말할 듯한 기색이었다. 하지만 그는 그녀의 겁먹은 태도를 수줍음으로 착각했다.

"괜찮아요?" 작업반장이 물었다.

"괜찮죠, 그럼." 남편이 대답하고는 그녀를 데리고 떠났다.

레이캬비크의 지하 아파트에 돌아왔을 때, 그는 그녀를 건드리지 않았다. 그녀는 꼬질꼬질한 코트 차림으로 여행 가방을 든 채 거실에 서서 일생일대의 구타를 기다렸지만 아무 일도 일어나지 않았다. 북부에서 그녀가 벌인 자해 행동이 그에게는 불의의 습격이었다. 그는 의사를 부르거나 하지 않고 혼자서 그녀를 간호했다. 결혼한 이후 그가 그녀를 돌본 것은 그때가 처음이었다. 그녀가 기력을 회복하자 그는 넌 나를 떠날 수 없다고 말했다. 만약 그러면 너하고 아이들을 죽여버릴 거라고, 넌 내 마누라고 영원토록 그럴 거라고.

영원토록.

그 뒤로 그녀는 달아나려는 시도를 그만두었다.

세월이 흘렀다. 어부가 되겠다는 그의 계획은 세 차례의 출항 이후 사라졌다. 그는 뱃멀미를 이기지 못했다. 거기다 자신이 바다를 무서워한다는 걸 알게 되었고, 그것도 극복하지 못했다. 그는 배가 침몰할까 봐 두려웠다. 바다로 떨어지는 일도 두려웠고, 악천후도 두려웠다. 마지막 출항 때 폭풍을 만나자, 그는 배가 뒤집혀 자신이 금세 죽을 거라는 생각에 식당에서 울었다. 그 뒤로 그는 두 번 다시 바다에 나가지 않았다.

그녀를 다정하게 대하는 것이 그에게는 불가능한 일 같았다. 최상의 태도는 완전한 무관심이었다. 결혼 후 첫 이 년 동안에는 가혹한 폭행과 욕설에 그녀가 울음을 터뜨릴 때마다 자신의 행동을 후회하는 기색을 내비치기도 했다. 하지만 시간이 지나면서 죄책감은 사라졌다. 그의 폭력은 부자연스럽거나 관계를 해치는 행동이 아니라, 반대로 꼭 필요한 일, 나아가 올바른 일처럼 되었다. 때로 그녀는 그의 폭행이 무엇보다 그 자신의 나약함을 드러내는 것이며, 남편 역시 마음 깊은 곳에서는 그 사실을 알고 있다는 생각이 들었다. 그녀를 때릴수록 그도 비참해졌다. 그러면 그는 그녀를 비난했다. 내가 널 이렇게 대하는 건 다 네 탓이라고, 네가 날 이렇게 만든 거라고 소리쳤다.

그들에겐 친구가 별로 없었고 함께 아는 친구는 한 명도 없었기에, 그녀는 결혼 이후 금세 고립되었다. 아주 가끔 예전에 함께 일한 동료들을 만날 때도 그녀는 남편의 폭력에 대해 아무 말 하지 않았고, 시간이 더 지나면서 결국 모두와 연락이 끊겼다. 그녀는 부끄러웠다. 전혀 예상할 수 없는 순간에 난데없이 두드려 맞는 일이 부끄러웠다. 멍든 눈, 터진 입술, 온몸의 상처가 부끄러웠다. 다른 사람들은 이해하지 못할, 오히려 혐오스러워할 자신의 인생이 부끄러웠다. 감추고 싶었다. 그가 만들어놓은 감옥 안에 숨고 싶었다. 거기 들어가 문을 잠그고 아무도 들어오지 못하게 열쇠를 버리고 싶었다. 그녀는 그의 학대를 받아들여야 했다. 그것이 그녀의 절대적이고 불변하는 운명이었다.

아이들이 그녀의 모든 것이었다. 아이들은 사실상 그녀의 친구이자 영혼의 동반자가 되었고, 그녀는 그들을 위해 살았다. 미켈리나가 특히 그랬지만 시몬도 자라면서 점점 그렇게 되었고, 토마스라고 이름 지은 둘째 아들도 그랬다. 그녀는 아이들의 이름을 직접 지었다. 그가 아이들에게 관심을 보이는 경우는 나무랄 때뿐이었다. 많이 먹는다고. 밤에 시끄럽게 군다고. 아이들은 어머니가 당하는 폭력을 고통스럽게 목격했고, 그녀가 힘들 때 소중한 위안을 안겨주었다.

그는 그녀의 미약한 자존감을 완전히 박살 냈다. 그녀는 천성이 조용하고 얌전했다. 사람들 비위를 맞추고, 친절과 도움을 베풀고, 나아가 순종하는 편이었다. 사람들이 말을 걸면 어색하게 웃고, 너무 소심하게 보이지 않으려고 애를 썼다. 그는 그런 연약한 모습에 힘입어 그녀를 냉혹하게 학대했고, 결국 그녀는 자아를 모두 잃어버렸다. 그녀의 모든 생활이 그를 중심으로 돌아가며 그의 변덕을 일일이 시중들었다. 그녀는 더이상 예전처럼 자신을 돌보지 않았다. 규칙적으로 씻지도 않게 되었다. 겉모습에 신경을 쓰지 않았다. 눈이 퀭해지고, 얼굴은 탄력과 생기를 잃었으며, 허리는 굽고, 고개는 제대로 들 수 없는 듯 늘 가슴에 박혀 있었다. 풍성하고 아름답던 머리채는 윤기를 잃고 칙칙하고 지저분하게 늘어졌다. 머리가 너무 긴 것 같으면 그녀는 부엌 가위를 찾아 대충 잘랐다.

혹은 그가 너무 길다고 말하면.

그녀는 늙은 추녀가 되었다.

6

뼈가 발견된 다음 날 아침, 고고학팀은 발굴을 재개했다. 전날 밤 지역을 순찰한 경찰들이 에를렌뒤르가 손을 발견한 곳을 보여주자, 스카르프헤딘은 에를렌뒤르가 흙을 파냈다며 노발대발했다. 한심한 아마추어들이라고, 그는 정오가 한참 지날 때까지도 턱수염 속에서 꿍얼거렸다. 그에게 발굴이란 흙을 한 겹 한 겹 조심스레 벗겨내 그 아래 담긴 모든 역사를 드러내고 비밀을 밝혀내는 신성한 의식이었다. 모든 사항이 다 중요하고, 모든 흙이 결정적 증거가 될 수 있는데, 아무것도 모르는 돌팔이들이 중요한 데이터를 망가뜨리려고 한다는 것이었다.

그는 그런 설교를 아무 잘못도 없는 엘린보르그와 시귀르뒤르 올리에게 쏟아부었고, 그러면서 중간중간 고고학팀에 계속 지시를 내렸다. 이렇게 극도로 치밀한 고고학적 방식을 채택한 탓에 일은 매우 더디게 진척되었다. 조사 영역 안에는 모종의 시스템에 따라 밧줄을 가로세로로 쳐서 각각의 구역을 표시했다. 가장 중요한 것은 발굴 과정에서 뼈의 위치를 움직이지 않는 것이었다. 그들은 흙을 털어낼 때도 뼈가 움직이지 않도록 주의를 기울였고, 떨어진 흙 알갱이들까지 낱낱이 조사했다.

"왜 손이 땅에서 튀어나와 있는 겁니까?" 엘린보르그가 바쁘게 지나가는 스카르프헤딘을 멈춰 세우고 물었다.

"단언하기 어렵습니다. 최악의 시나리오는 저 사람이 산 채로 땅에 묻혀서 저항을 시도했다는 거지요. 흙을 파고 나오려고요."

"산 채로 묻혀서 밖으로 나오려고 했다고요?" 엘린보르그가 한탄하듯 되물었다.

"꼭 그런 게 아닐 수 있어요. 시신이 땅에 묻힐 때 손이 그런 자세가 되었을 가능성도 배제할 수 없죠. 지금은 그에 대해 어떤 말도 하기 이릅니다."

시귀르뒤르 올리와 엘린보르그는 에를렌뒤르가 발굴 현장에 나타나지 않는 것에 놀랐다. 괴짜에 종잡을 수 없는 사람이긴 해도 그는 과거와 현재의 실종자들에 관심이 많았고, 땅속의 뼈는 에를렌뒤르가 즐겨 찾아내는 오래된 서류 속 실종 사건의 열쇠가 될 수도 있었기 때문이다. 정오가 지났을 때 엘린보르그가 그의 집과 휴대전화로 통화를 시도해보았지만 연락이 닿지 않았다.

2시 무렵 엘린보르그의 휴대전화가 울렸다.

"현장에 있어?" 굵은 목소리가 건너왔고, 그 음성을 듣자마자 그녀는 물었다.

"어디예요?"

"늦어졌어. 발굴 현장에 있어?"

"네."

"거기 키 작은 나무들 보여? 까치밥나무 같던데. 구덩이에서 동쪽으로 삼십 미터 정도 떨어져 있고, 남쪽 방향으로 거의 일렬로 서 있어."

"까치밥나무요?" 엘린보르그가 눈을 찌푸린 채 이리저리 움직이며 작은 나무들을 찾아보았다. "네, 보여요."

"오래전에 심은 나무들이야."

"네."

"이유를 알아봐. 거기 사람이 살았는지. 옛날에 거기 집이 있었는지. 도시계획국에 가서 지역 지도를 살펴보고, 가능하면 항공사진도 찾아봐. 20세기 초에서 어쩌면 최소 1960년 자료까지 뒤져야 할지도 몰라. 아니면 그 이후까지도."

"이 언덕에 집이 있었다고 생각하세요?" 엘린보르그가 주변을 둘러보면서 물었다. 굳이 의구심을 감추려 하지도 않았다.

"확인해봐야 할 것 같아. 시귀르뒤르 올리는 뭐 하고 있지?"

"2차세계대전 이후의 실종자 서류들부터 훑어보고 있어요. 계속 선배를 기다리던데요. 선배가 이런 일을 좋아한다면서요."

"방금 스카르프헤딘하고 통화했는데, 그 사람이 전쟁 때 언덕 반대편, 그러니까 그라바르홀트 남쪽 사면에 캠프가 있었다는 걸 기억해냈어."

"캠프요?"

"영국군 아니면 미군의 캠프. 병영. 캠프 이름은 잊었다는데, 그것도 알아봐. 영국군 캠프에서 신고된 실종자가 있는지 확인해야 해. 아니면 그들에게서 캠프를 인수한 미군 쪽에서나."

"영국군? 미군? 전쟁요? 잠깐만, 어디서 그런 걸 알아보죠?" 엘린보르그가 놀라서 물었다. "미군이 언제 캠프를 인수했는데요?"

"1941년. 병참 보급소였는지도 몰라. 어쨌건 스카르프헤딘은 그랬던 것 같다는군. 그리고 언덕 위와 주변의 샬레들도 봐야 돼. 거기 주민들과 관련된 실종자가 있는지. 전하는 이야기나 소문뿐이라도. 지역의 샬레 소유자들을 만나봐."

"수십 년 된 뼈 때문에 그렇게 많은 일을 해야 하나요?" 엘린보르그가 구덩이 주변의 자갈을 차면서 대꾸한 뒤 약간 추궁하듯 물었다. "선배는 뭘 하고 있죠?"

"신경 쓸 거 없어." 에를렌뒤르가 대답하고 전화를 끊었다.

∾

그는 다시 얇은 녹색 종이 가운을 입고 거즈 마스크를 쓴 채 중환자 병동으로 갔다. 에바 린드는 병동 일인실의 큰 침대에 누워 있었다. 몸에는 에를렌뒤르가 생전 본 적도 없는 온갖 장치와 기구가 연결되어 있고, 입과 코는 산소마스크에 덮여 있었다. 그는 침대 옆에 서서 딸을 내려다보았다. 그녀는 혼수상태였다. 아직 의식을 찾지 못했다. 그녀의 얼굴에는 에를렌뒤르가 여태 보지 못했던 평화로운 기운이 어려 있었다. 그 차분함이 낯설었다. 이렇게 누워 있으니 이목구비가 더 또렷해 보였다. 눈썹은 진하고, 뺨은 팽팽하고, 눈은 움푹했다.

오래된 조산원 앞에 쓰러진 에바 린드가 의식을 찾지 못하자 그는 구급대를 불렀다. 손목을 짚어보니 맥박이 희미했다. 그녀를 최대한 보호하려는 마음에 코트를 벗어 덮어주었지만 몸을 움직일 엄두는 나지 않았다. 막막한 시간이 얼마간 지난 후 트리그바가타 거리에 왔던 그 구급차가 같은 의사를 태우고 도착했다. 에바 린드는 들것으로 조심조심 옮겨져 구급차에 실렸고, 구급차는 응급실까지 짧은 거리를 달려갔다.

그녀는 곧바로 수술실로 들어갔고, 수술은 밤새 진행되었다. 에를렌뒤르는 수술실 옆의 좁은 대기실을 서성이며 하들도라에게 알려야 할지 고민했다. 전화하기가 망설여졌다. 그는 결국 일종의 해결책을 찾았다. 신드리 스나에르를 깨워서 누나의 상황을 전한 뒤, 하들도라에게 연락해서 병원을 일러주라고 했다. 그런 뒤 그들은 몇 마디 대화를 주고받았다. 신드리는 당분간 레이캬비크에 올 계획이 없다고 했다. 에바 린드 때문에 굳이 올 필요는 없는 것 같다고. 대화는 더이상 이어지지 않았다.

에를렌뒤르는 "흡연 절대 금지"라고 쓰인 표지판 밑에서 줄담배를 피우다가 거즈 마스크를 쓰고 지나가던 의사에게 꾸중을 들었다. 의사가 지나간 뒤 그의 휴대전화가 울렸다. 신드리가 하들도라의 메시지를 전했다. "한 번쯤 아버지로서 책임을 떠맡아보는 것도 좋을 것"이라는 내용이었다.

아침이 다가올 무렵, 수술팀을 이끈 의사가 예후가 별로 좋지 않다는 이야기를 전했다. 아기는 살릴 수 없었고, 에바 린드가 생명을 유지할지도 확신할 수 없다고 했다.

"환자분 상태가 매우 안 좋습니다." 의사가 말했다. 키가 크지만 연약해 보이는 마흔 언저리의 남자였다.

"그렇군요." 에를렌뒤르가 말했다.

"영양실조와 약물 남용 기간이 오래됐어요. 아이가 건강하게 태어날 확률이 높지 않았습니다……. 물론 유감스럽습니다만……."

"그렇군요." 에를렌뒤르가 말했다.

"혹시 환자분이 낙태를 생각한 적은 없나요? 이런 경우에는 아마도……."

"그 애는 아기를 낳고 싶어 했어요." 에를렌뒤르가 말했다. "그게 자기한테 도움이 될 거라고 했고, 저도 독려했습니다. 이런 생활을 그만두고 싶어 했어요. 그 애의 마음속 한 부분은 이 지옥을 벗어나고 싶어 하죠. 이따금 그 마음이 커지면 이 생활을 떠나려 하지만, 평소의 에바를 움직이는 건 전혀 다른 마음이에요. 사납고 독한 마음, 내가 이해할 수 없는 마음, 이런 파괴와 이런 지옥을 만드는 마음 말입니다."

그러다 에를렌뒤르는 자신이 생면부지의 사람에게 그런 말을 늘어놓고 있다는 걸 깨닫고 입을 다물었다.

"부모로서 이런 일을 겪으시다니, 많이 힘드실 것 같습니다."

"어떻게 된 겁니까?"

"태반조기박리예요. 태반이 떨어져 나올 때 다량의 내출혈이 있었고, 거기에 아직 검사 결과가 나오지 않은 약물의 효과가 더해졌어요. 출혈이 워낙 많은데다 의식을 살릴 수가 없었습니다. 그렇다고 거기 어떤 특별한 의미가 있는 건 아닙니다. 어쨌건 극도로 쇠약한 상태예요."

잠시 말을 멈추었던 의사가 다시 입을 열었다. "가족분들께는 연락하셨나요? 선생님과 함께 계셔줄……."

"가족이라고 할 사람이 없습니다." 에를렌뒤르가 말했다. "아이 엄마하고는 이혼했습니다. 일단 연락은 했습니다. 그리고 에바의 동생에게도요. 그 애는 시골 지역에서 일하거든요. 아이 엄마가 올지 모르겠군요. 워낙 지쳐 있어서요. 고생을 많이 했습니다. 처음부터."

"이해합니다."

"어려우실 겁니다. 저 자신도 이해하지 못하는데요." 에를렌뒤르가 말했다.

그는 코트 주머니에서 작은 비닐봉지 두 개와 약상자 하나를 꺼내서 의사에게 보여주었다.

"이런 걸 했을지도 모릅니다."

의사가 약을 받아 들고 살펴보았다.

"엑스터시인가요?"

"그런 것 같습니다."

"한 가지는 설명되네요. 혈액에서 다량의 약물이 검출되었거든요."

에를렌뒤르는 망설였다. 두 사람 사이에 잠시 침묵이 감돌았다.

"아버지가 누구인지 아십니까?" 의사가 물었다.

"아뇨."

"따님은 아실까요?"

에를렌뒤르는 그를 바라보다가 어깨만 으쓱였다. 그들은 다시 침묵에 빠져들었다.

잠시 후 에를렌뒤르가 물었다. "에바가 죽을까요?"

"모르겠습니다. 희망을 품고 최선을 다하는 수밖에요." 의사가 말했다.

에를렌뒤르는 질문을 할까 말까 망설였다. 참혹한 질문, 그가 결론을 내지 못한 채 계속 머릿속에 굴리고 있던 질문이었다. 자신이 정말로 그것을 원하는지도 알 수가 없었다. 결국 그는 물어보기로 했다.

"혹시 제가 좀 볼 수 있을까요?"

"무엇을……?"

"태아 말입니다. 아기를 봐도 될까요?"

에를렌뒤르를 보는 의사의 표정에는 놀라움 대신 이해심이 담겨 있었다. 그는 고개를 끄덕이고 에를렌뒤르에게 따라오라고 했다. 그들은 복도를 걸어서 어느 빈 방으로 들어갔다. 의사가 버튼을 누르자 천장의 형광등이 깜박이다가 방 전체에 청백색 빛을 뿌렸다. 그는 차가운 강철 테이블로 걸어가더니 작은 모포를 들어 죽은 아기를 보여주었다.

에를렌뒤르는 아기를 내려다보다가 손가락으로 아기의 뺨을 훑었다.

여자아이였다.

"딸아이가 혼수상태에서 깨어날까요?"

"모릅니다." 의사가 말했다. "말씀드릴 수 있는 게 없어요. 환자분의 의지가 필요합니다. 많은 것이 환자분에게 달려 있습니다."

"불쌍한 것." 에를렌뒤르가 말했다.

"시간은 모든 상처를 치유한다죠. 정신뿐 아니라 육체도 그렇습니다." 에를렌뒤르가 자제력을 잃는 듯한 모습을 보이자 의사가 말했다.

"시간은 아무것도 치유하지 않습니다." 에를렌뒤르는 아기를 다시 모포로 덮으며 말했다.

7

그는 저녁 6시까지 딸 곁에 있었다. 하들도라는 나타나지 않았다. 신드리 스나에르 역시 말했던 대로 레이캬비크에 오지 않았다. 아무도 없었다. 에바 린드의 상태는 그대로였다. 에를렌뒤르는 전날부터 먹지도 자지도 못한 탓에 탈진 직전이었다. 하지만 낮에 엘린보르그와 연락을 해서, 그녀와 시귀르뒤르 올리를 경찰서에서 만나기로 했다. 그는 딸의 뺨을 어루만지고 이마에 입을 맞춘 뒤 병실을 나섰다.

그날 저녁 경찰서에서 시귀르뒤르 올리와 엘린보르그와 마주 앉았을 때, 그는 전날 밤에 벌어진 일에 대해 한 마디도 꺼내지 않았다. 두 사람은 경찰서에 도는 소문을 통해 그의 딸에게 일어난 일을 전해 들었지만 묻지 않았다.

"계속 땅을 살살 긁고 있어요." 엘린보르그가 말했다. "굼벵이가 따로 없다니까요. 아마 지금쯤은 이쑤시개를 쓰고 있을걸요. 선배가 발견한 손은 이제 땅 위로 나왔어요. 손목까지 팠거든요. 경찰의가 보더니, 확실한 건 손이 상당히 작은 사람이라는 것뿐이라고 했어요. 아무 도움도 안 되는 말이죠. 고고학팀은 대체 무슨 일이 있던 건지, 거기 묻힌 게 누구인지 실마리를 전혀 못 찾았어요. 내일 늦은 오후나 저녁 무렵에 몸통 부분까지 내려갈 거라는데, 그런다 해도 그 사람이 누구인지 바로 알 수는 없잖아요. 당연히 다른 데서 찾아봐야 할 거예요."

"저는 레이캬비크 지역의 실종자 통계를 들여다보고 있어요." 시귀르뒤르 올리가 말했다. "1930년대와 1940년대에 발생해서 지금까지 미제로 남은 실종 사건이 마흔 건이 넘는데, 그 뼈도 아마 그중 하나이지 싶어요. 자료는 성별과 연령에 따라 분류해놓았고, 이제 뼈에 대한 법의학자의 보고를 기다려야 할 것 같아요."

"그 언덕 주민 중에도 실종자가 있던가?" 에를렌뒤르가 물었다.

"경찰 보고서에 기록된 주소들에 따르면 없어요. 아직 보고서를 다 보지는 못했지만요. 제가 모르는 지명도 있더라고요. 유골을 발굴하고 법의학자가 나이와 신장과 성별을 알아내면 후보자 범위가 확 줄어들 겁니다. 제 생각엔 레이캬비크 사람일 것 같아요. 그게 합리적인 추론 아닌가요?"

"법의학자는 어디 있지? 우리 담당 법의학자 말야." 에를렌뒤르가 물었다.

"휴가 갔어요. 스페인으로." 엘린보르그가 말했다.

"까치밥나무 근처에 집이 있었는지는 확인해봤어?" 에를렌뒤르가 그녀에게 물었다.

"무슨 집요?" 시귀르뒤르 올리가 물었다.

"아뇨, 그것까지는 못했어요." 엘린보르그가 대답하고 시귀르뒤르 올리를 보았다. "선배의 추론에 따르면, 언덕 북쪽 사면에 집들이 있었고, 남쪽 사면에는 영국군 아니면 미군 부대의 보급소가 있었어. 그러니 레이니스바튼 호수 근처 지역의 샬레 소유자를 모두 만나보고 그 사람들의 할머니들도 만나보는 게 좋겠다는 거지. 그런 다음 나는 교령 모임에 가서 처칠을 만나봐야 할 거고."

"그건 시작일 뿐이야. 자네들 생각엔 유골이 어쩌다 저렇게 된 거 같아?" 에를렌뒤르가 말했다.

"살인이 확실하지 않나요?" 시귀르뒤르 올리가 말했다. "오십 년 아니면 그 이전에 살해하고 땅속에 묻어서 세상 누구도 진실을 모르게 된 거죠."

"그 남자, 아니 그 사람은……." 엘린보르그가 말을 정정했다. "암매장된 게 분명해요. 그것만큼은 보이는 대로 판단해도 될 것 같아요."

"세상 누구도 진실을 모른다는 얘긴 틀렸어." 에를렌뒤르가 말했다. "언제나 누군가는 무언가를 알지."

"갈비뼈가 부러졌다는 건 알죠. 그건 몸싸움을 했다는 뜻이고요." 엘린보르그가 말했다.

"그런가?" 시귀르뒤르 올리가 반문했다.

"그렇지 않아?"

"땅속에서 그렇게 됐을 수도 있지 않을까요? 흙의 무게나 아니면 기온 변화로. 얼었다 녹았다 하면서. 선배가 불러온 지질학 교수가 그런 말을 하던데요."

"사람이 묻혔으니 몸싸움이 있지 않았을까?" 그러면서 엘린보르그는 에를렌뒤르를 보았다가 그의 정신이 다른 데 가 있는 걸 알았다. "선배? 그렇게 생각하지 않아요?" 그녀가 물었다.

"만약 살인이라 해도……." 에를렌뒤르가 정신을 차리고 말했다.

"만약 살인이라 해도?" 엘린보르그가 물었다.

"우리는 무슨 일이 있었는지 알 수가 없어." 에를렌뒤르가 말했다. "어쩌면 오래된 가족 묘지일 수도 있겠지. 식구들이 장례를 치를 돈이 없었을 수도 있고. 노인이 죽어서 모두가 지켜보는 가운데 거기 묻힌 거지. 백 년 전에 묻혔을 수도 있고 오십 년 전일 수도 있어. 아직 우리에게 필요한 건 그럴듯한 실마리야. 그걸 찾은 다음부터는 마음껏 헤매고 다녀볼 수 있어."

"법적으로 사람은 묘역으로 조성된 곳에만 묻게 되어 있지 않나요?" 시귀르뒤르 올리가 말했다.

"자기가 원하는 데 묻힐 수 있을 거야, 땅만 있다면." 에를렌뒤르가 말했다.

"땅 위로 튀어나온 손은요? 몸싸움의 흔적 아닌가요?" 엘린보르그가 말했다.

"아마 그럴 거야." 에를렌뒤르가 말했다. "여기 오래전부터 어떤 비밀이 숨겨져 있었던 같아. 누군가 사람을 급히 묻고 절대 발견되지 않으리라 생각한 거지. 하지만 레이캬비크가 여기까지 확장되면서 유골이 드러났으니, 그 사연을 밝혀내는 건 우리 일이야."

"이 사람…… 그냥 밀레니엄 맨이라고 부를게요." 시귀르뒤르 올리가 말했다. "밀레니엄 맨이 옛날에 살해된 거라면 살인자도 지금쯤 늙어 죽지 않았을까요? 아직 안 죽었어도 이미 무덤에 한 발 걸치고 있겠죠. 그러니까 그 사람을 찾아서 처벌하는 건 의미가 없을 것 같은데요. 관련된 사람이 모두 죽어서, 설령 우리가 사건을 밝혀낸다 해도 목격자가 없을 거예요. 그러니까……."

"무슨 말을 하고 싶은 거지?"

"우리가 이걸 계속 수사해야 하는지 물어보는 겁니다. 좀 의미 없어 보여서요."

"그냥 덮자고?" 에를렌뒤르의 물음에 시귀르뒤르 올리는 무심하게 어깨를 으쓱였다. "살인은 살인이야." 에를렌뒤르가 말했다. "세월이 얼마나 흘렀는지는 중요하지 않아. 이게 살인 사건이라면 어떻게 된 일인지, 누가 누구를, 왜 죽였는지 밝혀내야 돼. 이 사건도 다른 사건과 똑같이 취급해야 한다고. 관련 정보를 찾고, 주변인을 탐문하고, 그러다가 행운이 있으면 사건을 해결하는 거지."

에를렌뒤르가 일어섰다.

"무언가 알아낼 수 있을 거야. 샬레 소유주들과 그 사람들의 할머니를 만나봐." 그가 엘린보르그를 보았다. "까치밥나무 옆에 집이 있었는지 확인하고. 적극적으로."

그는 팀원들에게 건성으로 인사하고 복도로 나갔다. 엘린보르그와 시귀르뒤르 올리는 서로 눈을 마주쳤고, 이어 시귀르뒤르 올리가 고갯짓으로 문을 가리켰다. 엘린보르그가 일어나서 에를렌뒤르를 따라갔다.

"에를렌뒤르 선배." 그녀가 그를 세우며 말했다.

"응?"

"에바 린드는 어때요?" 그녀가 조심스럽게 물었다.

에를렌뒤르는 그녀를 바라볼 뿐 아무 말도 하지 않았다.

"여기 서에서 들었어요. 길에 쓰러져 있었다고요. 듣고 놀랐어요. 시귀르뒤르 올리나 제가 도울 일이 있으면 말씀해주세요."

"할 수 있는 게 없어." 에를렌뒤르가 지친 목소리로 말했다. "그냥 병실에 누워 있지. 아무도 할 수 있는 게 없어." 그는 잠시 망설였다. "아이를 찾아다니면서 나는 그 애가 어떤 세계에서 사는지 보았어. 전에도 그 애가 그런 장소, 그런 거리, 그런 집에 있는 걸 본 터라 약간은 알고 있었지. 하지만 그 애가 살아온 인생, 그 애가 자기를 어떻게 망가뜨리고 학대했는지 알게 될 때마다 번번이 놀라. 그 애가 어울린 사람들, 그 애가 절망 속에 의지한 사람들, 그 애가 차마 입에 담기도 힘든 일들을 해준 사람들을 보면 말야." 그는 말을 멈추었다가 다시 이어갔다. "하지만 최악은 그게 아니야. 그런 쪽방, 조무래기 사기꾼, 마약상이 최악은 아니라고. 전처가 한 말이 맞아."

에를렌뒤르는 엘린보르그를 보았다.

"이 모든 사태에서 최악은 바로 나야. 내가 그들을 절망에 빠뜨렸으니까."

집에 도착한 에를렌뒤르는 안락의자에 지친 몸을 내려놓았다. 병원에 전화해서 에바 린드에 대해 물어보니 아무런 변화가 없다고 했다. 작은 변화라도 있으면 곧바로 연락해주겠다는 얘기에 그는 고맙다고 말하고 전화를 끊었다. 그런 뒤 허공을 바라보며 생각에 잠겼다. 중환자 병동에 누워 있는 에바 린드를 생각하고, 아직까지 자신을 평생의 원수로 여기는 전처를 생각하고, 문제가 생길 때만 연락하는 사이인 아들을 생각했다.

생각을 하는 동안 그는 자신의 인생을 지배하는 깊은 침묵을 느꼈다. 사방을 둘러싼 고독을. 그를 둘러싸고 조이고 억누르며 끝없이 쌓여가는 단조로운 나날의 무게를 느꼈다.

그러다가 잠이 막 들려는 순간, 그의 생각이 어린 시절로 돌아갔다. 어두운 겨울을 지나 세상이 다시 밝아지던 시절, 삶이 순수하고 근심 걱정 없던 시절로. 드물지만 그는 이따금씩 이렇게 지난날의 평화 속으로 도피할 수 있었고, 그러면 잠시나마 마음이 가벼워졌다.

잃어버린 것을 잊을 수 있다면.

그가 깜짝 놀라서 깼을 때는 이미 전화가 한참 동안 울리고 있었다. 처음에는 그의 주머니에 있는 휴대전화가, 이어 거실에 있는 몇 점 안 되는 가구 중 하나인 낡은 책상 위에 놓인 집 전화가.

"선배 말이 맞았어요." 그가 마침내 전화를 받자 엘린보르그가 말했다. "아, 죄송해요. 주무시고 계셨나요?" 그녀가 묻고 사과하듯 덧붙였다. "이제 겨우 10시라서요."

"어떤 말이 옳았다는 거지?" 에를렌뒤르가 잠에서 덜 깬 목소리로 물었다.

"그 장소에 정말로 건축물이 있었대요. 나무들 옆에요."

"나무들?"

"까치밥나무요, 그라바르홀트의. 1930년대에 지었는데 1980년에 철거했다네요. 도시계획국에 관련 정보를 부탁했더니 방금 전화가 왔어요. 저녁 내내 찾아봤대요."

"어떤 건축물이었지? 집, 마구간, 개집, 샬레?"

"주택이었어요. 샬레 비슷한 주택요."

"지어진 시기는?"

"1940년 이전요."

"주인은 누구였고?"

"이름은 베니아민, 베니아민 크뉘센이라는 상인이었어요."

"'이었다'는 건?"

"죽었어요. 오래전에."

8

시귀르뒤르 올리가 언덕 주변을 돌며 자동차를 몰고 올라갈 만한 도로를 찾고 있을 때, 그라바르흘트 북쪽 사면의 샬레 주인들은 봄철의 각종 허드렛일에 분주했다. 엘린보르그가 차에 함께 타고 있었다. 샬레 주민들 중 어떤 이들은 산울타리를 손질했고, 어떤 이들은 샬레에 방수 페인트를 칠하거나 울타리를 고쳤으며, 말에 안장을 얹고 승마를 나간 이들도 있었다.

정오였고, 날이 맑고 아름다웠다. 몇몇 샬레 주인들과 대화를 나눠보았지만 아무 소득을 얻지 못한 시귀르뒤르 올리와 엘린보르그는 천천히 언덕 근처의 집들로 다가갔다. 이렇게 날씨가 좋을 땐 서두를 필요가 없었다. 도시를 벗어나 햇빛 속을 거니는 것도, 이렇게 이른 시각에 경찰이 찾아온 것에 놀란 주민들과 이야기를 하는 것도 꽤 즐거웠다. 몇몇은 언덕에서 유골이 나온 사실을 알고 있었지만, 전혀 모르는 사람들도 있었다.

"살아날까요, 아니면……?" 다시 차로 돌아와 다음 샬레로 이동할 때 시귀르뒤르 올리가 물었다. 둘이서 그곳으로 가는 동안 에바 린드 이야기를 했고, 자주 그 주제로 돌아가던 터였다.

"나도 몰라. 누군들 알까. 불쌍한 친구." 엘린보르그가 말한 뒤, 숨을 깊이 마시고 덧붙였다. "그리고 에를렌뒤르도 안됐지 뭐."

"에바는 약쟁이예요." 시귀르뒤르 올리가 심각한 목소리로 말했다. "임신을 하고도 상관없이 약을 하다가 결국 애를 죽였죠. 난 그런 사람한테는 동정 안 느껴요. 지금도 이해 못 하고 앞으로도 그럴 거예요."

"누구도 자네한테 동정해달라고 부탁한 적 없거든." 엘린보르그가 말을 받았다.

"그래요? 그런 사람들 이야기에 늘 따라 나오는 게 그들이 얼마나 힘들게 살았나 하는 거잖아요. 하지만 내가 볼 때 그런 사람들은……." 그는 잠시 말을 멈추었다. "어쨌든 난 그런 사람에게 아무 연민 없어요. 그 사람들은 그냥 쓰레기일 뿐이에요. 버러지들."

엘린보르그는 한숨을 쉬었다.

"그럼 그렇게 완벽하게 사는 건 좋아? 언제나 말끔한 옷차림, 깨끗이 면도한 얼굴에 단정한 머리를 하고 미국 대학 출신이면? 불안과 초조로 떠는 일도 없고, 신경 쓰이는 거라고는 비싼 옷을 살 경제력뿐인 거? 그런 거 안 지겨워? 그런 자신이 지겨운 적 없어?"

"없어요." 시귀르뒤르 올리가 말했다.

"사람들한테 이해심을 좀 보여주면 안 돼?"

"그 사람들은 쓰레기고, 선배도 그 사실을 알아요. 우리 상사의 딸이라고 다른 쓰레기들보다 나을 거 없다고요. 에바도 약을 하고 길에 뻗었다가 쉼터나 재활 센터에서 약 기운을 빼고 나와 다시 약을 하는 부랑자일 뿐이에요. 원하는 게 그것뿐이니까요. 빈둥거리며 약을 하는 거."

엘린보르그가 세상사에 대한 그의 견해를 바꾸려는 희망을 포기하고 물었다. "베르그소라랑은 어때?"

"잘 지내요." 시귀르뒤르 올리가 또 다른 샬레 앞에 차를 세우며 피곤한 목소리로 말했다. 베르그소라는 좀처럼 그를 가만두질 않았다. 늘 욕망에 불타올랐다. 저녁이건, 아침이건, 대낮이건, 아파트 어디서건, 부엌, 거실, 심지어 세탁실에서도, 눕건 서건 가리지 않았다. 그 역시 처음에는 즐겼지만 조금씩 피곤함을 느꼈고, 차츰 그녀의 동기가 의문스러워졌다. 그들의 성생활은 예전에도 밋밋함과는 거리가 멀었다. 늘 활기찼다. 하지만 이토록 강력한 충동과 열정은 처음이었다. 동거한 지 오래되었지만 아직 아이 갖는 일을 진지하게 의논한 적은 없었다. 베르그소라가 피임약을 먹기는 했어도, 그녀가 임신으로 자신을 묶어두려 한다는 느낌을 떨치기 힘들었다. 그럴 필요가 없는데 말이다. 그는 그녀가 정말 좋았고, 다른 사람과 살고 싶은 마음은 없었다. 하지만 여자는 도무지 종잡을 수가 없었다. 무슨 일을 꾸미는지 알 수 없었다.

"그 집에 사람이 살았다면 통계청에 거주자들 이름이 없는 게 이상한데." 엘린보르그가 차에서 내리면서 말했다.

"그 시절 기록은 다 엉망이에요. 전시와 전후에 레이캬비크로 사람이 홍수처럼 밀려든데다, 워낙 기록이 되면 되고 말면 마는 식이었죠. 그 사람들도 그렇게 기록에서 누락된 것 같아요. 실무 착오로. 제가 만난 사람도 자료를 얼른 찾기는 힘들 거라고 하더라고요."

"어쩌면 아무도 안 살았을 수도 있고."

"오래 살지 않았을지도요. 거주 등록은 다른 데 해놓고 전입신고를 안 한 거죠. 다른 집을 구할 때까지 언덕에서 일이 년, 아니 어쩌면 몇 달만 살다가 전쟁 후에 막사를 개조한 주택으로 이사했을 수도 있어요. 제 추론 어때요?"

"예리하기가 돌멩이 같군."

샬레 주인은 현관에 나와 그들을 만났다. 나이가 아주 많은 노인으로 앙상한 팔다리가 뻣뻣하게 움직였고, 백발 머리는 숱이 별로 없었다. 망사 속셔츠가 또렷이 비치는 하늘색 셔츠와 회색 코르덴 바지 차림에 새 운동화를 신고 있었다. 집 안에 가득한 쓰레기를 보고 엘린보르그는 그가 일 년 내내 거기서 사는 걸까 하는 의문이 들었다. 그래서 그러느냐고 물었다.

"그렇다고 할 수 있죠." 남자가 대답하며 안락의자에 앉고는 그들에게도 다른 의자들을 가리켰다. "이 집을 지은 건 사십 년쯤 됐고, 오 년 전에 고물 라다 차로 짐을 다 옮겨 왔지. 아니 육 년 전인가? 가물가물하네. 더이상 레이캬비크에 살고 싶지 않아서요. 그곳은 이제 정말 살기가 힘들……."

"그 시절에 이 언덕 위쪽에도 집이 있었나요? 이 집 같은 여름 샬레인데 다른 용도로 썼다거나요." 시귀르뒤르 올리가 장황한 회

고담을 중단시킬 요량으로 서둘러 물었다. "그러니까 선생님이 여기 집을 지으신 사십 년 전에요."

"여름 샬레인데 여름 샬레가 아닌……?"

"그라바르홀트의 이쪽 사면에 독채로 있던 집요." 엘린보르그가 말했다. "전쟁 전에 지었고요." 그러곤 거실 창밖을 내다보았다. "여기 창문으로 보였을지도 몰라요."

"거기 집이 있던 게 기억나는군. 칠도 안 하고, 마무리가 제대로 안 되어 있었어요. 지금은 없어진 지 오래됐지. 꽤 큰 샬레였는데. 어쨌건 이 집보다는 컸을 건데 상태가 엉망이었죠. 다 쓰러져갔어요. 문도 없고, 창문도 다 깨졌고. 내가 아직 호수로 낚시를 다니던 시절엔 이따금 근처에 가보았는데, 그 일은 오래전에 그만두어서."

"그러면 그 집에는 아무도 안 살았나요?" 시귀르뒤르 올리가 물었다.

"맞아요, 그때는 아무도 없었어요. 그런 집에는 살 수가 없지. 폭삭 주저앉기 직전이었으니까."

"그러면 선생님이 아시는 한 그 집은 빈집이었네요? 아무도 그 집에 살지 않았다는 거죠?" 엘린보르그가 물었다.

"그런데 그 집 일을 왜 묻죠?"

"언덕에서 사람의 유골이 나왔습니다. 뉴스 안 보셨나요?" 시귀르뒤르 올리가 말했다.

"유골이라고? 몰랐어요. 그 집 사람들의 뼙니까?"

"모릅니다. 그 집에 대해서도, 거기 살던 사람들에 대해서도 아직 밝혀진 게 없어요." 엘린보르그가 말했다. "그 집의 주인이었던 사람은 알지만 그분은 오래전에 돌아가셨고, 거기 거주 등록을 했던 사람은 아직 못 찾았습니다. 전쟁 때 언덕 반대편에 막사가 있었던 건 기억나시나요? 언덕 남쪽 사면에, 보급소 비슷한 거요."

"시골에는 사방에 막사가 있었지." 노인이 말했다. "영국군도 있고 미군도 있었어요. 이 언덕에 있던 것은 딱히 기억나지 않는군. 내가 여기 살기 전의 일이라. 그것도 한참 전이지. 로베르트한테 물어보는 게 좋을 것 같군요."

"로베르트요?" 엘린보르그가 물었다.

"그 사람이 살아 있다면 말이지만. 이 언덕에 가장 먼저 샬레를 지은 사람들 중 하나예요. 요양원에 있다는 것까지 들었어요. 이름은 로베르트 시귀르손. 살아 있다면 찾을 수 있을 겁니다."

입구에 벨이 없어서 에를렌뒤르는 안에 있는 사람들에게 들리게끔 두꺼운 참나무 문을 손바닥으로 탕탕 세게 두드렸다. 그 집의 옛 주인인 레이캬비크의 사업가 베니아민 크뉘센은 1960년대 초에 죽었다. 그가 죽은 뒤 남동생과 여동생이 집을 상속하고 이사를 들어와 평생을 거기서 살았다. 에를렌뒤르가 아는 한 그들 남매 둘 다 결혼하지 않았지만 여동생에게 딸이 하나 있었다. 그녀는 의사로 지금 이 집의 중간층에 살았고, 위층과 아래층은 세를 주었다. 에를렌뒤르가 전화로 그녀와 통화한 뒤였다. 그들은 정오에 만나기로 약속했다.

에바 린드의 상태는 그대로였다. 그는 출근 전에 그녀에게 들러 한동안 침대 옆에 앉아서 활력징후 점검 장치들과 그녀의 입과 코와 정맥에 꽂힌 튜브들을 바라보았다. 스스로 숨을 쉴 수 없었기에 펌프가 빨아들이는 소리를 내며 오르내렸다. 심장 모니터의 표시선은 안정적이었다. 그는 중환자 병동을 나가다가 의사를 만나 몇 마디 나누었는데, 의사는 변한 게 아무것도 없다고 말했다. 에를렌뒤르가 자신이 할 수 있는 일이 없느냐고 묻자, 그는 비록 혼수상태라 해도 에바에게 최대한 자주 말을 걸라고 했다. 목소리를 들려주라고, 그런 상황의 환자에게는 이야기를 건네는 게 큰 도움이 될 때가 많다고, 쇼크를 이기는 데 도움이 된다고. 에바 린드는 아직 살아 있으니 그렇게 대접해줘야 한다고 그는 말했다.

잠시 후 참나무 문이 열리더니 예순 살가량의 여자가 나와서 손을 내밀고 자신의 이름을 엘사라고 소개했다. 여자는 가녀린 체형이었고, 다정한 얼굴에는 화장을 연하게 했으며, 검은 염색 머리는 짧게 잘라서 옆 가르마를 탔다. 옷은 청바지에 흰 셔츠 차림이었다. 반지나 팔찌, 목걸이는 없었다. 그녀는 그를 거실로 안내해 의자를 권했다. 차분하고도 자신감 넘치는 태도였다.

"그 뼈들이 뭐라고 생각하시나요?" 그가 찾아온 이유를 설명하자 그녀가 물었다.

"아직 모르지만, 한 가지 가설은 현장 근처에 있던 샬레와 관련되어 있지 않을까 하는 것입니다. 그 집의 주인이 바로 선생님의 외삼촌 되시는 베니아민 씨고요. 그분이 거기서 많은 시간을 보내셨나요?"

"삼촌이 샬레에 가신 적은 아마 없을 거예요." 그녀가 조용한 목소리로 말했다. "삼촌은 비극적인 일을 겪으셨어요. 어머니는 저희에게 늘 삼촌이 얼마나 미남이고 똑똑했는지, 얼마나 성공했는지 이야기해주셨죠. 그리고 약혼녀를 잃은 일까지요. 약혼녀가 어느 날 그냥 종적 없이 사라졌대요. 임신중이었는데요."

에를렌뒤르의 생각은 자신의 딸에게 돌아갔다.

"삼촌은 우울증에 빠져서 상점에도 재산에도 다 관심을 잃었고, 결국 전부 망해서 이 집 한 채만 남게 되었어요. 삼촌은, 말하자면 인생의 전성기에 돌아가신 거예요."

"약혼녀분은 어떻게 사라지신 겁니까?"

"소문에 따르면 바다에 투신했대요. 제가 들은 건 그래요."

"그분에게 우울증이 있었나요?"

"그런 말은 못 들었어요."

"시신은 못 찾았고요?"

"네, 그분은……."

엘사는 중간에 말을 멈추었다. 그가 왜 그런 질문을 했는지 갑자기 깨달은 모양이었다. 그녀는 어이없다는 기색을 내비치더니 이어 상처와 충격과 분노가 동시에 담긴 표정으로 그를 노려보았다. 얼굴이 상기되었다.

"지금 무슨 생각을 하시는 거죠?"

"네?" 에를렌뒤르가 갑작스레 적의를 드러내는 그녀의 얼굴을 바라보며 물었다.

"그분이라고 생각하시는 건가요? 그 뼈의 주인공이 말이에요."

"저는 아무런 생각도 하지 않습니다. 약혼녀분 이야기는 지금 처음 듣고요. 땅속의 사람이 누구인지 지금으로선 전혀 모릅니다.

아직은 어떤 가정을 하기에도 너무 일러요."

"그러면 왜 그분한테 관심을 보이시죠? 제가 모르는 어떤 사정이라도 있나요?"

"그런 것 없습니다." 에를렌뒤르가 당황해서 설명했다. "저한테 유골 이야기를 들었을 때 그런 생각 안 드셨나요? 삼촌께서 그 근방에 샬레를 소유하고 있었고, 그분의 약혼녀가 실종되었습니다. 이제 유골이 나왔고요. 별로 어려운 방정식은 아닙니다."

"어이가 없군요. 그러면 지금 형사님이 암시하는 건……."

"저는 아무것도 암시하지 않습니다."

"……삼촌이 약혼녀를 죽였다는 거잖아요? 베니아민 삼촌이 약혼녀를 죽여 암매장한 후 파산한 채 죽었다는 말인가요?"

엘사는 일어서서 거실을 서성거렸다.

"아뇨, 그런 말은 하지 않았습니다." 에를렌뒤르는 더 외교적으로 행동할 방법이 있었나 생각하면서 말했다.

"약혼녀 같아요? 발견된 뼈요. 그분인가요?"

"아닙니다." 에를렌뒤르는 아무런 근거도 없이 대답했다. 일단 엘사를 진정시키는 게 급선무였다. 너무 요령이 없었다. 아무 증거도 없는 사실을 암시해버리다니. 엘사 입장에서는 너무도 갑작스러웠을 것이다.

"그 샬레에 대해 혹시 아시는 바가 있습니까?" 그는 주제를 바꿔보았다. "오륙십 년 전에 거기 누가 살았는지, 그러니까 전쟁중이나 그 직후에 말입니다. 공식 기록은 당장 찾을 수가 없어서요."

"어떻게 그런 생각을!" 엘사가 낮게 신음했다. 그녀의 정신은 다른 데 쏠려 있었다. "죄송합니다. 방금 뭐라고 하셨죠?"

"삼촌께서 샬레를 임대하셨을 수도 있으니까요." 에를렌뒤르가 얼른 말했다. "전쟁 이후 레이캬비크는 주택난이 심해서 임대료가 치솟았지요. 그분이 샬레를 싸게 임대하셨을 수도 있을 겁니다. 아니면 팔았을 수도 있고요. 그에 대해서 아시는 게 있나요?"

"그 집을 세놓았다는 말은 들었던 것 같지만, 세입자가 누구였는지는 몰라요. 형사님이 원하시는 게 그거라면요. 이런 식으로 반응해서 죄송합니다. 저는 그냥……. 그런데 어떤 종류의 뼈인가요? 골격 전체가 다 있나요? 남자, 여자, 어린아이?"

엘사는 다시 차분한 본모습으로 돌아와 있었다. 그녀는 자리에 앉아 질문을 담은 눈으로 그를 보았다.

"골격 전체가 손상 없이 다 있는 것 같지만, 아직 발굴이 완료되지 않았습니다." 에를렌뒤르가 말했다. "삼촌께서 사업이나 재산 관련해서 기록을 남기셨나요? 버리지 않은 기록들이 있나요?"

"지하실에 가면 삼촌 물건이 가득해요. 서류하고 상자가 많은데, 그걸 버리는 일도 살펴보는 일도 저는 엄두를 못 냈죠. 삼촌의 책상과 캐비닛은 아래층에 있고요. 곧 시간을 내서 살펴봐야겠군요."

그녀의 말에는 후회의 기미가 담겨 있었다. 지난날의 유산으로 받은 저택에서 혼자 살고 있는 인생에 썩 만족하지 못하는 것은 아닐까, 에를렌뒤르는 생각했다. 그러고서 방을 둘러보니 그녀의 인생 전체가 유산 같다는 느낌이 들었다.

"혹시 저희가 좀……?"

"걱정 말고 원하는 만큼 살펴보세요." 그녀가 어색한 미소를 띤 채 말했다.

"한 가지 궁금한 게 있습니다." 에를렌뒤르가 일어서면서 말했다. "베니아민 씨가 샬레를 임대한 이유를 혹시 아시나요? 돈이 부족했나요? 그만한 돈이 필요했을 것 같지는 않지만요. 이 집도 있고 사업체도 있었으니까요. 결국 파산했다고 말씀하셨지만, 전쟁 중에는 수입이 꽤 많았을 것 같군요."

"네, 저도 삼촌이 돈이 필요해서 그랬던 것 같지는 않아요."

"그러면 이유가 뭐였나요?"

"누구한테 부탁을 받았던 게 아닌가 싶어요. 전쟁중에 사람들이 시골에서 레이캬비크로 밀려들 때요. 누군가를 불쌍히 여기셨던 것 같아요."

"그러면 임대료를 받지 않았을 수도 있겠군요?"

"그런 건 전혀 몰라요. 저는 형사님이 베니아민 삼촌을……."

그녀는 자기 생각을 입 밖으로 내기 싫은 듯 말을 멈추었다.

"저는 그분에 대해 아무런 생각도 없습니다." 에를렌뒤르는 미소를 지으려 애썼다. "아직은 그 어떤 생각을 하기에도 너무 이르니까요."

"그냥 그 일이 믿기지 않아서요."

"하나만 더 말씀해주십시오."

"네?"

"그분의 가족 중에 살아 있는 분이 있나요?"

"누구요?"

"베니아민 씨의 약혼녀분요. 제가 만나볼 만한 가족분들이 없을까요?"

"왜요? 왜 그 일을 캐려고 하시죠? 삼촌은 그런 짓을 할 사람이 절대 아니에요."

"그 말씀은 알겠습니다. 하지만 어쨌건 거기서 뼈가 나왔고, 그것은 누군가의 뼈죠. 그냥 묻어버릴 수는 없어요. 모든 경로를 다 조사해봐야 합니다."

"여동생이 아직 살아 있는 것으로 알고 있어요. 이름은 바라예요."

"약혼녀분이 실종된 게 몇 년도입니까?"

"1940년요. 아주 맑고 포근한 봄날이었다고 들었어요."

9

로베르트 시귀르손은 아직 살아 있었지만 시귀르뒤르 올리가 보기엔 간신히 연명하는 수준이었다. 그는 엘린보르그와 함께 로베르트의 방에 앉아 노인의 창백한 얼굴을 바라보면서, 자신은 아흔 살까지 살고 싶지 않다고 생각했다. 몸서리가 쳐졌다. 몽땅 빠져버린 이에 새하얀 입술, 움푹 팬 뺨, 송장 같은 머리에서 사방으로 일어나 뻗친 머리칼. 침대 옆 의료용 카트에 놓인 산소통이 그의 몸에 연결되어 있었다. 그는 말을 할 때마다 떨리는 손으로 산소마스크를 내렸다가 다시 올려 써야 했다.

로베르트는 오래전에 샬레를 팔았다. 그곳은 주인이 두 번 더 바뀐 뒤에 결국 철거되고, 근처에 새 샬레가 지어졌다. 시귀르뒤르 올리와 엘린보르그는 정오 직전에 그 새 샬레의 주인을 깨워서 이 모호하고도 파편적인 이야기를 들었다.

두 사람은 언덕으로 돌아가는 길에 경찰서에 전화해서 로베르트의 소재지 파악을 부탁했는데 알고 보니 그는 국립의료원에 있었고 아흔 살을 막 넘긴 나이였다.

병원에 도착해 엘린보르그가 여기까지 찾아온 경위를 설명하는 동안 로베르트는 휠체어에 웅크리고 앉아 실린더에서 나오는 순수 산소를 마시며 이야기를 들었다. 평생토록 담배를 피운 그는 지금이 열악한 신체적 상황 속에서도 자신에게 남은 기능을 십분 활용하는 듯했고, 간간이 고개를 끄덕여 자신이 이야기를 똑똑히 이해하며 형사의 직무에 대해서도 잘 안다는 점을 드러냈다. 그들을 안내한 간호사가 휠체어 뒤에 서서 조사가 너무 길어지면 환자가 지친다고 주의를 주었다.

"아, 기억나……." 낮고 갈라진 목소리가 새어 나왔다. 그는 떨리는 손으로 다시 마스크를 쓰고 산소를 마신 뒤 다시 마스크를 벗었다.

"그 집, 하지만……."

마스크가 올라갔다.

시귀르뒤르 올리는 짜증스러운 기색을 감추지 않고 엘린보르그를, 이어 손목시계를 쳐다보았다.

"혹시……." 엘린보르그가 입을 여는데 다시 마스크가 내려갔다.

"……다는 모르고……." 로베르트가 숨을 헐떡이며 그녀의 말을 잘랐다.

마스크가 올라갔다.

"자네는 매점에 가서 뭘 좀 먹고 있어." 엘린보르그가 시귀르뒤르 올리에게 말했다. 그는 다시 시계를 보고, 노인을 보고, 이어 엘린보르그를 보더니 한숨을 쉬고 일어나 방을 나갔다.

마스크가 내려갔다.

"……어떤 한 가족만."

마스크가 올라갔다. 이어지는 얘기를 기다렸지만 로베르트는 아무 말이 없었고, 엘린보르그는 어떻게 질문을 해야 그가 말을 하지 않고 고갯짓으로 그렇다 아니다만 표현할 수 있을지 생각해보았다. 그녀가 그런 식으로 질문해보겠다고 하자 그가 고개를 끄덕였다. 정신은 아주 맑은 것 같았다.

"전쟁 때 거기 샬레를 소유하고 계셨나요?'

로베르트가 고개를 끄덕였다.

"말씀하신 가족은 전쟁 때 거기 살았나요?"

로베르트가 고개를 끄덕였다.

"그 가족의 이름을 기억하시나요?"

로베르트가 고개를 저었다. 몰라.

"그 가족은 식구가 많았나요?"

로베르트가 고개를 저었다.

"부부와 아이들 두세 명 정도?"

로베르트가 고개를 끄덕이고, 핏기 없는 손가락 세 개를 폈다.

"부부와 세 아이. 그 사람들을 만나신 적이 있나요? 어떤 접촉이 있었나요? 아니면 전혀 모르셨나요?" 엘린보르그가 질문의 규칙을 잊자 로베르트는 마스크를 벗었다.

"그 사람들 몰랐어." 다시 마스크가 올라갔다. 간호사는 휠체어 뒤에 선 채 점점 불안해하며 엘린보르그를 노려보았다. 언제라도 질문을 중단시킬 준비가 된 것 같았다. 로베르트가 마스크를 벗었다.

"……죽어."

"누가요? 그 사람들요? 누가 죽어요?" 엘린보르그는 그에게 몸을 바짝 기울이고 그가 다시 마스크를 벗기를 기다렸다. 그는 다시 한번 떨리는 손을 들어서 산소마스크를 벗었다.

"쓸데없는……."

그가 힘겨워하는 것을 알았기에 엘린보르그는 독려하려는 뜻에서 기대에 찬 눈으로 그를 바라보며 다음 말을 기다렸다.

마스크가 내려갔다.

"……식물."

로베르트가 마스크를 떨구었다. 그의 눈이 감기면서 고개가 가슴팍으로 떨어졌다.

"아, 사람을 완전히 보내버리셨네요." 간호사가 퉁명스럽게 말하고 얼른 마스크를 집어 들어 로베르트의 코와 입에 지나치게 강하게 밀착시켰다. 그의 고개는 계속 가슴팍에 떨어져 있었고, 쪼글쪼글한 눈은 잠든 것 같았다. 이 사람에게 정말로 죽음이 임박한 건지도 몰랐다. 엘린보르그는 자리에서 일어나 간호사가 로베르트를 침대로 밀고 가서는 깃털처럼 가볍게 들어 올린 뒤 침대에 눕히는 것을 지켜보았다.

"그런 헛소리로 이분을 돌아가시게 할 작정이에요?" 간호사가 말했다. 쉰 살가량의 건장한 여자로, 틀어 올린 머리에 흰 가운과 흰 바지, 흰 샌들 차림이었다. “이 일을 허락한 내가 바보지.” 그녀가 엘린보르그를 노려보며 낮은 목소리로 자책하더니, 다시 큰 소리로 비난하듯 말을 이었다. “오늘을 넘기시기 힘들 거예요.”

“죄송합니다.” 엘린보르그는 말했지만 자신이 왜 사과해야 하는지 알 수 없었다. “이분이 오래된 유골 문제의 실마리를 주시리라 생각했어요. 곧 회복되시길 바랍니다.”

그때 침대에 누워 있던 로베르트가 눈을 번쩍 떴다. 그는 자기가 무엇을 하고 있었는지 천천히 깨닫는 듯 주변을 둘러보더니 간호사의 만류에도 불구하고 산소마스크를 벗었다.

“자주 왔어…… 나중에. 녹색…… 여자…… 그 나무들…….” 노인이 숨을 몰아쉬며 말했다.

“나무들요?” 엘린보르그가 말하고 잠깐 생각해보았다. “까치밥나무 말씀하시는 건가요?”

간호사가 로베르트에게 다시 마스크를 씌웠지만 엘린보르그는 그가 고개를 끄덕이는 모습을 본 것 같았다.

“그게 누구죠? 선생님 자신인가요? 까치밥나무 기억하세요? 거기 가셨나요? 그 나무들 쪽으로 가신 적이 있나요?”

로베르트는 천천히 고개를 저었다.

“제발 괴롭히지 말고 나가주세요.” 간호사가 엘린보르그에게 말했다. 엘린보르그는 로베르트 앞에 허리를 굽혔지만 간호사를 더 자극하지 않기 위해 너무 바짝 들이대지는 않았다.

“그 이야기를 해주실 수 있나요? 그 사람이 누구였는지 아세요? 까치밥나무에 자주 간 사람이 누구인가요?”

로베르트는 눈을 감았다.

"'나중에'라는 말씀은 무슨 뜻이에요?" 엘린보르그가 계속 물었다.

로베르트는 눈을 뜨고는 바싹 마른 두 손을 들어 연필과 종이를 달라는 시늉을 했다. 간호사가 고개를 저으며 그만하면 충분하다고, 이제 쉬어야 한다고 했지만, 그는 간호사의 손을 잡고 부탁하는 표정을 지었다.

"절대 안 돼요." 간호사가 말하고, 이어 엘린보르그를 돌아보았다. "제발 나가주세요."

"우리 대신 이분이 결정하시게 하면 안 될까요? 만약 이분이 오늘 밤 돌아가시면……."

"우리라고요?" 간호사가 발끈했다. "누가 우리예요? 당신이 삼십 년 동안 이 환자들을 돌봤어요?" 그녀는 코웃음을 쳤다. "안 나가시면 내가 내보냅니다."

다시 로베르트를 내려다보니 이미 눈을 감은 모습이 잠든 것 같았다. 그녀는 간호사를 바라보며 마지못해 문으로 갔다. 간호사가 뒤따라와서 엘린보르그가 복도로 나서는 순간 문을 닫아버렸다. 엘린보르그는 시귀르뒤르 올리를 간호사에게 보내 로베르트의 진술을 듣는 일이 얼마나 중요한지 설명하게 할까 하다가 포기했다. 시귀르뒤르 올리는 간호사를 더 화나게 할 게 분명했다.

복도를 걸어가다 보니 시귀르뒤르 올리가 매점에서 원숭이 같은 표정으로 바나나를 먹고 있었다. 그녀는 그를 향해 가다가 발을 멈추었다. 텔레비전을 놓는 자리인지 복도 끝에 움푹 팬 공간이 있었다. 그녀는 그 안에 들어가 천장까지 뻗어 올라간 커다란 화분 뒤에 숨었다. 그러곤 거기서 병실 문을 바라보며 풀밭에 숨은 사자처럼 기다렸다.

잠시 후 간호사가 로베르트의 방에서 나와 복도를 성큼성큼 걸어오더니 매점을 지나 옆 병동 쪽으로 갔다. 간호사는 시귀르뒤르 올리를 보지 못했고 바나나를 먹고 있던 시귀르뒤르 올리도 그녀를 보지 못했다.

엘린보르그는 나무 뒤에서 나와 살금살금 다시 로베르트의 방으로 갔다. 그는 조금 전 그녀가 나갔을 때와 똑같이 산소마스크를 쓴 채 자고 있었다. 커튼이 쳐진 상태였지만 램프가 어둠 속에 희미한 빛을 뿌리고 있었다. 그녀는 그에게 다가가서 잠시 망설이며 주변을 슬쩍 둘러보았다. 그런 뒤 용기를 내서 노인을 찔렀다.

아무 반응이 없었다. 다시 찔러보았지만 깊이 잠든 모양이었다. 엘린보르그는 그가 아주 깊은 잠에 빠져 있거나 아니면 이미 죽었을지 모른다고 생각하고, 손톱을 깨물면서 더 세게 찔러볼지 그냥 포기하고 나갈지 고민했다. 그가 준 정보가 대단한 건 아니었다. 누군가 언덕 위 까치밥나무들 근처에 왔다는 것뿐이었다. 녹색 여자가.

그녀가 돌아서려는 순간, 로베르트가 눈을 번쩍 뜨고 그녀를 보았다. 그녀를 알아보았는지 알 수 없었지만 이내 그가 고개를 끄덕였고, 그녀는 산소마스크 속 얼굴에 어린 미소를 분명히 본 것 같았다. 그가 아까처럼 연필과 종이를 달라는 시늉을 해서 그녀는 주머니에서 수첩과 펜을 꺼냈다. 손에 펜과 종이를 쥐어주자 그는 손을 떨며 큼직한 대문자들로 글씨를 써나갔다. 시간이 오래 걸리는 일이었고, 엘린보르그는 간호사가 언제 다시 들어와 욕을 퍼부을지 몰라 초조하게 문을 바라보았다. 로베르트에게 빨리 써달라고 말하고 싶었지만 감히 그를 압박할 수는 없었다.

글을 다 쓰자 그는 핏기 없는 두 손을 이불 위에 툭 떨구었다. 수첩과 펜도 같이 떨어졌다. 노인은 눈을 감았다. 엘린보르그가 수첩을 집어 들고 거기 적힌 글을 읽으려는 순간, 그와 연결된 심장 모니터가 갑자기 경고음을 울렸다. 조용한 방에서 귀가 먹먹할 정도로 울리는 그 소리에 엘린보르그는 혼비백산했다. 어떻게 해야 할지 몰라 잠시 노인을 내려다보다가 방을 빠져나가서 시귀르뒤르 올리가 바나나를 다 먹고 앉아 있는 매점으로 향했다. 어디선가 경보음이 울렸다.

"노친네한테서 뭘 좀 얻어냈어요?" 엘린보르그가 숨을 크게 내쉬며 곁에 앉자 시귀르뒤르 올리가 물었다. "선배, 괜찮아요?" 그녀의 호흡이 가쁜 것을 알아채고 그가 다시 물었다.

"괜찮아." 엘린보르그가 말했다.

의사, 간호사, 응급 구조사로 이루어진 팀이 황급히 매점을 지나 로베르트의 방 쪽으로 달려갔다. 잠시 후 흰 가운을 입은 남자가 심장마사지 장치로 보이는 것을 밀고 나타나더니 역시 로베르트의 방을 향해 갔다. 시귀르뒤르 올리는 사람들이 모퉁이를 돌아 사라지는 모습을 지켜보았다.

"무슨 일을 한 거예요?" 그가 엘린보르그를 돌아보며 물었다.

"나? 아무것도 안 했어. 무슨 일을 했냐니, 그게 무슨 뜻이야?"

엘린보르그가 나직하게 말했다.

"그러면 왜 그렇게 땀을 흘려요?"

"땀 안 흘려."

"무슨 일이에요? 사람들이 왜 뛰어가는 거예요?"

"몰라."

"그 사람한테서 뭔가 얻어냈어요? 지금 저 경보는 그 사람 때문에 울리는 거예요?"

"몰아붙이지 마." 엘린보르그가 주변을 돌아보며 말했다.

"뭘 얻어냈죠?"

"나도 아직 몰라. 일단 여기서 나가자." 엘린보르그가 말했다.

그들은 매점을 떠나 병원 밖으로 나간 뒤 시귀르뒤르 올리의 차에 탔다. 그가 차를 출발시켰다.

"그 사람에게서 얻어낸 게 뭐예요?" 시귀르뒤르 올리는 궁금증을 참지 못했다.

"뭘 써줬어. 아, 불쌍한 사람." 엘린보르그가 한숨을 쉬었다.

"뭘 써줘요?"

그녀는 주머니에서 수첩을 꺼내 종잇장을 넘겨가며 로베르트가 글을 쓴 곳을 찾았다. 거기에는 죽어가는 사람이 떨리는 손으로 쓴 단어 하나가 적혀 있었다. 너무 흘려 써서 알아보기가 쉽지 않았다. 그녀는 한참 동안 그것을 들여다본 뒤에야 그 글자를 알아보았고, 자신의 해독이 맞는다고 생각했지만 그 의미는 알 수 없었다. 로베르트가 지상에서 쓴 마지막 단어는 "뒤틀려"였다.

그날 저녁의 문제는 감자였다. 그는 감자가 제대로 익지 않았다고 했다. 하지만 감자는 늘 너무 익었거나, 곤죽이 됐거나, 설익었거나, 껍질을 안 벗겼거나, 잘못 벗겼거나, 너무 벗겼거나, 반으로 자르지 않았거나, 소스에 넣지 않았거나, 소스에 넣었거나, 튀겼거나, 튀기지 않았거나, 으깼거나, 너무 두껍게 썰었거나, 너무 얇게 썰었거나, 달거나, 달지 않거나 했다.

그녀는 도무지 그를 예측할 수 없었다.

그것이 그가 가진 최대의 무기 중 하나였다. 폭력은 항상 무방비 상태에서, 전혀 예상하지 못한 시점에 터져 나왔다. 분위기가 좋아 보일 때나 그의 심기가 불편해 보일 때나 차이가 없었다. 그는 그녀를 불안하게 만드는 데 탁월한 능력을 발휘했고, 그녀는 잠시도 편안함을 누리지 못했다. 그 앞에서 그녀는 항상 긴장한 채 시키는 일을 모조리 했다. 음식을 때맞춰 딱딱 대령하고, 아침마다 옷을 준비해놓았다. 아들들을 조용히 시키고, 미켈리나가 그의 눈에 띄지 않게 했다. 아무 의미 없는 일도 그가 시키면 두말없이 했다.

앞으로 좋아질 거라는 희망은 이미 오래전에 포기했다. 그의 집은 그녀의 감옥이었다.

저녁을 다 먹은 뒤, 그는 언제나처럼 부루퉁한 얼굴로 접시를 들고 일어나 싱크대에 가져다 넣었다. 그러곤 부엌에서 나가려는 듯 식탁으로 돌아가더니 아직도 식사를 하고 있는 그녀의 옆에 멈추어 섰다. 그녀는 감히 고개를 들지 못한 채 식탁에 함께 앉은 두 아들만 바라보며 계속 식사를 했다. 온몸의 근육이 긴장했다. 어쩌면 그가 그냥 나갈지도 모른다. 두 아들이 어머니를 보고 천천히 포크를 내려놓았다.

부엌에 죽음 같은 침묵이 내렸다.

갑자기 그가 그녀의 머리를 아래로 내리박아 접시를 깨뜨렸다. 그러더니 머리채를 잡고 뒤로 당겨서 그녀를 의자에서 떨어뜨렸다. 이어 식탁의 식기들을 휩쓸어 바닥으로 와장창 떨구고 그녀의 의자를 벽으로 걷어찼다. 그녀는 의자에서 떨어진 충격에 정신이 어지러웠다. 온 부엌이 빙글빙글 도는 것 같았다. 그녀는 일어서려고 했다. 가만히 있는 게 좋다는 것을 경험을 통해 알았지만 그녀 안의 어떤 비틀린 심사가 그를 자극하고 싶어 했다.

"가만있어, 돼지 같은 년!" 그가 소리를 지르더니 무릎으로 일어나 앉으려는 그녀 앞에 허리를 굽히고 고함을 쳤다. "일어서려고?" 그가 머리채를 잡아 그녀를 일으켜 세우더니 그녀의 얼굴을 벽에다 쾅쾅 찧고는 허벅지를 걷어찼다. 그녀는 결국 다리의 힘을 잃고 비명을 지르며 다시 쓰러졌다. 코피가 터졌고, 귓속이 왱왱 울려서 그가 퍼붓는 욕설도 제대로 들리지 않았다.

"다시 일어나봐, 망할 년아!" 그가 악을 썼다.

이번에는 그녀도 가만히 있었다. 대신 그의 발길질을 예상하고 머리를 두 손으로 감쌌다. 그는 발을 들더니 온 힘을 다해 옆구리를 걷어찼고, 그녀는 가슴이 터지는 듯한 통증에 신음을 토했다. 그가 허리를 굽혀 다시 머리채를 잡고 그녀의 얼굴을 들어올린 뒤 침을 뱉고는 다시 한번 머리를 바닥에 탕 찧었다.

"더러운 개잡년." 그가 나직이 욕을 했다. 그런 뒤 자리에서 일어나 자신이 만들어놓은 난장판을 보고 소리쳤다. "염병할 년아, 네년 때문에 집구석이 맨날 이 꼴이잖아. 당장 안 치우면 죽을 줄 알아!"

그는 그녀에게서 물러나 다시 한번 침을 뱉으려고 했지만 입이 말라 있었다.

"썩어 문드러질 년." 그가 말했다. "천하에 쓸모없는 년. 뭐 하나 제대로 하는 게 없지, 이 갈보 년은. 네년이 얼마나 더러운 년인지 언젠가 알기는 하겠냐? 응? 언젠가 알기는 하겠어?"

그는 그녀의 몸에 상처가 남건 말건 상관하지 않았다. 끼어들 사람이 없다는 걸 알기 때문이었다. 그들의 집에는 손님이 거의 없었다. 언덕 아래 저지대에는 샬레가 드문드문 흩어져 있었지만, 이 위쪽까지 올라오는 사람은 드물었다. 그라바르르보귀르와 그라바르홀트를 잇는 큰 도로가 근처를 지나가는데도 그랬다. 설령 언덕에 볼일이 있는 사람이 있더라도 그들의 집에는 오지 않았다.

그들이 사는 집은 제법 큰 샬레로, 집주인은 레이캬비크에 사는 어떤 남자였다. 집을 절반쯤 지었을 때 주인이 집에 관심을 잃고 그에게 집을 마저 지으면 싸게 세를 주겠다고 했다. 그도 처음에는 집을 짓는다는 것에 기뻐했고 실제로 완성하기 직전까지 갔지만, 집주인이 집에 아무런 관심이 없음을 알고부터는 집 상태가 나빠지기 시작했다. 목조로 된 그 집은 거실과 조리용 석탄 화로가 딸린 부엌, 난방용 석탄 스토브가 있는 방 두 개와 두 방 사이의 복도로 이루어져 있었다. 그들은 매일 아침 집 근처 우물에서 물을 두

양동이씩 길어다가 식탁 위에 올려놓았다.

그들이 그 집으로 이사한 지는 일 년 정도 되었다. 영국의 아이슬란드 점령이 끝나자 사람들이 일자리를 찾아 시골에서 레이캬비크로 밀려들었다. 그들 가족은 지하 아파트를 잃었다. 더이상 그곳의 집세를 감당할 수 없었다. 인구 유입은 주거비 인상과 임대료 폭등을 낳았다. 그라바르홀트의 짓다 만 샬레로 이사하면서 그는 새로운 환경에 맞는 일자리를 찾아보았고, 레이캬비크 주변의 농장들에 석탄을 배달하는 일을 하게 되었다. 그는 아침마다 그라바르홀트로 가는 분기점까지 걸어가 거기서 석탄 트럭을 타고 출근했다가 저녁에 다시 그 차로 돌아왔다. 이따금씩 그녀는 그가 레이캬비크를 떠난 이유는 오직 하나, 그녀가 맞을 때 살려달라고 외치는 소리를 아무도 듣지 못하게 하기 위해서가 아닌가 생각하곤 했다.

그리로 이사하고 나서 그녀는 제일 먼저 까치밥나무를 심었다. 그 황량함을 보고 집 남쪽에 심기로 했다. 나무들로 구획을 삼고 정원을 가꿀 생각이었다. 그러곤 나무를 더 심으려고 했지만, 그가 시간 낭비라며 하지 못하게 했다.

그녀는 바닥에 조용히 엎드린 채 그가 마음을 가라앉히고 친구를 만나러 시내로 나가기만을 기다렸다. 때로 그는 레이캬비크에 갔다가 다음 날 아침에야 돌아오곤 했다. 그녀의 얼굴은 고통으로 타올랐고, 가슴팍은 이 년 전 그가 갈비뼈를 부러뜨렸을 때처럼 아팠다. 감자 때문이 아니라는 걸 그녀는 알았다. 새로 빤 셔츠의 얼룩 때문도 아니었다. 그녀가 직접 입으려고 만들었지만 그가 야하다며 갈갈이 찢어버린 옷 때문도 아니었다. 밤에 우는 아이들 때문도 아니었다. 물론 그가 그 일로 그녀에게 화를 내기는 했다. "도대체 어미란 게 뭘 하는 거야! 애들 닥치게 하지 않으면 다 죽여버릴 거야!" 그녀는 그가 능히 그럴 수 있음을 알았다. 그는 그런 일도 할 수 있었다.

그가 어머니를 때리기 시작하면 아들들은 부엌에서 빠져나갔지만 미켈리나는 언제나 제자리에 있었다. 미켈리나는 혼자서 잘 움직일 수 없었다. 그녀는 부엌에 소파를 두고 미켈리나가 거기서 자고 생활하게 했다. 그곳이 딸을 지켜보기 가장 편했기 때문이다. 미켈리나는 대체로 그가 들어온 뒤에도 조용히 있었고, 그가 어머니를 때리기 시작하면 그곳에서 사라지고 싶은 듯 성한 손으로 이불을 뒤집어썼다.

미켈리나는 무슨 일이 벌어지는지 보지도, 보고 싶어 하지도 않았다. 이불을 뒤집어쓴 채 그의 고함과 어머니의 비명을 들을 뿐이었다. 어머니가 벽에 부딪히고 바닥에 쓰러지는 소리가 들릴 때마다 몸을 떨었다. 미켈리나는 이불 속에 웅크리고 소리 없이 노래했다.

모두 상자 위에 서 있네,
양말을 신고,
금발 머리를 하고,
예쁜 드레스를 입고.

노래를 멈추었을 때 부엌은 조용해져 있었다. 그러고도 오랫동안 이불을 내리지 못하다가 살짝 이불 밖을 보니 그가 보이지 않았고 복도 저편에 현관 문이 열려 있었다. 나간 모양이었다. 미켈리나는 일어나서 바닥에 쓰러져 있는 어머니를 보았다. 아이는 이불을 치우고 소파에서 내려온 뒤 식탁 밑을 기어 어머니에게 갔다. 어머니는 아직도 웅크린 자세로 꼼짝 않고 쓰러져 있었다.

미켈리나는 어머니의 품을 파고들었다. 앙상하고 허약한 아이에게 딱딱한 바닥을 기어가는 일은 힘에 부쳤다. 평소 미켈리나가 어딘가 가야 할 때는 남동생들이나 어머니가 데려다주었다. 그는 그런 일을 한 적이 없었다. 끊임없이 "저 천치를 죽일" 거라고, "더러운 침대에 누운 병신 년을 콱 목졸라버릴" 거라고 협박할 뿐이었다.

어머니는 움직이지 않았다. 그녀는 자기 몸을 만지고 머리를 쓰다듬는 미켈리나의 손길을 느꼈다. 갈비뼈는 여전히 타는 듯 아팠고, 코피도 멈추지 않았다. 자신이 기절했는지 어쨌는지조차 알 수 없었다. 그녀는 그가 아직도 부엌에 있는 줄 알았지만, 미켈리나가 기어 왔다는 것은 그가 집을 나갔다는 뜻이었다. 미켈리나는 의붓아버지를 세상 무엇보다 두려워하기 때문이었다.

어머니는 천천히 몸을 일으키고 고통에 신음하면서 발길에 걷어차인 옆구리를 감싸 쥐었다. 갈비뼈가 부러진 것 같았다. 그녀는 등을 대고 누워 미켈리나를 바라보았다. 아이는 운 얼굴이었다. 겁에 질려 있었다. 그러다 어머니의 피 묻은 얼굴에 충격을 받고 다시 울음을 터뜨렸다.

"괜찮아, 미켈리나. 다 잘될 거야." 어머니가 한숨을 쉬며 말했다.

그녀는 천천히, 그리고 아주 힘겹게 식탁을 붙들고 일어섰다.

"우리는 이겨낼 거야."

옆구리를 쓰다듬자 칼이 쑤시고 들어오는 듯한 통증이 느껴졌다.

"동생들은?" 어머니가 바닥의 미켈리나에게 물었다. 미켈리나는 문을 가리키며 흥분과 공포가 담긴 소리를 냈다. 어머니는 항상 미켈리나를 평범한 아이처럼 대했다. 반면에 의붓아버지는 아이를 부를 때 '천치' 아니면 그보다 더 심한 말밖에 사용하지 않았다. 미켈리나는 세 살 때 뇌막염에 걸려서 죽다 살아났다. 아이가 수녀들이 운영하는 란다코트 병원에서 죽음의 문턱을 넘나드는 동안, 아이 어머니는 아무리 사정하고 울어도 아이 곁에 갈 수가 없었다. 열이 내려갔을 때 미켈리나는 오른팔과 두 다리에 힘을 잃었고, 얼굴근육도 마비되어서 표정이 뒤틀렸다. 한쪽 눈은 반쯤 감기고 입은 다물어지지 않아 침을 흘렸다.

두 아들은 자신들이 어머니를 지켜줄 수 없다는 것을 알았다. 작은아들이 일곱 살, 큰아들은 열두 살이었다. 그들은 이제 어머니를 폭행할 때 아버지의 정신이 어떤 상태인지 알았고, 그가 분위기를 험악하게 만들 때 사용하는 악담, 어머니에게 욕을 퍼부을 때마다 그를 사로잡는 광기를 알았다. 이것을 감지하면 그들은 현장에서 달아났다. 큰아들 시몬이 먼저 나갔다. 그는 아버지가 분노를 자신들에게로 돌릴까 봐 겁에 질린 새끼 양 같은 동생을 끌고 나갔다.

앞으로는 미켈리나도 데리고 나갈 수 있을 것이다.

그리고 또 언젠가는 어머니를 보호할 수 있을 것이다.

겁먹은 형제는 집에서 도망쳐 나와 까치밥나무로 달려갔다. 가을이라 꽃이 피었고, 나뭇잎은 무성했으며, 작고 빨간 열매들은 과즙으로 부풀어 있었다. 어머니가 준 통과 병에 그 열매를 따서 넣을 때면 손에서 과즙이 톡톡 터졌다.

두 아이는 나무 뒤에 숨어서 아버지가 욕을 퍼붓는 소리와 접시 깨지는 소리, 어머니의 비명을 들었다. 작은아들은 귀를 막았지만, 시몬은 저녁 어스름 속에 노란빛을 던지는 부엌 창문을 바라보며 꾹 참고 어머니의 비명을 들었다.

언젠가부터 그는 귀를 막지 않았다. 자신이 해야 할 일을 하려면 그걸 들어야 했다.

10

엘사가 베니아민의 집 지하실에 대해 한 말은 과장이 아니었다. 그곳에 가득한 잡동사니를 뒤질 생각에 에를렌뒤르는 잠시 정신이 아득해졌다. 엘린보르그와 시귀르뒤르 올리에게 전화를 할까 싶기도 했지만 잠깐 미루기로 했다. 구십 평방미터쯤 되는 지하실은 크기가 다른 방 여러 개로 나뉘어 있었는데, 각각의 방이 문도 창문도 없이 상자들로만 가득 채워져 있었다. 뭐가 들었는지 겉에 적어 둔 상자도 있었지만 대부분은 그런 정보가 없었다. 와인과 담배를 보관했던 종이 상자도 있고, 온갖 잡동사니가 들어찬 나무 상자도 다양한 크기로 있었다. 지하실에는 낡은 찬장이나 궤짝, 여행 가방을 비롯해 오랜 세월 동안 쌓인 잡다한 다른 물품들도 있었다. 먼지가 뽀얗게 앉은 자전거, 잔디 깎는 기계, 낡은 바비큐 그릴 같은 것들이었다.

"편하게 찾아보세요." 그를 따라 내려온 엘사가 말했다. "제 도움이 필요하시면 불러주시고요." 그녀는 인상을 쓰고 있는 형사의 얼빠진 얼굴을 약간 딱하다는 듯 바라보았다. 그는 싸구려 카디건과 팔꿈치에 패치를 댄 낡은 재킷 차림이었다. 그와 이야기를 하고 그의 눈을 보며, 그녀는 그에게 어떤 슬픔이 있다는 느낌을 받았다.

에를렌뒤르는 희미하게 웃고는 고맙다고 말했다. 그리고 그로부터 두 시간 뒤, 그는 상인 베니아민 크뉘센의 첫 서류들을 발견했다. 지하실을 뒤지는 건 보통 일이 아니었다. 모든 게 다 엉망으로 뒤섞여 있었다. 더미를 이룬 옛 잡동사니와 비교적 최근에 쌓인 잡동사니들을 일일이 살펴보면서 거대한 쓰레기의 산 안쪽으로 들어가야 했다. 안으로 들어갈수록 물건들의 연대가 더 오래된 것 같았다. 문득 커피 한 잔과 담배 생각이 나서, 그는 엘사에게 부탁할지 나가서 카페를 찾을지 고민했다.

에바 린드가 머릿속을 떠나지 않았다. 그는 휴대폰을 켜두고 병원에서 연락이 오기를 계속 기다렸다. 그녀의 곁을 지키지 못한다는 죄책감에 괴로웠다. 어쩌면 며칠 휴가를 내고 딸 옆에 앉아서 의사가 조언한 대로 말을 거는 게 좋지 않을까? 의식을 잃은 딸을, 가족도 없고 따뜻한 말도 듣지 못한 채 중환자 병동에 혼자 누워 있게 해서는 안 될 것 같았다. 하지만 그는 자신이 거기 가만히 앉아 있지 못하리라는 걸 알았다. 일은 그에게 일종의 구원이었다. 그에겐 정신을 쏟아 넣을 일이 필요했다. 그래야 최악의 상황을, 상상조차 할 수 없는 일을 생각하지 않을 수 있었다.

그는 정신을 집중하려 애쓰며 지하실을 뒤졌다. 낡은 책상에서 베니아민 크뉘센의 가게로 발송된 도매상들의 송장이 나왔다. 손으로 써서 해독하기 어려웠지만 물건 공급과 관련된 것 같았다. 책상 서랍에서도 비슷한 청구서들이 나왔는데, 그걸 보니 크뉘센의 상점은 식품점이었던 듯했다. 송장에 커피와 설탕이라는 품목이 적혀 있고, 그 옆에 숫자들이 있었다.

지금 밀레니엄 쿼터를 조성중인 레이캬비크 외곽 변두리에 자리한 샬레에 대해서는 아무런 자료가 없었다.

결국 에를렌뒤르는 흡연 욕구를 참지 못했다. 문이 하나 보여서 열고 나가니 잘 가꾼 정원이 나왔다. 봄을 맞은 꽃들이 새로 피어나고 있었지만 허겁지겁 담배를 피우는 에를렌뒤르의 눈에는 그런 것들이 들어오지 않았다. 그는 얼른 두 대를 피웠다. 그런 뒤 지하실로 돌아가려는데 재킷 주머니에서 휴대전화가 울렸다. 엘린보르그였다.

"에바 린드는 어때요?" 그녀가 물었다.

"아직 의식이 없어." 에를렌뒤르가 짧게 말했다. 잡담을 나누고 싶은 마음이 없었기에 그는 곧바로 물었다. "무슨 진전 있어?"

"로베르트라는 노인하고 이야기를 했어요. 예전에 언덕 근처에 샬레가 있었대요. 그분이 무슨 말을 하려고 한 건지는 잘 모르겠지만, 어쨌건 누가 나무 주변에 왔다고 했어요."

"나무?"

"뼈 옆 나무요."

"까치밥나무? 누가 왔는데?"

"그런데 거기까지 얘기하고 나서 그분이 돌아가신 것 같아요."

뒤에서 시귀르뒤르 올리가 키득거리는 소리가 들렸다.

"나무를 찾아온 사람이?"

"아뇨, 로베르트요. 그래서 그 이상은 알 수가 없어요."

"나무를 찾아왔다는 사람이 누구지?"

"아주 모호해요. 나중에 거기 자주 온 사람이 있다는 말도 했는데, 그분한테서 알아낸 건 그게 전부예요. 이야기를 더 하려다가 '녹색 여자' 하고는 끝났어요."

"녹색 여자?"

"네. 녹색요."

"나중에, 자주, 녹색." 에를렌뒤르가 엘린보르그의 말을 되짚어보았다. "나중에라니? 뭐보다 나중이라는 거야? 그게 무슨 뜻이지?"

"말씀드린 대로 다 파편적이에요. 그리고 제 생각에는 그 여자가 아마……." 거기서 엘린보르그가 머뭇거렸다.

"그 여자가 뭐?" 에를렌뒤르가 물었다.

"뒤틀렸던 것 같아요."

"뒤틀려?"

"로베르트가 그 사람에 대해 한 설명은 그게 전부였어요. 말을 못해서 글씨로 썼는데, '뒤틀려'라고 적었어요. 그러곤 잠이 들었는데 그분한테 무슨 일이 생긴 것 같아요. 의료팀이 몰려갔거든요……."

엘린보르그의 목소리가 희미해졌다. 에를렌뒤르는 다시 그녀의 말을 곱씹어보았다.

"그러니까 어떤 여자가 언제인지 모를 나중에 그 까치밥나무들에 자주 갔다는 거지?"

"전쟁 이후라는 뜻일 수도 있고요." 엘린보르그가 말했다.

"그 집에 살던 사람들은 기억했어?"

"한 가족이 살았대요." 엘린보르그가 말했다. "아이가 셋 있는 가족이라고 했어요. 그 이상은 못 들었어요."

"그 나무들 근처에 사람이 살았다는 건 맞는군."

"그런 것 같아요."

"그리고 여자는 뒤틀렸고. 뒤틀린 게 뭐지? 로베르트는 나이가 어떻게 돼?"

"그분은…… 잘 모르겠지만…… 아흔이 넘었을 거예요."

"그 말의 의미를 알 수가 없군." 에를렌뒤르가 혼잣말을 하듯 중얼거렸다. "까치밥나무를 찾아간 뒤틀린 여자라. 지금 로베르트의 샬레에는 누가 살지? 아직도 그 집이 있나?"

엘린보르그는 아침에 시귀르뒤르 올리와 함께 현재 그 집에 사는 사람들을 만나보았고, 여자에 대한 언급은 없었다고 전했다. 에를렌뒤르는 그녀에게 다시 그곳으로 가 거기 사람들한테 까치밥나무 근처에서 사람, 특히 여자를 목격한 일이 있는지 자세히 물어보라고 지시했다. 또 로베르트의 가족을 찾아서 그가 언덕 위의 가족 이야기를 한 적이 있는지도 알아보라고 했다. 에를렌뒤르 자신은 지하실을 더 뒤지다가 딸이 있는 병원에 가겠다고 했다.

그는 다시 베니아민의 물건을 뒤지러 갔고, 지하실을 둘러보면서 며칠 안에 이 잡동사니를 다 뒤지는 게 가능할지 생각해보았다. 그는 상자들 틈바구니를 헤치고 다시 베니아민의 책상으로 갔다. 책상에는 서류들과 상점 관련 송장들뿐인 것 같았다. 정확하게 기억할 수는 없었지만, 상점은 크베르피스가타 거리에 있었던 듯했다.

두 시간 뒤, 그러니까 엘사와 커피를 마시고 뒷마당에서 담배를 두 대 더 피우고 나서 그는 바닥에 놓인 회색 궤짝에 손을 댔다. 자물쇠가 채워져 있었지만 열쇠가 꽂힌 채였다. 열쇠가 쉽게 돌아가지 않아 꽤 힘을 주어야 했다. 궤짝 안에서도 고무 밴드로 묶은 서류와 편지들이 나왔는데 송장은 없었다. 편지들 틈에 사진이 중간중간 섞여 있었다. 액자에 든 것도 있고, 낱장 사진들도 있었다. 에를렌뒤르는 사진들을 살펴보았다. 사진 속 인물들이 누구인지 전혀 알 수 없었으나 몇몇 사진에 베니아민으로 추측되는 사람이 있었다. 뱃살이 붙기 시작한 키 크고 잘생긴 남자가 상점 앞에 서 있는 사진도 찾아냈다. 정황상 그가 분명했다. 문 위에는 "크뉘센 상회"라는 간판이 달려 있었다.

다른 사진들에도 그 남자가 있었다. 몇몇 사진에서 그는 조금 어려 보이는 여자와 함께 카메라를 바라보며 웃고 있었다. 사진은 전부 야외에서 찍은 것이고, 언제나 햇빛이 가득했다.

그는 사진들을 내려놓고 편지 다발을 집어 들었다. 베니아민이 약혼녀에게 보내는 연애편지들이 섞여 있었다. 그녀의 이름은 솔베이흐였다. 짧은 메시지와 간단한 사랑 고백이 전부인 편지도 있고, 하루의 일과를 자세히 전하는 편지도 있었다. 모두 연인에 대한 지극한 사랑을 담고 있었다. 편지는 시간순으로 정돈한 것 같았다. 에를렌뒤르는 그리 내키지 않는 마음으로 그중 하나를 읽었다.

누군가의 신성한 공간을 엿보는 느낌에 부끄러운 마음마저 들었다. 남의 집 창문 안을 들여다보는 기분이었다.

내 사랑,

보고 싶어 견딜 수가 없어. 하루 종일 당신만 생각하고, 당신이 돌아올 순간만 손꼽아 기다리고 있어. 당신이 없는 세상은 한겨울처럼 우중충하고 썰렁해. 당신이 이 주일이나 떠나 있어야 한다니, 내가 그 시간을 어떻게 견딜 수 있을지 모르겠어.

사랑하는

베니아민 K.

에를렌뒤르는 편지를 다시 봉투에 넣고 다발 아래쪽에서 다른 편지를 꺼냈다. 이 전도유망한 상인이 크베르피스가타 거리에 상점을 내려는 계획에 대해 자세히 설명하는 내용이었다. 그에겐 원대한 미래가 있었다. 미국의 대도시들에는 식품에서 옷까지 온갖 종류의 물건을 매대에서 직접 골라 사는 대형 상점이 있다는 글을 보았다고 했다. 그렇게 산 물건을 수레에 싣고 상점 구석구석을 돌아다닌다고.

저녁 무렵 그는 에바 린드의 곁에 앉아 있을 생각으로 병원에 갔다. 먼저 스카르프헤딘에게 전화해보니, 그는 발굴이 잘 진행되고 있다면서도 유골에 언제 도달할지는 예견할 수 없다고 했다. 흙 속에서 밀레니엄 맨의 사인을 알려줄 만한 것은 아직 아무것도 나오지 않은 상태였다.

출발하기 전에 에바 린드의 의사에게도 전화를 걸었지만 아무 변화가 없다는 대답만 들었을 뿐이었다. 그런데 중환자 병동에 갔더니 갈색 코트를 입은 여자가 딸의 침대 옆에 앉아 있었고, 그는 병실에 들어서기 직전에야 그 사람이 누구인지를 깨달았다. 에를렌뒤르는 굳어 있다가 전처를 멀찌감치 보면서 뒷걸음질해 복도로 나왔다.

그를 등진 모습이었지만 그녀가 분명했다. 그와 비슷한 또래의 여자, 갈색 코트 안에 보라색 트레이닝복을 입은 뚱뚱한 여자가 코에 손수건을 대고 앉아서 에바 린드에게 나직하게 이야기를 하고 있었다. 뭐라고 하는지는 들을 수 없었다. 머리는 염색했는데, 시간이 좀 지난 듯 가르마 부분에 흰머리가 꽤 보였다. 그는 지금 그녀가 몇 살이나 되었는지 헤아려보았다. 그녀는 그보다 세 살이 많았다.

그렇게 가까이에서 그녀를 본 것은 이십 년 만이었다. 그러니까 그녀와 두 아이를 떠난 뒤로 처음이었다. 그녀도 에를렌뒤르처럼 재혼하지 않았지만 같이 산 남자는 몇 명 있었고, 그중에는 좋은 남자도 좋지 않은 남자도 있었다. 에바 린드가 십 대 시절 그와 연락을 하기 시작했을 때 그런 이야기를 들려주었다.

연락을 시작한 초기에 에바 린드는 에를렌뒤르에게 의구심을 품긴 했지만 그들은 서로를 어느 정도 이해했고, 그는 가능할 때마다 그녀를 도우려 애썼다. 아들에게도 마찬가지였지만, 아들은 딸보다 훨씬 더 거리감이 느껴졌다. 에를렌뒤르는 아들과 거의 교류가 없었다.

그는 전처를 바라보며 계속 뒷걸음질로 복도를 걸었다. 가서 인사할까도 생각해보았지만 엄두가 나지 않았다. 분명 말썽이 날 테고, 이곳에서 소동을 피우고 싶지는 않았다. 아니, 어디서건 그런 소동은 원하지 않았다. 피할 수 있다면 평생 피하고 싶은 일이었다. 그들은 실패한 관계를 제대로 매듭짓지 못했고 에바 린드의 말에 따르면 그것이 그녀에게 가장 큰 상처가 되었다.

그가 그들을 떠난 방식이.

이제 뒤로 돌아서서 천천히 복도를 걸어가는 그에게 베니아민 크뉘센의 지하실에서 본 연애편지들이 떠올랐다. 내용을 정확히 기억할 수는 없었지만 연애편지를 보면서 떠올린 질문은 그가 집에 돌아가서 안락의자에 몸을 눕히고 잠이 들 때까지도 대답을 얻지 못한 채 남아 있었다.

그가 하들도라를 사랑한 적이 있었던가?

11

이른바 '유골 사건'은 에를렌뒤르, 시귀르뒤르 올리, 엘린보르그, 이렇게 셋이서만 다루기로 결정되었다. 범죄수사국은 중요도가 떨어지는 사건에 많은 형사를 투입할 여력이 없었다. 한창 진행 중인 광범위한 마약 수사가 많은 시간과 인력을 빨아들이고 있는 마당이라 과거 사건에 그 이상의 인력 배치는 어렵다는 게 흐롤뷔르 국장의 얘기였다. 게다가 그것이 범죄 사건인지 어쩐지도 아직 알 수 없는 터였다.

에를렌뒤르는 다음 날 아침 출근길에 일찌감치 병원에 들러 딸의 곁에 두 시간 동안 앉아 있었다. 에바 린드의 상태는 안정적이었다. 전처의 흔적은 없었다. 그는 오랫동안 앉아서 침묵 속에 딸의 여윈 얼굴을 바라보며 지난날을 떠올렸다. 아이가 어릴 때 함께 보낸 시간을 생각해보았다. 그들이 헤어졌을 때 에바 린드는 갓 두 살이었다. 아이가 부부 사이에서 자던 일이 기억났다. 그들의 작은 아파트는 침실 하나에 거실과 부엌뿐이라 에바 린드의 침대도 같은 방에 있었지만, 아이는 자기 침대에서 자려 하지 않고 한사코 더블 침대에 누운 부부 사이를 파고들었다.

에바 린드가 십 대 후반에 그의 소재지를 찾아 아파트 문 앞에서 기다리고 있던 일도 떠올랐다. 하들도라는 그에게 아이들을 만나게 하지 않겠다고 딱 잘라 말했다. 그가 아이들을 만나려고 할 때마다 욕을 퍼부었고, 그 역시 그 모든 말이 옳다고 느꼈다. 점차 그는 그들에게 전화를 하지 않게 되었다. 그렇게 내내 전혀 만나지 못했던 에바 린드가 어느 날 갑자기 그의 집 문 앞에 나타난 것이다. 하지만 그 얼굴이 낯설지 않았다. 그녀의 이목구비는 친가 쪽을 닮아 있었다.

"들어오라고 안 하실 거예요?" 그가 한참 동안 바라보기만 하자 에바 린드가 말했다. 검은 가죽 재킷에 낡은 청바지 차림이었고, 입술에는 검은 립스틱을 바른 모습이었다. 손톱도 검은색이었다. 그녀의 코에서 담배 연기가 뿜어져 나왔다.

하지만 그 얼굴에는 여전히 십 대다운 투명함이 있었다.

그는 망설였다. 기습당한 기분이었다. 그러다가 그녀를 안으로 들였다.

"여기 오겠다니까 엄마가 노발대발했어요." 그녀는 담배 연기를 끌고 그의 앞을 지나가더니 안락의자에 털썩 주저앉았다. "엄마는 아빠가 쓰레기래요. 늘 그렇게 말해요. 저하고 신드리한테요. '너희들 아비는 인간쓰레기야'. 그리고 '너희도 똑같아, 더러운 쓰레기들'. 그렇게 말하죠."

에바 린드가 웃었다. 그녀가 담배를 끄려고 재떨이를 찾자 그가 받아서 꺼주었다.

"왜……." 그는 입을 열었지만 문장을 맺지 못했다.

"그냥 보고 싶었어요. 대체 어떻게 생겼을지 궁금하더라고요."

"그래? 어떻게 생겼니?" 그가 물었다.

그녀가 그를 보았다.

"쓰레기같이 생겼네요." 그녀가 말했다.

"그러면 우리가 별로 다르지 않구나."

그녀는 한참 동안 그를 바라보았는데, 그 얼굴에 살짝 미소가 감돈 것 같았다.

~

에를렌뒤르는 경찰서에 도착해 엘린보르그와 시귀르뒤르 올리의 보고를 들었다. 로베르트가 살았던 샬레의 현 주인에게서 알아낸 것은 전혀 없었다. 현 주인은 언덕 어디에서도 뒤틀린 여자를 본 적이 없다고 했다. 로베르트의 아내는 십 년 전에 죽었다. 그들에겐 두 자녀가 있었는데, 아들도 같은 무렵에 예순 살의 나이로 죽었고, 현재 일흔 살인 딸은 엘린보르그의 방문을 기다리고 있다고 했다.

"그리고 로베르트는? 그 사람에게서 더 알아낼 만한 게 있을까?" 에를렌뒤르가 물었다.

"그분은 어젯밤 돌아가셨어요." 엘린보르그가 약간 죄책감 어린 어조로 말했다. "오래 사셨죠. 그건 사실이에요. 그분은 그만 살고 싶어 하셨던 것 같아요. 목숨만 간신히 붙어 있는 식물 신세였으니. 저라면 정말이지 병원에서 그렇게 수명을 연장하고 싶지는 않을 거예요."

"그분이 죽기 직전에 수첩에 썼대요. '이 여자가 날 죽였다'라고요." 시귀르뒤르 올리가 말했다.

"아, 역시 끝내주는 유머 감각이야." 엘린보르그가 받아쳤다.

"오늘은 이 친구 그만 봐도 돼." 에를렌뒤르가 고갯짓으로 시귀르뒤르 올리를 가리켰다. "베니아민의 지하실로 보내서 건질 게 좀 있나 찾아보게 할 거니까."

"거기서 뭐가 나오기를 기대하시는 건데요?" 시귀르뒤르 올리가 물었다. 싱글벙글하던 얼굴이 부루퉁하게 변해 있었다.

"샬레를 임대했다면 그와 관련한 문서가 있을 거야. 당연히 있겠지. 거기 살았던 사람들의 이름을 알아내야 돼. 통계청에서 찾아줄 것 같지가 않아. 일단 그 사람들 이름을 알아내면 실종자 명부하고 대조해서 그중 살아 있는 사람이 있는지 확인해볼 수 있겠지. 그리고 뼈가 완전히 발굴되는 즉시 성별과 나이를 알아내야 돼."

"로베르트는 그 집에 아이가 셋이었다고 했어요. 적어도 한 명은 아직 살아 있을 거예요." 엘린보르그가 말했다.

"이걸 근거로 수사를 시작하자고." 에를렌뒤르가 말했다. "별로 대단한 근거는 아니지. 전쟁 때 아니면 전쟁 후에 아이가 셋인 5인 가족이 그라바르홀트의 한 샬레에 살았다. 그 집에 살았던 사람 중에 현재 우리가 아는 건 그 가족뿐이지만 다른 사람들도 살았을 수 있어. 그들이 거주 등록을 했을 것 같지는 않고. 어쨌거나 지금으로서는 거기 묻힌 사람이 그들 중 하나이거나 아니면 그들과 관련된 사람이라고 추정할 수 있지. 그리고 역시 그들과 관련된 누군가, 그러니까 로베르트가 말한 어떤 여자가 거기 자주 갔고……."

"나중에, 자주요. 그리고 뒤틀렸고요." 엘린보르그가 덧붙였다. "뒤틀렸다는 게 다리를 절었다는 뜻일까요?"

"그러면 절름발이라고 하지 않았을까요?" 시귀르뒤르 올리가 말했다.

"그 집은 어떻게 된 걸까요? 언덕에 아무 흔적도 남지 않았잖아요." 엘린보르그가 물었다.

"어쩌면 자네가 베니아민의 지하실이나 그 조카딸에게서 뭔가 알아낼 수 있을지도 모르지." 에를렌뒤르가 시귀르뒤르 올리에게 말했다. "부탁한다는 말을 잊었군."

"그 집에 살았던 사람들 이름만 알아내서 당시의 실종자 명단이랑 대조해보면 끝나는 거 아닌가요?" 시귀르뒤르 올리가 말했다.

"꼭 그렇지는 않아." 에를렌뒤르가 말했다.

"왜죠?"

"명단에 있는 건 신고된 실종자들뿐이니까."

"그러면 그 밖에 어떤 실종자가 있는데요?"

"신고 안 된 실종자들이 있지. 가족이나 친지가 사라졌다고 사람들이 전부 경찰에 신고하는 건 아냐. 시골로 이사해서 다시는 못 보는 경우도 있고, 외국으로 이민 가서 못 보는 경우도 있어. 해외로 도망갔다가 천천히 잊히는 경우도 있지. 또, 여행중 동사하는 경우도 있고. 그 시절 그 지역에서 실종자로 신고됐다가 사망한 사람 명단이 있으면 그것도 살펴봐야 돼."

"그런 종류의 사건은 전혀 아닌 것 같은데요." 시귀르뒤르 올리의 단정적인 어조가 에를렌뒤르의 신경을 긁었다. "이 사람이 동사했을 가능성은 없어요. 이건 의도적인 행위예요. 누군가 묻은 거죠."

"내 말이 그 말이야." 황야의 고난에 대해서라면 걸어 다니는 백과사전 수준인 에를렌뒤르가 말했다. "예를 들어 어떤 농장 일꾼이 먼 길을 떠났다고 생각해봐. 한겨울이고 일기예보는 안 좋아. 모두가 말려도 당사자는 문제없다고 생각하고 고집을 피우지. 동사자들 이야기에서 정말 이상한 건, 그 사람들이 남의 말을 안 듣는다는 거야. 마치 죽음의 유혹을 받은 것처럼, 그럴 수밖에 없는 운명인 것처럼, 자기 운명을 시험해보고 싶었던 것처럼 느껴질 지경이지. 어쨌건 이 사람은 자신이 악천후를 헤치고 갈 수 있다고 생각해. 하지만 눈보라는 그의 상상을 뛰어넘지. 그래서 결국 길을 잃고 눈에 묻혀서 얼어 죽어. 그 장소는 사람들 다니는 길에서 수 킬로미터나 떨어진 곳이라 시신도 발견되지 않고, 그러면 그냥 실종자로 남는 거야."

엘린보르그와 시귀르뒤르 올리는 서로를 바라보았다. 에를렌뒤르가 왜 이런 말을 늘어놓는지 알 수가 없었다.

"이런 이야기는 아이슬란드의 전형적인 실종 시나리오고, 우리는 여기 익숙해. 이 나라에 살고 있고, 여기 날씨가 얼마나 변덕스러운지, 이런 일이 얼마나 자주 있는지 누가 물어보지 않아도 잘 알지. 그래서 그저 '아이슬란드니까' 하고 고개를 젓고 마는 거야. 게다가 이동 수단이 거의 도보뿐이던 옛날에는 더 흔한 이야기였어. 이런 주제의 도서 시리즈들까지 나올 지경이지. 이런 일에 관심을 갖는 사람이 나뿐만은 아니거든. 이동 수단이 진짜로 바뀐 건 겨우 육칠십 년 된 일이야. 실종자는 항상 발생했고, 남은 사람들은 납득할 수 없을지언정 그런 운명을 인정했어. 그런 실종 사건을 범죄와 연결할 근거는 드물었지."

"대체 무슨 말씀이세요?" 시귀르뒤르 올리가 물었다.

"이렇게 길게 말씀하시는 이유가?" 엘린보르그가 말했다.

"애초에 농장을 떠난 사람이 없다면 어떨까?"

"무슨 얘길 하시려는 거예요?" 엘린보르그가 재차 물었다.

"아무개가 들판 또는 다른 농장으로 떠났다가, 아니면 호수로 낚시를 갔다가 소식이 끊겼다고 사람들이 말하면? 수색을 해봐도 그 아무개는 발견되지 않고 실종자로 남는 거지."

"그러면 집안사람들이 공모해서 그 사람을 죽였다는 건가요?"

시귀르뒤르 올리가 에를렌뒤르의 가설에 회의를 보이며 말했다.

"안 될 이유가 뭐가 있어?"

"그러니까, 흉기나 둔기나 총이나 그런 걸로 죽이고 마당에 묻었다고요?" 엘린보르그가 덧붙여 물었다.

"그랬는데 어느 날 레이캬비크가 너무도 팽창해서 망자는 더이상 거기서 쉴 수 없게 된 거지." 에를렌뒤르가 말했다.

시귀르뒤르 올리와 엘린보르그는 서로를 바라보고 다시 에를렌뒤르를 보았다.

"베니아민 크뉘센의 약혼녀는 수수께끼처럼 사라졌어." 에를렌뒤르가 말을 이었다. "그 샬레를 짓던 시기에. 소문에 따르면 여자가 바다에 투신했고 그 뒤로 베니아민은 폐인이 되었다더군. 그 사람은 레이캬비크의 소매업을 혁신할 계획을 품고 있었던 것 같은데 약혼녀가 사라지자 실의에 빠지고 야심도 잃었지."

"요는 약혼녀가 사라진 게 아니라는 거죠?" 시귀르뒤르 올리가 물었다.

"아니, 여자는 사라졌어."

"실제로는 남자가 죽인 거고요."

"사실 그런 상상이 좀 힘들긴 해." 에를렌뒤르가 말했다. "남자가 여자에게 쓴 편지를 몇 통 읽었는데, 그걸 보면 여자의 머리카락 하나 건드리지 못했을 사람 같거든."

"그러면 질투네요." 로맨스 소설을 즐겨 읽는 엘린보르그가 말했다. "남자가 질투 때문에 여자를 죽인 거예요. 남자의 사랑은 진실했을 거예요. 여자를 묻고 배신하지 않았잖아요. 거기서 모든 게 끝났죠."

"내 생각은 이래." 에를렌뒤르가 말했다. "애인이 자기를 두고 죽었다고 젊은 남자가 정신을 놓는다는 건 조금 지나치지 않냐는 거야. 여자가 자살을 했다고 해도 말야. 하지만 베니아민은 여자가 실종된 뒤 폐인이 됐지. 다른 뭔가가 있지 않았을까?"

"그 사람이 여자의 머리카락을 간직하고 있었을까요?" 엘린보르그의 질문에 에를렌뒤르는 그녀가 계속 로맨스 소설을 생각하고 있나 싶었다. 그녀가 이어 말했다. "사진틀이나 로켓 목걸이 안에요. 약혼녀를 그렇게 사랑했다면서요."

"머리카락?" 시귀르뒤르 올리가 물었다.

"이해가 더디군." 엘린보르그의 생각을 따라잡은 에를렌뒤르가 말했다.

"머리카락이 왜요?" 시귀르뒤르 올리가 재차 물었다.

"그러면 최소한 그 여자는 제외될 수도 있겠지."

"누구요?" 시귀르뒤르 올리가 두 사람을 번갈아 보았다. "아, DNA 말하는 거예요?"

"그리고 언덕 위의 여자도 있어요. 그 여자도 찾아보는 게 좋겠어요." 엘린보르그가 말했다.

"녹색 여자." 에를렌뒤르가 생각에 잠겨서 혼자말을 하듯 중얼거렸다.

"에를렌뒤르." 시귀르뒤르 올리가 그를 불렀다.

"응?"

"여자가 녹색일 수는 없어요."

"시귀르뒤르 올리."

"네?"

"내가 바본 줄 알아?"

에를렌뒤르 책상에서 전화가 울렸다. 고고학팀장 스카르프헤딘이었다.

"거의 다 왔어요. 이틀 정도만 더 지나면 뼈 전체를 발굴할 수 있을 겁니다."

"이틀이라고요!" 에를렌뒤르가 소리쳤다.

"대략 그 정돕니다. 아직까지 흉기 같은 건 안 나왔어요. 우리가 지나치게 신중하다고 생각할지도 모르겠지만, 일을 하려면 제대로 해야죠. 한번 와서 보시겠습니까?"

"네, 가려던 참이었습니다." 에를렌뒤르가 말했다.

"오시는 길에 페이스트리라도 몇 개 사다 주시면 좋겠네요." 스카르프헤딘의 말에 에를렌뒤르는 그의 누런 송곳니가 눈앞에 떠오르는 것 같았다.

"페이스트리요?"

"네, 대니시 페이스트리요."

에를렌뒤르는 전화기를 탕 내려놓고, 엘린보르그에게 같이 그라바르홀트로 가자고 했다. 시귀르뒤르 올리에게는 베니아민의 지하실에 가서 그가 불행에 빠진 후 관심을 잃은 샬레에 대한 자료를 찾아보라고 했다.

그라바르홀트로 가는 내내 에를렌뒤르는 눈보라 속에 실종된 사람들을 생각하다가 욘 외이스트만의 이야기를 떠올렸다. 1780년 블뢴뒤이일에서 얼어 죽었다고 전하는 사람이었다. 그의 말은 목이 그어진 채 발견되었고, 욘에게서 발견된 것은 한쪽 손뿐이었다.

그 손은 파란색 뜨개 장갑 안에 들어 있었다.

~

아버지는 시몬이 꾼 모든 악몽 속의 괴물이었다.

그가 기억하는 한 처음부터 그랬다. 시몬은 평생토록 그 괴물을 무엇보다 두려워했고, 그것이 어머니를 공격하면 어머니를 지켜야 한다는 생각밖에 들지 않았다. 그는 옛날이야기에 나오는 것처럼 갑옷 입은 기사가 불을 뿜는 용과 싸워 이기는 전투를 그려보았지만, 꿈속에서 그는 승리한 적이 없었다.

꿈속 괴물의 이름은 그리뮈르였다. 아버지라거나 아빠인 적은 없고, 그저 그리뮈르였다.

그리뮈르가 시글뤼피외르뒤르의 생선 공장 노동자 숙소로 그들을 찾아왔을 때 시몬은 깨어 있었고, 그가 어머니에게 미켈리나를 산으로 끌고 가 죽이겠다고 협박하는 소리를 들었다. 어머니가 벌벌 떠는 모습을, 이어 자제력을 잃은 듯 침대 난간에 몸을 던져 기절하는 모습도 보았다. 그러자 그리뮈르는 누그러들었다. 그는 그리뮈르가 어머니의 얼굴을 계속 때려서 정신이 들게 하는 것을 보았다. 그리뮈르에게서는 시큼한 악취가 났다. 아이는 매트리스에 얼굴을 파묻고 공포에 덜덜 떨면서, 자신을 그 자리에서 당장 하늘로 데려가달라고 예수님께 빌었다.

그 뒤에 그리뮈르가 어머니에게 속삭인 말은 듣지 못했다. 들리는 것은 어머니의 신음 소리뿐이었다. 상처 입은 동물이 내는 듯한 억눌린 소리가 그리뮈르의 욕설과 섞였다. 실눈을 뜨고 보니, 미켈리나가 겁에 질린 얼굴로 어둠 속을 바라보고 있었다.

시몬은 하느님에게 기도하는 일도 '선한 형제 예수님'에게 이야기하는 일도 다 그만두었다. 어머니는 믿음을 잃지 말라고 했지만 어쩔 수 없었다. 어머니에게는 더이상 그런 말을 하지 않았다. 어머니의 표정을 보면 자신의 말에 얼마나 속상해하는지 알 수 있었기 때문이다. 그는 누구도 어머니를 그리뮈르에게서 구해주지 않을 것이고, 특히 하느님은 더더욱 그렇다는 것을 알았다. 들은 바에 따르면 하느님은 전지전능한 하늘과 땅의 창조자인데, 그렇다면 그분이 다른 사람들과 함께 그리뮈르도 만든 것이다. 하느님은 그 괴물을 살려두었고, 그것이 어머니를 때리고 머리채를 잡고 부엌을 질질 끌고 다니고 침을 뱉는 것을 허락했다. 그리뮈르는 때로 미켈리나도 때렸다. "빌어먹을 천치 년"이라고 부르면서 때리고 조롱했다. 가끔은 시몬에게도 주먹과 발길질을 날렸는데, 한번은 어찌나 세게 때렸는지 윗니 한 개가 깨지고 입에서 피가 나왔다.

"나의 선한 형제 예수님, 모든 아이들의 친구이고……."

그리뮈르는 미켈리나더러 바보라고 했지만 그 말은 틀렸다. 시몬은 미켈리나가 나머지 식구 모두를 합한 것보다 더 똑똑하다고 느꼈다. 하지만 미켈리나는 말을 하지 않았다. 시몬은 미켈리나가 말을 할 줄 알지만 안 한다고 믿었다. 미켈리나는 침묵을 선택한 것이다. 다른 식구들이 그렇듯이 미켈리나도 그리뮈르가 두려우니까. 아니, 어쩌면 더 많이 두려우니까. 그리뮈르가 때때로 미켈리나를 그 유아차에 태워서 쓰레기장에 갖다 버려야 한다고, 저년은 아무짝에도 쓸모없고 집에서 빈둥거리며 밥만 축내는 짐짝이라고 말했기 때문이다. 그리고 미켈리나가 바보 천치라서 가족과 자신이 우스갯거리가 된다고도 했다.

그리뮈르는 이런 말을 꼭 미켈리나가 듣는 앞에서 했고, 어머니가 말을 막으려고 하면 비웃었다. 미켈리나는 자신이 욕을 듣는 건 상관하지 않았지만, 어머니가 자기 때문에 고통받는 것은 싫어했다. 누나를 보면 알 수 있었다. 시몬은 동생 토마스보다 누나 미켈리나에게 더 친근감을 느꼈다. 토마스는 약간 알쏭달쏭하고 혼자 있기를 좋아하는 아이였다.

어머니도 미켈리나의 지능이 멀쩡하다는 걸 알았다. 어머니는 누나를 꾸준히 운동시켰지만 그리뮈르가 없을 때만 했다. 뻣뻣한 다리를 풀어주고, 안으로 뒤틀려 굳은 여윈 팔을 들어 올리고, 언덕의 야생 약초로 연고를 만들어서 몸의 마비된 쪽을 마사지해주었다. 어머니는 심지어 미켈리나가 언젠가 걸을 수 있다고 생각했다. 어머니는 미켈리나에게 한 팔을 두르고 함께 집 안을 비틀비틀 걸어 다니며 걷기 연습을 시켰다.

어머니는 미켈리나에게 말할 때에도 여느 건강한 아이를 대하듯 말했고, 시몬과 토마스에게도 그렇게 하라고 시켰다. 그리뮈르가 집에 없을 때면 어머니는 그들이 하는 모든 일에 미켈리나를 참여시켰다. 모녀는 서로를 이해했다. 두 동생도 누나를 이해했다. 미켈리나의 모든 동작과 모든 표정을. 말은 필요 없었다. 미켈리나는 말을 알았지만 하지는 않았다. 어머니는 누나에게 글을 가르쳤고, 미켈리나가 야외의 일광욕보다 더 좋아하는 것은 책을 읽거나 다른 사람이 읽어주는 것을 듣는 일이었다.

그러던 어느 날 말이 터져 나왔다. 세상에 전쟁이 시작되고 영국군이 언덕에 캠프를 꾸린 여름이었다. 시몬이 밖에서 볕을 쬐던 미켈리나를 안으로 데리고 들어왔다. 미켈리나는 그날 유난히 생기가 넘쳐서 귀를 움찔거리고 입을 벌리고 혀를 내밀고 했다. 시몬은 누나를 다시 부엌 소파에 누이려고 했다. 저녁때가 되어 날씨가

서늘해졌기 때문이었다. 그때 미켈리나가 갑자기 소리를 냈고, 어머니는 놀라서 설거지하던 접시를 떨어뜨려 깨뜨렸다. 그러곤 평소 그런 실수를 했을 때 사로잡히곤 했던 두려움도 잊은 채 빙글 돌아서서 미켈리나를 바라보았다.

"어마아어마아아." 미켈리나가 다시 말했다.

"미켈리나!" 어머니가 놀라 소리쳤다.

"어마아어마아아." 미켈리나는 말을 했다는 사실이 기쁜지 고개를 이리저리 돌리며 소리쳤다.

어머니가 믿을 수 없다는 표정으로 딸에게 걸어가서는 입을 딱 벌린 채 딸을 보았고, 시몬은 어머니의 눈에 차오른 눈물을 본 것 같았다.

"어엄마아아아." 미켈리나가 말하자 어머니는 딸을 시몬의 품에서 빼내어 침대에 눕히고 머리를 쓰다듬어주었다. 그때까지 시몬은 어머니가 우는 것을 본 적이 없었다. 어머니는 그리뭐르가 무슨 짓을 해도 울지 않았다. 고통에 비명을 지르고, 살려달라고 외치고, 멈춰달라고 사정하고, 그도 아니면 그냥 말없이 주먹세례를 감당할지언정 울지는 않았다. 시몬은 어머니가 속이 상해 그러는 줄 알고 어머니를 안으려 했지만, 어머니는 걱정할 것 없다고, 이 일은 어머니 인생에서 일어난 최고의 일이라고 했다. 어머니가 우는 것이 미켈리나의 발전뿐 아니라 어머니 자신의 성취 때문이기도 하다는 것을 시몬은 깨달았다. 그 일로 어머니는 그때껏 스스로에게 허락한 가장 큰 기쁨을 맛보았다.

그것이 이 년 전 일이었고, 그 뒤로 미켈리나는 계속 말이 늘어서 이제는 완전한 문장을 구사할 수 있었다. 그럴 때면 그녀의 얼굴은 비트처럼 빨개지고, 혀가 밖으로 늘어지고, 고개는 앙상한 몸통에서 떨어져버릴 듯 앞뒤로 사납게 흔들리곤 했다. 그리뮈르는 미켈리나가 말을 하게 된 것을 몰랐다. 미켈리나는 그의 앞에서 말을 하지 않았고, 어머니도 그 사실을 숨겼다. 좋은 일이라도 그가 미켈리나에게 눈길을 돌리는 일은 원하지 않았기 때문이었다. 그들은 아무 일도 없었고 아무것도 변하지 않은 양 행동했다. 시몬은 어머니가 몇 번 조심스럽게 그리뮈르에게 미켈리나를 위해 무슨 일인가 해야 하지 않겠냐고 묻는 것을 들었다. 전문가의 도움을 받으면 더 건강해져서 걸어 다닐 수도 있을 것 같다고, 공부도 할 수 있는 것 같다고, 이미 책을 읽을 줄 알고 성한 손으로 글 쓰는 법도 배우고 있다고.

"바보 천치를 데리고 뭘 해." 그리뮈르가 말했다. "그 애가 천치가 아닐 거라고 착각하지 마. 그리고 내 앞에서 그 애 이야기는 아예 하지 마."

그래서 어머니는 하지 않았다. 어머니는 그리뮈르의 모든 명령에 복종했기 때문이다. 미켈리나를 도와주는 사람은 어머니뿐이었다. 시몬과 토마스가 가끔 거들어 누나를 햇빛 속으로 데리고 나가 함께 놀기도 했다.

시몬은 되도록 아버지를 피했지만, 이따금 억지로 그를 따라 외출해야 했다. 자라나는 시몬은 그리뮈르에게 점점 유용해졌다. 그리뮈르는 시몬을 데리고 레이캬비크에 갔다가 여러 가지 물건을 들려 언덕으로 가져오게 했다. 레이캬비크까지는 두 시간이 걸렸다. 그라바르보귀르로 내려가서 엘리다아우 강 위에 놓인 다리를 건넌 뒤 쉰드와 뢰이가르드네스 지역을 둘러갔다. 때로는 언덕길을 택해 하우알레이티로 가서 소가미리를 지났다. 시몬은 그리뮈르 뒤로 네댓 걸음 떨어져 걸었고, 그리뮈르는 아들에게 아무 말도 없이, 아무 관심도 보이지 않은 채 돌아다니면서 그에게 물건을 잔뜩 안긴 뒤 집까지 들고 가게 했다. 돌아가는 길은 시몬이 든 짐의 양에 따라서 세 시간 또는 네 시간이 걸렸다. 가끔씩 그리뮈르는 시내에 남아 며칠 동안 언덕에 돌아오지 않았다.

그럴 때면 집 안에는 기쁨이 흘렀다.

레이캬비크 나들이를 통해서 시몬은 그리뮈르의 색다른 면모를 하나 보았다. 시몬은 그 모습에 적응하기까지 시간이 좀 걸렸고, 이해는 끝까지 할 수 없었다. 집에서 그리뮈르는 무뚝뚝하고 사나웠다. 누가 말 거는 것도 싫어했다. 입을 열면 거친 말만 했고, 아이들과 아내를 상스럽게 모욕했다. 그는 식구들이 자기 요구에 일일이 시중들게 했고, 행여 그 일을 피하려 했다가는 진노의 불벼락이 내렸다. 하지만 다른 사람들을 대할 때 그 괴물은 허물을 벗고 거의 사람 같아졌다. 처음 시내에 갔을 때 시몬은 그리뮈르가 집에서처럼 욕을 퍼붓고 주먹을 날리고 다니리라 생각하며 겁을 먹었다. 하지만 그런 일은 없었다. 오히려 반대였다. 그리뮈르는 갑자기 나긋나긋해졌다. 가게 주인들과 유쾌하게 수다를 떨었고, 가게에 들어오는 손님들에게 허리 굽혀 인사를 했다. 점잖게 말을 건네는가 하면 심지어 미소도 지었다. 악수도 했다. 어쩌다 사람들과 부딪히기라도 하면 넉살 좋게 웃음을 터뜨렸다. 아내에게 욕을 퍼부을 때 터뜨리는 메마르고 거친 웃음이 아니었다. 사람들이 시몬을 가리키면 그리뮈르는 그의 머리에 손을 얹고 말했다. 예, 제 아들 녀석입니다, 많이 컸죠. 처음에 시몬이 주먹이 날아오는 줄 알고 피하자, 그리뮈르는 그것을 두고 농담을 했다.

시몬이 그리뮈르의 이해할 수 없는 이중성을 어느 정도 파악하기까지는 꽤 오랜 시간이 걸렸다. 아버지의 새로운 표정이 그는 너무도 낯설었다. 그리뮈르가 집에서 보이는 모습과 밖에서 보이는 모습이 어쩌면 저렇게 다른지 이해할 수 없었다. 집에서는 모두의 생사를 틀어쥔 독재자처럼 굴면서 밖에서는 어떻게 저렇게 남의 비위를 맞추고 알랑거리고 공손하게 인사할 수 있는지, 시몬으로서는 도무지 가늠이 되지 않았다. 어머니에게 이런 일을 이야기하자 어머니는 힘없이 고개를 젓고 언제나처럼 그저 그리뮈르 앞에서는 조심해야 한다고만 말했다. 그를 화나게 하면 안 된다고. 문제가 시몬이건 토마스건 미켈리나건, 설사 그가 집에 없을 때 생긴 일이라도 상관없이, 그리뮈르는 화가 나면 예외 없이 어머니에게 폭력을 휘둘렀다.

폭력은 때로 몇 달 동안 잠잠하기도 했고 심지어 일 년을 조용히 지나간 적도 있지만 결코 완전히 그치는 일은 없었다. 게다가 때로는 아주 자주, 몇 주일이 멀다 하고 벌어졌다. 분노의 강도는 편차가 컸다. 뜬금없이 주먹 한 대를 날릴 때도 있었지만, 통제할 수 없는 분노에 사로잡혀서 어머니를 바닥에 쓰러뜨리고 무자비하게 발길질을 퍼붓기도 했다.

그들 가족을 짓누른 것은 육체적 폭력만이 아니었다. 그의 폭언은 얼굴을 때리는 채찍 같았다. 그는 미켈리나에게 병신 천치라고, 토마스는 밤에 오줌이나 싸는 놈이라고, 시몬은 비렁뱅이 같은 놈이라고 욕을 했다. 그리고 어머니 역시 모두가 조용히 귀를 막고 싶었던 그 모든 욕설을 들어야 했다.

그리뮈르는 자신이 아내를 두드려 패고 욕설을 퍼붓고 하는 광경을 아이들이 보건 말건 상관하지 않았다.

그리고 그런 시간을 빼면 그는 식구들에게 아무 관심을 보이지 않았다. 평소에는 그들이 세상에 없는 것처럼 행동했다. 아주 드물게 아이들하고 카드놀이를 하고 심지어 토마스가 이기는 일을 허락하는 경우도 있었다. 가끔은 일요일에 모두를 데리고 레이캬비크까지 걸어가서 아들들에게 사탕을 사주기도 했다. 진짜로 드물지만 미켈리나도 함께 간 적이 있었는데, 그날 그리뮈르는 식구들이 미켈리나를 데리고 언덕을 내려가는 수고를 덜어주려고 석탄 트럭을 불렀다. 정말로 희소한 경우였지만, 그럴 때 그는 거의 사람처럼, 거의 아버지처럼 느껴졌다.

그렇게 폭군의 모습을 띠지 않는 드문 경우에, 아버지는 속을 알 수 없는 수수께끼 같았다. 한번은 그가 식탁에 앉아 커피를 마시며 바닥에서 노는 토마스를 지켜보고 있었다. 그는 손바닥으로 식탁 표면을 훑다가, 부엌을 조용히 나가려는 시몬에게 커피를 더 갖다 달라고 했다. 시몬이 커피를 따라주는데 그가 문득 입을 열었다.

"생각하면 화가 나."

시몬은 주전자를 잡은 두 손을 멈추고 가만히 서 있었다.

"화가 나." 그는 계속 식탁 표면을 쓰다듬으면서 말했다.

시몬이 천천히 물러나 주전자를 스토브에 돌려놓았다.

그리뮈르는 바닥에서 노는 토마스를 바라보며 말을 이었다. "내가 그 인간보다 나이를 더 먹을 수 없었다는 게 화가 나."

시몬은 아버지의 젊은 모습, 또는 다른 모습을 상상해본 적이 없었다. 그런데 갑자기 그가 토마스 같은 아이가 되어 전혀 새로운 면을 드러냈다.

"너하고 토마스는 우애가 좋지?"

시몬이 고개를 끄덕였다.

"그렇지?" 그가 다시 물었고 시몬은 그렇다고 대답했다.

아버지는 계속 식탁을 쓰다듬었다.

"우리도 우애가 좋았어."

그러더니 그는 침묵에 잠겼다.

"그 여자." 한참 후에 그리뮈르가 말했다. "사람들이 나를 그리로 보냈어. 토마스하고 같은 나이에. 거기서 오래 살았지."

그가 다시 침묵에 잠겼다.

"그리고 그 남편."

그는 식탁 위의 손을 멈추고 주먹을 쥐었다.

"그 개자식. 천하의 개쌍놈."

시몬은 천천히 물러났다. 이내 아버지는 다시 평정을 되찾는 것 같았다.

"나도 모르겠어. 내 마음대로 안 돼." 그가 말했다.

그는 커피를 다 마시고 일어서더니 방으로 들어가 문을 닫았다. 가는 길에 토마스를 번쩍 들어서 안고 들어갔다.

세월이 흘러갔다. 성장하며 성숙해지고 책임감을 갖게 되면서 시몬은 어머니의 변화를 감지했다. 그리뮈르가 거의 사람처럼 보일 때처럼 갑작스러운 변화는 아니었다. 반대로 어머니는 조금씩 미묘하게, 여러 해에 걸쳐서 천천히 변했고, 그는 거기 숨겨진 의미를 깨달았다. 그는 변화에 예민하게 반응했다. 어머니의 변화가 위험하다는, 그리뮈르만큼이나 위험하다는 생각이 갈수록 커졌다. 그리고 설명할 수는 없지만, 늦기 전에 그것을 막는 일이 자기 책임인 것 같았다. 미켈리나는 너무 약하고 토마스는 너무 어렸다. 시몬 자신만이 어머니를 도울 수 있었다.

시몬으로서는 이러한 변화나 그 의미가 쉽게 이해되지 않았지만, 미켈리나가 처음으로 말문을 연 무렵에는 그 느낌을 더욱 강력하게 감지할 수 있었다. 미켈리나의 발전은 어머니에게 엄청난 기쁨을 안겨주었다. 어머니는 한순간 인생의 모든 슬픔이 사라진 듯 환하게 웃으며 딸과 두 아들을 끌어안았다. 그리고 그 뒤로 여러 달 동안 미켈리나에게 말을 가르치면서 아주 작은 발전에도 한없이 기뻐했다.

하지만 오래지 않아 어머니는 예전으로 돌아갔다. 어머니에게서 사라졌던 어둠이 전에 없이 강력한 힘으로 되돌아온 것 같았다. 때로 어머니는 작은 집을 먼지 한 톨 없이 청소한 뒤 침대가에 걸터앉아 몇 시간이나 허공을 응시했다. 불행에 잠겨 반쯤 감은 눈으로 조용히 허공을 바라보는 어머니의 표정은 너무도 슬프고 외로웠다. 언젠가 그리뮈르가 어머니의 얼굴에 주먹을 날리고 집을 나갔을 때, 시몬은 어머니가 부엌칼을 들고 칼날 부분을 손목 위에 댄 채 천천히 움직이는 모습을 보았다. 그러다 시몬을 본 어머니는 비틀린 미소를 짓고 칼을 다시 서랍에 넣었다.

"칼로 무얼 하시는 거예요?" 시몬이 물었다.

"날이 잘 서 있나 본 거야. 아버지는 칼이 무딘 걸 싫어하시니까."

"아버지는 시내에 나가면 다른 사람이 돼요. 화를 안 내요." 시몬이 말했다.

"알아."

"거기서는 막 즐겁게 웃어요."

"그래."

"그런데 집에서는 왜 그러죠? 우리한테는?"

"나도 몰라. 아버지는 아프셔."

"아버지가 달랐으면 좋겠어요. 아예 죽었으면 좋겠어요."

어머니가 시몬을 바라보았다.

"그러면 안 돼. 아버지처럼 말하지 마. 그런 생각도 하지 마. 너는 아버지처럼 되면 안 돼. 너도 토마스도 절대. 듣고 있니? 그런 생각은 절대로 하면 안 돼. 절대로."

시몬은 어머니를 바라보았다.

"누나의 아버지는 어떤 사람이었어요?" 시몬이 물었다. 어머니는 때로 미켈리나에게 그녀의 아버지 이야기를 해주었고, 시몬은 옆에서 그 이야기를 들으며 그 남자가 죽거나 어머니를 떠나지 않았으면 어머니 인생이 어떻게 되었을까 상상하곤 했다. 자신이 그 남자의 아들인 상상, 자기가 괴물의 아들이 아니고 사랑 가득한 따뜻한 남자의 아들인 상상을.

"그 사람은 죽었어. 그걸로 끝이야." 어머니는 약간 나무라는 투로 말했다.

"하지만 그분은 달랐잖아요. 어머니도 다르게 살았을 거예요."

"그 사람이 안 죽었다면? 미켈리나가 아프지 않았다면? 내가 네 아버지를 만나지 않았다면? 그런 생각을 해서 무엇 하겠니?"

"아버지는 왜 저렇게 못됐죠?"

그가 어머니에게 자주 하는 질문이었다. 어머니가 대답을 해줄 때도 있었지만, 때로는 자신도 오랜 세월 그 답을 찾는 데 실패한 듯 아무 말도 하지 않았다. 어머니는 세상에 혼자인 사람처럼 시몬 뒤쪽의 허공을 바라보며 슬프고 아득한 목소리로 혼잣말을 했다. 자신이 어떤 말을 하고 어떤 행동을 해도 아무 소용 없다는 듯.

"나도 몰라. 내가 아는 건 어쨌든 우리 때문은 아니라는 거야. 우리 잘못은 아니야. 아버지 안에 무언가가 있어. 나도 처음에는 내가 잘못한 줄 알았어. 내가 뭔가 잘못해서 아버지가 화난 줄 알았고, 그걸 찾아내서 고치려고 했지. 하지만 그걸 찾아내지 못했고, 또 내가 어떤 노력을 해도 아버지는 달라지지 않았어. 그래서 오래전에 내 잘못이 아니라고 결론을 내렸어. 너나 토마스나 미켈리나도 아버지의 행동이 너희 잘못 때문이라고 생각하면 안 돼. 아버지가 너희를 욕할 때도 마찬가지야. 너희는 아무 잘못이 없어."

어머니는 시몬을 보았다.

"아버지는 이 세상에서 가진 작은 힘을 우리에게 휘두르면서 살고, 그 힘을 계속 간직하고 싶어 해. 그걸 버리지 않을 거야."

시몬은 칼을 넣어두는 서랍을 바라보았다.

"우리가 할 수 있는 일은 없어요?"

"없어."

"칼로 무얼 하려고 하셨던 거예요?"

"말했잖아. 날이 잘 서 있는지 본 거라고. 아버지는 칼이 무딘 걸 싫어하셔."

시몬은 어머니의 거짓말을 용서했다. 늘 그랬듯이 어머니는 그를 지키려고, 고통스러운 가정사의 영향력으로부터 그를 보호하려고 애쓰고 있었다.

그날 저녁 석탄 배달을 하느라 새까매져서 돌아온 그리뮈르는 유난히 신이 난 모습으로 어머니에게 레이캬비크에서 재미난 이야기를 들었다고 했다. 그는 부엌 의자에 앉아 어머니에게 커피를 달라고 하더니, 일터에서 어머니의 이름을 들었다고 말했다. 이유는 모르겠는데, 석탄상들이 어머니에 대해 말하면서 어머니가 가스 공장에서 잉태된 종말둥이라고 했다는 것이다.

어머니는 그리뮈르를 등지고 선 채 아무 말도 하지 않았다. 시몬은 식탁에 앉아 있었다. 토마스와 미켈리나는 밖에 있었다.

"가스 공장에서!"

그러더니 그리뮈르는 꼴깍거리는 듣기 싫은 소리로 웃어댔다. 그는 중간중간 석탄가루로 까매진 가래를 뱉었다. 그의 눈도 입도 귀도 새까맸다. 그가 소리쳤다.

"종말이 온다고 그 염병할 가스탱크에서 떼씹질을 했다잖아!"

"그건 사실이 아니에요." 어머니가 조용히 말했다. 어머니가 그리뮈르의 말에 반박하는 일이 워낙 드물었기에 시몬은 놀랐다. 어머니를 보자 등골이 오싹했다.

“세상에 종말이 온다면서 밤새도록 술 처먹고 떡을 쳤고, 그래서 네년이 태어난 거야. 걸레 같은 년.”

“거짓말이에요.” 어머니가 좀더 강하게, 하지만 고개도 들지 않고 계속 싱크대에서 하던 일을 계속하며 대꾸했다. 그리뮈르에게 등을 돌린 자세였고 고개는 가슴팍에 있었다. 마치 그 사이로 숨고 싶은 듯 작은 어깨가 한껏 올라가 있었다.

그리뮈르가 웃음을 멈추었다.

“내가 거짓말쟁이라는 거야?”

“아뇨, 하지만 그 말은 사실이 아니에요. 오해예요.”

그리뮈르가 일어났다.

“오해예요.” 그가 어머니 말을 흉내 냈다.

“나는 가스탱크가 언제 지어졌는지 알아요. 나는 그전에 태어났어요.”

“내가 들은 말은 다른데. 네 어미가 갈보고 아비는 거지 새끼라서 네가 태어나자 쓰레기통에 버렸다고들 하던데.”

서랍이 열려 있었고, 어머니는 그 안을 내려다보았다. 시몬은 커다란 부엌칼을 응시하는 어머니의 모습을 바라보았다. 어머니는 시몬을 본 뒤 다시 칼을 보았고, 그는 처음으로 어머니가 그것을 사용할 수 있다고 생각했다.

12

스카르프헤딘이 발굴 현장 위로 크고 하얀 천막을 쳐둔 터였다. 에를렌뒤르는 봄 햇살을 지나 그 안으로 들어갔다가 어이없을 만큼 더딘 진척 상황을 보았다. 그들은 구덩이 옆에 십 평방미터의 땅을 도려냈고, 유골은 그 한쪽 가장자리에 박혀 있었다. 팔은 여전히 위를 향한 채였다. 두 남자가 무릎을 꿇고 앉아 솔과 숟가락으로 흙을 덜어내 쓰레받기에 담고 있었다.

"너무 꼼꼼하신 거 아닙니까? 이렇게 해서 언제 일을 끝낼 수 있을지 모르겠군요." 에를렌뒤르가 그를 맞으러 온 스카르프헤딘에게 말했다.

"발굴 작업은 아무리 신중히 해도 부족하지 않습니다." 스카르프헤딘은 자신의 방법이 결과를 내고 있다는 자부심에 언제나처럼 다소 거만하게 말했다. "다른 사람도 아니고 형사님이라면 그 사실을 잘 아셔야지요."

"이 사건을 이용해서 현장 실습을 하시는 거 아닙니까?"

"현장 실습요?"

"고고학 수업 말입니다. 이건 대학에서 가르치는 수업 아닌가요?"

"에를렌뒤르 형사님, 우리는 체계적으로 작업중이고, 다른 방법은 없습니다. 장담합니다."

"네, 서두를 필요가 없을지도 모르죠."

"결국은 끝날 겁니다." 스카르프헤딘이 혀로 송곳니를 핥으며 말했다.

"법의학자가 스페인에 있다더군요." 에를렌뒤르가 말했다. "며칠 안에는 돌아오지 않는다니까 시간은 많을 것 같습니다."

"도대체 누구 뼈일까요?" 엘린보르그가 물었다.

"그게 남자인지 여자인지, 젊은이인지 늙은이인지 우리로서는 판정할 수 없습니다." 스카르프헤딘이 말했다. "그건 우리 일도 아닌 것 같고요. 하지만 피살되었다는 점에는 의심의 여지가 없어 보입니다."

"혹시 임신한 젊은 여자일 수도 있을까요?" 에를렌뒤르가 물었다.

"곧 알게 되겠죠." 스카르프헤딘이 말했다.

"곧? 이 속도로 가면 곧은 아닐 것 같은데요." 에를렌뒤르가 말했다.

"인내하는 자에게 복이 옵니다."

에를렌뒤르가 비꼬는 말로 응수하려 했지만 엘린보르그가 다시 끼어들었다.

"살인이 꼭 이 장소하고 상관이 있는 건 아닐 수도 있어요." 불쑥 튀어나온 말이었다. 그녀는 어제 시귀르뒤르 올리가 한 말에 대체로 공감하던 터였다. 에를렌뒤르가 뼈에 관련한 첫 직감, 즉 그 사람이 그 언덕에 살았고, 심지어 그곳의 어느 샬레에 살았다는 가정에 너무 매달리고 있다는 말. 거기 있었던 집이나 거기 살았을지 안 살았을지 모를 사람들에게 집중하는 일은 현명하지 않다는 게 시귀르뒤르 올리의 의견이었다. 에를렌뒤르가 병원에 있을 때 그런 얘기를 들었던 엘린보르그는 이에 대한 그의 견해를 직접 확인해보기로 했다.

"예를 들면 레이캬비크 서쪽에서 살해된 뒤 여기로 옮겨졌을 수도 있잖아요." 그녀가 말했다. "이 언덕이 실제 살인의 현장이었는지는 확실하지 않아요. 어제 시귀르뒤르 올리하고 그런 이야기를 나눴어요."

에를렌뒤르는 코트 주머니 깊은 곳에서 라이터와 담뱃갑을 꺼냈다. 스카르프헤딘이 그에게 경멸하는 듯한 표정을 보냈다.

"천막 안에서는 금연입니다." 그가 퉁명스럽게 말했다.

"밖으로 나가지. 인내심을 아는 분이 인내심을 잃으면 안 되니까." 에를렌뒤르가 엘린보르그에게 말했다.

천막 밖으로 나와서 에를렌뒤르는 담배에 불을 붙였다.

"자네 말이 맞아." 그가 말했다. "살인이, 그게 살인이었다면 말이지만, 반드시 여기서 벌어졌다고 장담할 수는 없지." 그는 담배 연기를 구름처럼 뿜으며 말을 이었다. "내가 아는 한 우리에게는 개연성 있는 가설이 셋 있어. 첫 번째, 뼈의 주인은 임신한 뒤 사라진, 그리고 바다에 몸을 던져 죽었다고 알려진 베니아민 크뉘센의 약혼녀라는 것. 가령 질투라거나 하는 모종의 이유로 베니아민이 여자를 죽이고 그 시신을 자신의 샬레 옆에 묻은 뒤 폐인이 되었다는 가설이지. 두 번째는 누군가 레이캬비크에서, 아니면 케플라비크나 아크라네스 같은 교외 지역에서 사람을 죽이고 여기 시신을 가지고 와 그 집 옆에 묻었다는 가설. 세 번째는 언덕에 살던 사람이 살인을 저지르고 시신을 자기 집 근처에 묻었다는 가설이야. 달리 묻을 데가 없어서. 죽은 사람은 외지인이었을 수도 있고, 전쟁 때 언덕 반대편에 막사를 지은 영국 군인이었을 수도 있고, 아니면 그곳을 인수한 미군이었을 수도 있고, 어쩌면 집안 식구 중 한 명이었을 수도 있지."

에를렌뒤르가 짧아진 담배를 발치에 떨구고 발로 문질러 껐다.

"개인적으로 이유는 모르겠는데 나는 마지막 가설이 마음에 들어. 베니아민의 약혼녀인 경우가 수사는 가장 쉽겠지. 여자의 DNA를 찾을 수 있다면 말이야. 세 번째 가설이 제일 어려울 거야. 설사 신고가 됐다 해도 오래전 사람 많은 대도시에서 실종된 사람이니까. 수사 범위가 아주 넓지."

"뼈 옆에서 태아의 유해가 나온다면 답이 어느 정도 나오는 셈이겠죠?" 엘린보르그가 물었다.

"그러면 아주 깔끔하게 해결되겠지. 임신 사실은 기록으로 남아 있어?" 에를렌뒤르가 물었다.

"무슨 말씀인가요?"

"임신했던 게 확실하냐고."

"베니아민이 거짓말을 했을 수도 있다는 뜻인가요? 여자가 임신중이었다는 그 사람 말이?"

"나도 몰라. 임신한 건 맞지만 아버지가 그 사람이 아니었을 수도 있지."

"여자가 바람을 피웠다고요?"

"저 고고학팀이 우리 앞에 무언가를 내어놓을 때까지는 온갖 추측이 다 가능해."

"저 사람한테 대체 무슨 일이 있었던 걸까요?" 엘린보르그가 한숨을 쉬며 흙 속의 뼈에 대해 이야기했다.

"어쩌면 자초한 일일 수도 있겠지." 에를렌뒤르가 말했다.

"네?"

"죽은 사람 말야. 어쨌건 그랬기를 바라자고. 죄 없는 사람이 희생된 게 아니기를."

그의 생각은 에바 린드에게로 흘러갔다. 그녀도 중환자 병동에 죽은 사람처럼 누워 있을 일을 자초한 것일까? 그것이 그의 잘못일까? 그녀 자신이 아닌 다른 사람에게 책임을 물을 수 있을까? 그녀의 처지는 자기 행위의 결과가 아닌가. 약물의존증은 개인적 행위 아닌가. 아니면 거기 그의 역할도 있을까? 에바 린드는 그렇다고 생각했고, 에를렌뒤르가 자신에게 잘못하고 있다고 비난했다.

"아빠가 우리를 떠난 게 잘못이에요." 언젠가 그녀는 이렇게 소리쳤다. "그래, 아빠는 날 경멸하죠. 하지만 아빠도 다르지 않아요. 아빠도 똑같은 인간쓰레기야!"

"나는 너를 경멸하지 않아." 그가 말했지만 그녀는 듣지 않았다.

"아빠는 나를 똥 덩어리로 보잖아." 그녀가 소리쳤다. "자기가 나보다 더 훌륭한 사람이라고 생각하지. 아빠가 더 똑똑하고 잘났다고. 나하고 엄마하고 신드리보다 잘났다고! 너무 잘나서 우리를 버린 채 떠나서 완전히 무시하고 살잖아요. 무슨 전능한 신처럼."

"나도 노력했어……."

"노력? 무슨 노력? 아무것도 없어요. 헛소리 집어치워요. 가족을 버리고 떠난 주제에."

"너를 경멸한 적 없다." 그가 말했다. "그건 잘못된 생각이야. 왜 그런 말을 하는지 모르겠구나."

"거짓말 말아요. 경멸하니까 떠난 거죠. 우리가 너무 평범하니까. 우리가 평범하다는 걸 견디지 못하니까. 엄마한테 물어봐! 엄마는 알아. 다 아빠 잘못이랬어. 모든 게 아빠 잘못이에요. 내 처지도. 어떻게 생각하세요, 전능하신 아버지?"

"엄마 말이 전부 사실은 아냐. 엄마는 원망하는 마음에……."

"원망하는 마음! 그래요, 엄마가 얼마나 세상을 원망하는지, 아빠하고 우리 남매를 얼마나 미워하는지 알기나 해요? 아빠가 떠난 게 자기 잘못이 아니라는 거지. 엄마는 좆같은 성모 마리아니까. 다 우리 잘못이에요. 신드리하고 내 잘못. 알겠어요? 염병할, 알겠냐고요……."

"에를렌뒤르?"

"응?"

"괜찮아요?"

"아, 괜찮아. 아무 일 없어."

"저는 이제 로베르트의 딸을 만나러 갈 거예요." 엘린보르그는 기절한 사람에게 하듯이 그의 얼굴 앞에 손을 흔들어 보였다. "선배는 영국 대사관에 가볼 거예요?"

"응?" 에를렌뒤르는 정신을 차렸다. "아, 그래, 그렇게 하지." 그가 우물우물 말했다. "그리고 한 가지 더 있어, 엘린보르그."

"네?"

"뼈가 나오면 지역 경찰의를 보내서 뼈를 좀 보게 해. 스카르프헤딘은 아무것도 모르니까. 그 사람, 볼수록 그림 형제 동화에 나오는 무슨 괴물 같아."

13

에를렌뒤르는 영국 대사관에 가기 전에 먼저 보가르 지역에 들러, 한때 에바 린드가 살았고 그가 그녀를 찾기 시작한 지하 아파트 근처, 하지만 거기서 약간 떨어진 곳에 차를 세웠다. 몸에 담뱃불 자국이 난 아이가 생각났다. 물론 아이는 이미 어머니에게서 떨어져 보호를 받고 있었다. 여자와 같이 사는 남자가 아이 아버지였는데, 조사를 통해 여자가 작년에 두 번이나 응급실에 갔다는 사실이 금방 드러났다. 한 번은 팔 골절로, 또 한 번은 그녀가 교통사고라고 주장하는 다발성 상해로.

또 한 차례 간단한 조회를 해보니 남자는 경찰에 기록이 있었다. 폭력은 아니었다. 강도와 마약 밀매 혐의로 재판을 받고 있었다. 가벼운 범죄가 쌓여서 실형도 한 번 살았다. 그중 하나는 상점 절도 미수였다.

에를렌뒤르는 한동안 차에 앉아서 아파트 문을 바라보았다. 그가 흡연 욕구를 누르고 그곳을 떠나려는데 문이 열렸다. 어떤 남자가 담배 연기에 휘감겨 나오더니 담배 꽁초를 앞마당에 던졌다. 중키에 체격이 좋고 검은 머리를 길게 길렀으며, 머리끝에서 발끝까지 검은색으로 차려입은 남자였다. 남자의 인상은 경찰 보고서와 일치했다. 남자가 모퉁이를 돌아 사라질 때 에를렌뒤르도 조용히 그곳을 떠났다.

로베르트의 딸은 문 앞에 나와 엘린보르그를 맞았다. 엘린보르그가 미리 전화를 하고 찾아간 참이었다. 이름이 하르파라는 그녀는 휠체어에 앉아 있었다. 다리는 여위었지만 상체와 팔은 튼튼했다. 엘린보르그는 약간 놀랐지만 아무 말도 하지 않았다. 하르파가 웃으며 들어오라고 했다. 그녀가 문을 열어둔 채 안으로 들어갔기에 엘린보르그도 따라 들어가 문을 닫았다. 아파트는 작지만 아늑했고, 주인을 위한 맞춤형 설비들이 갖추어져 있었다.

"아버님 일에 애도를 표합니다." 엘린보르그가 하르파를 따라 거실에 들어서면서 말했다.

"고맙습니다." 휠체어의 여자가 말했다. "워낙 고령이셨죠. 나는 그렇게 오래 살고 싶지 않아요. 무엇보다 시설에서 죽음을 기다리며 가늘고 길게 사는 건 정말 싫을 것 같아요."

"저희는 지금 그라바르홀트 북쪽 사면의 샬레에 살았던 가족에 대해 조사를 하고 있어요." 엘린보르그가 말했다. "아버님께서 사시던 샬레에서 멀지 않은 곳이죠. 그러니까 전쟁 무렵에요. 돌아가

시기 직전에 아버님과 잠시 말씀을 나누었는데 그 가족을 아신다고 했지만, 안타깝게도 그 이상은 말씀하시지 못했습니다."

로베르트 얼굴의 산소마스크가 떠올랐다. 숨을 헐떡이던 그의 모습과 핏기 없는 손도.

"뼈가 나왔다고 하셨죠? 뉴스에 나온 거요." 하르파가 이마 위에 늘어진 머리를 넘기며 말했다.

"네, 사람의 유골이 나와서 그게 누구의 뼈인지 알아내려는 중이에요. 아버님이 말씀하신 가족을 기억하시나요?"

"내가 일곱 살 때 아이슬란드에 외국 군인들이 왔어요." 하르파가 말했다. "레이캬비크의 군인들이 기억나요. 우리는 시내에 살았는데 그때 나는 그게 무슨 일인지 몰랐죠. 군인들은 언덕에도 있었어요. 남쪽 사면에요. 거기에 막사와 벙커를 지었어요. 벙커 구멍으로 대포도 튀어나와 있었고요. 참 강렬했어요. 부모님은 우리 남매한테 그 근처로 가지 말라고 했지만, 그 주변에 둘린 울타리가 희미하게 기억나요. 가시철망 울타리였죠. 그쪽으로 자주 가지는 않았어요. 우리 식구는 여름이면 아버지가 지은 샬레에서 주로 시간을 보냈기 때문에 자연스럽게 이웃들도 좀 알게 되었죠."

"아버님께서 그 집에 자녀가 셋이었다고 하시더군요. 선생님 또래였을 수도 있겠네요." 엘린보르그는 하르파의 휠체어를 내려다보았다. "혹시 거동이 불편하셨다면……."

"아, 아네요." 하르파가 손마디로 휠체어를 두드리며 말했다. "이 일은 한참 나중에 일어났어요. 교통사고였죠. 서른 살 때요. 하지만 언덕 위의 아이들은 기억이 안 나네요. 다른 샬레의 아이들은 생각나는데 그 집 아이들은 기억에 없어요."

"그 집이 있던 터 근처에 까치밥나무들이 있는데, 바로 그쪽에서 뼈가 발견됐거든요. 아버님께서는 나중에 어떤 여자분이 거기 갔다고 말씀하셨어요. 자주 갔다고……. 그리고 아마 그 사람은…… 녹색 옷을 입었고, 또 뒤틀렸던 것 같아요."

"뒤틀려요?"

"아버님이 그렇게 말씀하셨어요. 아니, 쓰셨어요."

엘린보르그는 로베르트가 글을 쓴 수첩을 꺼내서 건넸다.

"아마 선생님 가족이 아직 거기 샬레를 소유하고 있던 시절에 일어난 일인 같아요." 엘린보르그가 말했다. "그 집을 파신 게 1970년 이후라고 들었거든요."

"1972년이에요." 하르파가 말했다.

"그 여자분을 보셨나요?"

"아뇨, 아버지한테서 그런 이야기를 들은 적도 없고요. 도움이 못 돼서 죄송합니다만, 난 그런 여자를 본 기억이 없고 아무것도 아는 게 없네요. 하지만 형사님이 말씀하시는 그 집 식구들이 거기 살았다는 건 기억해요."

"아버님이 쓰신 이 '뒤틀려'라는 말이 무슨 뜻일지 혹시 짚이시는 것 있나요?"

"말뜻 그대로겠죠. 아버지는 항상 있는 그대로 말씀하셨어요. 정확한 분이셨거든요. 좋은 분이셨죠. 나를 잘 돌봐주셨어요. 내가 사고를 당하고 남편이 나를 떠나고 했을 때요. 남편은 사고 후 삼 년 동안 내 곁을 지키다가 결국은 떠났죠."

엘린보르그는 얼핏 미소를 본 것 같았지만, 그녀의 얼굴에 웃음기는 없었다.

영국 대사관 직원은 에를렌뒤르를 완벽한 예절과 품격으로 맞이했고, 에를렌뒤르도 거의 허리를 숙이다시피 하며 감사를 표했다. 직원은 비서라고 했다. 말끔한 정장을 입고 찍찍 소리가 나는 검은색 가죽 구두를 신은 그는 보기 드문 장신에 호리호리한 체형이었고, 기쁘게도 아주 정확한 아이슬란드어를 구사했다. 영어가 서툰 에를렌뒤르는 두 사람의 대화가 살짝 어색해져도 그 책임이 비서에게 돌아간다는 생각에 안도를 느꼈다.

사무실은 비서만큼이나 깔끔했다. 에를렌뒤르는 폭탄을 맞은 것 같은 자신의 사무실을 떠올렸다. 비서("그냥 짐이라고 불러주십시오"라고 그는 말했다)가 의자를 권했다.

"저는 아이슬란드 사람들의 소탈한 태도가 좋습니다." 짐이 말했다.

"여기 사신 지 오래됐나요?" 에를렌뒤르가 물었다. 왜 자신이 다과회의 노부인처럼 구는 건지 알 수가 없었다.

"네, 이제 이십 년이 다 됐죠." 짐이 고개를 끄덕였다. "물어봐주셔서 고맙습니다. 우연찮게도 2차세계대전은 제가 특별히 관심을 가진 분야입니다. 그러니까 아이슬란드의 2차세계대전요. 그 주제로 런던경제대학에서 석사 학위를 받았거든요. 형사님께서 전화로 그 막사 일을 물으셨을 때 제가 도움이 될지도 모르겠다고 생각했습니다."

"우리말을 아주 잘하시네요."

"고맙습니다. 아내가 아이슬란드인입니다."

"그러면 막사 이야기를 해주시죠." 에를렌뒤르는 곧장 본론으로 들어갔다.

"시간이 별로 없었지만 전시에 건설한 캠프에 대한 대사관 보고 몇 건을 찾았습니다. 추가로 요청해야 할 정보가 있을지도 모르겠군요. 그건 경찰 쪽에서 판단하실 문제겠죠. 어쨌든, 지금 그라바르홀트 골프장이 있는 위치에 막사 두 동이 있었습니다."

짐이 테이블에서 서류 몇 장을 집어 들어 훑어보았다.

"그리고 그걸 뭐라고 하죠? 요새? 아니, 벙커라고 하나? 그런 게 있었습니다. 대형 대포를 설치한 탑 같은 거요. 제12타인사이드 스코티시 대대 소속의 한 소대가 포에 배치됐습니다. 막사에 누가 있었는지는 아직 못 찾았는데, 제가 볼 때는 보급소 같습니다. 그걸 왜 언덕에 지었는지 모르겠지만 어쨌든 모스페들스달뤼르, 코들라피외르뒤르, 크발피외르뒤르로 가는 길 곳곳에 막사와 벙커가 있었습니다."

"전화로 말씀드렸듯이 저희는 언덕에서 실종된 사람을 찾고 있습니다. 혹시 거기서 실종된 군인이 있는지 아십니까?"

"발견된 유골이 영국 군인일 수 있다는 건가요?"

"가능성은 높지 않습니다. 어쨌든 아무래도 그 시신이 전쟁 무렵에 묻힌 것 같아서요. 당시 그 지역에 영국군이 있었죠. 그게 영국군일 가능성이 없다는 게 확인된다면 수사가 더 수월해질 것 같습니다."

"확인해보겠습니다만 그런 기록을 얼마나 오래 보관할지 모르겠군요. 1941년에 영국군이 그곳을 떠나면서, 미군이 다른 모든 것과 함께 캠프까지 떠맡았을 테니까요. 우리 군 대부분은 다른 나라로 갔지만 모두 그런 건 아닙니다."

"그러면 미군이 캠프를 계속 운영했나요?"

"그것도 확인해보겠습니다. 미국 대사관에 연락해서 물어보죠. 그러면 경찰의 수고도 덜어드릴 수 있을 것 같습니다."

"영국은 예전에 여기 헌병도 두었죠."

"그렇습니다. 거기서 시작하는 게 좋을 수도 있겠네요. 며칠은 걸릴 겁니다. 어쩌면 몇 주쯤."

"시간은 많습니다." 에를렌뒤르가 스카르프헤딘을 떠올리며 말했다.

베니아민의 물건들을 뒤지던 시귀르뒤르 올리는 지겨워 죽을 지경이었다. 엘사는 현관에서 그를 맞아 지하실로 안내한 뒤 가버린 터였다. 네 시간 동안 찬장과 서랍과 수많은 상자를 뒤졌지만 자신이 뭘 찾고 있는지조차 알 수가 없었다. 그의 머릿속은 온통 베르그소라 생각으로 가득 차 있었다. 지난 몇 주간 그녀가 집에서 보여준 모습은 가히 색정광에 가까웠지만, 그게 그녀의 본모습일까 하는 의문이 들었다. 갑자기 자신을 향한 욕망이 불타오르는 것에 무슨 특별한 이유가 있는지, 혹시 아기를 갖고 싶어서 그러는 건 아닌지, 그는 직접 물어보기로 결심했다. 하지만 그 질문은 그들이 이따금씩 논의를 시작했다가 아무런 결론도 없이 흐지

부지 끝내곤 하던 문제를 재차 끄집어낼 수도 있었다. 즉, 이제 예식을 비롯한 온갖 절차를 다 갖춘 정식 결혼을 할 때가 되지 않았는가 하는 문제 말이다.

그것이 그에게 뜨거운 키스를 퍼붓는 그녀의 입술에서 불타는 질문이었다. 그는 아직도 그 문제에 대해 결심하지 못한 채 대답을 피해왔다. 그의 생각의 흐름은 이랬다. 둘이 함께 잘 살고 있고 사랑도 충만한데 왜 굳이 결혼을 해서 이런 생활을 망가뜨리나? 그 모든 법석. 총각 파티. 결혼식장. 수많은 하객들. 콘돔 풍선을 매단 호텔 방. 다 한심했다. 베르그소라는 관공서에서 올리는 간단한 결혼식은 싫다고 했다. 그녀는 불꽃놀이를, 노년에 따뜻하게 간직할 아름다운 추억을 원했다. 시귀르뒤르 올리는 노년을 생각하기에는 너무 이른 나이라고 중얼거렸다. 문제는 해결되지 않았고 그 해결은 자신에게 달려 있는데, 그는 자신이 무엇을 원하는지 알지 못했다. 어쨌거나 교회 결혼식도 싫었고, 베르그소라의 마음을 다치게 하고 싶지도 않았다.

편지들을 읽어보니 그 역시 에를렌뒤르처럼 어느 날 레이캬비크에서 홀연히 사라져 바다에 몸을 던졌다는 여자에게 품은 베니아민의 깊은 사랑을 느낄 수 있었다. "내 사랑", "나의 심장", "보고 싶은 이 마음을 어찌할까."

대단한 사랑이야. 시귀르뒤르 올리는 생각했다.

이런 사랑을 품고도 죽일 수 있나?

서류 대부분은 상점과 관련한 것이었고, 시귀르뒤르 올리는 건설적인 것을 조금이라도 찾을 수 있다는 희망을 포기했다. 그러다가 낡은 서류 캐비닛에서 편지 한 통을 꺼내 읽어보았다.

회스퀼뒤르 소라린손.

그라바르홀트 임대료 선불로 지불.

8크로뉘르.

서명 베니아민 크뉘센.

에를렌뒤르가 대사관에서 나오는데 휴대전화가 울렸다.

"세입자를 찾은 것 같아요." 시귀르뒤르 올리였다.

"세입자라니?" 에를렌뒤르가 물었다.

"샬레의 세입자요. 지금 베니아민의 지하실에서 나오는 중이에요. 내 평생 그런 잡동사니 더미는 처음이었어요. 회스퀼뒤르 소라린손이라는 사람이 그라바르홀트의 집세를 낸 기록이 나왔어요."

"회스퀼뒤르?"

"네. 회스퀼뒤르 소라린손."

"그 기록의 날짜는?"

"날짜는 없어요. 연도도 없고요. 사실 서류 자체는 크뉘센 가게의 송장인데 그 뒷면에 집세 받은 내용을 기록해둔 거예요. 그리고 샬레 건축자재와 관련된 것 같은 송장들도 찾았어요. 모두 상점으로 청구되었고, 연도는 1938년이에요. 베니아민이 그 무렵에 샬레를 짓기 시작했든지, 어쨌건 한참 짓는 중이었던 것 같아요."

"약혼녀가 사라진 게 몇 년이라고 했지?"

"잠깐요, 적어놨어요." 에를렌뒤르는 시귀르뒤르 올리가 메모를 찾을 때까지 기다렸다. 그는 회의할 때 늘 메모를 했다. 에를렌뒤르는 들이지 못한 습관이었다. 시귀르뒤르 올리가 종이를 뒤적이다가 전화로 돌아오는 소리가 들렸다.

"여자가 사라진 건 1940년이에요. 그해 봄."

"그러니까 베니아민은 그 시점까지 샬레를 짓다가 포기하고 대신 세입자를 구한 거로군."

"그리고 세입자 중 한 명이 회스퀼뒤르고요."

"그 회스퀼뒤르라는 사람에 대한 다른 정보는 없어?"

"네, 아직은요. 그 사람에서부터 시작해야 하지 않을까요?" 시귀르뒤르 올리가 물었다. 한시라도 빨리 지하실에서 탈출하고 싶었다.

"그 사람은 내가 확인해보지." 에를렌뒤르가 말하더니, 시귀르뒤르 올리를 낙심시키는 이야기를 덧붙였다. "자네는 그 쓰레기 더미를 더 뒤져서 그 사람이나 다른 사람들과 관련한 자료를 찾아봐. 관련 기록이 하나 나왔으니 더 있을지도 몰라."

14

대사관에서 나온 뒤 병원으로 가 에바 린드의 침대 곁에 앉은 에를렌뒤르는 어떤 얘기를 해야 할지 한동안 고민에 빠졌다. 그녀에게 무슨 말을 해야 좋을지 도통 떠오르지 않았다. 몇 가지 시도해보았지만 잘되지 않았다. 딸에게 말을 걸면 도움이 될 거라는 의사의 말을 들은 뒤 계속 생각해봤지만 아무 결론도 나오지 않았다.

그는 날씨 이야기를 꺼냈다가 바로 그만두었다. 그런 다음 시귀르뒤르 올리를 소개하고, 그가 요즘 아주 피곤해 보인다고 했다. 하지만 그에 대해서는 그것밖에 달리 할 말이 없었다. 엘린보르그에 대해서 말할 것도 찾아보았지만 역시 포기해야 했다. 이어 그는 바다에 투신했다는 베니아민 크뉘센의 약혼녀와 상인의 지하실에서 나온 연애편지 이야기를 했다.

네 엄마가 침대 곁에 앉아 있는 걸 보았다는 말도 했다.

그런 뒤 그는 할 말을 잃었다.

"아빠하고 엄마는 대체 왜 그래요? 왜 두 사람은 말을 안 해요?" 언젠가 그를 찾아온 에바 린드가 그렇게 물었었다.

신드리 스나에르도 같이 왔지만 그는 오래 머물지 않고 어둠이 내리자 바로 떠난 터라 집에는 둘뿐이었다. 십이월이다 보니 라디오에서는 크리스마스 캐럴이 흘러나왔고, 에를렌뒤르가 라디오를 껐지만 에바 린드는 캐럴을 듣고 싶다며 다시 켰다. 임신 중기인 그녀는 한동안 얌전히 지내던 터였고, 그와 마주 앉자 언제나처럼 자신이 가져보지 못한 가족 이야기를 꺼냈다. 신드리 스나에르는 그런 이야기를 하는 법이 없었다. 어머니 이야기도, 누나 이야기도, 일어나지 않은 어떤 일에 대해서도 말하지 않았다. 에를렌뒤르가 말을 걸면 입을 닫았다. 그는 아버지를 좋아하지 않았다. 그것이 누나와 남동생의 차이였다. 에바 린드는 아버지를 알고 싶어 했고, 그에게 거리낌없이 책임을 물었다.

"엄마하고 나? 저 캐럴 좀 끌 수 없니?" 에를렌뒤르가 말했다.

잠시 생각할 시간을 벌 요량이었다. 지난날에 대한 에바의 추궁은 늘 곤혹스러웠다. 짧았던 결혼 생활, 그들이 낳은 아이들, 자신이 떠난 이유에 대해 그는 딸에게 해줄 말이 없었다. 그녀의 모든 질문에 묵묵부답이었고, 에바는 이따금 그런 그의 태도에 화를 냈다. 가족과 관련된 일은 늘 에바를 화나게 했다.

"아뇨. 나는 캐럴 듣고 싶어요." 에바 린드가 말했고, 화이트 크리스마스 운운하는 빙 크로즈비의 목소리는 계속 울려 퍼졌다. "엄마가 아빠를 좋게 말하는 걸 들은 적이 한 번도 없기는 하지만,

엄마도 아빠의 좋은 점을 봤을 거잖아요. 처음에는요. 처음 만났을 때 말이에요. 그게 뭐였죠?"

"엄마에게 물어봤니?"

"네."

"뭐라고 그러던?"

"대답 안 해요. 대답하려면 아빠에 대해서 좋게 말해야 하는데 그런 일은 할 수 없대요. 아빠한테 좋은 점이 있다는 걸 생각하기도 싫대요. 그게 뭐였나요? 두 분은 대체 왜 결혼한 거죠?"

"모르겠다." 그 대답은 진심이었다. 그는 솔직히 말하고 싶었다. "우리는 댄스파티에서 만났어. 모르겠다. 계획된 일은 아니었지. 그냥 어쩌다 보니 그렇게 됐어."

"그때 아빠는 무슨 생각을 했는데요?"

에를렌뒤르는 대답하지 않았다. 그는 부모를 모르는 아이들에 대해 생각했다. 그들은 부모가 정말로 어떤 사람인지 모른다. 부모의 인생이 반쯤 지났을 때 생을 시작했으니 그들에 대해 아무것도 알 수가 없다. 그저 그들이 아버지와 어머니, 권위자와 보호자라는 것뿐. 부모의 공통된 비밀도 각각의 비밀도 알지 못하고, 그렇게 부모는 결국 아이들이 인생길에서 만나는 그 어떤 사람과도 다르지 않은 남이 된다. 부모는 할 수 있는 한 마지막 순간까지 자녀들의 접근을 막고, 그때 그들이 취하는 점잖고 진지한 태도는 진정한 사랑이 아니라 공통된 경험에서 나오는 것이다.

"그때 아빠는 무슨 생각을 했어요?" 에바 린드는 계속해서 상처를 헤집는 질문을 물고 늘어졌다.

"몰라." 에를렌뒤르는 늘 그랬듯 딸의 접근을 막았다. 그녀도 그런 사실을 알았다. 어쩌면 그런 반응을 이끌어내기 위해 일부러 그러는지도 몰랐다. 다시금 확인하기 위해서. 그가 자신에게서 얼마나 먼 사람인지, 그를 이해하는 게 얼마나 요원한 일인지 실감하기 위해서.

"엄마한테서 좋은 점을 봤을 거 아녜요."

그 자신도 때로 이해하지 못하는 것을 에바 린드가 어떻게 이해할 수 있을까?

"우리는 댄스파티에서 만났어." 그가 되풀이했다. "그 점에서 별로 미래가 없었던 것 같아."

"그래서 아빠 그냥 떠났고요."

"그냥 떠난 건 아니야." 에를렌뒤르가 말했다. "그렇지는 않아. 하지만 어쨌건 내가 떠난 건 맞고 그걸로 다 끝났지. 그래도 우리는…… 모르겠다. 옳은 방법이란 없었는지도 몰라. 하지만 있다 해도 우리는 못 찾았어."

"그런데 안 끝났죠." 에바 린드가 말했다.

"그래, 안 끝났어." 에를렌뒤르가 말하고, 라디오에서 나오는 빙 크로즈비의 노래를 들었다. 창밖에는 큼직한 눈송이들이 흩날리고 있었다. 그는 딸을 보았다. 고리가 여러 개 매달린 눈썹. 금속 징이 박힌 콧방울. 군용 워커를 신은 두 발은 커피 테이블에 올려져 있었고, 손톱 밑엔 때가 가득했다. 검은 티셔츠 아래 맨살을 드러낸 배는 살짝 부풀어 있었다.

"전혀 끝나지 않았지." 그가 말했다.

회스퀼뒤르 소라린손은 아우르바이르에 있는 딸네 집 지하실에서 살고 있었다. 집은 깔끔한 단독주택이었고, 그는 그러한 삶에 만족하는 듯했다. 체구는 자그마하니 민첩해 보였고, 은발 머리에 조그만 입 주변의 수염도 은발이었으며, 체크무늬 셔츠와 베이지색 코르덴 바지를 입은 차림이었다. 엘린보르그가 그의 거주지를 찾아냈다. 국가 등록 명부에 회스퀼뒤르라는 이름을 가진 은퇴자 연령대의 사람은 많지 않았다. 그녀는 지역을 가리지 않고 그들 대부분에게 전화를 했는데, 이 아우르바이르의 회스퀼뒤르가 자신이 그 딱한 남자 베니아민 크뉘센의 샬레에 세를 든 적이 있다고 말했다. 그는 샬레에서 그리 오래 살지 않았지만 당시의 일을 잘 기억하고 있었다.

회스퀼뒤르는 에를렌뒤르와 엘린보르그를 거실에 앉힌 뒤 커피를 만들어 와서 그들에게 이런저런 이야기를 늘어놓았다. 자신이 레이캬비크에서 나고 자랐다고 하더니 갑자기 보수당을 욕하기 시작했는데, 보수당이 은퇴자들을 무슨 비렁뱅이 무리 대하듯 못살게 군다는 얘기였다. 에를렌뒤르가 노인의 말을 잘랐다.

"언덕으로 이사하신 건 언제입니까? 레이캬비크 사람에게 그곳은 좀 시골 지역 아니었습니까?"

"물론 그랬죠." 회스퀼뒤르가 그들의 잔에 커피를 따르면서 말했다. "하지만 달리 대안이 없었어요. 그 시절 레이캬비크에는 살 데가 없었으니까. 전쟁 때 사람들이 밀려들어서 방마다 사람들로 터져나갔거든. 시골 사람들도 도시로 몰려와 품삯으로 치즈나 술

대신 현금을 받으며 일을 했지요. 텐트를 치고 사는 사람들도 있었어요. 집값이 폭등하는 바람에 나는 언덕까지 밀려갔지. 그런데 거기서 나온 뼈는 뭐요?"

"언덕으로 이사하신 게 언제였죠?" 엘린보르그가 물었다.

"1943년 아니면 1944년이었을 거요. 가을이었던 것 같고, 어쨌건 전쟁중이었지요."

"거기서 얼마나 오래 사셨나요?"

"일 년 살았어요. 이듬해 가을까지."

"혼자 사셨나요?"

"아내 엘리하고요. 지금은 죽었지."

"언제 돌아가셨죠?"

"삼 년 전이오. 내가 거기 아내를 묻었다고 생각하는 거요? 내가 그런 사람으로 보입니까?"

"그 집에 살았던 사람들에 대한 기록이 전혀 없습니다." 엘린보르그가 그의 말에 대답하지 않고 말했다. "선생님도 그렇고, 다른 누구도요. 당시에 그곳에 거주한다고 등록하지 않으셨던데요."

"그런 일은 기억나지 않아요. 우리는 어딜 등록한 적이 없어요. 집이 없었으니까. 늘 우리보다 돈을 더 낼 사람들이 있었지. 그러던 중 베니아민의 샬레 이야기를 듣고 그 사람을 만났는데, 전 세입자가 나간 지 얼마 안 됐다면서 내 딱한 처지를 살펴주더군."

"그 세입자들이 누구인지 혹시 아십니까? 선생님 전에 살던 사람들요."

"몰라요. 하지만 이사를 들어갔을 때 집이 아주 깨끗했던 건 기억납니다." 회스퀼뒤르는 커피를 다 마시자 다시 한 잔을 따라서 한 모금 마셨다. "광이 날 지경이었지."

"광이 날 지경이었다고요?"

"엘리가 그걸 두고 특별히 말을 했던 게 기억나요. 아주 마음에 들어했거든. 온 집 안을 반짝반짝 닦고 윤을 내 먼지 한 톨 보이지 않았으니까. 호텔 같았지. 그렇다고 우리가 아무렇게나 하고 살았다는 건 아니지만, 그 집은 유난히 관리가 잘된 집이었어요. 안주인이 똑 부러지는 여자였던 것 같다고 엘리가 말했죠."

"그러면 폭행의 흔적 같은 건 못 보셨겠군요? 가령 벽에 핏자국이 있다든가 하는 거요." 그때껏 듣고만 있던 에를렌뒤르가 물었다.

엘린보르그가 그를 보았다. 이 사람이 노인을 놀리는 건가?

"핏자국? 벽에? 아니, 피 같은 건 없었어요."

"모든 게 깔끔했고요?"

"모든 게 깔끔했어요. 분명히."

"선생님이 그곳에서 지내실 때 집 근처에 나무들이 있었나요?"

"까치밥나무가 두어 그루 있었지. 똑똑히 기억합니다. 가을이면 열매가 그득하니 열려서 그걸로 잼을 만들었거든요."

"선생님이 심으셨나요? 아니면 사모님이?"

"아뇨, 우리가 심은 건 아니에요. 우리가 이사했을 때부터 이미 있었어요."

"거기서 나온 뼈가 누구 뼈인지 짐작 가는 바도 없겠군요?" 에를렌뒤르가 물었다.

"정말로 그것 때문에 오신 거요? 내가 사람을 죽였나 하고?"

"저희는 전쟁 전후에 거기 사람이 묻혔으리라 생각하고 있습니다." 에를렌뒤르가 말했다. "선생님을 의심하는 건 전혀 아닙니다. 혹시 전에 살던 사람들에 대해 베니아민 씨와 이야기를 나누신 적이 있습니까?"

"있지." 회스쾰뒤르가 말했다. "내가 언젠가 집세를 내면서 전 세입자들이 집을 참 깨끗하게 썼다고 했어요. 하지만 그 사람은 별 관심을 보이지 않더구먼. 알 수 없는 사람이었어요. 아내를 잃었다고, 아내가 바다에 몸을 던졌다고 들었습니다."

"약혼녀입니다. 결혼은 하지 않았어요. 영국군이 거기 캠프를 세웠던 것 기억하십니까? 아니면 그 뒤에 미군이 있던 일이나요."

"1940년 점령 이후 사방에 영국군이 바글거렸지. 그 사람들은 언덕 반대편에 막사를 지었고 레이캬비크를 지킬 대포도 설치했어요. 나는 늘 그걸 한심하게 봤는데 엘리는 그런 말 말라고 했지. 그런 다음에 영국군이 떠나고 미군이 거길 인수해서 내가 이사 들어갔을 때는 미군 캠프였어요. 영국군은 그보다 여러 해 앞서 떠났고."

"군인들하고 알고 지내셨나요?"

"아니, 그 사람들은 주민들하고 어울리지 않았어요. 엘리 말로는 미군이 영국군보다 냄새가 덜하답디다. 미군이 더 깨끗하고 똑똑하고 점잖았어요. 훨씬 점잖았지. 영화에 나오는 것처럼. 클라크 게이블이나 케리 그랜트처럼."

케리 그랜트는 영국 배우였지만, 에를렌뒤르는 이 아는 척하는 노인에게 굳이 그 사실을 지적하지 않았다. 엘린보르그도 모르는 체하고 있었다.

"막사도 더 잘 지었어." 회스퀼뒤르는 거침없이 이야기를 이어갔다. "영국군 막사보다 훨씬 좋았지. 미군은 바닥에 콘크리트를 깔았고, 영국군처럼 썩은 판자를 쓰지 않았거든. 훨씬 살기 좋은 막사였어요. 미군이 손대면 전부 훨씬 더 좋고 편리해졌지."

"그러면 선생님 가족이 그 샬레를 떠난 뒤 새로 들어온 사람들에 대해서는 아십니까?" 에를렌뒤르가 물었다.

"알지. 우리가 그 사람들에게 집을 보여주었으니까. 귀뷔네스 농장에서 일하는 사람이었는데 아내와 두 아이, 그리고 개도 한 마리 있었어요. 좋은 사람들 같았는데 이름은 기억이 나지 않는구먼."

"선생님 전의 세입자, 그러니까 집을 깨끗하게 쓰고 간 사람들에 대해서는요?"

"베니아민에게 들은 것뿐이에요. 내가 그 사람들이 그 집을 참 깨끗하게 썼더라, 엘리하고 나도 그만큼 하려고 노력해야겠다 얘기했을 때 그 사람이 했던 말."

에를렌뒤르는 귀를 쫑긋 세웠고 엘린보르그도 허리를 똑바로 폈다. 하지만 회스퀼뒤르는 말이 없었다.

"그게 뭔가요?" 에를렌뒤르가 물었다.

"무슨 말을 했냐고요? 그 집 여자에 대한 얘기였지요."

회스퀼뒤르가 다시 말을 멈추고 커피를 마셨다. 에를렌뒤르는 얼른 이야기를 듣고 싶어 조바심이 났다. 회스퀼뒤르는 그 절박한 모습을 놓치지 않았다. 이 형사 양반이 거의 구걸을 하는구먼.

"아주 흥미로운 내용이었지." 회스퀼뒤르가 말했다. 이 양반들,

빈손으로 돌아가지는 않겠어. 그는 다시 커피를 마시며 뜸을 들였다.

이 영감탱이가 언제까지 미적거릴 작정이지? 엘린보르그는 생각했다. 죽는 노인도, 잘난 체하는 노인도 더는 보고 싶지 않았다.

"남편이 여자를 때렸다더구먼."

"여자를 때려요?" 에를렌뒤르가 물었다.

"요즘 그런 걸 뭐라고 하지? 가정 폭력?"

"그 사람이 아내를 때렸다고요?" 에를렌뒤르가 재차 물었다.

"베니아민이 그렇게 말합디다. 아내를 때리고 애들도 패는 그런 부류라고요. 나는 엘리에게 손가락 하나 까딱한 적 없는데 말이오."

"베니아민 씨가 그 가족 이름도 말해주었나요?"

"아뇨. 설령 들었어도 내가 오래전에 잊었을 겁니다. 하지만 베니아민이 한 얘기 중에 나중에도 계속 생각나는 말이 하나 있어요. 그 여자, 그러니까 그 매 맞는 아내가 뢰이다라르스티귀르의 가스 공장에서 잉태된 사람이라고 합디다. 흘렘뮈르 옆에 있는 공장 말이오. 어쨌건 소문이 그랬어요. 베니아민이 아내를 죽였다는 소문이 있는 것처럼. 아니, 약혼녀지만."

"베니아민요? 가스 공장? 그게 무슨 말씀입니까?" 에를렌뒤르는 뭐가 뭔지 도무지 이해할 수가 없었다. "베니아민이 약혼녀를 죽였다는 소문이 있었나요?"

"그렇게 생각하는 사람들이 있었지, 당시에는. 베니아민이 직접 그렇게 말했어요."

"자기가 여자를 죽였다고요?"

"자기가 여자를 해코지했다고 사람들이 생각한다고. 죽였다느니 하는 소리는 없었고요. 그런 얘길 나한테 하지는 않았겠지. 나는 그 사람을 전혀 몰랐으니까. 하지만 사람들이 자신을 의심한다고 했고, 내가 듣기로도 질투 때문이라는 이야기가 있었어요."

"뒷소문이었습니까?"

"물론 다 뒷소문이지. 사람들은 뒷소문을 좋아하잖소. 남들에 대해 고약한 말을 떠드는 거."

"그러면 잠깐, 가스 공장 이야기는 뭡니까?"

"아, 그게 진짜 재미난 소문인데 들은 적 없어요? 세상의 종말이 다가왔다고 생각한 사람들이 가스 공장에 모여 밤새 난교를 했답니다. 그 결과 아이가 몇 명 태어났는데, 그 여자가 그중 하나였다는 거지. 베니아민이 그렇게 말했어요. 그 아이들을 종말둥이라고 불렀다고."

에를렌뒤르는 엘린보르그를 바라보고 다시 회스퀼뒤르를 보았다.

"농담은 아니시죠?"

회스퀼뒤르가 고개를 저었다.

"혜성 때문이었어요. 다들 혜성이 지구하고 충돌할 줄 알았던 게지."

"어떤 혜성 말씀입니까?"

"당연히 핼리혜성이지!" 아는 척이 몸에 밴 노인은 에를렌뒤르의 무지에 격분해서 거의 고함을 치듯 말했다. "핼리혜성 말이오! 사람들은 지구가 그 혜성이랑 충돌해서 타버릴 줄 알았거든!"

15

엘린보르그는 앞서 베니아민의 약혼녀 여동생의 주소를 알아낸 터였고, 그래서 이제 회스퀼뒤르의 집에서 나오자 에를렌뒤르에게 그녀와 만나 이야기를 하고 싶다고 말했다. 에를렌뒤르는 고개를 끄덕이고 자신은 국립도서관에 가서 핼리혜성과 관련된 신문 기사들을 찾아보겠다고 했다. 아는 척하기 좋아하는 사람들이 대체로 그렇듯 회스퀼뒤르도 실제 사건에 대해서는 아는 게 별로 없었다. 같은 이야기만 자꾸 반복하는 그에게서 더이상 들을 것이 없다는 생각에 에를렌뒤르는 다소 퉁명스럽게 작별 인사를 건네고 나온 참이었다.

"회스퀼뒤르의 얘기 어떻게 생각해?" 차에 다시 올랐을 때 에를렌뒤르가 엘린보르그에게 물었다.

"가스 공장 이야기는 말도 안 돼요." 엘린보르그가 말했다. "관련 자료를 찾아보는 건 재미있겠지만요. 물론 뒷소문에 대한 말은 맞아요. 우리가 남들에 대해 고약한 말 떠드는 걸 아주 좋아한다는 거. 하지만 그런 소문으로 베니아민이 실제로 살인을 했는지에 대해 알 수 있는 건 아니죠."

"그렇긴 하지만, 속담도 있잖아. 아니 땐 굴뚝에 연기 나겠어?"

"속담일 뿐이잖아요." 엘린보르그가 말했다. "제가 여동생에게 물어볼게요. 그리고 하나만 알려주세요. 에바 린드는 좀 어때요?"

"그냥 침대에 누워 있어. 편안히 자는 것 같아. 의사가 나더러 그 애한테 말을 걸어주래."

"말을 걸어요?"

"혼수상태에서도 이야기를 들을 수 있고 그게 도움이 되기도 한다는군."

"그래서 무슨 이야기를 해요?"

"뭐 별로. 사실 무슨 말을 해야 할지도 모르겠어." 에를렌뒤르가 말했다.

베니아민 약혼녀의 여동생은 그런 소문을 듣기는 했지만 사실이 아니라고 딱 잘라 말했다. 그녀의 이름은 바라였고, 사라진 언니와 나이 터울이 크게 졌다. 그라바르보귀르의 커다란 단독주택에서 부유한 도매상의 아내로 호화로운 삶을 누리고 있었는데, 화려한 가구와 값비싼 장신구들, 그리고 마주 앉은 형사를 내려다보는 듯한 태도에서 그러한 사실이 잘 드러났다. 엘린보르그는 전화로 이미 방문 사유를 설명한 터였다. 그 집에 와서 보니 바라는 평생 돈 걱정 없이 살아온 사람, 원하는 것을 다 가지고, 같은 부류가 아닌 이들과는 절대 어울리지 않았을 사람 같았다. 아마 이미 오래전부터 다른 것은 전혀 신경 쓰지 않는 삶에 익숙했을 것이다. 실종될 무렵 바라의 언니를 기다리던 삶도 바로 이런 것이었으리라.

"언니는 베니아민을 아주 좋아했어요. 저는 그게 참 이해가 안 됐죠. 제가 볼 땐 정말 따분한 사람이었거든요. 물론 교양은 넘쳤죠. 크뉘센가家는 레이캬비크에서 가장 유서 깊은 가문이니까요. 하지만 재미있는 분은 아니었어요."

엘린보르그가 미소를 지었다. 말뜻을 알 수 없었다. 바라도 이를 알아차렸다.

"몽상가였어요. 지상으로 내려오질 않았죠. 소매업에 대한 꿈이 아주 컸고 실제로 꿈이 이루어졌지만, 몇 년 지나지 않아 베니아민은 그 혜택을 누리지 못한 채 죽었어요. 그리고 그는 평범한 사람들한테 친절해서 하녀들에게도 주인님이라고 부르지 않게 했어요. 지금은 아무도 그런 말을 쓰지 않지만요. 그런 예법은 없어졌죠. 하녀도 없고요."

바라는 커피 테이블에서 있지도 않은 먼지를 닦아냈다. 엘린보르그는 방 한쪽 끝에 걸린 커다란 그림 두 점을 보았다. 바라와 남편 각자의 초상화였다. 남편은 우울하고 피곤한 얼굴로, 생각이 다른 데 가 있는 것 같았다. 바라는 엄격한 표정에 은근한 미소를 띤 듯한 얼굴이었고, 엘린보르그는 그녀가 이 결혼의 승자라는 생각을 피할 수 없었다. 그림 속 남자가 딱해 보였다.

"하지만 베니아민이 언니를 죽였다고 생각하신다면 그건 한참 잘못됐어요. 형사님이 말씀하신 샬레 근처의 유골은 언니가 아니에요."

"어떻게 그걸 확신하시죠?"

"그냥 알아요. 베니아민은 파리 한 마리 못 죽일 사람이었으니까요. 유약했죠. 아까 몽상가라고 말씀드렸는데, 언니가 실종되자 그 사실이 아주 확연히 드러났어요. 사람이 완전히 망가진 거예요. 사업에 관심을 잃고, 사람도 안 만나고, 모든 걸 포기했죠. 그 일을 극복하지 못했어요. 어머니는 베니아민이 언니한테 보냈던 편지들을 돌려보냈어요. 그때 몇 통 읽어봤는데 사랑이 가득하더라고 말씀하셨죠."

"선생님은 언니하고 친하셨나요?"

"아뇨, 그렇지는 않았어요. 나이 차이가 너무 많이 나서요. 제가 기억하는 언니는 처음부터 어른이었어요. 어머니 말로는 언니가 아버지를 닮아 변덕스럽고 까다로웠대요. 우울하고. 아버지도 같은 방식으로 가셨거든요."

바라는 마지막 문장을 괜히 말했다고 생각하는 기색이었다.

"같은 방식요?" 엘린보르그가 물었다.

"네, 같은 방식요." 바라가 못마땅한 듯 말을 이었다. "자살하셨어요." 아주 침착한 말투였다. "하지만 언니처럼 실종된 건 아니고 식당에서 목을 매셨어요. 샹들리에의 후크에요. 모든 사람이 훤히 볼 수 있는 곳에. 그분이 가족을 생각하는 마음이 그 정도였어요."

"많이 힘드셨겠네요." 엘린보르그가 무슨 얘기라도 해야 할 것 같아서 말했다. 바라는 마주 앉은 엘린보르그를 나무라듯 노려보았다. 그런 일을 떠올리게 한 것에 대해 질책이라도 하는 듯한 태도였다.

"언니가 가장 힘들어했어요. 언니는 아버지하고 사이가 아주 좋았거든요. 그런 일은 사람에게 흔적을 남기죠. 불쌍한 언니."

잠시 그 목소리에 가벼운 연민이 담겼다.

"그 일은 언제쯤……?"

"언니가 실종되기 몇 년 전이었어요." 바라가 말했고, 그 순간 엘린보르그는 그녀가 무언가 숨기고 있음을 감지했다. 이미 준비해놓은 것처럼 이야기에 감정이 전부 제거되어 있었다. 하지만 어쩌면 이 여자가 원래 이렇게 거만하고 차갑고 둔감한 것일 뿐인지도 몰랐다.

"베니아민은 언니한테 잘해줬어요." 바라가 말을 이었다. "사랑의 편지도 많이 보내고요. 그 시절에 레이캬비크 사람들은 약혼을 하면 산책으로 데이트를 했어요. 평범한 연애였죠. 두 사람은 당시 최고의 호텔이었던 보르그 호텔에서 만났어요. 그러곤 서로의 집을 방문하고, 산책하고, 여행을 하고, 다른 모든 젊은이들처럼 발전해나갔어요. 베니아민이 언니에게 청혼했는데, 언니는 결혼식을 겨우 이 주 앞두고 사라졌죠."

"언니분이 바다에 몸을 던졌다는 소문이 있었다고 들었습니다." 엘린보르그가 말했다.

"네, 그 소문으로 아주 떠들썩했어요. 사람들은 언니를 찾아서 온 레이캬비크를 뒤졌죠. 수십 명이 수색에 나섰지만 머리카락 한 올 못 찾았어요. 저는 어머니한테서 소식을 들었어요. 언니는 그날 아침 집에서 나가 상점 몇 군데에 들렀대요. 그 시절에는 상점이 많지 않았죠. 어쨌든 언니는 아무것도 사지 않았어요. 그런 다음 베니아민의 가게로 가서 그를 만났고, 그곳을 나와 사라졌어요. 베니아민은 경찰과 우리 식구에게 언니랑 싸웠다고 말했어요. 그분이 그 뒤로 그렇게 자책하고 괴로워했던 게 바로 그 때문이에요."

"그러면 바다 이야기는 어떻게 나온 건가요?"

"어떤 여자가 지금의 트리그바가타 거리 끝에 있는 해변 쪽으로 가는 걸 봤다는 사람들이 있었어요. 그 여자가 입은 코트가 우리 언니 코트하고 같았고 키도 비슷했다고요. 그게 다예요."

"두 분은 무슨 일로 싸운 거죠?"

"사소한 일이었어요. 결혼식과 관련된 거요. 준비할 게 많잖아요. 베니아민이 그렇게 말했어요."

"다른 문제였다고 생각하시지는 않고요?"

"그런 건 몰라요."

"언덕에서 나온 유골이 언니일 가능성은 전혀 없다고 보시는 거죠?"

"네, 불가능하다고 봐요. 물론 근거는 없고 증명도 할 수 없지만 그건 너무 나간 생각 같아요. 그런 일은 상상조차 할 수 없어요."

"베니아민 씨가 그라바르홀트에 소유하고 있던 샬레의 세입자들에 대해서는 아시는 게 있나요? 전쟁 무렵 거기 살았던 사람들요. 부부와 아이 셋까지 해서 5인 가족이 살았다고 하던데, 혹시 기억나시는 게 있나요?"

"아뇨. 하지만 전쟁 때 그 샬레에 계속 사람이 살았다는 건 알아요. 주택난 때문에요."

"보관하고 계시는 언니의 유품은 없을까요? 이를테면 머리카락 같은 거요. 로켓 목걸이 같은 데 넣어뒀다든가."

"아뇨, 하지만 베니아민한테는 언니의 머리카락이 있었어요. 언니가 베니아민한테 주려고 머리를 자르는 것도 봤고요. 어느 여름에 언니가 북쪽 플리오트에 있는 친척 집에 이 주 동안 가 있게 됐을 때 베니아민이 그걸 달라고 했어요."

엘린보르그는 차로 돌아가 시귀르뒤르 올리에게 전화를 걸었다. 그러곤 길고 지루한 탐색을 마친 뒤 베니아민의 지하실을 나오던 그에게 베니아민 약혼녀의 머리카락을 찾아보라고, 예쁜 로켓 목걸이 같은 데 들어 있을 수도 있다고 말했다. 시귀르뒤르 올리는 신음 소리를 냈다.

"그러지 말고 잘 찾아봐." 엘린보르그가 말했다. "머리카락을 찾으면 뼈가 그 여자의 것인지 아닌지 확실히 밝힐 수 있잖아. 얼마나 편해."

그녀는 전화를 끊고 그곳을 떠나려다가 갑자기 한 가지 생각이 떠올라 시동을 껐다. 그러곤 잠시 생각해본 뒤, 결심한 듯 아랫입술을 깨물었다.

바라가 문을 열었다가 엘린보르그를 다시 보고 놀랐다.

"뭐 잊으신 게 있나요?"

"여쭤볼 게 하나 있어서요. 그 대답만 듣고 가겠습니다." 엘린보르그가 어색하게 말했다.

"무슨 질문이죠?"

바라가 짜증 섞인 목소리로 물었다.

"언니분이 실종된 날 코트를 입었다고 하셨죠."

"네, 그래서요?"

"어떤 코트였나요?"

"어떤 코트였냐고요? 어머니가 준 평범한 코트였는데요."

"무슨 색깔이었는지 아세요?"

"그걸 왜 물으시죠?"

"궁금해서요."

엘린보르그는 구체적인 설명을 피했다.

"저는 기억이 안 나요."

"아무래도 그렇겠죠. 이해합니다. 어쨌건 고맙습니다. 번거롭게 해드려서 죄송합니다." 엘린보르그가 말했다.

"하지만 어머니 말로는 녹색 코트랬어요."

그 이상한 세월 동안 너무도 많은 것이 바뀌었다.

토마스는 밤에 오줌을 싸지 않게 되었다. 그래서 아버지도 그 일로 화를 내지 않게 되었다. 게다가 시몬으로서는 이해할 수 없는 이유로, 그리뮈르가 토마스에게 관심을 기울이기 시작했다. 그는 군인들이 오면서 그리뮈르가 변한 건가 생각했다. 아니면 토마스가 변하고 있는 건지도 몰랐다.

어머니는 그리뮈르가 아무리 조롱해도 가스 공장 일을 입에 담지 않았다. 그가 그 이야기를 어찌나 해대는지 시몬마저 지겨울 지경이었다. 그는 어머니를 '가스 계집'이라고 부르며 대형 가스탱크에 대해, 또 지구가 혜성과 충돌해서 산산조각 날 줄 알고 벌어졌던 난교에 대해 이야기했다. 시몬은 아버지의 말을 전부 알아듣지는 못했지만 어머니가 괴로워하는 것은 알 수 있었다. 아버지가 하는 말이 구타만큼이나 어머니를 괴롭게 한다는 것을.

한번은 시몬이 아버지와 함께 시내로 나가는 길에 가스 공장 앞을 지나가게 되었는데, 그리뮈르가 큰 탱크를 가리키며 네 엄마가 저기 출신이라고 웃음을 섞어 말했다. 그러곤 더 크게 웃어젖혔다. 가스 공장은 레이캬비크에서 가장 큰 건물 중 하나였고, 시몬은 그 말에 불안함을 느꼈다. 궁금해진 그는 어머니에게 그 건물과 커다란 가스탱크 일을 물어보기로 했다.

"말도 안 되는 소리니까 신경 쓸 것 없어." 어머니가 말했다. "아버지가 매사를 삐딱하게 보는 거 잘 알잖니. 한 마디도 믿지 마. 절대로."

"가스 공장에서 무슨 일이 있었는데요?"

"내가 아는 한 아무 일도 없었어. 다 아버지가 지어낸 말이야. 도대체 어디서 무슨 소리를 듣고 그런 말을 하는 건지 모르겠다."

"그러면 어머니의 엄마와 아빠는 어디 있는데요?"

그녀는 말없이 아들을 바라보았다. 그녀 자신이 평생토록 그 질문과 싸웠는데, 이제 어린 아들이 그것을 묻고 있었다. 하지만 대답할 말이 없었다. 그녀는 부모를 몰랐다. 어렸을 때 사람들에게 물어보았지만 답을 듣지 못했다. 그녀가 기억하는 자신의 첫 집은 레이캬비크에 있는, 아이들이 많은 집이었다. 그리고 자라면서 자신에게는 형제도 부모도 없다는 말을 들었다. 관청에서 돈을 주고 그녀를 거기 맡겼다고 했다. 그녀는 그 말에 대해 계속 생각해보았지만 그게 무슨 뜻인지는 나중에야 알게 되었다. 그러다 어느 날 사람들이 그녀를 어느 노부부의 집으로 보냈고, 그녀는 거기서 가정부로 지내다가 어른이 되자 상인의 집으로 일하러 가게 되었다. 그리뮈르를 만나기 전까지 그녀의 인생은 그게 전부였다. 그녀는 부모도 집도, 사촌, 이모, 삼촌, 조부모, 형제도 없는 인생이 슬펐고, 자신의 뿌리와 부모에 대해 끝없이 궁금해하며 청소년 시절을 보냈다. 하지만 물어볼 데가 없었다.

그녀는 부모가 사고로 죽었다고 상상했다. 그렇게 생각하면 위안이 되었다. 부모가 자신을 버렸다는 생각은 견디기 힘들었다. 부모가 그녀의 목숨을 구하고, 그 과정에서 죽었다고 상상했다. 심지어 자신들의 목숨을 바쳐서 그녀를 구했다고. 그녀는 늘 그렇게 부모를 자신들과 딸의 생명을 위해 싸운 영웅으로 보았다. 부모가 살아 있다고는 생각할 수 없었다. 도저히 생각할 수 없었다.

미켈리나의 아버지인 어부를 만났을 때 그녀는 부모 찾는 것을 도와달라며 그와 함께 여러 관청에 가보았지만 그녀가 고아라는 것을 빼고는 아무것도 알아내지 못했다. 그녀의 주민등록등본에는 부모의 이름이 없었다. 고아라고만 적혀 있었다. 출생증명서도 찾을 수 없었다. 어부와 함께 기억 속 가장 오래된 위탁 가정을 찾아가서 그 옛날의 위탁모를 만났지만 그녀도 답을 몰랐다. “정부에서 돈을 주었고, 우리는 돈이 필요했어." 그녀가 말했다. 아이의 출생 관련 정보는 묻지 않았다고 했다.

그렇게 오래전에 부모에 대한 궁금증을 접어두었는데, 어느 날 그리뮈르가 집에 와서는 네 부모를 찾았다고, 네가 세상에 어떻게 태어났는지 알게 되었다고 말한 것이다. 가스탱크 속 난교를 운운하는 그의 얼굴에는 병적인 쾌락이 떠올라 있었다.

시몬을 바라보는 그녀의 머릿속에 이 모든 생각이 지나갔고, 그녀는 잠시 중요한 말을 할 듯하다가 이내 표정을 바꾸고는 그런 질문은 그만하라고 말했다.

세상을 뒤덮은 전쟁이 언덕 반대편까지 밀려왔다. 영국 점령군은 거기 식빵 덩이처럼 생긴 건물들을 짓고, 그것을 막사라고 불렀다. 시몬은 그 말을 이해하지 못했다. 막사 안에는 또 한 가지 이해할 수 없는 것이 있었다. 바로 보급소였다.

그는 이따금씩 토마스와 함께 언덕을 넘어가서 군인들을 보았다. 그들은 언덕 위로 통나무, 목재, 골함석, 울타리, 가시철망, 시멘트, 시멘트 믹서를 실어 왔고, 막사 터를 고를 불도저도 몰고 왔다. 그러더니 거기다 그라바르보귀르를 내려다보는 벙커를 지었다. 어느 날에는 영국군이 거대한 대포를 날라 오는 모습도 보았다. 대포는 벙커에 설치되어, 적을 섬멸할 거대한 포신이 벙커의 좁은 구멍 밖으로 몇 미터나 튀어나와 있었다. 그들은 독일의 침략을 막아주고 있었다. 전쟁을 시작한 독일군은 사람이라면 보이는 대로, 그러니까 시몬과 토마스 같은 어린아이들까지 다 죽인다고 했다.

군인들은 순식간에 총 여덟 채의 막사를 짓고 주변에 울타리를 세운 뒤 문을 만들어 아이슬란드어로 "무단 접근 엄금"이라고 적은 경고판을 걸었다. 정문의 초소에는 항상 장총을 든 군인이 경비를 섰다. 군인들은 시몬 형제를 신경 쓰지 않았다. 두 아이가 항상 멀찌감치 떨어져서 구경했기 때문이다. 날씨가 좋으면 시몬과 토마스는 누나를 언덕 너머로 데리고 가서 폭신한 이끼 위에 내려놓고는, 군인들이 건물 짓는 모습도 보여주고 벙커 밖으로 튀어나온 대포도 보여주었다. 미켈리나는 누워서 주변의 모든 것을 보았지만 아무 말 없이 응시할 뿐이었고, 시몬은 누나가 군인들과 거대한 대포에 겁을 먹었나 보다고 생각했다.

군인들은 모두 허리띠가 달린 카키색 군복 차림에 정강이까지 올라오는 튼튼한 군화를 신었다. 몇 명은 군모를 쓰고 장총이나 권총을 가지고 다녔다. 날씨가 따뜻할 때면 군인들은 웃통을 훌렁 벗고 누워서 볕을 쬐었다. 이따금 있는 군사훈련 때는 은신처에 납작 숨어 있다가 뛰어나와 바닥에 몸을 던지고 총포를 쏘고 했다. 밤이면 캠프에서 시끄러운 소리와 음악 소리가 들렸다. 기계로 찍찍 긁는 듯한 음악과 쨍알거리는 노래를 트는가 하면, 또 어쩔 때는 밤이 깊도록 노래를 부르기도 했다. 시몬이 영국이라 알고 있고 그리뮈르가 제국이라고 말하는 군인들 나라의 노래였다.

그들은 언덕 너머의 일을 어머니에게 모두 들려주었지만 어머니는 별로 흥미를 보이지 않았다. 그러다 한번은 어머니와 함께 언덕 꼭대기에 갔는데, 어머니는 영국군 캠프를 오랫동안 바라보더니 집에 돌아와서 그곳은 아주 위험한 곳이라며 절대 기웃거리지 말라고 했다. 군인들에게 총이 있으니 무슨 일이 일어날지 모른다고, 잘못하다가는 너희들만 다친다고 했다.

시간이 흘렀고 캠프에는 미군이 들어왔다. 영국군은 거의 다 떠났다. 그리뮈르 말로는 영국군은 다 죽으러 갔지만 미군은 아이슬란드에서 근심 걱정 없이 편하게 지낼 거라고 했다.

그리뮈르는 석탄 배달 일을 그만두고 미군 캠프에서 일하기 시작했다. 캠프에는 돈이 넘치고 할 일도 많았다. 그리뮈르가 어느 날 언덕을 넘어가 보급소에 일자리를 부탁했고, 별 어려움 없이 보급소 상점과 식당에서 일하게 되었다. 그 뒤로 그들 가족의 식생활은 개선되었다. 그리뮈르는 옆에 열쇠가 달린 빨간 통조림을 가져왔다. 열쇠로 뚜껑을 열고 통조림을 뒤집자, 투명한 젤리에 감싸인 연분홍색 고깃덩어리가 접시에 쏟아졌다. 가볍게 흔들리는 그것은 짭짤하고 맛있었다.

"햄이다. 미제야, 미제 햄." 그리뮈르가 말했다.

시몬에게 그렇게 맛있는 음식은 평생 처음이었다.

처음에 시몬은 새로운 음식이 어떻게 해서 식탁에 오르게 되었는지 의문을 품지 않았지만, 어느 날 그리뮈르가 집에 통조림 한 상자를 가지고 와서 숨기자 어머니 얼굴에 불안한 표정이 떠오르는 것을 보았다. 때로 그리뮈르는 통조림을 비롯해서 시몬은 모르는 여러 물건들을 자루에 담아 레이캬비크로 가져갔다. 그러고서 돌아오면 식탁에 앉아 돈을 세며 시몬이 처음 보는 기쁨의 기색을 내비쳤다. 그리뮈르는 이제 어머니를 전처럼 악독하게 괴롭히지 않았다. 가스 공장 이야기도 하지 않았고, 토마스를 보면 머리를 쓰다듬어주었다.

시간이 지나면서 집에 물건이 쌓여갔다. 미제 담배, 맛있는 통조림, 과일, 그리고 어머니 말로는 레이캬비크 여자들이 모두 탐낸다는 나일론 스타킹도 있었다.

그런 것들은 집에 오래 머물지 않았다. 한번은 그리뮈르가 달콤하고 낯선 냄새가 나는 조그만 물건을 가져왔다. 그리뮈르는 껍질을 까서 식구들에게 하나씩 맛을 보게 하더니 미군은 소가 되새김질을 하듯 노상 그것을 씹는다고 했다. 삼키면 안 되고 한참 씹다가 뱉고서 새것을 씹는 거라고 했다. 시몬과 토마스, 심지어 미켈리나도 그 분홍색 조각을 받아서 열심히 씹은 다음 뱉어내고 몇 개를 더 받았다.

"껌이라고 하는 거야." 그리뮈르가 말했다.

그리뮈르는 곧 영어로 의사소통하는 법을 익히고 군인들과 친해졌다. 비번인 군인들을 집에 초대하기도 했는데, 그럴 때면 미켈리나는 작은 창고 방에 갇혀 있어야 했다. 대신 아들들은 머리를 곱게 빗었고, 어머니도 원피스를 입고 말끔하게 단장했다. 군인들은 예의가 발랐다. 식구들과 악수를 하며 자신을 소개하고 아이들에게 사탕을 주었다. 그런 다음에는 둘러앉아 술을 마셨다. 그들이 지프를 타고 레이캬비크로 가면 샬레는 다시 조용해졌다. 그 샬레에 찾아오는 사람들은 오직 군인뿐이었다.

대개 군인들은 레이캬비크로 곧장 갔다가 한밤중에 노래를 부르며 돌아왔다. 언덕은 그들이 떠드는 소리로 가득했고 한두 번은 총을 쏘는 듯한 소리도 났지만 대포 소리는 없었는데, 그리뮈르 말로는 대포 소리가 난다면 "나치 놈들이 레이캬비크에 쳐들어와서 우리를 다 죽일 것"이라는 뜻이었다. 그는 군인들과 함께 레이캬비크로 밤나들이를 자주 갔고, 미국 노래를 부르며 돌아왔다. 그해 여름 이전까지 시몬은 그리뮈르가 노래 부르는 걸 본 적이 없었다.

한번 시몬은 이상한 것을 보았다.

어느 날 미군 한 명이 낚싯대를 들고 언덕 너머 레이니스바튼 호수로 가서 송어 낚시를 했다. 그런 뒤 다시 낚싯대를 들고 휘파람을 불며 언덕을 내려가서 하프라바튼 호수로 가 거기서 낮 시간 대부분을 보냈다. 아름다운 여름날이었고, 군인은 호숫가를 거닐며 마음이 내킬 때마다 낚싯대를 던졌다. 딱히 낚시에 뜻이 있다기보다는 그냥 좋은 날씨에 호숫가에서 여유로운 시간을 보내는 게 목적인 것 같았다. 그렇게 그는 조용히 앉아 담배를 피우며 햇볕을 쬐었다.

3시 무렵이 되자 그는 낚시를 충분히 했다고 생각했는지 낚싯대와 그날 잡은 송어 세 마리를 챙긴 뒤 태평하게 언덕을 올랐다. 하지만 그러다가 시몬의 집 근처에 이르러서는 그냥 지나가지 않고 시몬에게 다가와 뭐라고 알아들을 수 없는 말을 했다. 그의 움직임을 계속 관찰하던 시몬은 이제 현관 앞에 나와 있던 터였다.

"부모님 안에 계시니?" 군인이 웃으며 시몬에게 영어로 묻고 집 안을 들여다보았다. 날씨가 좋을 때 그들은 항상 현관 문을 열어두었다. 토마스는 미켈리나를 집 뒤편 양지바른 곳에 데리고 나가 함께 누워 있었고, 어머니는 안에서 집안일을 하는 중이었다.

시몬은 군인의 말을 알아듣지 못했다.

"내 말 못 알아듣지? 내 이름은 데이브야. 난 미국 사람이란다."

시몬은 그의 이름이 데이브인가 보다 짐작하고 고개를 끄덕였다. 데이브는 아이 앞의 땅바닥에 자루를 내리더니 주둥이를 열고 송어 세 마리를 꺼내서 옆에다 놓았다.

"이거 줄 테니까 가져. 알겠니? 가져가. 맛있을 거야."

시몬은 전혀 이해하지 못한 표정으로 데이브를 보았다. 데이브는 흰 이를 반짝이며 웃었다. 그는 키가 작고 마른 체형에 얼굴이 앙상했고, 숱 많은 검은 머리는 한쪽으로 말끔히 빗어 넘긴 모습이었다.

"어머니 안에 계시니? 아버지는?" 그가 물었다. 시몬은 여전히 아무것도 모르는 표정이었다. 데이브는 셔츠 주머니 단추를 풀고 검은색 수첩을 꺼내더니 종잇장을 넘겨서 원하는 페이지를 찾았다. 그러곤 시몬 쪽으로 다가와 거기 적힌 문장을 보여주며 물었다.

"글 읽을 줄 아니?"

시몬은 데이브가 가리킨 문장을 보았다. 아이슬란드어로 되어 있어 무슨 뜻인지 알았지만, 그 옆에 외국어 같은 게 딸려 있었다. 데이브는 아이슬란드어 문장을 최대한 정성스럽게 읽었다.

"예흐 헤이티 데이브. 내 이름은 데이브입니다." 그가 아이슬란드어로 말하고 영어로 덧붙였다. 그러곤 다시 한번 그 부분을 가리킨 뒤 수첩을 시몬에게 주었고, 이번엔 시몬이 그 부분을 읽었다.

"내 이름은…… 시몬입니다." 시몬은 미소를 짓고 말했다. 데이브는 더 환하게 웃었다. 그러더니 다른 문장을 찾아서 소년에게 보여주었다.

"안녕하세요, 선생님?" 시몬이 읽었다.

"그래, 선생님은 빼고." 데이브가 웃었지만 시몬은 무슨 말인지 알 수 없었다. 그가 다시 다른 단어를 찾아서 보여주었다. "어머니." 시몬이 소리 내서 읽자 그가 고개를 끄덕였다.

"어디 있어?"

아이슬란드어로 묻는 말에 시몬은 그가 어머니를 찾고 있음을 알았다. 시몬은 따라오라고 손짓하고는 그를 데리고 부엌으로 갔다. 어머니는 식탁에 앉아 양말을 깁고 있었다. 그녀는 시몬을 향해 미소를 짓다가 뒤에 데이브가 들어오는 걸 보자 얼굴을 굳히며 양말을 떨구었고 자리에서 벌떡 일어나다가 의자를 넘어뜨렸다. 데이브도 놀라서 두 팔을 저으며 앞으로 나섰다.

"미안합니다. 죄송합니다. 놀라게 해드릴 생각은 없었습니다."

시몬의 어머니는 싱크대로 달려가서 고개를 들 수 없다는 듯 아래만 내려다보았다.

"저 사람 데리고 나가, 시몬." 그녀가 말했다.

"제가 나갈게요. 괜찮습니다. 죄송합니다. 하지만……."

"저 사람 데리고 나가, 시몬." 어머니가 다시 말했다.

시몬은 어머니의 반응을 이해할 수 없어서 두 사람을 번갈아 바라보았고, 이어 데이브가 부엌에서 뒷마당으로 나갔다.

"왜 그랬니?" 어머니가 시몬에게로 돌아서서 물었다. "집에 남자를 데리고 들어오다니. 왜 그런 일을 해?"

"죄송해요. 그러면 안 되는 줄 몰랐어요. 저 아저씨 이름이 데이브래요."

"왜 여기 왔다던?"

"호수에서 잡은 고기를 주려요." 시몬이 말했다. "받아도 되는 줄 알았어요. 아저씨는 생선을 주려고 왔어요."

"이렇게 느닷없이! 맙소사, 이렇게 난데없이! 다시는 그러면 안 돼. 절대로! 미켈리나하고 토마스는 어디 있니?"

"뒷마당에 있어요."

"그 애들은 괜찮아?"

"괜찮냐고요? 네, 누나가 볕을 쬐고 싶어 해서요."

"다시는 그러면 안 돼. 알았지? 절대 안 된다!" 어머니가 다시 말하고 미켈리나를 살펴보러 나갔다.

그녀가 집 모퉁이를 돌아가보니 군인이 토마스와 미켈리나 옆에 서 있었다. 미켈리나의 모습에 당황한 기색이었다. 미켈리나는 옆에 서 있는 사람이 누구인지 보려고 인상을 쓰며 목을 늘였다. 하지만 군인이 해를 등지고 서 있어서 얼굴이 보이지 않았다. 군인은 어머니를 보고, 이어 풀밭에서 몸을 비트는 미켈리나를 보았다.

"저는……." 데이브가 말을 더듬었다. "몰랐습니다. 죄송합니다. 제가 끼어들 일이 아니죠. 죄송합니다."

군인은 빠른 걸음으로 모퉁이를 돌아갔고, 그들은 언덕 너머로 천천히 사라지는 그의 모습을 바라보았다.

"괜찮니?" 어머니가 미켈리나와 토마스 옆에 무릎으로 앉아서 물었다. 이젠 마음이 조금 가라앉아 있었다. 군인이 이미 떠났고, 그들에게 해를 끼치려고 한 것 같지도 않았기 때문이다. 그녀는 미켈리나를 안아서 집으로 데리고 들어와 부엌의 소파에 내려놓았다. 시몬과 토마스가 따라 들어왔다.

"데이브는 나쁜 사람 아니에요. 그 아저씨는 달라요." 시몬이 말했다.

"그 사람 이름이 데이브라고?" 어머니는 멍한 얼굴로 말을 이었다. "데이브. 아이슬란드 이름 다비드하고 같은 이름인가?" 어머니가 물었지만 다른 사람이 아니라 자신에게 하는 질문 같았다. 그러더니 정말로 이상한 일이 일어났다.

어머니가 미소를 지었다.

토마스는 언제나 알쏭달쏭하고, 말수가 적고, 혼자 있기를 좋아하고, 약간 겁을 잘 먹고, 수줍음도 많은, 그러니까 조용한 유형의 아이였다. 지난겨울 그리뮈르는 시몬보다 토마스에게 주목하는 것 같았다. 토마스에게 관심을 기울이고, 그를 다른 방에 데려가곤 했다. 시몬이 동생에게 아버지랑 무슨 이야기를 했느냐고 물어도 토마스는 대답하지 않았다. 하지만 그가 끈질기게 묻자 결국 미켈리나 이야기를 했다고 털어놓았다.

"아버지가 누나에 대해서 무슨 말을 했는데?"

"별거 아냐."

"그럴 리 없어. 무슨 말을 했어?"

"별거 없다니까." 토마스는 무언가를 감추는 듯 부끄러운 표정이었다.

"말해."

"나도 그런 얘기 싫어. 아버지가 나한테 말 안 했으면 좋겠어.

나도 싫다고."

"아버지가 너한테 말 안 했으면 좋겠다고? 그러니까, 아버지가 하는 말이 싫다는 거야? 그런 뜻이야?"

"다 싫어. 형도 나한테 말 걸지 마." 토마스가 말했다.

날이 가고 달이 지나는 동안 그리뮈르는 여러 가지 방식으로 작은아들을 향한 편애를 드러냈다. 시몬은 그들의 대화에 참여하지 않았지만, 늦여름 어느 날 저녁 그들이 무슨 짓을 하는지 알아냈다. 그리뮈르가 보급소의 몇몇 물건을 레이캬비크로 가지고 가려는 참이었다. 그는 함께 갈 마이크라는 군인을 기다리고 있었다. 마이크에겐 자유롭게 쓸 수 있는 지프가 있어서, 두 사람은 거기 물건을 가득 싣고 시내에 나가 팔 생각이었다. 아이들 어머니는 음식을 만들었는데, 그 식재료 역시 보급소에서 나온 것이었다. 미켈리나는 침대에 누워 있었다.

시몬은 그리뮈르가 토마스에게 귓속말을 속삭이더니 그를 미켈리나 쪽으로 떠미는 것을 보았다. 그리뮈르의 얼굴에는 두 아들을 조롱할 때 떠오르곤 하는 미소가 걸려 있었다. 어머니는 아무것도 몰랐고, 시몬도 무슨 일인지 짐작하지 못했다. 그런데 토마스가 그리뮈르가 시키는 대로 미켈리나에게 다가가더니 말했다.

"쌍년."

그런 뒤 그리뮈르에게 돌아가자, 그리뮈르는 웃으며 토마스의 머리를 토닥였다.

시몬은 어머니가 서 있는 싱크대로 눈길을 돌렸다. 그 말을 듣지 못했을 리 없건만, 어머니는 못 들은 척하려는 듯 처음에는 아무 반응도 보이지 않았다. 다만 감자를 깎던 칼을 세게 쥐어 손마디가 하얗게 불거지는 것이 그의 눈에 똑똑히 들어왔다. 그러고서 잠시 후, 어머니가 칼을 쥔 채 천천히 돌아서서 그리뮈르를 노려보았다.

"그런 짓 하지 말아요." 어머니가 떨리는 목소리로 말했다.

그리뮈르가 어머니를 쳐다보았다. 얼굴의 웃음이 굳어 있었다.

"나한테 하는 말이야? 무슨 소리야? 하지 말라니? 내가 뭘 했다고? 애가 그런 거잖아. 내 아들 토마스가."

어머니는 여전히 칼을 쥔 채 그리뮈르에게 한 걸음 다가갔다.

"애한테 그런 짓 하지 말아요."

그리뮈르가 일어섰다.

"그 칼을 써보시게?"

"토마스에게 그런 짓 하지 말아요." 어머니가 말했고, 그걸로 끝인 것 같았다. 바깥에서 지프 소리가 난 터였다.

"마이크가 왔어요." 시몬이 소리쳤다.

그리뮈르는 부엌 창밖을 내다보고 다시 어머니를 보았다. 긴장이 누그러들었다. 그녀는 칼을 내려놓았다. 마이크가 문 앞에 나타났다. 그리뮈르는 웃었다.

그날 밤 돌아온 그는 어머니를 딱 죽지 않을 정도로만 두드려 팼다. 다음 날 아침 어머니는 눈이 검게 멍들어 있었고 다리도 절었다. 아이들 모두 그리뮈르가 끙 소리를 내가며 어머니를 두드려 패는 소리를 들었다. 충격에 빠진 토마스는 시몬의 침대로 기어와 어둠 속에서 형을 바라보며, 그렇게 하면 벌어진 일을 지울 수 있기라도 한 듯 계속 혼잣말을 중얼거렸다.

"내가 잘못했어, 그럴 생각은 없었어. 정말 잘못했어……."

16

엘사가 문을 열어주고는 시귀르뒤르 올리에게 차를 한잔하자고 했다. 부엌의 엘사를 보면서 그는 베르그소라를 떠올렸다. 그들은 출근 전에 싸웠다. 그가 그녀의 애무를 거절하고 더듬더듬 자신이 품은 걱정을 이야기하자 베르그소라는 격분했다.

"뭐라고? 그러니까 넌 결혼 생각이 없다는 거지? 그게 네 계획이야? 서류상 남남으로 살고, 애들은 사생아로 만드는 게? 영원토록?"

"사생아?"

"그래."

"너는 아직도 번듯한 결혼식이 좋아?"

"그게 싫다면 미안해."

"그렇게 교회에서 결혼을 하고 싶어? 웨딩드레스를 입고 꽃다

발을 들고……."

"너는 그게 그렇게 싫은 거지?"

"그리고 애들 얘긴 또 뭐야?" 시귀르뒤르 올리는 이 말에 베르그소라의 얼굴이 더욱 어두워지는 것을 보고 후회했다.

"너는 아이를 원하지 않아?"

"아냐, 원해. 하지만 우리가 아이에 대해 제대로 얘기한 적이 없잖아." 시귀르뒤르 올리가 말했다. "그건 의논해볼 문제라고 봐. 아이를 가질지 어쩔지는 혼자 결정할 수 있는 일이 아니니까. 그건 올바르지도 않고 내가 원하는 바도 아냐. 지금은 아냐. 지금 당장은."

"시간이 얼마 없어." 베르그소라가 말했다. "우리 둘 다 서른다섯이야. 어물거리다가는 늦는다고. 내가 그 이야기를 꺼낼 때마다 너는 말을 돌리잖아. 얘기하기 싫은 거지. 넌 아이도 결혼도, 어떤 것도 원하지 않아. 그 늙다리 에를렌뒤르하고 똑같아."

"그게 무슨 소리야?" 시귀르뒤르 올리가 당황해서 물었다.

하지만 베르그소라는 그렇게 암울한 미래의 전망을 던져만 놓고 그냥 출근해버렸다.

찻잔을 가만히 내려다보는 시귀르뒤르 올리의 모습에, 엘사는 그의 생각이 다른 데 가 있음을 알아차렸다.

"차를 조금 더 드릴까요?" 그녀가 조용히 물었다.

"아뇨, 괜찮습니다." 시귀르뒤르 올리가 말했다. "저와 함께 이 사건을 담당한 엘린보르그가 여쭤보라고 한 건데요, 혹시 베니아민 삼촌께서 로켓 목걸이 같은 데 약혼녀의 머리카락을 간직하고 계셨을까요? 목걸이가 아니면 병이라든가 뭐 그런 데요."

엘사는 생각해보았다.

"아뇨, 머리카락은 기억이 안 나네요. 하지만 지하실에 뭐가 있을지 제가 장담할 수는 없죠." 그녀가 말했다.

"엘린보르그는 그런 게 반드시 있을 거라더라고요. 어제 약혼녀의 동생분을 만났는데, 약혼녀가 어디로 여행을 떠나면서 베니아민 씨에게 머리카락을 주었대요."

"저는 그분 머리카락뿐 아니라 누구의 머리카락 이야기도 들어본 적이 없어요. 예나 지금이나 우리 가족은 그렇게 낭만적인 기질이 아니라서요."

"지하실에 그분, 그러니까 약혼녀의 물품은 혹시 없나요?"

"머리카락은 왜 찾으시죠?" 엘사가 대답 대신 물었다. 그녀의 예리한 눈길에 시귀르뒤르 올리는 망설였다. 에를렌뒤르가 그녀에게 어디까지 이야기했을까? 그런데 이때 그녀가 질문하는 번거로움을 덜어주었다.

"그게 있으면 언덕에 묻힌 게 그분이라는 걸 증명할 수 있겠죠. 그분의 신체 표본이 있으면요. DNA 검사로 유골이 그분인지 알아낼 수 있고, 만약 그렇다고 밝혀지면 삼촌이 그분을 죽여서 묻었다고 판정하시겠죠. 그게 이유 아닌가요?"

"저희는 그저 모든 가능성을 열어놓고 수사할 뿐입니다." 시귀르뒤르 올리가 말했다. 엘사가 삼십 분 전의 베르그소라만큼 화를 내게 되는 상황은 어떻게든 피하고 싶었다. 오늘은 시작이 좋지 않았다. 정말로 좋지 않았다.

"전에 여기 오셨던 형사분, 표정이 슬픈 분요, 그분은 베니아민 삼촌이 약혼녀의 죽음에 연루되어 있다는 식으로 말씀하시더군요. 이제 머리카락을 찾으면 그 생각을 굳히시겠죠. 저는 이해가 안 돼요. 삼촌이 그분을 살해할 수 있다고 생각하신다는 게요. 그럴 이유가 어디 있나요? 무슨 동기로요? 아무 이유가 없어요. 단 하나도."

"물론 없습니다." 시귀르뒤르 올리는 그녀를 진정시키려 애썼다. "하지만 일단 뼈의 주인을 밝혀내야 합니다. 그리고 지금까지는 베니아민 씨가 그 집의 주인이었다는 것, 그리고 그분의 약혼녀가 실종되었다는 걸 빼고는 추리의 출발점으로 삼을 게 거의 없어요. 선생님도 궁금하시지 않나요? 그 뼈가 누구 뼈인지 알고 싶으실 텐데요."

"잘 모르겠네요." 엘사가 약간 누그러들어서 말했다.

"어쨌든 지하실을 계속 살펴봐도 되겠죠?" 그가 물었다.

"네, 물론요. 그걸 막을 수는 없죠."

그는 차를 다 마시고 계속 베르그소라를 생각하면서 지하실로 내려갔다. 그는 베르그소라의 머리카락을 담은 로켓도 없었고, 그녀의 어떤 기념품도 지닐 필요를 느끼지 않았다. 그가 아는 몇몇 사람들은 아내와 아이들의 사진을 가지고 다녔지만, 그의 지갑에는 그녀의 사진이 없었다. 기분이 좋지 않았다. 베르그소라와 대화를 해야 했다. 문제를 해결해야 했다.

에를렌뒤르처럼 되고 싶지는 않았다.

정오까지 베니아민 크뉘센의 물건들을 뒤지던 시귀르뒤르 올리는 패스트푸드점으로 가 햄버거를 사서는 먹는 둥 마는 둥 하다가 커피를 마시며 신문을 읽었다. 그러다 2시 무렵 에를렌뒤르의 고집을 욕하며 다시 지하실로 걸음을 옮겼다. 베니아민의 약혼녀가 왜 실종되었는지에 대한 실마리는 전혀 보이지 않았고, 전쟁 무렵 세입자의 이름도 회스퀼뒤르를 빼면 아무것도 나오지 않았다. 또 엘린보르그가 무수한 로맨스 소설들을 통해 확신하고 있는 머리카락도 없었다. 시귀르뒤르 올리가 지하실을 뒤진 게 이틀째였고, 그는 인내심의 한계를 느꼈다.

그가 다시 돌아오자 엘사가 문을 열어주고는 차를 대접하겠다고 했다. 그는 거절할 핑계를 찾고 싶었지만, 무례하게 들리지 않을 말이 얼른 생각나지 않아 엘사를 따라 거실로 들어갔다.

"지하실에서 뭘 좀 찾으셨나요?" 그녀가 물었고, 시귀르뒤르 올리는 이 친절한 질문이 실제로는 정보를 캐내려는 의도에서 나온 것임을 알아챘다. 그녀가 외로울지 모른다는 생각은 떠오르지 않았다. 반대로 에를렌뒤르는 그 어두운 집에 들어서자마자 그런 인상을 받은 터였다.

"머리카락은 찾지 못했습니다." 시귀르뒤르 올리가 찻잔을 두 손으로 감싸 들고 말했다. 그녀는 그가 돌아오기를 기다리던 눈치였다. 시귀르뒤르 올리는 무슨 일인지 의아해하며 그녀를 보았다.

"네, 그렇군요. 그런데 혹시 결혼하셨나요? 죄송합니다. 제가 상관할 일이 아닌데." 그녀가 말했다.

"아뇨, 그러니까…… 결혼은 안 했지만 같이 사는 사람은 있습니다." 시귀르뒤르 올리가 어색하게 말했다.

"아이는요?"

"아이는 없습니다. 아직은요."

"왜죠?"

"네?"

"왜 아이를 갖지 않으셨죠?"

지금 이게 무슨 일이지? 시귀르뒤르 올리는 시간을 벌기 위해 차를 마시며 생각했다.

"아마 스트레스 때문인 것 같아요. 일이 너무 바빠서요. 둘 다 일하느라 바쁘고, 그래서 시간도 없고요."

"아이를 가질 시간이 없다고요? 그것보다 더 중요한 일이 있나요? 여자 친구는 어떤 일을 하나요?"

"컴퓨터 회사에 다닙니다." 시귀르뒤르 올리는 이제 차 대접에 감사의 뜻을 표하고 일을 계속하러 내려가겠다고 말할 생각이었다. 혼자 살다가 머리가 이상해진 돈 많은 독신 여성에게 사생활을 추궁당할 마음은 없었다. 그런 여자들은 결국 그렇게 된다. 다른 사람들의 사생활을 엿보고 싶어 하는 것이다.

"좋은 여자인가요?" 엘사가 물었다.

"이름은 베르그소라입니다." 시귀르뒤르는 무례해지고픈 충동을 누르며 대답했다. "아주 좋은 여자죠." 그러곤 미소를 지었다. "그런데 왜 이런 질문을……?"

"저는 아이가 없어요." 엘사가 말했다. "예전에도 없었고요. 남편이 있었던 적도 없죠. 남편은 아무래도 상관없지만, 아이는 있었으면 좋았겠다는 생각이 들어요. 만약 아이를 낳았으면 지금 서른 살쯤 됐겠죠. 삼십 대일 거예요. 가끔 그런 생각이 들어요. 내 아이들도 어른이 되고, 또 아이들을 낳았겠구나. 어떻게 된 일인지 모르겠어요. 어쩌다 보니 중년이 되어 있더라고요. 저는 의사예요. 제가 대학에 다닐 때는 의대에 여학생이 별로 없었죠. 저도 형사님 같았어요. 시간이 없었어요. 나 자신의 인생을 살 시간이 없었어요. 지금 형사님도 자기 인생을 살고 계시는 것 같지 않네요. 그냥 일만 하시니까요."

"네, 음, 저는 그럼 이만……."

"베니아민 삼촌도 결혼하지 않았어요." 엘사가 아랑곳없이 말을 이었다. "하지만 그분은 진심으로 가정을 꾸리고 싶어 했어요. 바로 그 여자분하고요."

엘사가 일어나서 시귀르뒤르 올리도 따라 일어섰다. 이제 작별 인사를 하려나 보다 싶었지만, 그녀는 멋진 유리문이 달리고 서랍에 조각 장식들이 박힌 커다란 참나무 캐비닛으로 가더니 서랍 하나를 열어 작은 중국식 보석함을 꺼냈다. 그러곤 보석함 뚜껑을 열어 가느다란 사슬에 걸린 은제 로켓을 집어 들었다.

"삼촌은 약혼녀의 머리카락을 간직했어요. 로켓 안에 그분 사진도 있죠. 여자분 이름은 솔베이흐예요." 그녀가 희미한 미소를 지어 보였다. "삼촌에게 세상 다시없이 소중한 사람이었죠. 언덕에 묻힌 사람은 그분이 아닐 거예요. 그런 일은 생각할 수조차 없어요. 그렇다면 삼촌이 그분을 해쳤다는 뜻일 테니까요. 그건 사실이 아니에요. 그랬을 리 없어요. 전 확신해요. 이 머리카락이 증명해 줄 거예요."

그녀는 시귀르뒤르 올리에게 로켓을 건넸다. 그가 다시 자리에 앉아 조심스레 로켓을 열어보니 아주 작은 검은색 머리카락 묶음이 그 주인의 사진 위에 얹혀 있었다. 그는 머리카락에 손을 대지 않으려고 로켓을 돌려 그것을 목걸이 뚜껑에 옮겨놓은 뒤 사진을 살폈다. 사진 속에는 검은 머리에 감싸인 스무 살 여자의 작은 얼굴이 담겨 있었다. 아름다운 곡선을 이룬 눈썹 아래 커다란 두 눈이 수수께끼 같은 표정으로 카메라를 응시했다. 입술은 단호해 보였고, 턱은 작았다. 가냘프고 예쁜 얼굴이었다. 베니아민의 약혼녀 솔베이흐.

"미리 말씀드리지 않아 죄송합니다." 엘사가 말했다. "계속 생각을 해봤는데, 아무래도 머리카락을 없앨 수는 없을 것 같더라고요. 조사 결과가 어떻게 나오든지요."

"왜 이걸 감추셨습니까?"

"여러 가지를 생각해봐야 했어요."

"그렇더라도 이건……."

"형사님 동료분, 성함이 에를렌뒤르죠? 그분이 그 유골이 삼촌의 약혼녀일 수도 있다는 식으로 말씀하셔서 저는 충격을 받았어요. 하지만 더 생각을 해보니까……." 엘사는 체념한 듯 어깨를 으쓱였다.

"설사 DNA 검사 결과가 일치한다 해도, 그게 반드시 베니아민 씨가 그분을 해쳤다는 뜻은 아닙니다." 시귀르뒤르 올리가 말했다. "그 결과는 실제 사건에 대해서 아무런 답을 주지 않아요. 언덕의 뼈가 그분 것이라 해도, 베니아민 씨 아닌 다른 이유가 있을……."

엘사가 그의 말을 잘랐다.

"여자분이…… 요새 말로 뭐라고 하는지……. 삼촌을 찼어요. 옛날식 표현으로는 '약혼을 깼다'고 하죠. 그 시절에는 사람들이 약혼을 했으니까요. 실종된 바로 그날 그랬어요. 삼촌은 그 일을 아주 나중에야 얘기했죠. 돌아가시기 전에 제 어머니에게요. 저는 어머니에게서 들었고요. 지금껏 아무에게도 이 이야기를 하지 않았어요. 만약 그 뼈가 발견되지 않았다면 무덤까지 가지고 갔을 거예요. 그 뼈의 주인이 남자인지 여자인지는 밝혀졌나요?"

"아뇨, 아직." 시귀르뒤르 올리가 말했다. "그분이 약혼을 깬 이유는 말씀해주셨나요? 왜 베니아민 씨를 떠났는지?"

그는 엘사의 망설임을 감지했다. 두 사람은 서로를 바라보았고, 그는 그녀가 이제 물러서기엔 너무 멀리 왔음을 알 수 있었다. 자신이 아는 것을 털어놓고 싶은 눈치였다. 지금껏 지고 온 무거운 십자가를 이제 내려놓고 싶은 것이다. 그 오랜 시간이 지난 이제야.

"삼촌의 아이가 아니었어요." 그녀가 말했다.

"베니아민 씨의 아이가 아니었다고요?"

"네."

"약혼녀가 그분의 아이를 임신한 게 아니었다고요?"

"네."

"그러면 누구의 아이였습니까?"

"그때는 지금하고 시대가 달랐다는 걸 아셔야 해요. 요즘은 여자들이 치과에 가듯 낙태를 하죠. 아이를 갖고 싶어 하는 사람들도 반드시 결혼을 해야 한다고는 생각하지 않아요. 같이 살다가 안 맞으면 헤어지죠. 그랬다가 다른 사람하고 살면서 아이를 더 낳고 또 헤어지고 하는 게 별일이 아니에요. 하지만 그 시절에는 그렇지 않았어요. 미혼 여성이 임신한다는 건 생각할 수도 없는 일이었어요. 그런 사람들은 낙인이 찍혀서 사회에서 매장됐죠. 사람들은 잔인했어요. 그런 여자들을 거침없이 욕했어요."

"네, 저도 어느 정도는 압니다." 시귀르뒤르 올리가 말했다. 그의 마음은 베르그소라에게 돌아갔다. 엘사가 왜 자신의 사생활에 대해 물었는지 알 것 같았다.

"그래도 삼촌은 솔베이흐와 결혼하려고 했어요." 엘사가 말을 이었다. "우리 어머니한테는 그렇다고 말했죠. 하지만 솔베이흐가 원하지 않았어요. 그분은 약혼을 깨고 싶어 했고, 삼촌에게도 그렇게 말했어요. 너무도 갑작스럽게."

"아버지는 누구였습니까?"

"솔베이흐는 삼촌을 떠나면서 자신을 용서해달라고 했어요. 하지만 삼촌은 그러지 못했어요. 삼촌에게는 시간이 더 필요했어요."

"그러고서 여자분이 사라진 건가요?"

"그분이 삼촌에게 작별 인사를 한 뒤로 아무도 그분을 못 봤어요. 그날 저녁 그분이 집에 돌아오지 않자 사람들이 수색을 시작했고, 삼촌도 같이 찾았지만 아무 데서도 찾지 못했죠."

"아이의 아버지는 누구였습니까?" 시귀르뒤르 올리가 다시 물었다.

"그분이 말하지 않았어요. 솔베이흐는 삼촌에게도 알리지 않고 떠났어요. 삼촌이 어머니에게 말한 바로는 그래요. 아마 알았더라도 말하지 않았을 것 같기는 하지만요."

"짐작 가는 사람은 없나요?"

"짐작 가는 사람요? 짐작이 무슨 소용인가요? 중요한 건 실제로 그가 누구였는가 하는 것뿐이에요."

"아이 아버지가 실종에 관련되어 있다는 뜻인가요?"

"형사님 생각은 어떠세요?" 엘사가 물었다.

"선생님과 어머님이 의심한 사람은 없나요?"

"없어요. 제가 아는 한 삼촌도 그랬고요."

"혹시 그분이 이야기를 지어냈을 가능성은 없을까요?"

"그건 장담 못하겠지만, 제가 아는 한 삼촌은 평생 거짓말 한 번 안 해봤을 거예요."

"자신에게 쏠리는 관심을 다른 데로 돌리려고 그랬을 가능성이 있지 않을까요."

"삼촌이 의심을 받았는지 어쨌는지 저는 몰라요. 그리고 삼촌이 어머니에게 그런 이야기를 한 건 아주 오랜 시간이 지난 뒤였어요. 돌아가시기 직전이었으니까요."

"그분은 계속 약혼녀를 생각하며 사셨던 거군요."

"어머니가 그렇다고 하셨어요."

시귀르뒤르 올리는 잠시 생각에 잠겼다.

"여자분이 수치심에 자살을 했을 수도 있을까요?"

"그럴 수도 있다고 봐요. 삼촌을 배신하고 다른 남자의 아이를 임신했을 뿐 아니라, 아이 아버지도 밝히지 않았으니까요."

"제 동료 엘린보르그가 약혼녀의 여동생을 만났습니다. 그분 아버지가 자살을 하셨다더군요. 목을 맸다고요. 솔베이흐는 아버지와 사이가 각별했기 때문에 힘들었을 거라고 하더랍니다."

"솔베이호가 힘들었다고요?"

"네."

"이상하네요!"

"그게 왜 이상하죠?"

"아버지가 목매 자살한 건 맞지만, 그것 때문에 솔베이호가 흔들렸을 리는 없어요."

"그게 무슨 말씀입니까?"

"그분은 비통을 이기지 못하고 죽었다고들 했거든요."

"비통요?"

"네, 제가 듣기로는 그랬어요."

"무엇에 대한 비통인가요?"

"딸의 실종에 대한 비통요. 그분은 딸이 실종된 뒤에 목을 맸어요." 엘사가 말했다.

17

마침내 에를렌뒤르는 딸에게 이야기할 거리를 찾았다. 국립도서관에서 1910년 레이캬비크에서 발간된 온갖 신문과 잡지들을 뒤지고 난 뒤였다. 바로 핼리혜성이 사이안화물이 가득하다고 알려진 꼬리를 달고 지구 근처를 지나간 해였다. 그는 특별 허가를 받아 마이크로필름 리더를 사용하지 않고 직접 신문을 보았다. 에를렌뒤르는 옛날 신문과 잡지를 보는 것이 좋았다. 그 종잇장 바스락거리는 소리와 황변한 종이 냄새가 좋았고, 빳빳한 종잇장 위에 그때부터 지금까지 보존되었고 앞으로도 영원히 보존될 시대의 분위기가 마음에 들었다.

저녁이 내린 뒤 그는 에바 린드의 침대 옆에 앉아 그라바르르홀트에서 발견된 유골 이야기를 시작했다. 고고학팀이 유골 발견 장소 위쪽을 어떻게 잘게 구획 지었는지 설명하고, 송곳니 때문에 입을 완전히 다물지 못하는 스카르프헤딘에 대해 이야기했다. 까치밥나무와 로베르트가 말한 뒤틀린 녹색 여자라는 수수께끼 같은 이야기를 했다. 베니아민 크뉘센과 사라진 약혼녀 이야기를 했다. 젊은 베니아민이 애인을 잃고 망가진 이야기도 하고, 전쟁 때 그의 샬레에 살았던 회스쿨뒤르 이야기도, 베니아민이 말했다는 언덕의 여자, 그러니까 사람들이 종말이 오리라 믿고 가스탱크에 모여든 날 밤 잉태된 여자의 이야기도 했다.

"그해에 마크 트웨인이 죽었지." 에를렌뒤르가 말했다.

핼리혜성은 독가스를 품은 꼬리를 이끌고 어마어마한 속도로 지구로 다가왔다. 지구가 그것과 부딪혀서 산산조각 나는 일을 피한다 해도 혜성의 꼬리까지 피할 수는 없을 거라고, 그래서 모든 생명이 몰살당할 거라고 사람들은 믿었다. 최악의 공포는 사람들이 불과 산酸에 타버리리라는 것이었다. 공포가 세상을 휩쓸었다. 아이슬란드뿐 아니라 전 세계적인 현상이었다. 오스트리아고 트리에스테고 달마티아고 가릴 것 없이 사람들은 가진 것을 팔아치우고, 남아 있는 짧은 시간 동안 주지육림에 빠졌다. 스위스의 신부新婦 학교들도 텅텅 비었다. 혜성이 닥친 순간 온 가족이 함께 모여 있어야 한다고 생각했기 때문이다. 이런 공포를 누그러뜨리고자 성직자들은 사람들에게 쉬운 용어로 천문학을 설명해주기 위한 교육을 받았다.

레이캬비크의 여자들은 종말의 공포를 못 이겨 몸져누웠고, 한 신문에 따르면 많은 사람이 "그해 봄의 이상저온현상은 혜성 때문"이라고 믿었다. 노인들은 지난번에 혜성이 왔을 때 지구의 날씨가 얼마나 요상했는지를 이야기했다.

그 무렵 가스는 레이캬비크에서 미래의 열쇠로 각광받는 자원이었다. 가로등으로 충분한 밝기는 아니었지만 시내 곳곳에 가스등이 설치되었다. 가정집들도 가스로 불을 밝혔다. 그러던 중 도시 외곽에 현대적 가스 공장을 세워서 미래 시대의 수요를 충족한다는 계획이 수립되었다. 레이캬비크 시장이 독일 회사와 협상했고, 브레멘의 엔지니어 카를 프랑케가 전문가 팀을 이끌고 아이슬란드로 와서 레이캬비크 가스 공장을 짓기 시작했다. 공장은 1910년 가을에 문을 열었다.

가스탱크는 그 자체의 부피만 천오백 세제곱미터나 되는 초대형 장치로, 물 위에 뜬 채 안에 담긴 가스의 양에 따라 오르락내리락했다. 사람들은 그런 장관을 본 적이 없었기에 건설 현장에 떼지어 몰려들었다.

탱크가 완성을 앞둔 5월 18일 밤, 일군의 사람들이 탱크 안에 모였다. 그들은 아이슬란드에서 혜성의 독가스를 피할 수 있는 곳은 탱크 안뿐이라고 믿었다. 탱크 안에서 마지막 파티가 열린다는 소문이 퍼지자 종말을 앞두고 벌어지는 퇴폐의 향연에 참여하려는 이들이 몰려들었다.

그날 밤 탱크 안에서 어떤 일이 있었는지 이후 며칠 동안 무수한 소문이 돌았다. 다음 날 지구가 핼리혜성과의 충돌로도, 그 꼬리의 지옥 불로도 멸망하지 않을 것이 확실해질 때까지 술에 취해 난교를 벌였다는 이야기였다.

또 그날 밤 탱크 안에서 많은 아기가 잉태되었다는 소문도 돌았다. 에를렌뒤르는 그들 중 한 명이 오랜 세월 후에 그라바르홀트에 묻혔을 가능성을 생각해보았다.

"가스 공장 관리 사무소는 아직 남아 있어." 에바 린드가 들을 수 있는지 없는지 알지 못한 채 그가 말을 이었다. "그걸 빼면 공장의 흔적은 다 사라졌지. 미래의 동력원은 가스가 아니라 전기가 되었으니까. 공장은 지금 흘렘뮈르 버스 터미널 자리인 뢰이다라우르스티귀르에 있었고, 옛날 건물이지만 한동안 유용하게 쓰였지. 날씨가 춥고 고약할 때, 특히 밤이면 집 없는 사람들이 거기 들어가서 버너로 한기를 쫓았으니까. 한겨울이면 탱크 하우스는 곧 잘 사람로 붐볐어."

에를렌뒤르가 이야기하는 동안 에바 린드는 꿈쩍하지 않았다. 그 역시 별 기대는 없었다. 그는 기적을 바라는 사람이 아니었다.

"가스 공장이 있던 곳은 엘쉬미라르블레튀르라는 구역이야." 그는 운명의 아이러니에 웃었다. "엘쉬미라르블레튀르는 가스 공장이 철거되고 탱크가 없어진 뒤에도 오랫동안 미개발지로 남아 있었어. 그러다가 버스 터미널 맞은편에 사무용 건물 하나가 생겨났지. 그 건물은 지금 레이캬비크 경찰이 쓰고 있어. 내 직장이 바로 거기란다. 예전에 탱크가 있던 바로 그 자리."

에를렌뒤르는 잠시 멈추었다.

"우리는 모두 세상의 종말을 기다리고 있어." 그가 말했다. "혜성 때문이건 다른 무엇 때문이건, 모두에게 각자의 종말의 날이 있지. 어떤 사람들은 스스로 그날을 자초하고, 어떤 사람들은 피해 다녀. 대부분의 사람들은 두려워하고 경외심을 품지. 하지만 넌 그렇지 않아. 너는 어떤 것에도 경외심을 품을 수 없는 사람이니까. 너는 자신의 종말도 두려워하지 않아."

에를렌뒤르는 조용히 딸을 바라보며 그 일이, 그러니까 아무 말도 듣지 못할 딸에게 혼자 이야기를 하는 일이 어떤 의미가 있을까 생각해보았다. 하지만 의사의 말을 떠올리고, 딸에게 이런 식으로 말을 건네는 것에 약간 마음의 위안을 느꼈다. 딸과 이렇게 차분하고 편안하게 이야기한 적이 없었다. 그들 사이에는 언제나 긴장감이 팽배했고, 두 사람은 조용히 앉아서 대화할 기회가 많지 않았다.

하지만 이것을 대화라고 할 수는 없었다. 에를렌뒤르는 비틀린 미소를 지었다. 그는 이야기를 하고, 딸은 듣지 않는다.

그 점에서 그들은 달라진 것이 없었다.

어쩌면 그녀가 이런 이야기를 별로 듣고 싶어 하지 않을 수도 있었다. 유골 발견, 가스 공장, 혜성과 난교 같은 이야기는. 완전히 다른 이야기를 원하지 않을까? 에를렌뒤르 자신의 이야기. 그들 가족의 이야기 같은.

그는 일어서서 딸의 이마에 입을 맞추고 병실을 나왔다. 하지만 생각에 잠긴 나머지 병동 출구인 오른쪽 방향으로 가지 않고, 자기도 모르게 반대쪽, 중환자 병동 더 깊은 곳으로 걸어갔다. 조명이 어두운 그곳 병실들에는 생사의 기로에 놓인 다른 환자들이 각종 첨단 장치에 연결되어 생명을 유지하고 있었다. 복도 끝에 가서야 정신을 차린 그가 돌아서려는데, 가장 안쪽 방에서 체구가 작은 여자가 불쑥 튀어나와 그와 정면으로 부딪혔다.

"죄송합니다." 여자가 약간 높고 가는 목소리로 말했다.

"아뇨, 제가 죄송합니다." 그가 당황해서 주변을 둘러보며 말했다. "제가 방향을 잘못 들었습니다. 병동을 나가려고 했거든요."

"저는 여기 불려 왔어요." 자그마한 여자가 말했다. 여자는 머리숱이 적었고, 몸매가 풍만해서 거대한 가슴이 자주색 티셔츠 밖으로 터져 나올 것 같았다. 동그랗고 다정해 보이는 얼굴에, 윗입술 언저리에는 솜털 자국이 있었다. 여자가 나온 방을 힐끔 보니 한 노인이 여위고 창백한 얼굴로 이불을 덮은 채 누워 있었다. 침대 옆의 의자에는 한 여자가 호사스러운 모피 코트를 입고 앉아서 장갑 낀 손으로 손수건을 코에 대고 있었다.

"아직도 영매를 믿는 사람들이 있거든요." 여자가 혼잣말을 하듯 나직하게 말했다.

"죄송합니다만 무슨 말씀인……."

"저는 여기 불려 왔어요." 여자가 에를렌뒤르를 이끌 듯 앞으로 걸어가면서 반복했다. "저분이 죽음을 앞두고 있어서요. 이제 할 수 있는 게 없어요. 옆에 있는 분은 아내예요. 저더러 남편하고 접촉해봐달라고 부탁했죠. 남편은 혼수상태고, 의학적으로 손쓸 단계를 넘어갔다는데 얼른 돌아가시지 않고 있거든요. 떠나기 싫어하는 것처럼요. 그래서 아내가 저를 불렀지만 저는 목소리를 찾지 못했어요."

"목소리를 찾아요?" 에를렌뒤르가 말했다.

"내세의 목소리요."

"내세라면……. 그럼 그쪽은 영매라는 말씀인가요?"

"아내는 남편의 죽음을 받아들이지 못하고 있어요. 며칠 전에 남편이 외출을 했는데 갑자기 경찰에서 연락이 왔대요. 서부 도로에서 교통사고가 났다고요. 남편은 보르가르피외르뒤르로 가는 길이었다는군요. 트럭에 치였는데 가망이 없대요. 뇌사 상태예요."

여자는 에를렌뒤르를 올려다보았고, 그는 멍한 얼굴로 그녀를 보았다.

"아내가 저하고 잘 아는 사이예요."

여자가 무슨 말을 하는지, 또 왜 이 침침한 복도에서 자신에게 무슨 음모를 속삭이듯 이런 말을 하는지 에를렌뒤르는 알 수 없었다. 생전 처음 보는 이 여자에게 약간 무뚝뚝하게 작별 인사를 하고 자리를 떠나려는데, 여자가 그의 팔을 잡았다.

"잠깐만요." 여자가 말했다.

"네?"

"잠깐만 기다려요."

"죄송합니다만, 저는 그 일과 아무 상관이……."

"어린 사내아이가 있네요." 자그마한 여자가 말했다.

에를렌뒤르는 여자의 말을 제대로 듣지 못했다.

"눈보라 속에 사내아이가 있어요." 여자가 다시 말했다.

에를렌뒤르는 놀라서 여자를 가만 바라보다가 이내 칼에 찔리기라도 한 듯 여자에게서 팔을 뺐다.

"무슨 말씀을 하시는 겁니까?"

"누구인지 아시나요?" 여자가 그를 올려다보며 물었다.

"무슨 말씀인지 전혀 모르겠군요." 에를렌뒤르는 잘라 말하고 출구 표지판을 향해 성큼성큼 복도를 걸어갔다.

"걱정할 거 없어요." 여자가 그의 등에 대고 소리쳤다. "아이가 받아들였어요. 어쩔 수 없는 일이었다고 생각한대요. 누구의 잘못도 아니라고요."

에를렌뒤르는 자리에 멈춰 섰다. 그러곤 천천히 돌아 복도 반대편 끝에 서 있는 여자를 바라보았다. 여자가 왜 이렇게 끈질기게 구는지 이해할 수 없었다.

"그 아이가 누구죠? 왜 당신 곁에 있나요?" 여자가 물었다.

"아이라뇨." 에를렌뒤르가 콧방귀를 뀌었다. "대체 무슨 말씀입니까? 저는 당신이 누구인지도 모르고, 당신이 어떤 사내아이를 말하는지도 모릅니다. 귀찮게 굴지 말아요!"

그런 뒤 빙글 돌아서서 성난 걸음으로 병동을 나섰다.

"귀찮게 굴지 말라고." 에를렌뒤르는 이를 앙다물고 중얼거렸다.

18

에드워드 헌터는 전쟁 때 아이슬란드에 온 미군 장교로, 전후에 귀국하지 않은 소수의 사람들 중 한 명이었다. 영국 대사관 비서인 짐이 미국 대사관을 통해 비교적 수월하게 그의 소재지를 알아냈다. 짐은 영국과 미국 점령군 소속 군인들을 찾아보았지만, 영국 내무부 자료에 따르면 지금까지 살아 있는 사람은 거의 없었다. 아이슬란드에 왔던 영국군 대부분은 1944년의 노르망디 상륙 때 북아프리카와 이탈리아 혹은 서부전선 전투에 파견되어 목숨을 잃었다. 미군의 경우 소수만이 전투에 파견되었고, 대부분은 전쟁 내내 아이슬란드에 머물러 있었다. 그중 몇 명은 전후에도 거기 남아 아이슬란드 여자와 결혼하고 아이슬란드 국적을 얻었는데, 그중 한 명이 에드워드 헌터였다.

에를렌뒤르는 아침 일찍 짐의 전화를 받았다.

“미국 대사관에 전화를 했더니 이 헌터라는 분을 연결해주더군요. 수고를 덜어드리려고 제가 먼저 그분과 통화를 했습니다. 도움이 되었기를 바랍니다.”

“고맙습니다.” 에를렌뒤르가 말했다.

“그분은 코파보귀르에 삽니다.”

“전쟁 후에 죽 거기 사셨나요?”

“안타깝게도 그건 제가 모릅니다.”

“어쨌거나 그 헌터라는 분이 아직 여기 사신다는 거죠.” 에를렌뒤르가 잠을 몰아내려고 눈을 문지르며 말했다.

그는 간밤에 잠을 설쳤다. 선잠이 들었다가 악몽을 꾸다가 했다. 전날 밤 병원에서 만난 머리숱 적은 여자의 말이 그의 마음을 어지럽혔다. 그는 내세와 통한다는 영매를 믿지 않았고, 그들이 남들은 못 보는 것을 볼 수 있다고도 생각하지 않았다. 아니, 그런 사람들은 모조리 사기꾼이라고 여겼다. 사람들에게서 정보를 우려내고 몸짓언어를 잘 읽어내 의뢰자의 상황을 간파하지만, 그 내용은 행여 절반이 맞는다 해도 나머지 절반은 엉터리인 순전한 확률의 농간이라고 여겼다. 언젠가 경찰서에서 그런 주제가 화제에 올랐을 때 에를렌뒤르는 그런 헛소리를 믿느냐고 비웃어서 엘린보르그의 원망을 샀다. 그녀는 영매와 사후 세계를 믿었고, 무슨 이유에서인지 그 역시 그런 생각들을 인정하리라 기대했다. 아마 그가 시골 출신이라서 그런 모양이었다. 하지만 완전히 오해였다. 그는 초자연적인 현상을 전혀 인정하지 않았다. 하지만 병원의 그 여자는 뭔가 특이했고, 에를렌뒤르는 그녀의 말을 곱씹느라 잠을 설치고 말았다.

"네, 그분은 아직 여기 살아요." 짐이 잠을 깨운 것에 대해 깊이 사과하며 대답했다. 아이슬란드인은 모두 일찍 일어나는 줄 알았다고 말이다. 사실 짐 자신이 그랬다. 봄날의 끝없는 일광은 그에게 자비를 베풀지 않았다.

"잠깐, 그분이 아이슬란드 사람하고 결혼했다고요?"

"그분과 통화를 했어요." 질문을 듣지 못한 듯, 짐은 영어식 억양으로 말을 이어갔다. "그분이 형사님 전화를 기다리고 있습니다. 헌터 대령은 레이캬비크에서 헌병으로 복무했고 언덕의 보급소에서 일어난 사건도 기억하고 있으니 형사님께 들려줄 얘기가 있을 겁니다."

"무슨 사건 말씀입니까?" 에를렌뒤르가 물었다.

"그분이 말씀드릴 겁니다. 그럼 저는 여기서 죽거나 실종된 군인들에 대해 찾아보지요."

그와 인사를 나누고 전화를 끊은 뒤, 에를렌뒤르는 커피를 만들러 부엌으로 갔다. 그는 아직도 생각에 잠겨 있었다. 영매라면 삶과 죽음의 기로에 있는 사람이 결국 어느 쪽으로 갈지 알려줄 수 있을까? 그 자신은 계속 그런 것을 받아들이지 않겠지만, 영매가 사랑하는 사람을 잃고 상심에 빠진 사람들에게 위안을 준다면 그것까지 반대하고 싶지는 않았다. 중요한 것은 위안이지, 누가 그것을 제공하느냐가 아니었다.

뜨거운 커피를 한 모금 입에 머금은 순간 혀를 데었다. 그는 전날 밤부터 아침까지 정말로 자신을 괴롭히는 일에 대해 생각하지 않으려 애썼고, 그것과 거리를 잘 유지하고 있었다.

어느 정도는.

전직 미군 대령 에드워드 헌터는 미국인이 아니라 그냥 아이슬란드인 같았다. 모직 스웨터의 단추를 끝까지 채워 입고 백발 턱수염을 덥수룩하게 기른 모습으로, 그는 코파보귀르에 있는 자신의 단독주택에서 에를렌뒤르와 엘린보르그를 맞았다. 헝클어진 머리에 약간 꾀죄죄했지만, 우호적이고 점잖은 태도로 그들과 악수를 나누고 편하게 에드라고 부르라고 했다. 그 점은 짐과 비슷했다. 에드의 아내는 그의 여동생, 그러니까 시누이를 만나러 미국에 가 있었다. 정작 자신은 미국에 점점 발길을 않는다고 그는 말했다.

에드의 집으로 가면서 엘린보르그는 바라에게 들은 말, 그러니까 베니아민의 약혼녀가 실종 당시 녹색 코트를 입고 있었다는 말을 전했다. 엘린보르그에겐 그 일이 꽤 흥미로웠지만, 에를렌뒤르가 자신은 귀신을 믿지 않는다고 다소 퉁명스럽게 대꾸해 그와 관련한 더이상의 논의를 막았다. 보아하니 그 주제에 대해서는 더 얘기할 수 없을 것 같았다.

에드는 그들을 커다란 거실로 안내했다. 에를렌뒤르가 방을 둘러보았지만 군인 시절의 흔적은 별로 보이지 않았다. 앞쪽에는 아이슬란드의 음울한 풍경을 담은 그림 두 점과 아이슬란드 도기 장식품, 그리고 가족사진을 넣은 액자들이 있었다. 군 복무 시절이나 2차세계대전 관련 물품은 전혀 없었다.

에드가 그들을 위해 준비해둔 커피와 차와 비스킷을 내왔다. 잠시 가벼운 대화를 나누던 세 사람은 이내 그 요식행위에 지겨움을 느끼고 곧장 본론으로 들어갔다. 에드가 자신이 어떻게 도와주면 되는지 물었다. 그의 아이슬란드어는 거의 완벽했고, 군 시절의 훈련을 통해 핵심에 집중하는 법을 익힌 듯 표현이 짧고 간결했다.

"영국 대사관의 짐을 통해서 선생님이 전쟁 때 군에 계셨다는 얘기를 들었습니다. 헌병으로도 근무하셨고, 현재 그라바르홀트 골프장이 들어선 자리에 있었던 보급소 사건과도 관련이 있으셨다고요."

"네, 이제는 거기서 꾸준히 골프를 치지요." 에드가 말했다. "언덕에서 유골이 나왔다는 소식은 들었습니다. 짐이 전해주더군요. 경찰은 그 뼈 주인이 당시의 군인이 아닐까 생각한다고요. 영국군이거나 미군이거나."

"보급소에서 있었다는 사건은 뭡니까?" 에를렌뒤르가 물었다.

"절도 사건입니다." 에드가 말했다. "대부분에 보급소에서 그런 일이 일어나죠. 이른바 '밀반출' 말입니다. 일부 군인이 부대 물품을 훔쳐서 아이슬란드인들에게 팔았습니다. 처음에는 소규모로 하다가 점점 대담해져서 결국 큰 사업이 되었죠. 병참 장교까지 한패가 되어서요. 결국 모두 실형을 받고 이 나라를 떠났어요. 그 일은 똑똑히 기억하고 있습니다. 당시에 일기를 써두어서 짐의 전화를 받고 그 부분을 찾아보았지요. 절도 사건이 전부 생각나더군요. 당시 상관이었던 필에게도 전화해서 같이 이야기를 했고요."

"절도는 어쩌다 발각되었나요?" 엘린보르그가 물었다.

"욕심이 너무 커져서 절제를 하지 못한 겁니다. 그 정도 규모의 절도는 은폐하기가 어렵죠. 그리고 부정행위에 대한 소문이 이미 파다하기도 했고요."

"절도범은 누구였나요?" 에를렌뒤르가 담배를 꺼내자, 에드는 고갯짓으로 흡연을 허락했다. 엘린보르그는 에를렌뒤르에게 나무라는 눈길을 보냈다.

"대부분은 비전투원이었습니다. 병참 장교가 가장 높은 직급이었고요. 그리고 아이슬란드인이 한 명 아니면 그 이상 있었어요. 보급소가 있는 언덕 반대편에 살던 남자가 포함되어 있었죠."

"그 사람 이름을 기억하시나요?"

"아뇨. 칠도 안 한 오두막에서 가족과 함께 살던 사람이었습니다. 그 집에 가보니 물건이 잔뜩 쌓여 있더군요. 보급소에서 빼돌린 물품들이었죠. 제 일기를 확인하니 아이가 셋인데 딸은 장애아라고 적었더군요. 나머지 둘은 아들이었고요. 어머니는……."

그러더니 에드는 입을 다물었다.

"어머니가 왜요?" 엘린보르그가 말했다. "어머니가 어땠는지 말씀해주세요."

"그분은 힘들게 살았던 것 같습니다."

에드가 다시 말을 잃고 생각에 잠겼다. 그는 절도 사건을 수사하려고 아이슬란드인의 집에 갔다가 매 맞는 아내를 맞닥뜨렸던 그 순간을 되새겨보았다. 여자는 어쩌다 최근 한 차례 폭행을 당한 모습이 아니었다. 육체적, 정신적으로 끈질기고 악의적인 학대에 시달리며 산 모습이 역력했다.

다른 헌병 네 명과 함께 그 집에 갔을 때 그는 그녀가 있다는 것을 얼른 알아채지 못했다. 가장 먼저 눈에 띈 것은 부엌의 간이침대에 누워 있는 장애인 소녀였다. 두 소년이 소녀 옆에 서 있다가 집 안에 불쑥 들어온 군인들을 놀란 눈으로 바라보았다. 식탁에 앉아 있던 남자가 벌떡 일어섰다. 그들은 예고 없이 들이닥쳤고, 남자는 그 일을 예상하지 못한 것 같았다. 그들은 상대를 보면 제압하기 힘든 사람일지 어떨지 한눈에 알 수 있었다. 이 남자는 아주 쉬운 상대였다.

그다음에야 그는 여자를 보았다. 아직 이른 봄이라 날이 어두웠고, 시간이 약간 지나서야 실내의 어둠에 적응한 터였다. 여자는 마치 숨어 있는 것처럼 다른 방들로 이어진 복도 같은 곳에 서 있었다. 처음에 그는 그녀가 도둑 일당이라고, 여기서 도망가려나 보다고 생각했다. 그래서 총을 꺼내 들고 그리 다가가서 소리를 치며 어둠을 향해 총을 겨누었다. 장애인 소녀가 그에게 비명을 질렀다. 두 소년은 알아들을 수 없는 말을 외치며 동시에 그에게 달려들었다. 이어 여자가 어둠 속에서 나왔다. 그 모습을 그는 평생 잊을 수 없었다.

그녀가 왜 숨어 있었는지는 곧바로 알 수 있었다. 얼굴이 완전히 망가져 있었다. 윗입술이 부풀고, 한쪽 눈은 너무 부어서 제대로 떠지지도 않았다. 그녀는 겁에 질린 얼굴로, 뜰 수 있는 나머지 한 눈으로 그를 보더니 본능처럼 고개를 숙였다. 그가 자신을 때릴 거라고 생각하는 것 같았다. 낡은 원피스 두 벌을 겹쳐 입은 차림에, 발에는 양말과 낡은 신발뿐이었다. 더러운 머리가 굵게 엉켜 어깨에 늘어져 있었다. 그리고 아무리 봐도 다리를 저는 것 같았다. 그토록 가련한 사람은 평생 처음이었다.

아들들을 진정시키는 그녀의 모습을 보며, 그는 그녀가 감추려던 것이 겉모습이 아니었음을 깨달았다.

그녀는 자신의 부끄러움을 감추고 있었다.

아이들은 조용해졌다. 큰아들이 어머니 옆에 붙어 섰다. 에드는 남편을 건너다본 뒤 그에게 걸어가서 그의 얼굴에 철썩 따귀를 날렸다.

"그렇게 됐습니다." 에드가 설명을 이어갔다. "자제를 못했어요. 어떻게 된 건지, 내가 뭐에 사로잡혀 있었나 봅니다. 의외의 일이었죠. 아시다시피 우리는 어떤 일과 맞닥뜨릴지 모르고, 그래서 어떤 경우에도 흥분하지 않도록 훈련받습니다. 전시이기도 했으니 언제라도 자제력을 잃지 않는 게 중요했죠. 하지만 그 여자를 보았을 때……. 그 여자가 당한 일을 보았을 때……. 분명 그때 한 번이 아니었을 겁니다. 어쨌든 그 순간 그런 남자의 아내로 어떤 인생을 살았을지 익히 짐작할 수 있었고, 자제력을 잃었습니다. 그래서 나도 모르게 그런 행동을 하고 말았죠."

에드는 말을 멈추었다.

"전쟁 전 이 년 동안 나는 볼티모어에서 경찰로 일했어요. 그런 일을 가정 폭력이라고 부르지도 않을 때였지만, 그래도 추악하기는 마찬가지였지요. 거기서도 그런 일들이 있었고 그때도 매번 혐오감을 느꼈습니다. 그래서 보자마자 정황을 알 수 있었던 거죠. 게다가 그 사람은 보급소 물건을 훔친 절도범이었고요……. 어쨌건 그 사람은 아이슬란드 법정에서 실형을 선고받았습니다." 에드는 언덕 위의 여자를 기억에서 떨치려는 듯 말을 이었다. "중형을 받지는 않았을 겁니다. 분명히 두 달도 안 살고 나와 다시 불쌍한 마누라를 두드려 팼겠죠."

"심각한 가정 폭력이었나 보군요." 에를렌뒤르가 말했다.

"상상할 수 있는 최악이었죠. 참혹했어요, 그 여자의 모습은." 에드가 말했다. "참혹함 자체였죠. 그 집에서 무슨 일이 벌어지고 있는지 바로 알 수 있었어요. 여자분하고 이야기를 해보려고 했지만 그분은 영어를 전혀 몰랐어요. 아이슬란드 경찰에 말했더니 자기들이 할 수 있는 게 별로 없다고 하더군요. 그리고 그건 아직도 크게 변하지 않았을 겁니다."

"이름을 기억하고 계시죠? 일기에 써두시지 않았나요?" 엘린보르그가 물었다.

"아뇨, 하지만 당국에 기록이 있을 겁니다. 절도 사건 때문에요. 보급소에서 일하던 자였어요. 언덕의 캠프에서 일한 아이슬란드 일꾼 명단이 있을 겁니다. 하지만 너무 오래된 일인지도 모르겠군요."

"군인들은 어떻게 됐습니까? 미군 법정에서 실형을 선고받은 군인들요." 에를렌뒤르가 물었다.

"영창에서 실형을 살았습니다. 군수품 절도는 중범죄니까요. 그런 뒤 전선으로 파견되었어요. 그 나름의 사형선고였죠."

"범인은 전부 잡았고요?"

"그건 모릅니다. 어쨌든 절도 행위는 멈추었습니다. 재고가 정상으로 돌아왔고, 문제는 해결된 셈이었죠."

"그러면, 그 일이 저희가 찾은 뼈하고는 관련이 없다고 생각하십니까?"

"그건 제가 알 수 없는 일이에요."

"미군 동료나 영국군 중에 혹시 실종된 사람이 있었나요?"

"탈영병 말입니까?"

"아뇨. 이유 불명의 실종요. 유골이 나왔으니까요. 그게 누구일지 혹시 아실까 해서요. 어쩌면 보급소의 미군 병사였을 수도 있어요."

"그건 전혀 모르겠습니다."

그 뒤로도 그들은 한참이나 에드와 이야기를 나누었다. 소중한 일기의 도움을 받아 지난날을 되새기는 일이 에드에겐 꽤 즐거워 보였다. 이내 전시의 아이슬란드와 외국 군대의 영향으로 주제가 넘어가 대화를 이어가던 중, 에를렌뒤르가 문득 정신을 차렸다. 이렇게 시간을 낭비하면 곤란했다. 그가 일어서자 엘린보르그도 따라 일어났다. 둘 다 따뜻한 감사 인사를 건넸다.

에드가 일어나서 그들을 배웅하러 나왔다.

"절도 사실은 어떻게 발견하셨나요?" 에를렌뒤르가 문 앞에서 물었다.

"발견해요?" 에드가 되물었다.

"수사의 계기가 무엇이었습니까?"

"아, 전화가 왔어요. 누가 헌병대에 전화해서 상당한 규모의 보급소 물품이 절도되고 있다고 신고했어요."

"신고자는 누구였죠?"

"그건 알아내지 못했습니다. 끝내 알 수 없었죠."

시몬은 혼비백산한 얼굴로 어머니 옆에 서 있었고, 군인은 경악과 분노의 표정으로 빙글 돌아서더니 그리뮈르에게 걸어가서 그의 따귀를 날렸다. 어찌나 세게 때렸는지 그리뮈르가 바닥으로 굴러떨어질 정도였다.

다른 군인들은 문 앞에 꼼짝 않고 서 있었고, 따귀를 때린 사람은 그리뮈르를 내려다보며 아이슬란드 사람은 알아들을 수 없는 말로 소리를 질렀다. 시몬은 눈앞의 광경을 믿을 수 없었다. 그는 얼어붙은 채 모든 것을 보고 있는 토마스를, 이어 덜덜 떨면서 바닥에 쓰러진 그리뮈르를 보고 있는 미켈리나를, 그리고 눈에 눈물이 고여 있는 어머니를 차례차례 바라보았다.

그리뮈르는 허를 찔렸다. 아까 지프 두 대가 집 밖에 서는 소리가 났을 때, 어머니는 사람들이 자신의 멍든 눈과 터진 입술을 보지 못하도록 급히 복도로 들어갔다. 그리뮈르는 식탁에서 일어나지도 않았다. 보급소의 일당들과 함께 벌여온 좀도둑질이 발각될 거라는 걱정 따위는 전혀 없는 것 같았다. 그저 군인 친구들이 저녁에 시내에 내다 팔 물건을 보관해두려고 왔나 보다고 생각했다. 그리뮈르는 돈이 많았고, 이제 언덕을 떠나 아파트를 사야겠다느니 심지어 차도 사야겠다느니 큰소리를 치곤 했다. 물론 기분이 아주 좋을 때만이었지만.

군인들이 그리뮈르를 끌어내서 지프에 태우고 갔다. 그들의 대장, 그러니까 힘들이지 않고 그리뮈르를 때린 사람, 그리뮈르가 얼마나 힘이 센지 전혀 모르는 것처럼 그냥 앞으로 걸어가서 철썩 때린 그 사람이 어머니에게 뭐라 말을 하고 이어 작별 인사를 했는데 군인식 경례가 아니고 악수였다. 그런 뒤 그는 다른 지프를 타고 떠났다.

작은 집에 정적이 돌아왔다. 어머니는 방금 일어난 사건을 이해할 수 없는 듯 복도에 계속 서 있었다. 오직 자신의 눈에만 보이는 무언가에 시선을 고정한 채 눈을 조심조심 어루만질 뿐이었다. 그리뮈르가 바닥에 뒹구는 모습은 그들에게 처음이었다. 그가 맞아 쓰러지는 모습도 처음이었다. 누가 그에게 고함치는 모습도, 그가 그토록 무력한 모습도 처음이었다. 도대체 무슨 일이 벌어진 건지 짐작도 할 수 없었다. 어떻게 그런 일이 일어난 걸까? 왜 그리뮈르는 군인들을 두드려 패지 않았을까? 아이들은 서로를 보았다. 침묵이 무겁게 집 안을 짓눌렀다. 아이들이 어머니를 보고 있는데 옆에서 이상한 소리가 났다. 미켈리나였다. 침대에 쪼그려 앉아 있던 미켈리나가 다시 그 소리를 내더니 키득키득 웃었다. 미켈리나가 참으려 해도 웃음은 점점 커져서 킬킬거림이 되었고, 마침내 깔깔 소리로 터져 나왔다. 시몬도 미소를 지었다가 역시 소리 내서 웃었고 토마스도 뒤를 따랐다. 세 아이의 신나는 웃음소리가 맑은 봄날 집 안을 울리고 언덕으로 실려 나갔다.

두 시간 후 군용 트럭이 와서 그리뮈르와 동료들이 집 안에 은닉한 장물을 모두 실어 갔다. 트럭이 떠나자 두 소년은 언덕을 뛰어넘어가 그것이 보급소로 돌아가서 짐을 내리는 것을 지켜보았다.

시몬은 무슨 일이 일어난 건지 알지 못했고 어머니도 잘 모르는 것 같았지만, 어쨌건 그리뮈르는 감옥에 들어가서 몇 달 동안 집에 오지 못하게 되었다. 처음엔 평소와 그리 다를 것 없는 일상이었다. 그리뮈르가 없다는 사실을 아무도 실감하지 못하는 것 같았다. 적어도 한동안은 그랬다. 어머니는 언제나처럼 집안일을 했고, 그리뮈르가 불법적인 짓을 저질러 벌어들인 돈을 식구들의 생활비로 쓰는 데 죄책감을 느끼지 않았다. 얼마 후 어머니는 집에서 걸어서 삼십 분 정도 거리에 있는 귀뷔네스 농장에 일자리를 구했다.

날씨가 좋으면 두 소년은 미켈리나를 데리고 일광욕을 나갔다. 가끔은 레이니스바튼 호수로 고기를 잡으러 갈 때도 데리고 갔다. 그들이 송어를 잡아 오면 어머니가 프라이팬에 맛있게 튀겨주었다. 그들은 차츰 그리뮈르가 집에 없을 때도 느끼곤 하던 억압에서 해방되었다. 아침에 일어나는 일이 훨씬 쉬워졌고, 일상에서 걱정이 사라졌다. 저녁 시간은 낯설지만 편안한 고요 속에 흘러가, 그들은 잠이 눈꺼풀을 내리누를 때까지 이야기하고 놀았다.

하지만 그리뮈르의 부재에 누구보다 큰 영향을 받은 사람은 어머니였다. 어느 날, 그가 금방 돌아오지는 않으리라는 사실을 깨닫자 어머니는 그와 함께 쓰던 더블 침대를 깨끗이 청소했다. 매트리스를 마당으로 꺼내 바람을 쐬이고, 두드려 먼지를 떨었다. 이불들도 꺼내 두드렸고, 침구를 바꾸었다. 부엌에 커다란 욕조를 설치한 뒤 녹색 비누와 따뜻한 물로 아이들을 차례차례 목욕시킨 뒤, 자신도 머리를 감고 아직도 마지막 구타의 흔적이 남아 있는 얼굴과 몸을 씻었다. 그러고서 어머니는 조심스럽게 거울을 보면서 눈과 입을 쓰다듬었다. 여위고 고달픈 얼굴이었다. 이는 약간 튀어나왔고, 눈은 깊게 패였으며, 한 번 부러졌던 코는 미세하게 휘어 있었다.

밤이 깊자 그녀는 아이들을 모두 침대로 불러다가 거기서 넷이 함께 잤다. 그 뒤로 아이들은 늘 어머니와 함께 안방의 더블 침대에서 잤다. 미켈리나는 어머니의 오른쪽에서, 두 아들은 왼쪽에서 잠을 잤고, 모두가 행복했다.

그녀는 한 번도 그리뮈르를 보러 가지 않았다. 그가 없는 동안 그들은 그의 일을 입에 올리지 않았다.

그리뮈르가 끌려가고 얼마 지나지 않은 어느 날 아침, 군인 데이브가 낚싯대를 들고 언덕을 넘어와서 그들의 집 근처를 지나가다가 집 앞에 서 있던 시몬에게 윙크를 하고 멀리 하프라바튼 호수까지 갔다. 시몬은 그 뒤를 따라가서 어느 정도 떨어진 곳에 엎드린 채 그를 염탐했다. 데이브는 호숫가에서 하루를 보냈는데, 지난번처럼 고기가 잡히는지 어쩌는지는 신경도 쓰지 않는 듯 태평했다. 고기는 모두 세 마리를 잡았다.

저녁이 다가오자, 그는 다시 언덕을 올라 꼬리를 끈으로 묶은 물고기 세 마리를 들고 지나가다가 그들의 집 앞에 이르렀다. 무언가 망설이는 듯한 모습이었다. 어쨌건 시몬이 볼 때는 그랬다. 시몬은 먼저 집에 돌아와 부엌 창문으로 몰래 그를 내다보고 있었다. 군인은 마침내 결심을 하고 집으로 다가와서 문을 두드렸다.

시몬이 이미 어머니에게 전에 송어를 준 군인이 근처에 왔다고 귀띔한 터였다. 어머니는 밖으로 나가 그를 힐끔 본 뒤 돌아와서 거울을 보고 머리를 매만졌다. 그가 막사로 돌아가는 길에 들를 수도 있다고 생각한 모양이었다. 그래서 그가 정말로 집에 들렀을 때 그를 맞을 준비가 되어 있었다.

어머니가 문을 열자 데이브는 미소 띤 얼굴로 어머니는 알아듣지 못하는 말을 하며 생선을 건넸다. 어머니는 생선을 받아 들고 그에게 안으로 들어오라고 했다. 그는 집에 들어와 부엌에 어색하게 서 있다가 두 소년과 미켈리나에게 고개를 끄덕여 보였다. 미켈리나는 군인을 보려고 몸을 늘이고 목을 뺐다. 그 먼 길을 걸어 마침내 그들의 집 부엌에 들어선 군인은 군복 차림에 배를 뒤집어놓은 것처럼 생긴 이상한 모자를 썼는데, 모자는 집에 들어올 때 벗는 걸 잊고 있다가 당황해서 황급히 벗었다. 키는 중간 키였고, 나이는 확실히 서른이 넘어 보였다. 날렵하니 보기 좋은 손으로, 그는 뒤집힌 배를 만지작거리며 빨래를 짜듯 비틀어댔다.

어머니는 그에게 식탁 의자를 가리키고는, 그가 두 소년 옆에 앉자 커피를 만들었다. 그리뮈르가 보급소에서 훔쳐 온, 하지만 군인들이 찾아내지 못한 진짜 커피였다. 데이브는 시몬의 이름을 알고 있었고, 이제 토마스의 이름도 알아냈다. 토마스는 그에게 발음하기 쉬운 이름이었다. 그는 미켈리나의 이름을 듣고 재미있어하며 여러 번 발음했는데, 그 발음이 너무 웃겨서 모두가 웃음을 터뜨렸다. 그는 자기 이름은 데이브 웰치고, 미국의 브루클린이라는 곳에서 왔다고 했다. 자신은 사병이라고도 했다. 하지만 그들은 그의 말을 전혀 알아듣지 못했다.

"사병." 그가 다시 말했지만, 그들은 멀뚱히 바라만 볼 뿐이었다.

커피를 마신 그는 기분이 아주 좋아 보였다. 어머니는 식탁 맞은편 끝에 그를 마주 보고 앉아 있었다.

"남편분이 감옥에 계시죠. 절도죄로요." 그가 말했다.

아무런 대답이 없었다.

그는 아이들을 둘러보며 가슴에 달린 주머니에서 종이를 꺼내더니 어떻게 해야 할지 모르겠다는 듯 두 손가락으로 문질렀다. 그러다가 그것을 식탁 위로 밀어서 어머니에게 건넸다. 어머니는 그것을 집어 들어 읽더니 놀란 눈으로 그를 보고 다시 종이를 보았다. 그러곤 종이를 접어서 앞치마 주머니에 넣었다.

토마스가 어찌어찌 데이브에게 미켈리나의 이름을 다시 발음해 보라는 의사를 전했고, 그가 시키는 대로 하자 모두 웃음을 터뜨렸다. 미켈리나의 얼굴이 즐거움으로 일그러졌다.

데이브 웰치는 여름 내내 그들의 집에 꾸준히 찾아와서 아이들과 어머니와 함께 어울렸다. 그는 두 군데의 호수에서 낚시를 하고 잡은 물고기를 그들에게 주는가 하면, 보급소에서 그들에게 유용할 만한 작은 물건들을 가져다주기도 했다. 아이들과도 잘 어울려서 아이들은 그가 오는 것을 언제나 환영했다. 그는 주머니에 늘 수첩을 가지고 와서 아이슬란드어를 배우려고 했다. 그가 아이슬란드어를 말하면 그들은 데굴데굴 구르며 웃었다. 그 진지한 표정과 그의 아이슬란드어가 너무나 어울리지 않는 까닭이었다. 마치 세 살짜리가 말하는 것 같았다.

하지만 그는 배우는 속도가 빨라서 오래지 않아 그들은 서로의 말을 훨씬 쉽게 이해하게 되었다. 두 소년은 그에게 낚시하기 좋은 곳을 알려주고, 그와 함께 즐겁게 언덕을 넘어가 호수를 산책했다.

그러면서 그에게 영어도 배우고 보급소에서 들려오던 미국 노래도 배웠다.

그와 미켈리나 사이에는 특별한 관계가 형성되었다. 그는 금세 미켈리나로부터 완전한 신뢰를 얻었고, 날씨가 좋을 때면 미켈리나를 바깥에 데리고 나가서 여러 가지 새로운 것들을 시켜보았다. 그의 방식은 어머니가 하는 것과 비슷했다. 팔다리를 움직일 수 있도록 미켈리나의 몸을 잡은 채 걷게 하고, 또 이런저런 운동을 시키는 식이었다. 어느 날은 군의관을 데리고 와서 미켈리나를 살펴보게 했다. 군의관은 플래시로 미켈리나의 눈과 목구멍을 들여다보고, 머리를 돌려보고, 목과 척추를 만져보았다. 그러곤 다양한 모양의 나무 블록을 꺼내 맞는 구멍에 넣어보라고 했다. 미켈리나에겐 식은 죽 먹기였다. 식구들은 그에게 미켈리나가 세 살 때 병에 걸려 말을 잘 못하게 되었지만 다른 사람들의 말은 다 알아듣는다고 일러주었다. 글도 읽을 줄 알고 지금은 어머니에게 쓰는 법을 배우고 있다고. 군의관은 알겠다는 듯 의미심장한 표정으로 고개를 끄덕이고는 검사를 마친 뒤 데이브와 오랫동안 이야기를 나누었다. 그가 떠나자 데이브는 미켈리나의 지적 능력에 아무 문제가 없다고 알렸다. 그들이 이미 알고 있는 사실이었다. 하지만 이어서 그는 시간을 두고 꾸준히 운동을 하고 노력하면 미켈리나가 혼자서 걸을 수 있게 될 거라고 했다.

"걷는다고요!" 어머니가 의자에 털썩 주저앉았다.

"그리고 아마 말도 제대로 할 수 있게 될 거예요. 병원에 가본 적이 한 번도 없나요?" 데이브가 물었다.

"내 능력 밖의 일이에요." 어머니가 슬프게 말했다.

"미켈리나는 문제없어요. 기다려보세요." 데이브가 말했다.

어머니는 그의 말을 듣지 않고 있었다.

"그이는 끔찍한 인간이에요." 어머니가 불쑥 말했고, 아이들은 귀를 쫑긋 세웠다. 어머니가 그리뮈르에 대해 이렇게 말하는 걸 들은 적이 없었기 때문이다. "끔찍한 인간이에요. 숨 쉬고 살 가치도 없는 추악한 인간이죠. 왜 그런 사람들이 세상에 살고 있는 건지 정말 모르겠어요. 왜 그런 사람들이 멋대로 행동하며 살 수 있는 거죠? 어쩌다가 그런 사람이 태어나는 건가요? 뭐가 그 사람을 괴물로 만드는 거죠? 왜 그 사람은 그렇게 많은 세월이 지나도 여전히 짐승처럼 행동하나요? 아이들을 때리고 욕하고, 죽고 싶을 만큼 나를 두드려 패고……."

그녀는 깊은 한숨을 쉬고 미켈리나 옆에 가서 앉았다.

"그런 남자에게 맞고 사는 건 정말 부끄러운 일이에요. 그래서 나만의 세계로 사라져 아무도 거기 들이지 않죠. 내 아이들마저도. 사람들이 그 모습을 보는 게 싫고, 특히 아이들이 보는 것은 더욱 싫어요. 언제 또 이런저런 것들을 핑계로 불같이 화를 내며 매질을 퍼부을지 몰라 긴장한 채 이런저런 것에 대한 미움에 휩싸여 살고, 늘 다음번 폭행을 걱정하며 살아요. 그게 언제 닥칠지, 얼마나 지독할지, 무슨 구실을 댈지, 내가 그걸 어떻게 피할 수 있을지. 내가 잘해주려 하면 할수록 그이는 나를 미워해요. 그리고 저항하면 나를 죽도록 팰 이유가 더 생기는 거죠. 그이의 비위를 맞춰줄 방법은 세상에 없어요.

결국 모든 걸 끝내는 것만 생각하게 되죠. 방법은 중요하지 않아요. 그냥 끝나기만 바랄 뿐."

무시무시한 침묵이 내려앉았다. 미켈리나는 침대에 누워서 꼼짝하지 않았고, 두 소년은 어머니 옆에 바짝 다가앉았다. 그들은 넋을 놓은 채 어머니의 한 마디 한 마디에 귀를 기울였다. 다른 모든 것을 잊게 만든 그 오랜 고통을 어머니가 그들 앞에서 드러내는 것은 처음이었다.

"괜찮을 겁니다." 데이브가 말했다.

"내가 도와드릴게요." 시몬이 심각한 목소리로 덧붙였다.

그녀가 아이를 보았다.

"그래, 알아, 시몬. 옛날부터 알았어, 불쌍한 시몬."

하루하루가 지나는 동안 데이브는 어느새 근무 외의 모든 일상을 언덕의 가족에게 바쳤고, 아이들 어머니하고도 점점 더 많은 시간을 보내게 되었다. 집에서는 물론 레이니스바튼과 하프라바튼으로 산책을 나갈 때도 함께였다. 두 소년도 데이브하고 더 많은 시간을 보내고 싶었지만, 그는 이제 그들과 함께 낚시를 가지 않았고, 미켈리나에게도 전만큼 시간을 쓰지 않았다. 하지만 아이들은 상관하지 않았다. 어머니가 변하고 있었기 때문이다. 그들은 그것이 데이브 때문이라고 생각하며 기뻐했다.

어느 아름다운 가을날, 그러니까 그리뮈르가 헌병들에게 잡혀간 지 반년쯤 지났을 때, 시몬은 데이브와 어머니가 멀리서 집을 향해 걸어오는 모습을 보았다. 그들은 바짝 붙어 걸었고, 아무리 봐도 둘이 손을 잡고 있는 것 같았다. 하지만 곧 집이 가까워지자 그들은 손을 놓고 떨어져 섰다. 시몬은 그들이 남의 눈에 띄고 싶어 하지 않는다는 것을 깨달았다.

"어머니하고 데이브는 어떻게 하실 거예요?" 그 가을의 어느 날 해가 저물었을 때 시몬이 어머니에게 물었다. 그들은 식탁에 있었고, 토마스와 미켈리나는 카드놀이를 하는 중이었다. 데이브는 그들과 하루를 보내고 보급소로 돌아간 뒤였다. 여름 내내 공중을 맴돌던 질문이었다. 아이들은 자기들끼리 그 이야기를 수도 없이 하면서 데이브가 아버지가 되고 그리뮈르를 영원히 내쫓는 온갖 상황을 그려보았다.

"그게 무슨 뜻이니? 어떻게 하다니?" 어머니가 물었다.

"아버지가 돌아오시면요." 시몬이 말했다. 미켈리나와 토마스가 카드놀이를 멈추고 그를 바라보는 것이 느껴졌다.

"생각할 시간은 많아. 아버지는 금방 돌아오시지 않을 거니까."

어머니가 말했다.

"하지만 어떻게 하실 건데요?" 미켈리나와 토마스가 시몬과 어머니를 번갈아 살폈다.

어머니는 시몬을, 이어 다른 두 아이를 보았다.

"그분이 도와줄 거야." 어머니가 말했다.

"누구요?"

"데이브. 그분이 우리를 도와줄 거야."

"그분이 어떻게요?" 시몬은 어머니를 바라보며, 그 말뜻을 이해해보려고 했다. 어머니는 아들의 눈을 들여다보았다.

"데이브는 그런 종류의 사람을 알아. 그런 사람을 없애는 법을 알지."

"어떻게 하는 건데요?" 시몬이 다시 물었다.

"걱정할 것 없어." 어머니가 대답했다.

"데이브가 아버지를 없애준다고요?"

"그래."

"어떻게요?"

"몰라. 우리는 아는 게 적을수록 좋다고 했어. 이런 말조차 하면 안 돼. 데이브가 아버지하고 담판을 지을 수도 있어. 우리를 떠나도록. 군대에 데이브를 도와줄 친구들이 있다고 했어."

"하지만 만약 데이브가 떠나면요?"

"떠나다니?"

"아이슬란드를 떠나면요." 시몬이 말했다. "영원히 여기 살지는 않을 거잖아요. 아저씨는 군인이에요. 군인은 늘 떠나잖아요. 막사에는 새 군인들이 들어오고요. 아저씨가 떠나면요? 그러면 우리는 어떻게 해요?"

그녀는 아들을 보았다.

"방법이 생길 거야. 우리가 방법을 찾을 거야." 그녀가 낮은 목소리로 말했다.

19

시귀르뒤르 올리는 에를렌뒤르에게 전화를 걸어 엘사에게서 들은 이야기, 그러니까 베니아민의 약혼녀를 임신시킨 다른 남자가 있었다고, 하지만 그의 신원은 미상이라고 전했다. 그에 대해 한동안 대화를 나눈 뒤, 에를렌뒤르는 전직 군인 에드 헌터에게서 들은 보급소 절도 사건과 언덕에 살던 어떤 남자가 그 사건으로 체포되었다는 이야기를 꺼냈다. 에드의 말에 따르면 남자의 아내는 가정폭력의 희생자였고, 이는 회스쿨뒤르가 베니아민에게서 들었다는 이야기를 확인시켜주는 내용이라고 그는 덧붙였다.

"그 사람들은 다 옛날에 죽어서 땅속에 묻혔어요." 시귀르뒤르 올리가 지친 목소리로 말했다. "왜 우리가 그 사람들 일을 캐는지 모르겠어요. 무슨 유령 사냥 같아요. 당사자 중 직접 만나서 이야기할 수 있는 사람이 아무도 없잖아요. 모두가 유령 이야기 속 인물들일 뿐이에요.”

“언덕의 녹색 여자 말하는 거야?” 에를렌뒤르가 물었다.

“엘린보르그는 로베르트가 녹색 코트를 입은 솔베이흐의 유령을 봤다잖아요. 그러니까 이게 정말로 유령 사냥이 아니고 뭐예요?”

“하지만 산 채로 묻힌 것처럼 한 손을 공중으로 번쩍 치켜든 그 뼈의 주인이 누구인지 궁금하지 않아?”

“더러운 지하실에 이틀을 갇혀 지내고 보니 아무래도 상관없다는 심정이에요. 이 옛날이야기가 다 진절머리나요.” 시귀르뒤르 올리가 쏟아붓고 전화를 끊었다.

에를렌뒤르의 정신은 언제나처럼 에바 린드에게로 돌아갔다. 중환자실에 누워 있는 그녀는 살아남을 가망이 희박했다. 두 달 전 그의 아파트에서 그녀와 벌인 마지막 말싸움이 떠올랐다. 아직 겨울이라 눈이 많이 쌓이고 어둡고 추울 때였다. 그는 그녀와 싸우고 싶지 않았다. 화를 낼 생각도 없었다. 하지만 그녀는 한 치도 물러서지 않았다. 언제나 그랬듯이.

“아기에게 그러면 안 돼.” 그가 재차 그녀를 설득하려고 했다. 그녀는 임신 오 개월쯤 되어 보였다. 임신 사실을 깨닫고 의지를 발휘해 두 번의 시도 끝에 약물을 끊는 데 성공할 것 같았다. 그도 최대한 그녀를 도우려 했지만 사실 그건 아무 의미 없다는 것, 그들의 관계가 워낙 뒤틀려 있었기에 오히려 그가 신경을 덜 쓸수록 성공할 확률이 높다는 것을 그도 에바 린드도 알았다. 아버지에 대한 에바 린드의 태도는 모순적이었다. 그와 함께 있기를 원하면서도 그를 만나면 사사건건 시비를 걸었다.

"아빠가 뭘 알아요?" 그녀가 말했다. "아이에 대해 뭘 아냐고. 나는 아기를 낳을 수 있어요. 그리고 나 혼자 낳을 거예요."

약을 하거나 술을 마셨는지는 알 수 없었지만, 어쨌든 그가 문을 열고 안으로 들였을 때 에바 린드는 제정신이 아니었다. 그녀는 털썩 쓰러지다시피 소파에 앉았다. 지퍼를 채우지 않은 가죽 재킷 아래로 배가 제법 튀어나와서 임신 사실을 확연히 드러내고 있었다. 재킷 안에는 얇은 티셔츠 한 장뿐이었다. 바깥 기온이 영하 10도 이하인데도.

"우리가……."

"우리 같은 건 없어요." 그녀가 말을 막았다. "아빠하고 나 사이에 우리는 없다고요."

"네가 배 속의 아기를 잘 보살피기로 마음먹은 줄 알았는데. 아기한테 무슨 일이 생기지 않게 해야 돼. 아기가 약물 때문에 잘못되지 않게 노력한 건 알지만, 아무래도 너한테는 힘든 것 같구나. 아이를 제대로 돌볼 수 없을 것 같아."

"듣기 싫어요."

"여기엔 왜 왔니?"

"몰라요."

"양심 때문이지? 양심 때문에 괴롭고, 네 형편없는 처지에 대해 동정을 기대하고 온 거야. 연민의 말을 듣고 마음을 달래려고."

"맞아요. 이 집은 양심을 원할 때 찾아오는 곳이에요. 성 거지발싸개님."

"아이 이름도 지었잖아. 기억하지? 여자아이일 경우 말이야."

"내가 아니라 아빠가 지었지. 아빠는 늘 그렇게 모든 걸 결정하니까. 떠나고 싶으면 떠나잖아요. 나한테도 누구한테도 좆도 신경 안 쓰고."

"외이뒤르라고 부르기로 했잖니. 네가 원한 이름이야."

"내가 아빠의 술수를 꿰고 있다는 거 몰라요? 그 속을 훤히 들여다본다는 거 모르냐고요. 아빠 완전 쫄았잖아……. 나도 내 배 속에 뭐가 들어 있는지 알아요. 인간이 있다는 거 안다고. 굳이 알려줄 필요 없어요. 안 그래도 돼요."

"그래, 좋아." 에를렌뒤르가 말했다. "이제 너 자신 말고도 생각해야 할 사람이 더 생겼다는 걸 네가 가끔 잊는 것 같아서 그랬어. 네가 약을 하면 약 기운이 너한테만 가는 게 아냐. 아기한테도 가고 아기는 너보다 훨씬 더 망가져."

그는 말을 멈추었다.

"어쩌면 실수였을지도 모르겠구나. 낙태를 하지 않은 것 말이야."

그녀가 그를 보았다.

"더러운 인간!"

"에바……."

"엄마한테 들었어요. 아빠가 예전에 뭐라고 했는지 다 안다고."

"뭐?"

"아빠는 거짓말이라고 하겠지만, 난 알아요. 그게 진실이라는 걸."

"무슨 말을 하는 거니?"

"아빠가 거부했다고 했어요."

"뭘 거부해?"

"나를 원하지 않았다고."

"뭐라고?"

"아빠는 나를 원하지 않았어요. 엄마가 임신했을 때."

"엄마가 뭐라고 했다는 거야?"

"아빠가 나를 원하지 않았다고요."

"그건 거짓말이야."

"엄마가 낙태하길 바랐다고……."

"거짓말이야……."

"……그래서 내가 못마땅한 거지. 내가 아무리 애를 써도 늘 꾸짖고."

"그렇지 않아. 그런 일은 생각도 한 적 없어. 네 엄마가 왜 그런 말을 했는지 모르겠다만 사실이 아니야. 전혀 고려 대상이 아니었어. 그런 말을 꺼낸 일도 없어."

"아빠가 분명히 그렇게 변명할 테니 걸러 들으라고 엄마가 그랬어요."

"걸러 들어? 엄마가 언제 그런 말을 한 거냐?"

"내가 임신한 걸 알았을 때요. 아빠가 엄마에게 낙태를 권했지만 직접 물어보면 아마 펄쩍 뛸 거라고 했어요. 지금 아빠가 하는 말들, 전부 엄마가 예견한 소리예요."

에바 린드는 일어서서 문을 향해 다가갔다.

"거짓말이야, 에바. 들어봐. 엄마가 왜 그런 말을 했는지 난 모르겠다. 엄마가 날 싫어하는 건 맞지만 그 정도인지는 몰랐구나. 엄마는 너와 나 사이를 갈라놓으려고 그러는 거야. 모르겠니? 그런 짓을 하다니……. 뭐랄까, 좀…… 추악하구나. 엄마한테 그대로 전해도 돼."

"아빠가 직접 말해요. 용기가 있다면!" 에바 린드가 소리쳤다.

"너한테 그런 말을 하는 건 추악한 일이야. 우리 관계를 망치려고 거짓말을 하는 건."

"하지만 난 엄마를 믿어요."

"에바……."

"듣기 싫어요."

"그게 사실이 아닌 이유를 말해주마. 왜 내가 그런……."

"아빠 말 안 믿어!"

"에바…… 나는……."

"듣기 싫다니까. 아빠 말은 한 마디도 안 믿어요."

"그러면 여기서 나가다오." 그가 말했다.

"아, 그러셔야죠. 쫓아내세요." 그녀가 도발하듯 대꾸했다.

"나가!"

"아빠야말로 추악해!" 그렇게 소리치고 에바는 나가버렸다.

"에바!" 그가 뒤에 대고 불렀지만 그녀는 사라진 뒤였다.

그후로 두 달 동안 아무 소식도 모르고 지내다가 언덕에서 유골을 살펴보던 중 휴대전화가 울린 것이다.

에를렌뒤르는 차에 앉아 담배를 피우며 그때 자신이 달리 행동했어야 했는지, 분노가 가라앉은 뒤에 자존심을 굽히고 에바를 찾으러 나갔어야 했는지 생각해보았다. 그녀에게 네 엄마 말은 거짓이라고, 자신은 낙태를 권한 일도 없고, 권할 수도 없었다고 다시 한번 말해야 했을까. 그녀가 이런 식으로 구조 요청을 하는 일이 없도록. 그녀는 이런 일을 헤쳐나갈 만큼 성숙하지 못했다. 자신이 어떤 상황을 만들고 있는지 알지 못했고, 책임감도 없었다.

에를렌뒤르는 에바가 의식을 되찾았을 때 소식을 전해야 할 것이 두려웠다. 물론 의식을 되찾았을 때의 문제지만. 무슨 일이라도 하고자, 그는 휴대전화를 꺼내 스카르프헤딘에게 전화를 걸었다.

"좀 참고 기다리세요." 고고학자가 말했다. "전화 그만하시고요. 뼈 있는 데까지 내려가면 알아서 연락드릴 겁니다."

스카르프헤딘은 자신이 수사를 떠맡은 양 굴었고 갈수록 오만해졌다.

"그게 언제쯤입니까?"

"단언하기 어렵습니다." 그가 말했다. 그의 턱수염 속 누런 송곳니가 에를렌뒤르의 머릿속에 떠올랐다. "해봐야 알죠. 저희가 조용히 일을 할 수 있도록 맡겨주세요."

"그래도 말씀해주실 만한 게 있지 않나요? 남자입니까, 여자입니까?"

"모든 퍼즐을 푸는 열쇠는 인내심……."

에를렌뒤르는 전화를 끊었다. 그러곤 담배에 새로 불을 붙이는데 전화가 울렸다. 영국 대사관의 짐이었다. 에드와 미국 대사관 직원이 과거 보급소에서 일했던 아이슬란드 일꾼 명단을 찾아내 방금 그에게 팩스로 보냈다는 소식이었다. 영국군이 보급소를 운영하던 시절의 아이슬란드 일꾼들에 대해서는 짐이 직접 찾아보았지만 아무것도 나오지 않았다고 했다. 미국 측의 명단에는 아홉 명의 이름이 있었고, 짐이 그 이름을 에를렌뒤르에게 불러주었다. 에를렌뒤르가 들어본 이름은 없었기에, 그는 짐에게 경찰서 팩스 번호를 일러주며 그리로 명단을 보내달라고 했다.

그는 보가르로 차를 몰았다. 그러곤 에바 린드를 찾아 들어갔던 지하 아파트 근처에 이르러 지난번처럼 약간 떨어진 곳에 차를 세웠다. 거기 숨어 기다리면서 이 집에 사는 남자가 하듯이 아내와 아이를 대하는 이들, 그리고 그런 행동의 이유에 대해 생각해보았지만, 결국 결론은 언제나와 똑같았다. 그저 그들이 바보라는 것. 자신이 그 남자를 뭘 어쩌고 싶은지도 분명치 않았다. 차에 앉아 그를 염탐하는 것 이상의 의도가 있는지 어쩐지도 몰랐다. 하지만 등에 담뱃불 자국이 있는 아이의 기억을 떨칠 수가 없었다. 남자가 아이에게 아무 짓도 하지 않았다고 잡아떼는데다 여자도 남자의 편을 드는 바람에 당국은 아이를 격리시키는 이상의 조치를 취할 수 없었다. 남자의 사건은 검찰로 넘어가 있었다. 어쩌면 기소될 수 있었지만, 그러지 않을 수도 있었다.

에를렌뒤르는 자기 앞의 선택지들을 생각해보았다. 몇 개 되지 않았고, 모두 좋은 생각이 아니었다. 그가 에바 린드를 찾아 그 아파트로 간 날, 그래서 등에 담뱃불 자국이 있는 아기를 본 그날 남자가 집에 돌아왔다면 에를렌뒤르는 그 포악무도한 자를 때렸을 것이다. 하지만 그 뒤로 며칠이 지난 지금에 와서 무턱대고 그를 때릴 수는 없는 노릇이었다. 그럼에도 그가 가장 하고 싶은 일은 바로 그것, 그에게 똑바로 다가가 주먹을 날리는 일이었다. 그에게 말은 통하지 않을 것이다. 그런 남자들은 말로 하는 협박은 우습게 여긴다. 그냥 에를렌뒤르의 면전에 대고 비웃음을 보내리라.

차에 앉아 담배를 피우며 두 시간을 보냈지만, 그동안 그 건물에 들어가는 사람도, 거기서 나가는 사람도 볼 수 없었다.

결국 그는 포기하고 딸이 있는 병원으로 갔다. 이 일을 모두 잊을 생각이었다. 그가 잊어야 했던 과거의 수많은 일들처럼.

20

엘린보르그는 경찰서에 도착해 시귀르뒤르 올리의 전화를 받았다. 베니아민의 약혼녀가 다른 남자의 아이를 임신했고, 그래서 약혼이 깨졌다는 소식이었다. 게다가 작은딸 바라의 말과 달리, 솔베이흐의 아버지는 큰딸의 실종 전이 아니라 실종 후에 목을 맸다고.

엘린보르그는 국립통계청에 들러서 사망증명서들을 살펴본 뒤 그라바르르보귀르로 갔다. 그녀는 거짓말을 싫어했고, 특히 거만하고 돈 많은 여자들의 거짓말을 싫어했다.

엘린보르그가 엘사의 말, 그러니까 솔베이흐가 다른 누군가의 아이를 임신했다는 이야기를 전할 때도 바라의 딱딱한 얼굴에는 변화가 없었다.

"이런 이야기를 들으신 적 있나요?" 엘린보르그가 물었다.

"우리 언니가 문란했다는 이야기요? 아뇨, 처음 듣는 소립니다.

그리고 왜 이제 와서 이런 이야기를 제게 하시는지 모르겠군요. 이해가 안 가요. 언니의 영면을 방해하지 말아주세요. 언니가 왜 이런 뒷소문을 들어야 하죠? 그…… 엘사라는 여자는 어디서 그런 이야기를 들은 겁니까?"

"어머니에게서 들었답니다." 엘린보르그가 말했다.

"어머니는 베니아민에게서 들었고요?"

"네, 하지만 평생 아무에게도 말하지 않다가 죽기 직전에야 털어놓았다고 했어요."

"그 집에서 언니의 머리카락이 나왔나요?"

"네, 나왔습니다."

"그러면 그걸 뼈하고 같이 검사할 건가요?"

"아마도요."

"그러니까 베니아민이 언니를 죽였다고 생각하시는 거군요. 그 샌님이 약혼녀를 죽였다고요. 그건 말도 안 돼요. 불가능한 일이에요. 어떻게 그런 생각을 할 수 있는지 모르겠네요."

바라는 말을 멈추고 생각에 잠겼다.

"이 이야기가 신문에 날까요?" 그녀가 물었다.

"모르겠습니다. 뼈 이야기는 뉴스를 많이 탔죠." 엘린보르그가 말했다.

"우리 언니가 살해되었다는 이야기 말이에요."

"그런 결론이 나온다면요. 혹시 누가 아이 아버지였을지, 짐작 가는 사람은 없나요?"

"베니아민밖에 없어요."

"다른 남자 이야기는 없었고요? 언니분이 다른 남자 이야기는 전혀 하지 않았나요?"

바라는 고개를 저었다.

"우리 언니는 단정치 못한 여자가 아니었어요."

엘린보르그는 목을 가다듬었다.

"선생님은 아버님이 언니의 실종 전에 자살하셨다고 말씀하셨죠."

그들은 잠시 서로를 바라보았다.

"이제 가주셔야 될 것 같네요." 바라가 일어서면서 말했다.

"아버님 이야기를 꺼낸 건 제가 아닙니다. 통계청에서 그분의 사망 기록을 확인해봤어요. 사람과 달리 통계청은 거짓말을 하는 일이 드물죠."

"형사님과는 더이상 할 말이 없습니다."

바라가 말했지만 지금까지의 거만한 태도는 사라져 있었다.

"선생님이 먼저 아버님 이야기를 꺼낸 것은 그 이야기를 하고 싶었기 때문이라고 생각하는데요. 그러니까, 마음 깊은 곳에서요."

"닥쳐요! 지금 내 심리를 분석하는 건가요?" 그녀가 쏘아붙였다.

"아버님은 언니가 실종되고 여섯 달 뒤에 돌아가셨어요. 그분의 사망 기록에 자살이라는 말은 없습니다. 사망 원인이 없어요. 어쩌면 너무 고귀한 분이라 자살이라는 말을 쓸 수 없었는지도 모르겠지만요. 자택에서 갑자기 사망했다고만 적혀 있더군요."

바라는 엘린보르그에게 등을 돌렸다.

"진실을 말씀해주실 수 있나요?" 엘린보르그도 자리에서 일어나 말했다. "아버님이 그 일에 무슨 관련이 있었죠? 선생님은 왜 아버님 이야기를 꺼냈고요? 솔베이흐를 임신시킨 사람이 누구입니까? 혹시 그분인가요?"

대답은 돌아오지 않았다. 침묵이 무겁게 그들을 짓눌렀다. 엘린보르그는 넓은 거실을 둘러보며 아름다운 장식품들과 그들 부부의 초상화, 값비싼 가구, 검은 피아노와 눈에 잘 띄는 곳에 걸린, 바라가 진보당 당수와 함께 찍은 사진을 보았다. 정말 공허한 인생이라는 생각이 들었다.

"비밀이 없는 집안은 없지 않나요?"

여전히 엘린보르그에게 등을 돌린 채, 마침내 바라가 입을 열었다.

"아마 그렇겠죠." 엘린보르그가 말했다.

"아버지는 아니에요." 바라가 머뭇머뭇 말을 이었다. "내가 왜 아버지의 죽음에 대해 거짓말을 했는지 모르겠어요. 그냥 입에서 튀어나왔어요. 내 심리를 분석하시겠다면, 마음 깊은 곳에서 형사님께 모든 걸 털어놓고 싶었다고 해도 좋을 거예요. 비밀을 너무도 오래 간직해서 솔베이흐 언니 이야기를 듣는 순간 수문이 열려버렸다고요. 저도 모르겠네요."

"그러면 누구였나요?"

"사촌이에요. 큰아버지의 아들, 플리오트에 살았죠. 언니가 여름이면 그 집에 자주 놀러 갔는데 그해 여름에 일이 생겼죠."

"식구들은 어떻게 알았어요?"

"돌아온 언니가 완전히 달라져 있었어요. 어머니는…… 즉시 문제를 알아차렸고, 물론 오래 감출 수도 없었을 거예요."

"언니가 어머니에게 말했나요?"

"네, 그래서 아버지가 북부로 갔죠. 그 일에 대해 더이상은 몰라요. 아버지가 돌아오신 뒤 사촌은 외국으로 나갔어요. 제가 들은 바로는 그래요. 할아버지는 큰 농장을 운영하셨고, 자식은 아들만 둘이었어요. 우리 아버지는 여기 남부로 이주해서 사업으로 부를 이루고 지역의 유지가 되었죠."

"그후로 사촌은 어떻게 됐나요?"

"딱히 별다른 일은 없었어요. 언니 말로는 그 남자가 강제로 한 거랬어요. 그러니까 강간당했다고요. 부모님은 어떻게 해야 할지 몰랐고, 고발을 원하지도 않았죠. 번거로운 재판 과정과 소문이라는 부담 때문에요. 사촌은 몇 년 뒤에 돌아와 여기 레이캬비크에 정착했어요. 결혼도 했고요. 죽은 지 한 이십 년 됐어요."

"솔베이흐와 아기는요?"

"식구들은 언니에게 낙태를 하라고 했지만 언니가 거절했어요. 아기를 지우지 않겠다고요. 그러다가 어느 날 사라진 거예요."

바라는 돌아서서 엘린보르그를 보았다.

"보시다시피 그해 여름 언니의 플리오트 여행은 우리 가족을 완전히 망가뜨렸어요. 내 평생에 그림자를 드리웠죠. 가족의 자존심을 지키려고 거짓말을 하며 살았으니까요. 일종의 금기랄까, 우리는 그 일에 대해 아무것도 이야기할 수 없었어요. 어머니의 철칙이었죠. 어머니가 나중에 베니아민에게 그 일을 전하고 자초지종을 설명했어요. 그렇게 해서 언니의 죽음은 언니만의 일로 덮었죠. 언니의 비밀과 언니의 선택도요. 우리는 아무 문제 없다, 깨끗하고 점잖은 사람들이다, 언니가 미쳐서 바다에 몸을 던진 거다, 하고요."

엘린보르그는 바라를 응시했다. 평생을 거짓말 속에 살았을 그녀에게 갑자기 연민이 느껴졌다.

"언니가 혼자 한 일이있어요. 우리하고는 상관없는, 언니만의 문제였어요."

엘린보르그가 고개를 끄덕였다.

"언덕에 있는 건 언니가 아니에요. 언니는 바다 밑에 있어요. 육십 년의 잔혹한 세월 내내 거기 있었어요."

에를렌뒤르는 의사와 이야기를 나눈 뒤 에바 린드의 옆에 앉았다. 의사는 계속 같은 말을 했다. 그녀의 상태에 아무 변화가 없고 오직 시간만이 결과를 알려줄 수 있다는 말이었다. 그는 딸의 침대 옆에 앉아서 이번에는 무슨 이야기를 할까 생각했지만 갈피가 잡히지 않았다.

시간이 흘러갔다. 중환자 병동은 조용했다. 이따금 의사가 지나가거나 부드러운 흰색 구두를 신은 간호사가 리놀륨 바닥에 삑삑 소리를 울리며 오갔다.

그 삑삑 소리.

에를렌뒤르는 딸을 바라보다가, 이내 자기도 모르게 낮은 목소리로 어느 실종자의 이야기를 하기 시작했다. 그가 오랫동안 궁금해한 사람, 그 오랜 세월이 지난 지금까지도 완전히 이해하지 못한 사람의 이야기를.

한 소년이 있었다. 그는 부모와 함께 레이캬비크로 이주했지만 늘 시골집을 그리워했다. 소년은 너무 어려서 식구들이 도시로 이

사한 이유를 이해하지 못했다. 사실상 그곳은 도시라기보다 바닷가의 작은 마을 정도였지만 말이다. 부모님의 결정이 여러 가지 복합적인 요인에서 나온 결과였음을 그는 나중에야 알게 되었다.

새집은 처음부터 이상했다. 시골에서는 단순하게, 서로 고립되어 살았다. 따뜻한 여름과 혹독한 겨울이 있었고, 수 세기에 걸쳐 시골 곳곳에서 지독한 가난 속에 산 친척들의 이야기가 있었다. 그들은 소년의 영웅이었다. 그는 수십 년에 걸쳐 입에서 입으로 전하는 일상적인 이야기를 통해 그들을 알았다. 위험한 여행과 재난의 이야기도 있었고, 너무 우스워서 이야기하던 사람이 숨이 넘어갈 정도로, 혹은 기침을 하고 허리를 접고 침을 튀기고 몸을 떨며 웃어대곤 하는 이야기도 있었다. 모두 그가 함께 살고 잘 알았던 사람들, 또는 대대손손 시골에서 살아온 사람들, 삼촌과 조카, 할머니와 증조할머니, 할아버지와 증조할아버지 들의 이야기였다. 그는 이야기 속 인물들을 모두 알았고, 오래전에 죽어 교회 묘지에 묻힌 사람들도 알았다. 아기를 받아주려고 얼음이 흐르는 강물을 두 발로 건너간 산파들, 눈보라 속에서 초인적인 힘으로 가축을 구한 농부들, 양 우리로 가다가 길에서 얼어 죽은 농장 일꾼들. 술에 취한 성직자들, 유령과 괴물들까지, 이야기 속 삶들은 소년의 삶의 일부였다.

부모가 도시로 이주했을 때 그는 그 모든 이야기를 가지고 왔다. 그들은 전시에 영국군이 도시 외곽에 지은 목욕탕을 사서 조그만 집으로 개조했다. 그들의 형편으로는 그 이상을 구할 수 없었다. 도시 생활은 아버지에게 맞지 않았다. 심장이 약했던 그는 이사하고 얼마 지나지 않아 죽었다. 어머니는 목욕탕 집을 팔고 항구 근처에 좁은 지하 아파트를 산 뒤 생선 공장에 취직했다. 의무교육을 마친 아들은 무슨 일을 해야 할지 몰랐다. 건설 현장에서 막노동도 하고 어선도 타보았다. 그러던 중 경찰 모집 공고를 보았다.

그는 더이상 이야기를 듣지 못했다. 그의 사람들은 모두 떠나고, 잊히고, 인적 끊긴 농촌 지역에 묻혔다. 그러다가 그는 연고 없는 어느 도시로 흘러들었다. 자신이 도시에 맞지 않는다는 것은 알았지만, 사실 자기가 어떤 사람인지 잘 알 수가 없었다. 그는 늘 다른 삶을 열망했고, 그랬기에 불안하고 불편했다. 그러다 어머니가 돌아가시자 자신과 과거를 이어주는 마지막 연결 고리가 사라졌음을 느꼈다.

그는 댄스홀에 다녔다. 그중 글뢰임바에르라는 곳에서 한 여자를 만났다. 다른 여자들도 알았지만 가벼운 만남 이상은 없었다. 이 여자는 달랐다. 좀더 꾸준했다. 그는 여자가 주도권을 갖고 있다고 느꼈다. 모든 일이 너무 빨리 진행되어 뭐가 어떻게 되는 건지도 알 수 없었다. 그는 별생각 없이 그녀의 요구를 채워주었고, 그러다 보니 어느새 그녀와 결혼해서 딸이 생겼다. 그들은 작은 아파트에 세를 얻었다. 그녀는 밝은 미래를 꿈꾸었다. 아이를 더 낳고 좋은 아파트를 사서 이사 가는 계획에 대해 이야기했다. 기대감으로 부푼 목소리를 듣자니, 스스로가 이제 걱정할 것 하나 없는 안전한 인생길에 들어섰다고 생각하는 것 같았다. 그는 아내를 바라보았다. 자신이 이 여자를 전혀 모른다는 생각이 들었다.

그들은 둘째를 낳았고, 그녀는 차츰 자신과 남편의 사이가 가까워지지 않는다는 점을 깨달았다. 아들이 세상에 태어났을 때도 그는 다시 아버지가 되었다는 사실에 약간의 기쁨만을 느낄 뿐이었다. 이미 그전부터 이 상황을 끝내고 싶다고, 떠나고 싶다고 말하기 시작한 터였다. 다른 여자가 있냐는 아내의 물음에 그는 질문을 이해하지 못한 채 멍한 얼굴로 그녀를 바라보았다. 그런 생각은 해본 적도 없었다. "분명 다른 여자가 있는 거야." 그녀가 말했다. "그런 게 아냐." 그가 말했다. 그러곤 자신의 느낌과 생각을 설명하려 했지만 그녀는 듣지 않았다. 아이를 둘이나 낳았는데, 그는 어떻게 떠난다는 얘기를 할 수 있는 것일까? 그들을. 아이들을.

아이들. 에바 린드와 신드리 스나에르. 그녀가 지은 이름이었다. 그는 아이들을 자신의 일부로 여기지 않았다. 그러나 부성애는 못 느낄지언정 자신에게 주어진 책임은 인지하고 있었다. 아이들에 대한 의무는 아이들 엄마와도, 또 두 사람의 관계와도 아무 상관이 없었다. 그는 아이들의 양육비를 주겠다고 말하며 우호적으로 이혼하자고 했다. 그녀는 에바 린드를 안으면서 우호적인 이혼은 없다고 말했다. 그는 그녀가 아이들을 이용해 자신을 붙잡으려 한다는 인상을 받았고, 이 여자와는 살 수 없다는 결심만 더 강해졌다. 처음부터 모든 것이 실수였다. 오래전에 행동을 취했어야 했다. 자신이 무슨 생각으로 거기까지 갔는지 알 수 없었지만 이제 끝내야 했다.

그가 일주일이나 한 달에 한 번씩 아이들을 만나게 해달라고 하자 그녀는 단칼에 거절하며, 자신과 헤어지면 아이들도 다시 볼 수 없을 거라고 말했다. 그런 일은 절대로 허락하지 않을 거라고.

그런 뒤 그는 사라졌다. 아직 기저귀를 차고 있는 두 살배기 여자 아이의 인생에서. 아기는 고무젖꼭지를 쥔 채 그가 나가는 모습을 바라보았다. 깨물면 삑삑 소리가 나는 작고 하얀 고무젖꼭지였다.

"우리는 잘못된 방식으로 문제를 풀어가고 있어." 에를렌뒤르가 말했다.

그 삑삑 소리.

그는 고개를 숙였다. 간호사가 다시 지나가는 모양이었다.

"그 남자가 어떻게 됐는지는 모르겠구나." 에를렌뒤르가 딸의 얼굴을 보며 들릴 듯 말 듯 한 목소리로 말했다. 딸의 모습은 그가 본 어느 때보다 평화로웠다. 윤곽도 또렷했다. 그는 그녀의 생명 유지 장치들을 보고 다시 바닥을 내려다보았다.

이런 식으로 한참 시간이 흐른 뒤, 그는 일어나 그녀의 이마에 입을 맞추었다.

"그 남자는 사라졌고, 오래전부터 지금까지 계속 실종 상태야. 앞으로도 그자를 찾을 수 있을지 모르겠다. 네 잘못은 아니야. 그건 네가 세상에 오기 전에 일어난 일이니까. 그자는 아마 자신을 찾는 모양인데 왜 그걸 찾는지, 아니 정확히 무얼 찾는지 스스로도 모르는 것 같아. 아마 끝내 찾지 못하겠지."

그는 에바 린드를 내려다보았다.

"네가 도와주지 않는다면."

침대 맡 테이블의 램프 불빛 속에서 그녀의 얼굴은 차가운 가면 같았다.

"네가 그자를 찾고 있다는 거 알아. 그리고 그자를 찾을 수 있는 사람이 있다면 그건 바로 너라는 것도."

그가 떠나려고 돌아서는데, 전처 하들도라가 문 앞에 서 있었다. 언제부터 거기 있었는지 알 수 없었다. 그가 에바 린드에게 한 이야기를 얼마나 들었을까? 그녀는 지난번처럼 트레이닝복 위에 갈색 코트를 입었는데, 이번에는 킬힐 구두까지 신어서 전체적으로 좀 우스꽝스러운 차림이었다. 에를렌뒤르는 이십여 년 만에 처음으로 그녀를 제대로 보았고, 그동안 그녀가 얼마나 나이 들었는지 알 수 있었다. 이목구비는 날카로움을 잃고, 뺨은 투실해졌으며, 이중턱이 생겨나고 있었다.

"왜 에바 린드에게 낙태가 어쩌고 하는 거짓말을 했지?" 그의 마음에 분노가 차올랐다.

"그냥 나가줘." 하들도라가 말했다. 그녀의 목소리도 늙었다. 꺼칠했다. 담배를 너무 많이, 너무 오래 피운 것이다.

"애들한테 또 무슨 거짓말을 했어?"

"나가." 그녀가 문에서 비켜서면서 말했다.

"하들도라……."

"나가, 제발. 나 좀 편하게 해줘."

"우리 둘 다 아이들을 원했잖아."

"그게 후회되지는 않고?" 그녀가 물었다.

에를렌뒤르는 그 말뜻을 이해하지 못했다.

"아이들이 세상에 올 권리가 있었다고 생각해?"

"왜 이래? 당신 왜 이렇게 된 거야?"

"그만 나가. 당신은 떠나는 거 잘하잖아. 그러니까 나가라고! 이 아이랑 조용히 있게 해줘."

에를렌뒤르는 그녀를 바라보았다.

"하들도라……."

"말했잖아, 나가." 그녀가 목소리를 높였다. "여기서 나가, 당장! 당신이 옆에 있는 거 싫어! 다시는 보고 싶지 않아!"

에를렌뒤르가 그녀를 지나쳐 병실을 나가자 등 뒤로 문이 닫혔다.

21

그날 저녁 내내 시귀르뒤르 올리는 베니아민의 지하실을 뒤졌지만 언덕 위 샬레의 세입자들에 대한 추가 정보는 나오지 않았다. 상관없었다. 그저 그 일에서 달아날 수 있다는 사실에 안도할 뿐이었다. 집에 가니 베르그소라가 기다리고 있었다. 레드 와인을 사와 부엌에서 마시는 중이었다. 그녀가 잔을 하나 더 가져다가 그에게 건넸다.

"나는 에를렌뒤르하고 달라. 나에게 그런 악담은 하지 마." 시귀르뒤르 올리가 말했다.

"하지만 그 사람처럼 되고 싶어 하잖아." 베르그소라가 말했다. 그녀는 파스타를 만들고 있었고, 식당엔 촛불까지 켜두었다. 결행을 위한 세팅이로군. 시귀르뒤르 올리는 생각했다.

"남자들은 다 그 사람처럼 되고 싶어 하지." 베르그소라가 말했다.

"무슨 소리야?"

"간섭받지 않고 사는 거 말이야."

"그렇지 않아. 에를렌뒤르가 얼마나 청승맞게 사는지 너는 몰라."

"어쨌건 나는 우리 문제를 해결해야겠어." 베르그소라가 시귀르뒤르 올리의 잔에 와인을 따르며 말했다.

"좋아, 우리 문제를 해결해보자고." 시귀르뒤르 올리는 베르그소라처럼 현실적인 여자를 만난 적이 없었다. 이 자리가 그들 인생의 사랑을 논하는 자리가 될 것 같지는 않았다.

"우리가 같이 산 지 벌써 삼사 년 되었는데, 아무 진전도 없이 늘 제자리야. 내가 관계의 진척을 암시하는 말만 꺼내도 너는 인상을 써. 우리는 돈도 아직 따로 관리해. 정식 교회 결혼식은 불가능해 보이는데, 나는 다른 결혼식은 별로 하고 싶지 않아. 우리는 동거 등록도 안 했고, 아이를 갖는 것도 너한테는 외부은하만큼이나 까마득한 이야기야. 그래서 내가 묻겠어. 이제 남은 게 뭐지?"

베르그소라의 어조에 분노의 기미는 없었다. 그녀는 그저 그들 관계의 성격과 진행 방향을 알고자 할 뿐이었다. 시귀르뒤르 올리는 이 점을 이용해서 사태의 악화를 막아보려 했다. 베니아민의 지하실에서 단순 작업을 하는 동안 방법을 생각할 시간은 많았다.

"우리가 남았지. 우리 둘이." 시귀르뒤르 올리가 말했다.

그는 CD를 찾아 플레이어에 넣고 베르그소라가 관계의 진척 운운하며 압박하기 시작할 때부터 계속 머리에 맴돌던 음악을 틀었다. 메리앤 페이스풀이 루시 조던을 노래한 곡이었다. 주부인 루시 조던은 서른일곱의 나이에 스포츠카를 타고 바람에 머리를 날리며 파리 시내를 달리는 꿈을 꾸었다.

"우리 그 이야기를 한 지 꽤 오래됐지." 그가 말했다.

"뭘?" 베르그소라가 말했다.

"여행 말야."

"프랑스 여행?"

"그래."

"시귀르뒤르……."

"파리로 가서 스포츠카를 빌리자." 시귀르뒤르 올리가 말했다.

에를렌뒤르는 한 치 앞을 볼 수 없는 눈보라에 갇혀 있었다. 눈이 온몸을 때리고 얼굴을 휘갈겼으며, 추위와 어둠이 사방을 감쌌다. 그는 폭풍에 용감하게 맞섰지만 한 발짝도 움직이지 못했다. 바람에 등을 돌린 채 몸을 웅크리자 몸에 눈이 쌓이는 게 느껴졌다. 죽음이 임박했고, 그가 할 수 있는 일은 없었다.

눈보라를 뚫고 한참 동안 전화벨 울리는 소리가 들려오더니 갑자기 날씨가 개고 폭풍의 포효가 가라앉았고, 그는 자기 집 의자에서 번쩍 깨어났다. 책상 위의 전화가 점점 더 큰 소리로 무자비하게 울어대고 있었다.

그가 뻣뻣하게 일어나서 전화를 받으려는 순간, 벨 소리가 멈추었다. 전화기를 내려다보며 다시 울리기를 기다렸지만 그걸로 끝이었다. 전화기는 구형이라 발신자 표시가 되지 않았고, 에를렌뒤르는 누구의 전화였는지 알 수 없었다. 아마 진공청소기를 사면 토스터를 사은품으로 주겠다는 광고 전화였으리라. 어쨌거나 그는 자신을 눈보라에서 끌어내준 텔레마케터가 고마웠다.

그는 부엌으로 들어갔다. 저녁 8시였다. 밝은 봄날의 저녁 빛을 차단하려고 커튼을 쳐두었지만, 빛은 이 구석 저 구석으로 뚫고 들어와 어두운 아파트 곳곳에 먼지 가득한 빛줄기를 뿌리고 있었다. 봄과 여름은 에를렌뒤르의 계절이 아니었다. 너무 밝고 경박했다. 그는 무겁고 어두운 겨울을 좋아했다. 부엌에는 먹을 것이 전혀 없었다. 그는 식탁에 앉아 턱을 손에 괴었다.

아직도 잠기운으로 정신이 멍했다. 병원에서 6시쯤 돌아와 의자에 앉아 있다가 그만 선잠이 들어 8시까지 잔 것이다. 그는 꿈속의 눈보라를 생각하고, 죽음을 기다리던 자신이 어떻게 거기서 돌아왔는지를 떠올렸다. 자주 꾸는 꿈이었다. 버전도 다양했지만 언제나 무자비한 눈보라에 온몸이 꽁꽁 얼면서 끝났다. 전화로 잠이 깨지 않았다면 꿈이 어떻게 흘러갔을지는 뻔했다.

다시 전화가 울렸다. 잠시 받지 말까 하는 생각이 들었지만 결국 그는 자리에서 일어나 거실에 들어가서 수화기를 들었다.

"여보세요? 에를렌뒤르 씨 되십니까?"

"네." 에를렌뒤르가 목을 가다듬으며 말했다. 누구의 목소리인지 바로 알 수 있었다.

"영국 대사관의 짐입니다. 댁으로 전화드려서 죄송합니다."

"조금 전에 전화하셨던 게 선생님인가요?"

"조금 전요? 아니요. 지금 처음 거는 겁니다. 방금 에드와 통화했는데 형사님께 연락을 드려야 할 것 같아서요."

"새로운 게 나왔나요?"

"에드가 그 사건을 계속 조사중인데, 형사님이 내용을 알아두셔야 할 듯합니다. 그분이 미국에 전화를 하고, 일기를 살펴보고, 사람들하고 이야기를 해본 끝에 보급소의 밀고자가 누구였는지 알아낸 것 같답니다."

"누구였나요?"

"그건 얘기하지 않았습니다. 그저 형사님께 연락해서 전화를 부탁드려달라고 하더군요."

"오늘 밤에요?"

"네, 아니, 내일 아침에요. 내일 아침이 낫겠네요. 지금은 아마 주무실 겁니다. 일찍 주무신다고 했어요."

"밀고자는 아이슬란드인인가요?"

"그분이 직접 말씀드릴 겁니다. 이만 끊겠습니다. 휴식을 방해해서 죄송합니다."

에를렌뒤르가 전화기 옆에 가만히 서 있는데 다시 벨이 울렸다. 스카르프헤딘이었다. 그는 아직 언덕에 있었다.

"내일 뼈를 발굴할 겁니다." 스카르프헤딘이 다짜고자 본론부터 말했다.

"그럴 때가 되고도 남았죠. 조금 전에 전화했던 분이 교수님인가요?" 에를렌뒤르가 물었다.

"네, 지금 집에 들어오신 겁니까?"

"네." 에를렌뒤르는 거짓말을 했다. "무슨 단서라도 나왔나요?"

"아뇨, 없습니다. 제가 전화를 드린 건……. 아, 네, 안녕하세요. 제가 도와드리죠. 됐네요……. 여보세요? 죄송합니다. 무슨 이야기 중이었죠?"

"내일 뼈를 발굴하실 거라고 했습니다."

"네, 저녁 무렵에요. 시신이 거기 묻힌 사정에 대해서는 아직 아무 실마리가 없습니다. 뼈 아래쪽에서 뭐가 나올지도 모르죠."

"그러면 내일 봅시다."

"안녕히 계세요."

에를렌뒤르는 수화기를 내려놓았다. 아직도 잠기운이 남아 있었다. 에바 린드가 떠오르면서, 자신이 한 말의 한 조각이라도 그녀에게 가닿았을까 하는 궁금증이 들었다. 이어 수십 년이 지난 지금까지도 여전히 자신을 미워하고 있는 하들도라에게도 생각이 미쳤다. 만약 그때 떠나지 않았으면 자신과 그들의 인생이 어떻게 되었을까 하는, 골백번도 더 해본 생각도 다시 떠올랐다. 한 번도 결론을 얻은 적이 없는 생각이었다.

그는 멍하니 허공을 응시했다. 저녁 햇살이 거실 커튼 곳곳을 뚫고 들어와 실내의 어둠에 밝고 길쭉한 상처를 냈다. 그는 커튼을 들여다보았다. 두꺼운 코르덴 재질로 바닥까지 길게 내려오는 커튼이었다. 봄철의 환한 빛을 막기 위한 두꺼운 녹색 커튼.

안녕하세요.

안녕하세요.

제가 도와드리죠.

에를렌뒤르는 커튼의 녹색을 들여다보았다.

뒤틀려.

녹색.

"혹시 스카르프헤딘이……." 에를렌뒤르는 벌떡 일어나서 수화기를 집어 들었다. 스카르프헤딘의 휴대전화 번호가 기억나지 않아 다급하게 전화번호 안내 서비스에 전화를 걸었다. 그러고서야 마침내 고고학자와 연결이 되었다.

"스카르프헤딘?" 그가 전화기에 대고 소리쳤다.

"네? 또 형사님인가요?"

"조금 전에 안녕하세요 하고 인사한 사람이 누군가요? 교수님이 도와주겠다고 한 사람 말입니다."

"네?"

"누구하고 말씀을 나누셨던 거죠?"

"왜 이렇게 흥분하시는 겁니까?"

"거기 다른 사람이 있습니까?"

"제가 인사한 사람 말씀입니까?"

"이건 영상 전화가 아니고, 저는 교수님 모습을 볼 수 없어요. 그런데 통화중에 교수님이 누군가에게 인사를 했잖습니까. 거기, 교수님 곁에 있는 사람이 누굽니까?"

"제 곁에 있지는 않고요, 다른 데로 갔어요. 잠깐만요, 작은 나무들 앞에 서 있네요."

"작은 나무? 까치밥나무 말씀인가요? 그 사람이 까치밥나무 앞에 서 있다고요?"

"네."

"어떻게 생긴 사람입니까?"

"여자고……. 혹시 아시는 분입니까? 왜 이렇게 흥분하시는 거죠?"

"그 여자가 어떻게 생겼나요?" 에를렌뒤르는 마음을 가라앉히려 애쓰면서 다시 물었다.

"흥분하지 마세요."

"나이는요?"

"칠십 대, 아니 팔십 대 같아요. 잘 모르겠습니다."

"옷은 어떻게 입고 있죠?"

"긴 녹색 코트를 입었어요, 발목까지 오는. 키는 저하고 비슷한데, 몸이 불편하네요."

"몸이 어떻게 불편합니까?"

"다리를 접니다. 아니 그 이상입니다. 그러니까, 그게……."

"뭐요? 뭡니까? 뭐라고 말씀하시려고 했죠?"

"뭐라고 설명해야 할지 모르겠는데……. 뭔가…… 몸이 뒤틀린 것 같아요."

에를렌뒤르는 전화기를 탕 내려놓고 봄날 저녁 속으로 달려 나갔다. 서두르느라 스카르프헤딘에게 어떻게 해서든 그 여자를 언덕에 잡아놓으라고 말하는 것을 잊고 말았다.

데이브가 며칠 그들을 찾아오지 않는 사이, 그리뮈르가 돌아왔다.

가을이 칼날 같은 북풍을 몰고 왔고, 땅에는 눈이 얇게 깔렸다. 언덕은 지대가 높아서 이제 레이캬비크가 서서히 도시의 꼴을 갖추어가는 저지대에 비해 겨울이 빨리 왔다. 시몬과 토마스는 아침에 스쿨버스를 타고 레이캬비크에 갔다가 저녁때 돌아왔다. 어머니는 날마다 귀뷔네스에 가서 젖소를 돌보는 등 이런저런 농장 일을 도왔다. 어머니는 아들들보다 일찍 나섰지만, 그들이 하교했을 때는 언제나 집에 와 있었다. 미켈리나는 낮 동안 집에 혼자 남아 지루함에 몸을 비틀었다. 그러다 어머니가 일을 마치고 오면 기뻐서 어쩔 줄을 몰랐고, 시몬과 토마스까지 돌아와 교과서를 구석에 던지면 기쁨은 더욱 커졌다.

데이브는 그들의 집을 꾸준히 찾아왔다. 어머니와 데이브의 의사소통은 갈수록 수월해졌고, 그들은 아이들이 방해하지 않기만을 바라며 식탁에 오래도록 앉아 있곤 했다. 때로 정말로 둘만 있고 싶으면 방에 들어가서 문을 닫기도 했다.

시몬은 때로 데이브가 어머니의 뺨을 쓰다듬고 얼굴에 떨어진 머리카락을 뒤로 넘겨주는 모습, 그리고 어머니의 손을 쓰다듬는 모습을 보았다. 그들은 레이니스바튼 호숫가와 주변 언덕들로 긴 산책을 다녔다. 모스펠스달뤼르와 헬귀포스까지 가는 날도 있었는데, 그런 나들이는 하루 종일 걸릴 수도 있었기 때문에 도시락도 싸가지고 나섰다. 때로는 아이들도 함께였고, 그럴 때면 데이브는 전혀 힘든 기색 없이 미켈리나를 등에 업었다. 데이브는 그런 나들이를 '피크닉'이라고 불렀다. 시몬과 토마스는 그 단어가 재미있어서 서로에게 되뇌며 장난을 쳤다. 피크-닉, 피크-닉, 피크-닉.

피크닉에서, 또 부엌 식탁에서, 그리고 방에서 데이브와 어머니는 가끔씩 심각한 이야기를 나누곤 했다. 한번은 시몬이 방문을 열어본 적도 있는데, 그게 무슨 이야기인지는 몰라도 좋은 이야기가 아닌 건 분명했다. 어머니가 기분이 안 좋을 때 짓는 표정을 지었기 때문이다.

그러다가 추위가 닥친 어느 가을날, 모든 것이 끝났다.

어머니는 아침 일찍 농장으로 일을 나가고 시몬과 토마스가 스쿨버스를 타러 내려가는데 그리뮈르가 돌아왔다. 살을 에듯 추운 언덕에서, 그들은 북풍에 맞서 낡은 재킷을 바짝 여미고 올라오는 그리뮈르와 마주쳤다. 그는 아이들을 무시하고 지나쳐 갔다. 침침한 가을 아침이라 그리뮈르의 얼굴이 제대로 보이지 않았지만 시몬은 집으로 향하는 그의 굳고 차가운 표정을 선명하게 그릴 수 있었다. 지난 며칠 동안 그의 귀환을 예상하고 있던 터였다. 어머니가 그가 이제 형을 마치고 감옥에서 나와 집에 돌아올 거라고, 언제라도 돌아올 수 있다고 말해주었기 때문이다.

시몬과 토마스는 그리뮈르가 집으로 걸어가는 모습을 보고 서로 마주 보았다. 둘 다 같은 생각을 하고 있었다. 미켈리나가 집에 혼자 있었다. 누나는 언제나 그들과 어머니가 일어날 때 깨어났다가 모두 나가면 다시 잠들어 오전을 보냈다. 미켈리나가 혼자 그리뮈르를 맞게 된 것이다. 돌아온 아버지가 어머니도 아들들도 없이늘 지독히 싫어한 미켈리나 혼자서 집에 있는 걸 보면 어떻게 행동할지 시몬은 생각해보았다.

스쿨버스가 도착해 경적을 두 번 울렸다. 버스 기사는 아이들이 언덕에 있는 것을 보았지만 더이상 기다릴 수 없는 시간이 되자 다시 출발해서 도로 저편으로 사라졌다. 두 소년은 아무 말도 없이 가만히 서 있다가 천천히 집을 향해 걸어갔다.

미켈리나를 집에 혼자 두고 싶지 않았다.

시몬은 어머니에게 가봐야 할지, 아니면 토마스를 보내야 할지 생각하다가 그만두었다. 부모님을 서둘러 만나게 할 필요는 없을 것 같았다. 어머니는 마지막 평화의 날을 누려야 했다. 두 소년은 그리뮈르가 집에 들어가 문을 닫는 것을 보고 뜀박질을 시작했다. 집 안에서 어떤 광경을 마주칠지 알 수 없었다. 그저 어떤 경우에도 더블 침대에서 잠들어 있는 미켈리나가 그의 눈에 띄어서는 안 된다는 생각뿐이었다.

그들은 조심조심 문을 열고 안으로 들어갔다. 시몬이 앞장섰지만 토마스도 형의 손을 잡고 뒤를 바짝 따라왔다. 부엌에 들어서자 싱크대 앞에 서 있는 그리뮈르가 보였다. 그들에게 등을 돌린 자세였다. 그는 코를 훌쩍이면서 싱크대에 침을 뱉었다. 식탁 위의 불을 등지고 선 그의 윤곽선밖에 보이지 않았다.

"너희들 엄마는 어디 있냐?" 그가 여전히 등을 돌린 채 말했다.

그가 언덕을 올라오는 길에 그들을 보았고, 또 그들이 집에 들어오는 소리도 들은 게 분명했다.

"일 나가셨어요." 시몬이 말했다.

"일? 어디로 일을 가?" 그리뮈르가 말했다.

"귀뷔네스 목장요." 시몬이 말했다.

"내가 오늘 오는 걸 모르고?" 그리뮈르가 그들을 향해 돌아서서 빛 속으로 들어왔다. 그가 어둠을 벗어나자 두 형제는 침침한 불빛 속에 드러난 그의 얼굴을 보고 깜짝 놀랐다. 그리뮈르에게 무슨 일이 생겼다. 한쪽 뺨을 가로질러 화상 흉터가 눈까지 뻗어 있고, 그 눈은 눈꺼풀이 피부에 눌어붙어 절반쯤 감겨 있었다.

그리뮈르가 웃었다.

"아빠 꼴이 어떠냐?"

두 형제는 그의 일그러진 얼굴을 물끄러미 바라보았다.

"거기 사람들이 커피를 끓이더니 얼굴에 붓더구나."

그는 그들에게 다가왔다.

"자백시키려고 그런 게 아냐. 다 알고 있었거든. 누군가가 일러바쳐서. 그러니 그들이 나한테 펄펄 끓는 커피를 부은 건 그래서가 아니야. 내 얼굴을 망가뜨린 이유는 따로 있지."

두 소년은 이게 다 무슨 일인지 알 수가 없었다.

"어머니 불러와." 그리뮈르가 형의 뒤에 웅크리고 서 있던 토마스에게 명령했다. "그 돼지 같은 여편네가 일하는 데 가서 집으로 끌고 와."

시몬은 곁눈질로 방에서 기척이 이는 것을 알아차렸지만 감히 그리로 고개를 돌릴 수 없었다. 미켈리나가 일어난 것이다. 미켈리나는 이제 한쪽 다리로 설 수 있었고 몸을 지탱할 것만 있으면 돌아다닐 수도 있었지만, 부엌에는 나오지 않았다.

"나가라니까! 당장!" 그리뮈르가 소리쳤다.

토마스는 놀라 몸을 움찔했다. 시몬은 동생이 길을 찾아갈 수 있을까 걱정스러웠다. 여름에 어머니와 함께 농장에 한두 번 가봤지만, 지금은 그때보다 날이 어둡고 추운데다 토마스는 아직 어렸다.

"제가 갈게요." 시몬이 말했다.

"넌 아무 데도 못 가." 그리뮈르가 으르렁거리더니 다시 토마스를 향해 "당장 나가!" 하고 소리쳤고, 토마스는 시몬의 등 뒤에서 비틀비틀 떨어져 찬 바람 속으로 나간 뒤 조용히 문을 닫았다.

"자, 시몬, 이제 아비하고 이야기 좀 하자." 그리뮈르가 말했다. 분노가 삽시간에 사그라진 듯한 말투였다.

시몬은 주춤주춤 부엌으로 들어가 의자에 앉았다. 다시 방 안에서 움직임이 일었다. 그는 제발 미켈리나가 나오지 않기를 바랐다. 복도에 식품 보관실이 있는데, 잘하면 그리뮈르 몰래 거기 들어갈 수 있을 듯했다.

"아빠 보고 싶었니?" 그리뮈르가 시몬 앞에 마주 앉으며 물었다. 시몬은 그 얼굴의 화상 자국에서 눈을 뗄 수 없었다. 그는 고개를 끄덕였다.

"여름 내내 무얼 하고 지냈지?" 그리뮈르가 물었지만, 시몬은 아무 말도 하지 못한 채 그를 바라볼 뿐이었다. 어디서부터 거짓말을 해야 할지 알 수 없었다. 데이브 이야기를 해서는 안 되었다. 그가 집에 자주 왔다는 것, 어머니하고 알쏭달쏭한 반남을 이어왔다는 것, 나들이도 가고 피크닉도 했다는 것. 식구들 모두가 항상 큰 침대에서 다 함께 잤다는 것도 말할 수 없었다. 그리뮈르가 떠난 뒤 어머니가 데이브 덕분에 완전히 다른 사람이 되었다는 것도, 데이브가 어머니에게 삶의 열정을 되살려주었다는 것도, 어머니가 아침에 얼마나 예쁘게 치장을 하는지도 말할 수 없었다. 어머니의 달라진 모습도, 데이브와 함께 지내는 동안 어머니가 매일같이 얼마나 아름다워졌는지도.

"아무것도 없어? 여름 내내 아무 일도 없었어?" 그리뮈르가 재차 물었다.

"나…… 나…… 날씨가 좋았어요." 시몬이 화상 흉터에 시선을 고정한 채 울먹이듯 말했다.

"날씨가 좋았다. 그래, 날씨 좋았지." 그리뮈르가 말했다. "그래서 너희는 여기서, 또 막사 근처에서 놀았고 말이야. 막사 사람들 중에 아는 사람은 있니?"

"아뇨. 아무도 없어요." 시몬이 재빨리 말했다.

그리뮈르가 웃음을 지었다.

"여름 동안 거짓말을 배웠구나. 사람들은 거짓말을 참 빨리 배운단 말이야. 이번 여름에 거짓말하는 법을 배웠니, 시몬?"

시몬의 아랫입술이 덜덜 떨렸다. 그가 다스릴 수 없는 반사작용이었다.

"한 명 있긴 한데 잘은 몰라요." 시몬이 말했다.

"한 명을 아는구나. 그래, 거짓말을 하면 못쓴다, 시몬. 거짓말을 하면 결국 문제가 생기고, 다른 사람을 곤경에 빠뜨리게 돼."

"네." 시몬은 이 대화가 빨리 끝나기만을 바랐다. 미켈리나가 나와서 신경을 분산시켜주었으면 싶었다. 지금 미켈리나가 복도에 있고, 안방 침대에서 잤다고 말할까 하는 생각이 머릿속을 스쳤다.

"막사 사람 누구를 아는데?" 그리뮈르의 물음에 시몬은 늪으로 더 깊이 빠져드는 느낌이었다.

"딱 한 명이에요." 그가 말했다.

"딱 한 명." 그리뮈르가 빰을 쓰다듬고 집게손가락으로 화상 흉터를 가볍게 긁었다. "그래, 그게 누구지? 한 명뿐이라니 다행이구나."

"몰라요. 가끔 호수로 낚시를 갔어요. 그리고 가끔 잡은 고기를 우리한테 줬어요."

"그리고 너희한테 잘해주고?"

"몰라요." 시몬이 말했다. 하지만 데이브는 그가 만난 남자들 가운데 최고였다. 그리뮈르에 비하면 데이브는 하늘이 어머니를 구하라고 보내준 천사였다. 데이브는 지금 어디 있을까? 데이브가 여기 있다면 얼마나 좋을까. 시몬은 귀뷔네스까지 추운 길을 걸어갈 토마스를 생각했고, 그리뮈르가 집에 돌아온 것도 모르고 있을 어머니를 생각했다. 그리고 복도의 미켈리나를 생각했다.

"그 사람이 자주 오니?"

"아뇨, 가끔 와요."

"내가 감옥에 가기 전에도 온 적 있니? 감옥에 간다는 건 말이다, 그냥 감옥에 가는 거지 죄를 지었다는 뜻이 아니야. 누가 집어넣은 것일 뿐이지. 아주 일사천리였어. 본보기를 보여야 한다는 말을 많이 하더구나. 아이슬란드인이 미군 부대에서 도둑질을 하면 안 된다고, 나쁜 일이라고. 그래서 나한테 중형을 내린 거야. 다른 사람들이 나를 보고 도둑질을 하면 안 되겠구나 배우도록. 알겠니? 사람은 실수를 통해 배우는 법이거든. 하지만 모두가 도둑질을 하지. 모두 도둑질을 하고 그걸로 돈을 벌어. 내가 감옥에 가기 전에도 그 사람이 온 적 있니?"

"누구요?"

"그 군인 말야. 내가 감옥에 가기 전에도 여기 왔었니?"

"아버지가 떠나기 전에 가끔 호수에서 낚시를 했어요."

"그리고 잡은 송어를 어머니한테 주었고?"

"네."

"송어를 많이 잡았니?"

"가끔은요. 하지만 별로 낚시를 잘하지 못했어요. 그냥 호숫가에서 담배를 피웠어요. 아버지가 그 사람보다 고기를 훨씬 잘 잡아요. 그물도 있잖아요. 아버지는 그물로 고기를 많이, 잘 잡아요."

"그래. 네가 어머니한테 송어를 전해줄 때 그 사람도 집에 들렀니? 집에 들어와서 커피를 마셨니? 식탁에 앉았니?"

"아뇨." 시몬이 말했다. 너무 뻔한 거짓말일까? 판단이 되지 않았다. 두렵고 혼란스러워서 떨리는 입술을 손가락으로 누른 채 그리뷔르가 원할 것 같은 대답, 하지만 그리뷔르에게 말해도 어머니에게 문제가 안 될 대답이 뭐가 있을지 열심히 생각해보았다. 지금 그는 그리뷔르의 낯선 면모를 보고 있었다. 그때껏 그리뷔르가 자신에게 이렇게 말을 많이 한 적이 없었기에 허를 찔린 시몬은 어떻게 해야 할지 알 수 없었다. 그리뷔르가 무엇을 알고 무엇을 모르는지 짐작할 수 없었지만, 그래도 어머니를 지키기 위해 최선을 다했다.

"여기 들어온 적은 없니?" 그리뷔르가 다시 물었다. 부드럽고 교활한 느낌이 가신, 엄격한 목소리였다.

"두 번 정도 왔던 것 같아요."

"와서 무얼 했지?"

"그냥 왔어요."

"아, 그래. 다시 거짓말을 시작한 거니? 또 나한테 거짓말을 해? 몇 달 동안 개똥 취급받다가 집에 돌아오니 자식이 거짓말만 하는군. 나한테 계속 거짓말할 거니?"

그의 질문이 회초리처럼 시몬의 얼굴을 때렸다.

"아버지는 감옥에서 뭐 하셨어요?" 시몬은 데이브와 어머니 일에서 화제를 돌리고 싶은 절박한 마음으로 머뭇머뭇 물었다. 왜 데이브는 오지 않을까? 어머니와 데이브는 그리뮈르가 감옥에서 나온 것을 모르는 걸까? 두 사람이 조용히 만날 때, 그러니까 데이브가 어머니 손을 쓰다듬고 머리를 매만질 때 이 일을 의논하지 않았던 걸까?

"감옥에서?" 그리뮈르의 목소리가 다시 부드럽고 교활해졌다. "감옥에서는 이야기를 들었지. 온갖 이야기를. 아주 많은 이야기를 듣는데, 그래도 더 듣고 싶어져. 찾아오는 사람도 없고, 집에 대한 소식은 거기서 전해 듣는 게 전부니까. 감옥에는 늘 새 사람이 들어오는데다 간수들이랑 친해지면 여러 가지 이야기를 들을 수 있거든. 그리고 그 이야기들에 대해 생각해볼 시간이 무궁무진하지."

복도 안쪽에서 바닥이 삐걱대는 소리가 났지만, 그리뮈르는 잠시 멈추었다가 아무 일 없었던 듯 말을 이었다.

"물론 너는 아직 어리니까……. 잠깐, 네가 지금 몇 살이지, 시몬?"

"열네 살이에요. 곧 열다섯 살이 돼요."

"이제 다 컸구나. 그러니 너도 내가 무슨 말을 하는지 알 거다.

아이슬란드 여자들이 군인들 앞에서 얼마나 다리를 잘 벌리는지는 세상이 다 알잖니. 군복 입은 남자만 보면 환장을 해. 군인들은 죄다 신사라서 여자들이 문을 척척 열어주지. 그자들은 예의 바르고, 춤을 좋아하면서도 술은 안 마시고, 담배며 커피며 별의별 걸 다 가지고 있는데다 모든 여자들이 가고 싶어 하는 나라 출신이지. 반면에 시몬, 우리는 더러운 시골뜨기란다. 여자들은 우리를 쳐다보려고도 하지 않아. 그래서 내가 호수에서 고기를 잡은 그 군인을 궁금해하는 거란다. 시몬, 네가 나를 실망시켜서."

시몬은 그리뮈르를 바라보자 온몸에서 힘이 빠져나가는 느낌이었다.

"언덕의 군인에 대해서 내가 들은 이야기가 얼마나 많은데 네가 그자에 대해 들은 게 없다니. 그게 거짓말이 아니라면 이상하지 않겠니? 그리고 군인이 여름 내내 매일 집에 들러서 네 아비의 아내를 데리고 산책을 나갔는데 아비에게 거짓말을 하는 건 좋은 일이 아니지. 정말 아무것도 모르니?"

시몬은 아무 말도 하지 않았다.

"아무것도 몰라?" 그리뮈르가 다시 물었다.

"두 분은 가끔 산책을 나갔어요." 시몬의 눈에 눈물이 차올랐다.

"그래. 우리 사이가 좋다는 걸 난 알지. 너도 같이 갔니?" 그리뮈르가 물었다.

이 대화가 언제 끝날까? 그리뮈르는 화상을 입어 애꾸 비슷해진 얼굴로 바라보았다. 시몬은 오래 버틸 자신이 없었다.

"우리는 가끔 호수로 갔고 군인 아저씨가 피크닉 음식을 가져왔어요. 아버지가 이따금씩 가져오셨던, 열쇠로 따는 통조림 같은 거요."

"그자가 어머니에게 입을 맞추던? 호숫가에서?"

"아뇨." 시몬이 거짓말할 필요가 없다는 사실에 안도를 느끼며 대답했다. 데이브와 어머니가 입을 맞추는 모습은 본 적이 없다.

"그러면 둘이서 무얼 하던? 손을 잡았니? 그리고 넌 뭘 했지? 왜 그자가 어머니하고 호숫가에 산책 가게 내버려뒀니? 아비가 싫어할 거라는 생각 안 들었니? 그런 생각 안 들었어?"

"안 들었어요." 시몬이 말했다.

"산책을 하면서 아무도 나를 생각하지 않았구나. 그렇지?"

"네." 시몬이 말했다.

그리뮈르가 불빛 아래 몸을 앞으로 굽히자 붉은 화상 흉터가 더욱 두드러졌다.

"그러면 남의 가족을 훔치고도 문제없다고 생각한 그자, 그런데도 아무도 나무랄 생각을 하지 않았던 그자의 이름은 뭐냐?"

시몬은 대답하지 않았다.

"내 얼굴에 커피를 뿌려서 화상을 입힌 사람이 누군지 아니, 시몬?"

"아뇨." 시몬이 들릴락 말락 한 목소리로 말했다.

"그자는 내게 화상을 입히고도 감옥에 가지 않았어. 어떻게 생각하니? 군인들이 다 고결한 것 같니? 그자들이 고결한 것 같아?"

"아뇨." 시몬이 말했다.

"올 여름에 네 어머니가 몸이 불었니?" 갑자기 무슨 생각이 떠오른 듯 그가 물었다. “농장에서 일해서가 아니라 막사의 군인들하고 산책을 다녀서 말이다. 어머니가 여름 동안 몸이 불었어?”

“아뇨.” 시몬이 말했다.

“하지만 아마 그렇게 될 것 같구나. 그건 두고 보면 알겠지. 나한테 커피를 부은 놈, 그 사람 이름을 아니?”

“아뇨.” 시몬이 말했다.

“그자는 이상한 생각을 했어. 어떻게 그런 생각을 하게 됐는지 모르겠다만, 나더러 네 어머니를 제대로 대접하지 않는다고 하더구나. 어머니를 못살게 굴었다고. 내가 가끔 네 어머니한테 행동법을 가르칠 때가 있긴 했지. 그자는 그것만 알고 그러는 이유는 모르더라고. 네 어머니처럼 행실이 나쁜 여자는 누가 주인인지, 자기 남편이 누구인지, 어떻게 행동해야 하는지 가르쳐주어야 한다는 걸 이해 못 해. 그런 여자들한테는 때때로 좀 강하게 나가야 한다는 걸 모르지. 그자가 나한테 말을 하면서 화를 버럭 내더라. 나는 막사에 친한 군인들이 있어서 영어를 조금 알거든. 그자가 하는 말도 거의 다 알아들었는데, 그자는 네 어머니 얘기를 하면서 나한테 불같이 화를 냈어.”

시몬의 눈길은 화상 흉터에 고정되어 움직이지 않았다.

“그자의 이름은 데이브란다, 시몬. 아비한테 거짓말하면 안 돼. 봄과 여름 동안, 그리고 가을까지 네 어머니에게 친절을 베푼 군인의 이름이 혹시 데이브니?”

시몬은 여전히 흉터를 들여다보면서 머리를 쥐어짰다.

“그자는 정리될 거야.” 그리뮈르가 말했다.

"정리돼요?" 시몬은 그 말의 의미를 몰랐지만 좋은 일이 아닌 건 분명했다.

"복도에 쥐가 있냐?" 그리뮈르가 고갯짓으로 복도 문 쪽을 가리키며 물었다.

"네?" 시몬이 그의 말을 이해하지 못하고 되물었다.

"그 천치 년 말야. 그년이 우리 이야기를 듣고 있니?"

"누나가 뭐 하고 있는지는 몰라요." 시몬이 대답했고, 그것은 어느 정도 사실이었다.

"그자의 이름이 데이브냐, 시몬?"

"그럴지도 몰라요." 시몬이 머뭇머뭇 말했다.

"그럴지도 모른다고? 확실하지 않구나. 그자가 널 뭐라고 부르던? 너한테 말을 걸거나 널 끌어안고 쓰다듬어줄 때 뭐라고 불렀지?"

"쓰다듬지 않았……."

"이름이 뭐냐니까!"

"데이브요!" 시몬이 말했다.

"데이브! 그래, 고맙다, 시몬."

그리뮈르가 몸을 뒤로 기울여 불빛 밖으로 나가더니 목소리를 낮추었다.

"그놈이 네 어머니랑 붙어먹고 있다고 들었다."

그 순간 문이 열리면서 어머니가 토마스를 뒤에 데리고 들어왔다. 함께 들어온 찬 바람이 땀에 젖은 시몬의 등을 오싹하게 했다.

22

에를렌뒤르는 스카르프헤딘과 통화하고 십오 분 뒤에 언덕에 도착했다.

그는 휴대전화를 가지고 오지 않았다. 휴대전화가 있었다면 스카르프헤딘에게 전화해서 자신이 갈 때까지 여자를 붙잡아두라고 했을 것이다. 로베르트가 말한 까치밥나무를 찾아온 여자, 녹색 옷을 입은 뒤틀린 여자가 바로 그 여자라는 확신이 들었다.

미클라브뢰이트는 교통량이 많지 않았고, 그는 아우르튼스브레카의 비탈길을 최대한 빨리 달려서 레이캬비크 외곽 방향 도로로 들어선 뒤 그라바르르홀트 쪽으로 우회전했다. 스카르프헤딘은 막 차에 올라 발굴 현장을 떠나려던 참이었다. 에를렌뒤르가 차에서 내리자 스카르프헤딘이 자동차 창문을 내렸다.

"오셨군요? 왜 그렇게 급히 전화를 끊으셨죠? 무슨 문제라도 있나요? 왜 그런 눈으로 저를 보십니까?"

"그 여자분이 아직 여기 있습니까?" 에를렌뒤르가 물었다.

"여자분요?"

에를렌뒤르는 나무 쪽을 보았다. 거기서 무언가 움직이는 것 같았다.

"저분인가요?" 그가 눈을 찌푸리고 물었다. 거리가 멀어서 잘 보이지 않았다. "녹색 옷의 여자분요. 아직도 여기 있습니까?"

"네, 저기 있어요. 무슨 일입니까?" 스카르프헤딘이 말했다.

"나중에 말씀드리죠." 에를렌뒤르가 돌아서서 걸음을 옮기며 말했다.

그리 다가가자 까치밥나무들이 시야에 들어오며 녹색 인물의 형체도 뚜렷해졌다. 그는 여자가 금세 사라질지도 모른다는 듯 걸음을 빨리했다. 여자는 아직 잎이 나지 않은 덤불 곁에 선 채 나뭇가지 하나를 잡고 생각에 잠긴 표정으로 에샤 산 쪽을 바라보고 있었다.

"안녕하세요." 여자와 어느 정도 가까워지자 에를렌뒤르가 인사를 건넸다.

여자가 돌아보았다.

"안녕하세요."

"오늘 밤은 날씨가 좋네요." 에를렌뒤르는 대화를 이어갈 요량으로 덧붙였다.

"이 언덕은 항상 봄철이 가장 좋아요."

여자는 말을 하는 데 상당히 힘을 들여야 했다. 고개가 옆으로 기울어 있었고, 에를렌뒤르는 그녀가 한 마디 한 마디를 집중해서 꺼내놓는다는 사실을 알 수 있었다. 말이 수월하게 나오지 않는 것이다. 팔 하나는 소매 안에 들어가 있었다. 긴 녹색 코트 밑으로 보이는 발 하나는 내반족이었고, 어깨까지는 내려오는 숱 많은 머리는 백발이었다. 얼굴은 온화했지만 슬픔이 느껴졌다. 그녀의 머리는 가벼운 반사작용인 듯 규칙적으로 경련했다. 가만히 있기가 어려운 것 같았다.

"이 지역 분이신가요?" 에를렌뒤르가 물었다.

"이제 레이캬비크가 여기까지 뻗어 왔네요." 그녀는 질문에 대한 대답 없이 말을 이었다. "누구도 예상하지 못한 일이에요."

"네, 도시가 사방으로 팽창하고 있죠." 에를렌뒤르가 말했다.

"저 뼈들을 수사하고 계시나요?" 그녀가 불쑥 물었다.

"그렇습니다."

"뉴스에서 형사님을 보았어요. 저는 여기 가끔 와요, 특히 봄에요. 지금처럼 사위가 조용해지는, 그러나 여전히 아름다운 봄 햇살에 감싸인 저녁이면요."

"아름다운 언덕입니다. 이곳 분이신가요? 아니면 다른 지역 분이신가요?" 에를렌뒤르가 다시 물었다.

"사실 형사님을 만나러 왔어요." 그녀가 여전히 그의 질문에 대답하지 않은 채 말했다. "내일 형사님께 연락하려고 했어요. 하지만 이렇게 찾아와주셨으니 잘됐네요. 이제 때가 된 것 같아요."

"때가 됐다고요?"

"이야기를 밝힐 때요."

"무슨 이야기요?"

"우리는 여기 살았어요. 이 나무들 옆에서. 샬레는 오래전에 사라졌죠. 어쩌다 그렇게 됐는지 모르겠어요. 그냥 조금씩 허물어졌어요. 내 어머니가 까치밥나무를 심고 가을이면 그 열매로 잼을 만들었지만, 이걸 심은 게 잼 때문만은 아니었어요. 어머니는 이걸 산울타리처럼 둘러놓고 해가 드는 남쪽에 채소도 심고 예쁜 꽃도 심고 싶어 했어요. 샬레에 북풍이 드는 것도 막고요. 하지만 아버지가 못하게 했죠. 언제나 그랬던 것처럼."

그녀는 에를렌뒤르를 바라보았다. 말하는 내내 고개가 경련했다.

"햇살이 비치면 식구들이 나를 여기 데리고 나왔어요." 그녀의 얼굴에 미소가 떠올랐다. "남동생들이요. 일광욕을 세상에서 가장 좋아하던 나는 마당에 나오면 신이 나서 비명을 질렀어요. 여기 나와서 우리는 게임을 했어요. 동생들은 늘 새로운 게임을 만들어서 나랑 놀았죠. 내가 잘 움직이지 못했으니까요. 그때는 내 몸 상태가 지금보다 훨씬 심했거든요. 동생들은 모든 일에 나를 끼워주려고 애를 썼어요. 어머니에게서 받았죠. 두 동생 다, 처음에는요."

"어머니에게서 받았다니, 무엇을 말입니까?"

"따뜻한 마음요."

"어느 노인께서 녹색 옷을 입은 여자분이 가끔 여기 와서 나무들을 돌본다고 하셨습니다. 선생님하고 딱 들어맞는 설명 같군요. 저희는 그분이 예전에 이곳의 한 샬레에 살던 사람이리라 짐작했습니다."

"그 샬레를 아시는군요."

"네, 그리고 그곳의 세입자 몇 분도요. 전부는 아니지만. 전쟁 때 여기 5인 가족이 살았다는 말을 들었습니다. 그 집 아버지는 폭력을 휘둘렀고요. 조금 전에 어머니와 두 동생을 언급하셨는데, 선생님까지 포함해서 삼남매라면 저희가 가진 정보와 일치합니다."

"녹색 옷을 입은 여자에 대해 얘기했다고요?" 그녀가 미소를 띤 채 물었다.

"네, 녹색 옷의 여자라고요."

"저는 녹색을 좋아해요. 오래전부터요. 기억하는 한 처음부터 그랬어요."

"녹색을 좋아하는 사람은 현실적이라고들 하지 않나요?"

"맞는 말인 것 같네요. 저는 지독하게 현실적이니까요." 그녀가 미소 지었다.

"그 가족을 아시나요?"

"우리는 여기 있던 집에서 살았어요."

"가정 폭력 이야기가 맞습니까?"

그녀는 에를렌뒤르를 보았다.

"네, 맞아요."

"그렇다면……."

"형사님 성함이 어떻게 되시나요?" 그녀가 에를렌뒤르의 말을 자르고 물었다.

"에를렌뒤르입니다." 그가 대답했다.

"가족이 있으신가요?"

"아뇨, 예, 아, 아마 있는 것 같습니다."

"잘 모르시는군요. 가족에게 잘해주시나요?"

"저는……." 에를렌뒤르는 망설였다. 그 자신이 질문을 받으리라고는 예상하지 못했고, 이런 질문에 어떻게 대답해야 할지도 알 수 없었다. 가족에게 잘해주느냐고? 그렇다고 할 수는 없을 것 같았다.

"이혼하신 모양이네요." 여자가 에를렌뒤르의 후줄근한 옷을 보며 말했다.

"네, 그렇게 되었습니다. 저는 선생님께…… 가정 폭력에 대해 여쭤보려고 했습니다만." 그가 말했다.

"가정 폭력이란 영혼 살해에 붙는 편리한 이름이죠. 그 실상을 모르는 사람들을 위해 순화시킨 용어예요. 평생토록 끝없는 공포 속에 사는 느낌을 아시나요?"

에를렌뒤르는 대답하지 않았다.

"일 년 삼백육십오 일 내내 증오를 내뿜는 사람 곁에 사는 거예요. 무슨 일을 해도, 아무리 애를 써도 그걸 중단시키거나 바꿀 방법이 없죠. 결국 식구들은 모두 독립된 의지를 잃고, 다음번 폭력은 지난번만큼 가혹하지 않기를 바랄 뿐이에요."

에를렌뒤르는 무슨 말을 해야 할지 몰랐다.

"구타는 결국 사디즘으로 변해요. 폭력 남편이 세상에서 가진 힘은 자기 아내를 학대할 힘뿐인데 그 힘은 절대 권력이기도 하거든요. 여자가 아무것도 못 한다는 걸 아니까요. 여자는 완전히 무력하고 남자에게 철저히 복종하게 돼요. 여자를 때릴 때 남자는 증오와 분노를 여자한테만 퍼붓지 않아요. 여자의 아이들에게도 미움을 퍼부어서 자신을 떠나려고 하면 아이들이 다친다는 걸 분명히 알려주죠. 그 모든 육체적 폭력, 고통과 구타, 골절, 상처, 흉터, 멍든 눈, 터진 입술…… 이런 건 정신적 고통에 비하면 아무것도 아니에요. 한시도 사라지지 않는 지독한 공포에 비하면요. 아직 생명의 기운이 남아 있는 처음 몇 년 동안은 도움도 구해보고 달아나려고도 해보지만, 남자가 여자를 찾아내서는 내가 네 딸을 죽여 산에 묻어버릴 거라고 협박하죠. 여자는 남자가 능히 그럴 수 있다는 걸 알고 포기해요. 그리고 자기 인생을 남자의 손에 완전히 바치죠."

그녀는 에샤 산이 있는 서쪽을 바라보았다. 스나에펠스네스예퀴들 빙하의 외곽선이 보였다.

"그렇게 여자의 인생은 그저 남자의 인생에 딸린 그림자로 전락해요." 그녀가 말을 이었다. "저항은 사라지고 삶의 의지도 사라져요. 그저 남자의 인생이 될 뿐, 여자에겐 삶이 없어요. 죽은 사람이 돼서 어둠의 혼령처럼 구타와 고통과 그의 인생을 피해 달아날 출구를 찾아 끝없이 떠돌죠. 여자는 이제 자기 인생을 사는 사람이 아니라 남자의 혐오의 대상일 뿐이니까요.

남자는 결국 여자를 파괴하고, 여자는 살아 있는 시체가 되는 거예요."

여자는 말을 마치고 잎이 떨어진 나뭇가지들을 손으로 쓰다듬었다.

"그러다 그 봄이 되었어요. 전쟁 때."

에를렌뒤르는 말이 없었다.

"영혼 살해를 처벌하는 법은 없나요? 혹시 아시나요? 영혼 살해의 죄로 기소하고 재판하고 형을 선고할 수 있나요?"

"모릅니다." 에를렌뒤르가 말했다. 여자의 말을 제대로 이해하기가 힘들었다.

"뼈가 있는 곳까지 내려갔나요?" 생각이 다른 데 가 있는 사람처럼 그녀가 물었다.

"내일 발굴할 것 같습니다. 거기 묻힌 사람이 누구인지, 혹시 아시는 바가 있습니까?" 에를렌뒤르가 물었다.

"엄마는 결국 이 나무들 같았어요." 그녀가 희미하게 중얼거렸다.

"무슨 말씀이신지?"

"이 까치밥나무 같았어요. 이 나무들은 굳이 보살핌을 받을 필요가 없죠. 아주 강인하거든요. 어떤 날씨도, 어떤 가혹한 겨울도 다 이겨내고 여름이 되면 초록색 잎을 내밀어요. 열매도 아무 일 없던 것처럼, 마치 겨울이 없었던 것처럼 빨갛고 달콤하게 익고요."

"죄송합니다만, 성함이 어떻게 되십니까?" 에를렌뒤르가 물었다.

"그 군인이 어머니에게 삶을 돌려주었어요."

그녀는 말을 멈추더니, 정신이 다른 장소와 다른 시간에 가 있는 듯 나무들 사이를 들여다보았다.

"선생님은 누구시죠?" 에를렌뒤르가 물었다.

"어머니는 녹색을 좋아하셨어요. 녹색은 희망의 색깔이라고 하셨죠."

그러더니 그녀는 정신을 차린 것 같았다.

"내 이름은 미켈리나예요." 그러고서 잠시 주저하는 듯 머뭇거리다가 말을 이었다. “그 사람은 괴물이었어요. 주체하지 못하는 미움과 분노가 가득했죠.”

23

저녁 10시가 가까워지자 언덕의 기온이 뚝 떨어졌다. 에를렌뒤르는 미켈리나에게 자신의 차에 가서 이야기하는 게 어떻겠냐고 물었다. 아니면 내일 이야기를 더 하는 건 어떨까요. 오늘은 밤이 늦었고…….

"차로 가죠." 그녀가 말하고 걸음을 옮겼다. 느린 속도로 나아가는 동안, 내반족을 디딜 때마다 그녀의 몸이 옆으로 기우뚱했다. 에를렌뒤르는 약간 앞서서 차를 향해 걸어가 문을 열고 그녀를 태운 뒤 차 앞으로 돌아갔다. 미켈리나가 어떻게 언덕을 올라왔는지 알 수 없었다. 자동차를 가지고 온 것 같지는 않았다.

"여기 택시로 오셨나요?" 그가 운전석에 앉으면서 묻고 시동을 켰다. 엔진에 열기가 남아 있어 차 안은 금세 따뜻해졌다.

"시몬이 태워다 줬어요. 곧 데리러 올 거예요." 그녀가 말했다.

"저희는 언덕에 살던 사람들의 정보를 찾고 있었습니다. 아마 선생님 가족이었던 것 같군요. 그런데 정보 수집 과정에서 노인분들께 들은 이야기 중에 좀 이상한 것들이 있었습니다. 흘렘뮈르의 가스 공장 이야기 같은 거요."

"그 사람이 가스 공장 일로 어머니를 조롱했죠." 미켈리나가 대답했다. "하지만 저는 어머니가 그런 종말 난교 파티로 태어났다고 생각하지 않아요. 오히려 그 사람이 그렇게 태어났을 수 있죠. 제 생각에는 그 사람이 예전에, 어린 시절이나 그후에 언젠가 그런 모욕과 놀림을 당했고, 그걸 어머니에게 전이한 것 같아요."

"그러니까 아버지가 가스 공장 아이였을 거라는 뜻입니까?"

"그 사람은 내 아버지가 아니에요. 내 아버지는 바다에서 실종됐어요. 아버지는 어부였고, 어머니는 그분을 사랑했어요. 그것이 어린 시절 내 인생의 유일한 위안이었어요. 그 사람이 내 아버지가 아니라는 것이. 그 사람은 나를 아주 싫어했어요. 불구자라고요. 내 몸이 이렇다고요. 나는 세 살 때 병에 걸려서 몸이 마비되고 언어능력을 잃었어요. 그 사람은 나를 지적장애인이라 여겼지만 내 지능은 정상이었어요. 요즘 사람은 당연히 여기는 그런 치료를 전혀 못 받았을 뿐이에요. 나는 누구 앞에서도 말을 하지 않았어요. 그 사람에 대한 끝없는 공포 속에 살았으니까요. 트라우마를 겪은 아이들이 입을 다물거나 아예 말을 잃는 경우는 적지 않아요. 나한테 그런 일이 일어났던 것 같아요. 나중에야 걷는 법을 배우고 말을 하기 시작하고 학교에 다녔죠. 그렇게 대학에 가서 심리학을 공부했고요."

잠시 침묵이 내려앉았다.

"그 사람의 부모를 찾아봤어요." 그녀가 다시 입을 열었다. "조사를 했죠. 도대체 무슨 일이 있었는지, 그 사람이 그렇게 된 이유가 뭔지 궁금했거든요. 어린 시절에 대해서 알아보고 싶었어요. 그 사람은 농장 일꾼으로 떠돌며 살았고, 마지막으로 키오스 농장에서 일하던 시절에 어머니를 만났어요. 그 사람의 성장 과정 중 가장 흥미로운 대목은 미라르시슬라에 있는 멜뤼르라는 오두막에 살던 시절이었어요. 지금은 없어진 곳이죠. 그 집 부부에겐 아이가 셋 있었는데, 교구 사무소에서 돈을 받고 다른 아이들을 받았어요. 그 시절 시골에는 아직 구호 대상자들이 있었거든요. 그 부부는 가난한 아이들을 학대하기로 유명했어요. 이웃 농장 사람들이 그러더라고요. 위탁 아동 하나가 영양실조와 방치로 죽어 재판도 받았다고요. 부검은 농장에서 당시 기준으로도 아주 원시적인 조건에서 실행됐어요. 여덟 살 소년이었죠. 사람들은 문짝을 떼어내 그 위에 놓고 부검을 했어요. 농장에 흐르는 냇물에 내장을 헹구었고요. 그리고 당시의 표현을 빌리자면 아이가 '불필요한 가혹 행위'를 당했다는 건 밝혀냈지만, 그것 때문에 죽었는지는 증명하지 못했어요. 그 사람은 그런 일을 모두 보았을 겁니다. 어쩌면 죽은 소년과 친구였을지도 모르죠. 그때 그 사람도 멜뤼르의 위탁 아동이었거든요. 사건 서류에 이름이 나와요. 영양실조에, 허리와 다리에 상처가 있다고."

그녀는 잠시 말을 멈추었다.

"그 사람이 우리에게 한 행동, 우리를 다룬 태도를 정당화하려는 건 아니에요." 그녀가 말했다. "그런 일을 정당화할 수는 없어요. 하지만 그 사람이 어떤 사람인지 알고 싶었어요."

다시금 말이 끊겼다.

"어머니는요?" 그렇게 묻긴 했지만, 그가 보기에 미켈리나는 자신이 중요하다고 생각하는 이야기를 남김없이, 자기만의 방식으로 꺼내고 싶은 듯했다. 에를렌뒤르는 그녀를 압박하지 않기로 했다. 그녀는 자신의 호흡에 맞추어 이야기해야 했다.

"어머니는 불운했죠." 그것만이 유일하게 분별 있는 결론이라는 듯한 말투였다. "그 남자를 만난 게 불운이었고, 그게 전부예요. 어머니는 가족이 없었지만 레이캬비크에서 무난하게 자랐고, 명문가의 하녀로 일하다가 그 남자를 만났어요. 어머니의 부모님은 찾지 못했어요. 서류가 아예 없었거나, 있었어도 사라진 것 같아요."

미켈리나는 에를렌뒤르를 보았다.

"하지만 어머니는 늦기 전에 진정한 사랑을 찾았죠. 나는 그분이 정말로 꼭 필요한 순간에 어머니 인생에 들어왔다고 생각해요."

"어머니 인생에 들어온 분이 누군가요?"

"그리고 내 동생 시몬. 우리는 그 아이의 일을 몰랐어요. 그 세월 동안 그 아이가 느낀 중압감을요. 나도 의붓아버지가 어머니를 학대할 때마다 고통스러웠지만, 그래도 내가 시몬보다는 강했죠. 불쌍한 시몬. 그리고 토마스. 그 아이 안에는 아버지가 너무 많았어요. 미움이 너무 많았어요."

"죄송합니다만, 어머니의 인생에 들어온 분이 누구인가요?"

"그분은 미국 뉴욕에서 왔어요. 브루클린에서요."

에를렌뒤르가 고개를 끄덕였다.

"어머니에겐 사랑이 필요했어요. 사랑과 칭찬이, 그리고 자신의 존재를, 자신이 사람임을 인정하는 일이 필요했죠. 데이브가 어머니의 자존감을 되살려서 어머니를 다시 사람으로 만들어주었어요. 우리는 늘 그분이 왜 그렇게 어머니하고 많은 시간을 보내는지 의아하게 생각했죠. 의붓아버지 말고는 아무도 어머니에게 눈길조차 주지 않고 의붓아버지의 눈길이 늘상 폭력으로 이어지던 그 시절, 그분이 어머니의 어떤 점에 끌렸는지를요. 나중에 그분이 어머니에게 도움을 주려는 이유를 말했어요. 그분은 레이니스바튼으로 낚시를 자주 다녔는데, 맨 처음 우리 집에 송어를 주려고 들렀을 때 바로 알아차렸대요. 그 집에 가정 폭력이 난무하고 있다는 것을요. 어머니의 눈, 얼굴, 몸짓, 모두에서요. 짧은 순간에 어머니의 인생 전체를 파악한 거예요."

미켈리나는 말을 멈추고 언덕 저편의 까치밥나무들을 보았다.

"데이브는 그걸 잘 알고 있었어요. 그분도 시몬과 토마스와 나처럼 그런 환경에서 자랐거든요. 그분의 아버지는 어머니가 돌아가시는 날까지 아내를 때렸지만 그 일로 재판도, 어떤 처벌도 받지 않았어요. 집은 가난했고, 어머니는 폐결핵으로 돌아가셨어요. 아버지는 어머니가 돌아가시기 직전까지 폭력을 휘둘렀고요. 당시 십 대 소년이었던 데이브는 아버지에게 맞설 수 없었어요. 대신 어머니가 돌아가신 날 바로 집을 떠나 다시는 돌아가지 않았죠. 그러고서 몇 년 후에 군에 들어갔는데 전쟁이 터진 거예요. 그렇게 레이캬비크로 파견되었고, 언덕 위 우리 집에 들렀다가 어머니에게서 당신 어머니를 보았던 거예요."

그들은 침묵 속에 앉아 있었다.

"그리고 그때는 그분이 그런 일에 손을 쓸 수 있는 처지였고요." 미켈리나가 덧붙였다.

자동차 한 대가 그들 앞을 천천히 지나쳐 구덩이 옆에 섰다. 운전자가 나와서 까치밥나무들 쪽을 두리번거렸다.

"시몬이 나를 데리러 왔네요." 미켈리나가 말했다. "밤이 늦었어요. 내일 이야기를 계속해도 될까요? 원하신다면 우리 집으로 오셔도 좋아요."

그녀가 차 문을 열고 소리치자 남자가 돌아보았다.

"저기 묻힌 사람이 누구인지 아십니까?" 에를렌뒤르가 물었다.

"내일 말씀드릴게요." 미켈리나가 말했다. "내일요. 서두를 것 없어요. 어떤 일도 서두를 필요가 없죠."

남자가 자동차로 다가와 그녀가 내리는 걸 도와주었다.

"고맙다, 시몬." 그녀가 차에서 내리며 말했다. 에를렌뒤르는 조수석 쪽으로 고개를 뻗어 남자를 바라보았다. 그런 뒤 문을 열고 밖으로 나왔다.

"이분이 시몬일 리는 없는데요." 그가 그녀를 부축하는 남자를 바라보면서 미켈리나에게 말했다. 남자는 서른다섯 살 정도밖에 안 되어 보였다.

"네?" 미켈리나가 말했다.

"시몬은 선생님 동생 아닌가요?" 에를렌뒤르가 여전히 남자에게 시선을 고정한 채 물었다.

"맞아요." 미켈리나가 대답하더니, 이내 에를렌뒤르가 의아해하는 이유를 알겠다는 듯 미소를 지었다. "아, 그 시몬이 아니에요. 이 아이는 내 아들이에요. 내가 이 아이에게 동생과 같은 이름을 주었어요."

24

다음 날 아침 에를렌뒤르는 경찰서에서 엘린보르그와 시귀르뒤르 올리와 회의를 열어 미켈리나에게 들은 이야기를 전한 뒤, 그날 다시 그녀를 만날 예정이라고 했다. 누가 언덕에 묻혀 있으며 묻은 사람은 누구인지, 그 이유는 무엇인지 틀림없이 그녀가 말해줄 터였다. 그리고 저녁 무렵에는 뼈를 발굴할 것이다.

"왜 어젯밤에 전부 알아내지 않으신 겁니까?" 시귀르뒤르 올리가 물었다. 그는 베르그소라와 조용한 저녁 시간을 보낸 뒤 다시 충전되어 있었다. 그들은 자녀를 포함한 미래의 일을 의논했고, 최선의 방식에 대해 합의했다. 거기다 파리 여행과 스포츠카 렌트도.

"그러면 이런 바보짓을 그만둘 수 있었을 텐데." 그가 덧붙여 말했다. "그 뼈들, 아주 지긋지긋해요. 베니아민의 지하실도 그렇고요. 두 선배도 마찬가지예요."

"제가 같이 갈게요. 에드가 미군 보급소 절도범을 체포했을 때 그 집에 몸이 불편한 소녀가 있었다고 했잖아요. 그분이 그 소녀일까요?"

"그럴 가능성이 높아. 그분에겐 남동생이 두 명 있어. 이름은 시몬과 토마스. 에드가 봤다는 두 소년 이야기하고도 들어맞지. 그리고 데이브라는 미군이 그들 가족을 도왔다는군. 에드에게 데이브 일을 물어봐야겠어. 성은 모르지만.

그분을 추궁해 대답을 얻어낼 필요는 없어 보였어. 우리에게 필요한 정보를 모두 들려줄 거야. 서두를 것 없어."

그러면서 그는 시귀르뒤르 올리를 보았다.

"베니아민의 지하실 수색은 다 마친 건가?"

"네, 어제 끝냈어요. 아무것도 안 나왔어요."

"거기 묻힌 게 그 사람 약혼녀일 가능성은 없어 보이고?"

"네, 제 생각에 그분은 바다에 투신한 게 맞아요."

"강간 사건을 확인할 방법은 없을까?" 엘린보르그가 물었다.

"그건 바다 밑에 있겠죠." 시귀르뒤르 올리가 말했다.

"그 사람들이 그것에 대해 뭐라고 얘기했더라? 플리오트 여행 말야." 에를렌뒤르가 물었다.

"진정한 전원의 낭만이라고요." 시귀르뒤르 올리가 웃음을 지었다.

"염병할!" 에를렌뒤르가 내뱉었다.

에드는 현관에서 에를렌뒤르와 엘린보르그를 맞이해 거실로 안

내했다. 테이블에 보급소 관련 서류가 가득했다. 거실 바닥에도 팩스와 복사본들이 놓여 있고, 일기장과 책들이 여기저기 펼쳐져 있었다. 얼마나 철저하게 조사에 임했는지 느낄 수 있었다. 에드가 테이블 위의 서류 더미를 뒤적거렸다.

"여기 어딘가에 당시 보급소에서 일한 아이슬란드인들 명단이 있습니다. 대사관에서 찾았어요."

"선생님이 들어가셨던 그 집 식구 중 한 명을 만났습니다." 에를렌뒤르가 말했다. "말씀하신, 그 장애가 있다는 소녀가 그분 같습니다."

"잘됐네요." 에드가 계속 서류를 뒤지며 말했다. "여기 있군요."

그가 보급소에서 일한 아이슬란드인 아홉 명의 이름을 손으로 적은 명단을 건넸다. 에를렌뒤르는 그 내용을 알고 있었다. 짐이 이미 전화로 불러주었고, 또 복사본도 보내줄 터였다. 그는 미켈리나에게 의붓아버지의 이름을 묻지 않았다는 것을 깨달았다.

"고발자가 누군지도 알아냈어요." 에드가 말했다. "절도 사건을 알린 사람요. 레이캬비크에서 나와 함께 헌병으로 근무하던 동료 한 명이 지금 미니애폴리스에 삽니다. 그동안 드문드문 연락하며 지내던 터라 이번에 전화를 해봤죠. 그 친구도 그 일을 기억하고 있었고, 다른 사람에게 전화해서 밀고자의 이름을 알아냈습니다."

"누구였나요?" 에를렌뒤르가 물었다.

"이름은 데이브입니다. 데이브 웰치, 브루클린 출신의 사병이었죠."

미켈리나가 말한 이름과 같았다.

"그분은 아직 살아 계십니까?" 그가 물었다.

"모릅니다. 친구가 미국 국방부를 통해서 추적하고 있어요. 전선으로 파견되었을지도 모릅니다."

엘린보르그가 시귀르뒤르 올리를 설득해 보급소 일꾼들의 신원과 그들의 소재지 및 후손들을 조사하게 했다. 에를렌뒤르는 오후에 그녀와 다시 만나 함께 미켈리나에게 가기로 했다. 그 자신은 먼저 에바 린드가 있는 병원에 들를 생각이었다.

그는 중환자 병동으로 가서 딸의 병실을 들여다보았다. 그녀는 언제나처럼 눈을 감은 채 꼼짝 않고 누워 있었다. 다행히 하들도라는 보이지 않았다. 그는 병동 끝 쪽을 바라보았다. 체구가 작은 여자와 마주쳐 눈보라 속의 소년에 대한 기이한 대화를 나눈 곳이었다. 복도 맨 안쪽에 있는 그 방 앞으로 조심조심 가보니 방은 비어 있었다. 모피 코트의 여자도 없고, 저세상에 몸을 반쯤 걸치고 있던 남자도 사라졌다. 자칭 영매도 없었다. 그 일이 정말로 일어났던 걸까? 혹시 꿈은 아니었을까? 에를렌뒤르는 병실 문 앞에 잠시 서 있다가 딸의 방으로 돌아가 조용히 문을 닫았다. 아예 잠그고 싶었지만 잠금장치가 없었다. 그는 에바 린드 옆에 앉았다. 그렇게 말없이 앉아서 눈보라 속의 소년을 생각했다.

시간이 한참 흐른 뒤, 에를렌뒤르는 마침내 용기를 내고 숨을 깊이 들이마셨다.

"그때 그 애는 여덟 살이었어." 그가 에바 린드에게 말했다. "나보다 두 살 어렸지."

영매의 말에 따르면 그는 그 일을 받아들였고, 그건 누구의 잘못도 아니었다. 하지만 난데없이 튀어나온 그런 단순한 말은 그에게 아무 의미가 없었다. 그는 평생토록 눈보라에 맞서 싸웠고, 그 싸움은 시간이 흐를수록 힘들어져만 갔다.

"내가 손을 놓쳤어." 그가 에바 린드에게 말했다.

폭풍 속의 비명이 귓가에 울렸다.

"우리는 서로를 볼 수가 없었어. 손을 잡은 채 바짝 붙어 있었지만 눈보라가 너무 심해서 서로를 볼 수는 없었지. 그러다가 내가 손을 놓쳤어."

그가 말을 멈추었다.

"그러니까 너는 손을 놓으면 안 돼. 너는 이 일을 이기고 살아 돌아와서 다시 건강해져야 해. 네 인생이 쉽지 않았다는 걸 알지만, 너는 그 인생이 가치 없다는 듯 파괴하고 있어. 마치 너 자신이 가치 없는 사람인 양. 그건 옳지 않아. 잘못된 생각이야. 그렇게 생각하면 안 돼."

에를렌뒤르는 침대 맡 램프의 침침한 빛 속에 누운 딸을 응시했다.

"그 애는 여덟 살이었어. 이건 아까 말했던가? 평범한 아이였지. 재미있고 항상 웃는 아이. 우리는 사이가 좋았어. 그건 당연한 게 아니야. 대개의 경우는 약간의 경쟁심 때문에 싸움도 하고 허풍도 치고 말다툼도 하거든. 하지만 우리는 그러지 않았어. 아마도 우리가 크게 달라서 그랬을 거야. 그 애는 사람들을 놀라게 했어. 일부러 그러지 않아도 그럴 수 있었지. 그런 사람들이 있어. 난 그렇지 않았지. 그렇게 세상의 장벽을 깨는 사람들에겐 무언가가 있어. 완전히 자기 본성에 따라 행동하거든. 숨기는 것도 없고 숨는 일도 없이, 그냥 있는 그대로의 자기 모습에 솔직해. 그런 아이들은……."

에를렌뒤르는 입을 다물었다.

"너를 보면 가끔 그 애 생각이 나." 그가 말을 이었다. "나중에야 알게 됐지. 네가 그 오랜 세월이 지난 뒤에 나를 찾아왔을 때. 너에게는 그 애를 떠올리게 하는 점이 있어. 네가 네 인생을 파괴하는 모습에서도 그게 보이지. 그래서 나는 네 파괴적인 행동에 상처를 받으면서도 그 앞에 무력감을 느끼는 거야. 널 보면 눈보라 속에서 손이 미끄러지던 그때처럼 무력해. 우리는 손을 잡고 있었고, 내가 그 손을 놓쳤고, 그 일이 일어났어. 그게 끝이라는 느낌이 왔지. 우리 둘 다 죽을 거라고. 손이 얼어서 더는 잡고 있을 수가 없었어. 손을 놓친 그 짧은 순간을 빼면 그 애의 손을 느끼지도 못했을 정도였지."

에를렌뒤르는 말을 멈추고 바닥을 내려다보았다.

"그게 이 모든 일의 이유인지도 모르겠구나. 나는 열 살이었고, 그 뒤로 평생을 자책 속에 살았어. 그 일을 떨쳐낼 수가 없었어. 떨쳐내고 싶지도 않고. 내가 슬픔을 보내기 싫어서 고통으로 성채를 둘러놓았나 봐. 아마 오래전에 슬픔을 떠나보내야 했을 거야. 남겨진 삶에 적응하고, 거기서 의미를 찾아야 했을 거야. 누구에게나 각자가 짊어진 짐이 있지. 사랑하는 사람을 잃은 사람들 가운데 내 슬픔이 더 큰 것도 아니지만 나는 그 일을 전혀 해결하지 못하고 있어.

내 안에서 무언가 꺼져버렸어. 나는 결국 그 애를 찾지 못했고 늘 그 애의 꿈을 꿔. 그 애가 눈보라 속을 헤매다 혼자 꽁꽁 언 채 아무도 찾지 못할 곳에 쓰러지고, 눈이 그 애의 등에 쌓여서 순식간에 그 애를 묻어버리는 꿈을. 내가 아무리 소리쳐도 그 애를 찾지 못하고, 그 애는 내 목소리를 듣지 못하고, 그렇게 영원히 내 인생에서 사라져버리지."

에를렌뒤르는 에바 린드를 보았다.

"그 애는 곧장 하늘나라로 간 것 같아. 나는 사람들에게 발견됐어. 발견되어서 살았지만 그 애를 잃었지. 사람들에게는 아무것도 알려줄 수 없었어. 어디서 그 애를 잃었는지 말할 수가 없었지. 눈보라 때문에 한 치 앞도 안 보였으니까. 나는 겨우 열 살이었고, 막 죽다 살아났고, 사람들한테 해줄 말이 없었어. 사람들이 램프를 들고 들로 수색을 나가 새벽부터 밤까지 막대기로 눈을 쑤시며 여러 날을 다녔어. 조를 나눠서 개도 데리고 갔지. 그 고함 소리, 개 짖는 소리가 울려 퍼졌지만 성과는 없었어. 아무런 성과도.

그 애는 발견되지 않았어.

여기 병동에서 어떤 여자를 만났는데, 그 여자가 나더러 눈보라 속의 소년이 내게 전하는 말이 있다고 하더구나. 그건 내 잘못이 아니니까 걱정할 것 없다는 거야. 그게 무슨 뜻이지? 나는 그런 일을 믿지 않아. 하지만 어떻게 해야 하는 걸까? 평생토록 그게 내 잘못이라고 생각하고 살았는데. 그래, 사실은 오래전부터 알고 있었어. 그때 나는 너무 어렸고, 그러니 아무런 책임이 없다는 걸. 그럼에도 죄책감은 생명을 앗아 가는 암처럼 사람을 고통스럽게 하지.

내가 손을 놓친 건 여느 아이가 아니었으니까.
눈보라 속의 아이는…… 내 동생이었으니까."

~

어머니는 차가운 가을바람 속에 문을 탕 닫고서 침침한 부엌의 불빛 아래 식탁에 마주 앉은 그리뮈르와 시몬을 보았다. 그리뮈르의 얼굴이 똑똑히 보이지는 않았다. 그가 끌려간 이후 처음으로 마주하는 순간이었다. 돌아온 그의 존재를 느끼고 어스름한 빛에 싸인 그의 모습을 보자 공포가 화륵 피어올랐다. 가을 내내 그가 돌아올 것을 예상했지만, 정확한 날짜는 알지 못했다. 토마스가 달려오는 것을 보는 순간 그녀는 무슨 일인지 바로 알 수 있었다.

시몬은 몸을 일으키지 못하고 허리를 꼿꼿이 세운 채 고개만 현관 쪽으로 돌려서 자신들을 바라보는 어머니를 보았다. 그녀가 토마스의 손을 놓자, 토마스는 미켈리나가 서 있는 복도로 들어갔다. 어머니는 시몬의 눈에 어린 공포를 보았다.

그리뮈르는 식탁 의자에 앉은 채 꿈쩍도 하지 않았다. 얼마간 시간이 흐르는 동안 들리는 것이라곤 울부짖는 바람 소리와 언덕을 달려 올라온 어머니의 거친 숨소리뿐이었다. 봄날 이후로 잦아들었던 그리뮈르에 대한 공포가 다시 격렬하게 분출하며 그녀는 순식간에 과거의 상태로 돌아갔다. 마치 그가 없는 동안 아무 일도 없었던 것처럼. 다리에 힘이 풀리고 배 속 통증이 커지면서 어머니의 표정은 새로 찾은 위엄을 잃었고, 몸도 최대한 웅크린 자세가 되었다. 그렇게 굴복하고 복종하는 자세로 그녀는 최악의 순간을 기다렸다.

부엌문 앞에 선 어머니에게 닥친 변화를 아이들도 보았다.

"시몬하고 이야기를 좀 했어." 그리뮈르가 고개를 뒤로 젖혀 화상 흉터를 드러내며 말했다. 번득이는 붉은 흉터를 보고 어머니는 몸을 움찔했다. 말을 하거나 비명을 지를 듯 입을 벌렸지만, 아무 소리도 내지 못하고 질겁한 표정으로 그리뮈르를 바라볼 뿐이었다.

"보기 좋지?" 그가 말했다.

그리뮈르에게서 낯선 무언가가 느껴졌다. 시몬은 그게 무언지 정확히 알 수 없었다. 자신감이 더 커지고 더 우쭐해졌다. 그는 폭군이었고 그 사실은 그가 가족을 대하는 모든 태도에서 분명하게 드러났지만, 그리고 그것은 예나 지금이나 마찬가지였지만, 지금은 무언가 다른 것, 위험한 것이 있었다. 시몬이 그게 무얼까 생각해보는데, 그리뮈르가 식탁에서 일어섰다.

그는 아이들 어머니에게 다가갔다.

"시몬이 여기 물고기를 가져다준 데이브라는 군인 이야기를 해주었어."

어머니는 아무 말도 없었다.

"나한테 이런 짓을 한 놈도 데이브라는 군인이야." 그가 흉터를 가리키며 말했다. "한쪽 눈을 제대로 뜰 수 없게 되었지. 놈이 내 얼굴에 커피를 부어도 괜찮다고 생각했거든. 먼저 주전자를 뜨겁게 데우더군. 너무 뜨거워서 천으로 감싸 들어야 할 정도였어. 나는 우리가 마실 커피를 따르려는 줄 알았는데 내 얼굴에 그걸 부어버리더라고."

어머니는 그리뮈르에게서 바닥으로 눈길을 돌렸지만 움직이지는 않았다.

"놈들은 내 두 손을 등 뒤로 돌려 수갑을 채워놓고 그놈을 들여보냈어. 놈이 무슨 일을 할지 알았던 것 같아."

그는 험악한 얼굴을 하고 미켈리나와 토마스가 있는 복도로 다가갔다. 시몬은 의자에 못 박힌 듯 앉아 있었다. 그리뮈르가 돌아서서 다시 어머니 쪽으로 걸어갔다.

"그놈에게 무슨 보상이라도 해주는 것 같았어. 그 이유를 알아?" 그가 말했다.

"아뇨." 어머니가 낮은 목소리로 말했다.

"아뇨." 그리뮈르가 그녀의 목소리를 흉내 냈다. "모르겠지. 서방질하느라 바빠서 말야."

그가 웃음을 지었다.

"나는 놈이 호수에 떠올라도 놀라지 않을 거야. 송어를 잡다가 물에 빠진 것처럼 말이지."

그리뮈르가 어머니에게 바짝 다가가서는 어머니의 배에 거칠게 손을 올렸다.

"놈이 여기다 무언가 남겨놓았으려나?" 그가 낮고 험악한 목소리로 물었다. "호숫가로 소풍을 갔을 때? 어떻게 생각해? 그놈이 여기 뭘 남겨놓은 거 같아? 놈이 남겨놓은 게 있다면 알게 되겠지. 난 그걸 죽일 거야. 놈이 내 얼굴을 지진 것처럼 지져 죽일 수도 있어."

"그렇게 말하지 말아요." 어머니가 말했다.

그리뮈르가 그녀를 보았다.

"그 개자식이 우리 좀도둑질을 어떻게 알았지?" 그가 물었다. "누가 우리 일을 그놈한테 일러준 거야? 아는 거 없어? 우리가 부주의했는지도 몰라. 놈이 우리를 봤을 수도 있어. 아니면 놈이 누군가에게 송어를 주러 왔다가 여기 쌓여 있는 물건을 보고는 궁금증이 들어 그게 어디서 왔느냐며 그 집에 사는 갈보 년에게 물어봤을 수도 있고."

그리뮈르는 어머니의 배를 더 강하게 움켜잡았다.

"군복을 보면 속옷을 내리지 않고 못 배기지?"

시몬이 아버지 뒤에서 조용히 일어섰다.

"커피 한잔 어때?" 그리뮈르가 어머니에게 말했다. "펄펄 끓는 맛있는 커피를 아침 식사에 곁들이자고! 데이브가 허락한다면 말이지. 놈이 허락할까?"

그리뮈르는 웃음을 터뜨렸다.

"놈하고 같이 커피를 할 수도 있겠군. 혹시 지금 놈을 기다리고 있어? 놈이 와서 네년을 구해줄 거라고 생각해?"

"하지 마세요." 시몬이 그의 뒤에서 말했다.

그리뮈르가 어머니의 배에서 손을 놓고 시몬을 향해 돌아섰다.

"하지 마세요." 시몬이 다시 말했다.

"시몬! 그러지 마!" 어머니가 황급히 말했다.

"어머니를 가만두세요." 시몬의 목소리가 떨렸다.

그리뮈르는 다시 어머니에게 돌아섰다. 미켈리나와 토마스도 복도에서 지켜보고 있었다. 그는 어머니에게 몸을 바짝 기울이고 나직이 속삭였다.

"너도 어느 날 베니아민의 애인처럼 사라질 수 있어."

어머니는 피할 수 없는 폭행을 예견하며 마음을 다지고 그리뮈르를 바라보았다.

"그 일에 대해 아는 게 있어요?" 그녀가 물었다.

"사람들은 늘상 사라져. 출신에 상관없이. 높으신 분들도 사라지지. 너 같은 하찮은 쓰레기야 두말할 것도 없고. 누가 네 일을 묻겠어? 가스 공장의 네 어미가 찾지 않는다면 말야. 한데 네 어미가 너를 찾겠어?"

"어머니를 가만두세요." 시몬이 여전히 식탁 옆에 선 채 말했다.

"시몬?" 그리뮈르가 말했다. "난 우리 사이가 좋은 줄 알았는데. 너하고 나하고 토마스 말야."

"어머니 가만둬요." 시몬이 말했다. "더는 어머니를 때리지 말아요. 그리고 이 집에서 나가요. 나가서 다시는 오지 말아요."

그리뮈르는 시몬에게 다가가 어이없다는 얼굴로 그를 보았다.

"나 방금 집에 왔어. 여섯 달 동안 집에 없다가 이제 겨우 왔는데 대접이 겨우 이거야? 여편네는 군인들하고 붙어먹질 않나, 아들내미라는 건 아버지를 쫓아내려고 하질 않나. 시몬, 네가 이 아비를 상대할 만큼 큰 것 같아? 응? 나하고 싸울 만큼 클 수 있을 것 같아?"

"시몬!" 어머니가 그에게 말했다. "걱정할 거 없어. 넌 토마스하고 미켈리나 데리고 귀뷔네스로 가서 거기서 기다려. 엄마 말 들어, 시몬, 응? 시키는 대로 해."

그리뮈르가 시몬의 얼굴에 대고 웃었다.

"안주인이 아주 쇼를 연출하고 계시네. 자기가 뭐라도 되는 줄 아나 보지? 그 짧은 시간 동안 모두 이렇게 변하다니 기가 막히게 재미있군."

그리뮈르는 복도로 눈길을 돌렸다.

"저 괴물은 어때? 저 병신도 말대답을 할 건가? 어버버 어버버 하고? 저 병신은 진즉에 목을 졸라 죽였어야 됐는데. 살려뒀더니 그 보답이 겨우 이거야? 이게 내가 받는 보답이야?" 그가 복도에 대고 소리쳤다.

미켈리나는 문 앞에서 어두운 복도로 급히 물러갔지만 토마스는 가만히 서서 그리뮈르를 보았다. 그리뮈르가 그에게 미소를 보냈다.

"하지만 내가 토마스하고는 또 사이가 좋지." 그리뮈르가 말했다. "토마스는 아빠를 배신하지 않을 거야. 아빠한테 오려무나, 아들."

토마스가 그에게 갔다.

"엄마가 전화했어요." 그가 불쑥 내뱉었다.

"토마스!" 어머니가 소리쳤다.

25

"토마스가 그 사람을 위해서 그 얘길 한 건 아닐 거예요. 그 애는 아마 어머니를 위해 그 말을 해야 한다고 생각했던 것 같아요. 그 사람이 겁을 먹고 물러서게 하려고요. 이유야 어쨌건, 그 애는 자기가 뭘 하는지도 몰랐을 거예요. 너무 어렸으니까요."

미켈리나가 에를렌뒤르를 보았다. 그와 엘린보르그는 그녀의 거실에 앉아 언덕의 어머니와 그리뮈르에 대한 이야기를 듣고 있었다. 그들의 만남과 첫 번째 폭행, 이어 나날이 폭행이 거세지던 일, 두 번에 걸친 탈출 시도, 아이들을 죽이겠다는 남자의 협박. 미켈리나는 그들에게 언덕 위의 생활과 군인들, 보급소, 절도 사건, 그리고 호수로 낚시를 다니던 데이브라는 군인에 대해, 이어 여름에 아버지가 감옥에 가고, 어머니와 군인이 사랑에 빠지고, 동생들이 자신을 데리고 나가 일광욕을 시켜주고, 식구들이 데이브와 함께 피크닉을 다니던 일을 이야기했다. 그러다 의붓아버지가 돌아온 어느 추운 가을날 아침의 일까지.

미켈리나는 조금도 서두르지 않았고, 관련이 있다고 생각하는 내용은 하나도 빼먹지 않으려 했다. 에를렌뒤르와 엘린보르그는 가만히 앉아서 이야기를 들으며 미켈리나가 내온 커피를 마시고 케이크를 먹었다. 에를렌뒤르를 위해 일부러 구운 케이크라고 했다. 엘린보르그를 보고는 반가이 맞으며, 여자 형사가 많은지 묻기도 했다.

"거의 없죠." 엘린보르그는 웃으며 말했다.

"안타깝네요." 미켈리나가 의자를 권하며 말을 이었다. "여자들도 모든 중요한 자리에 다 있어야 하는데 말예요."

엘린보르그가 에를렌뒤르를 돌아보자 그는 설핏 미소를 지었다. 두 사람은 오후에 경찰서에서 만나 함께 왔다. 병원에 다녀온 그는 유난히 우울해 보였다. 에바 린드의 상태가 악화되었나 싶어 물어보았더니 여전히 아무런 변화가 없다는 대답이 돌아왔고, 혹시 컨디션이 안 좋냐고, 도와줄 일이 없냐고 묻자 고개를 저으며 기다리는 것밖에 할 수 있는 일이 없다고 했다. 그런 기다림이 그에게 크나큰 스트레스인 것 같았지만 굳이 그 얘길 꺼내지는 않았다. 그동안의 경험을 통해 에를렌뒤르가 다른 사람들에게 좀처럼 자기 이야기를 하지 않는다는 사실을 알고 있었기 때문이다.

미켈리나는 브레이드홀트의 작은 아파트 1층에 살았다. 작지만 아늑한 집이었다. 그녀가 부엌에서 커피를 준비하는 동안 에를렌뒤르는 거실에 서서 아마도 가족사진일 사진들을 보았다. 사진은 별로 많지 않았고, 언덕 시절의 사진은 하나도 없었다.

그녀가 부엌에서 다과를 준비하며 자신에 대해 짧게 설명했고, 그들은 거실에서 이야기를 들었다. 그녀는 늦은 나이에 학교 공부를 시작했다. 스무 살이 다 되어서였다. 그리고 그때 처음으로 장애 관련 치료를 받고 상태가 크게 호전되었다. 에를렌뒤르는 그녀가 자기 이야기를 대충 넘긴다는 느낌을 받았지만 그 생각을 입 밖에 내지는 않았다. 이후 미켈리나는 비정규 수업을 통해 중등 과정을 마치고 대학에 들어가 심리학과로 졸업했다. 그때의 나이가 사십 대였다. 지금은 은퇴했다고 했다.

대학 입학 전에 그녀는 남자아이를 입양해 시몬이라고 이름 지었다. 자신이 아이를 갖는 일은 어려웠을 테고 그 이유는 설명하지 않아도 아실 거라고, 그녀는 약간 뒤틀린 미소를 띤 채 말했다.

봄과 여름이면 종종 언덕에 가 까치밥나무를 돌보았고, 가을이면 그 열매를 따서 잼을 만들었다. 지난가을에 만든 잼이 아직 약간 남아 있다며 그들에게 맛도 보여주었다. 요리에 일가견이 있는 엘린보르그가 맛있다고 칭찬하자 미켈리나는 남은 것을 가져가라고, 너무 조금 남아서 미안하다고 말했다.

그런 뒤에는 지난 몇십 년 동안 이어진 레이캬비크의 팽창에 대한 이야기가 이어졌다. 처음에는 브레이드홀트로, 이어 그라바르보귀르로 뻗더니 번개 같은 속도로 모스펠스바이르까지 내달려 마침내 그녀가 한때 살면서 가장 고통스러운 기억을 얻은 언덕 그라바르홀트까지 닿았다고.

"그곳에 대해서는 정말이지 나쁜 기억밖에 없어요. 그 짧았던 여름을 빼면요." 그녀가 말했다.

"장애는 선천적인 건가요?" 엘린보르그가 물었다. 최대한 무례하지 않게 물어보려 했지만 그럴 방법은 없는 것 같았다.

"아뇨." 미켈리나가 말했다. "세 살 때 병에 걸렸어요. 병원에 갔는데, 어머니 말로는 부모가 병동에 함께 있을 수 없었대요. 중병에 걸려서 생사를 넘나드는 아이 곁을 지킬 수 없게 하는 그런 냉혹한 규정을 이해할 수 없었다고요. 몇 년이 지난 뒤 어머니는 꾸준히 치료하면 장애를 고칠 수 있다는 사실을 알게 됐지만, 의붓아버지가 나를 병원에 데리고 가는 걸 허락하지 않았어요.

병에 걸리기 전의 기억이 하나 있어요. 꿈인지 현실인지는 모르겠지만, 내가 햇빛 비치는 어느 집 마당에 있는 기억이에요. 아마 어머니가 가정부로 일하던 시절 같아요. 내가 소리를 지르면서 전속력으로 달리고 어머니가 나를 쫓아오고 있었어요. 그게 전부이지만 그 기억에 따르면 나도 그렇게 마음대로 뛰어다닐 수 있었던 거죠."

미켈리나가 미소 지었다.

"그런 꿈을 자주 꿔요. 건강한 몸으로 마음껏 돌아다니는 꿈, 머리를 흔들지 않고 말하고, 얼굴 근육이 멋대로 눈 코 입을 당기지 않는 꿈요."

에를렌뒤르는 잔을 내려놓았다.

"어제 말씀으로는 아드님 이름을 동생 시몬의 이름을 따서 지었다고 하셨는데요."

"시몬은 정말 좋은 아이였어요. 자기 아버지하고 닮은 점이 전혀 없었죠. 내가 본 바로는 그랬어요. 그 아이는 어머니하고 비슷했죠. 친절하고, 이해심 많고, 사람들을 돕고 싶어 했어요. 연민도 깊었고요. 아버지를 정말 싫어했는데 결국 그 혐오 때문에 망가졌죠. 그런 애는 아무것도 혐오하지 말아야 했는데. 게다가 어린 시절 내내 다른 식구들처럼 공포에 찌들어 살았고요. 아버지가 미쳐 날뛰면 겁에 질려서 어쩔 줄 몰라 했어요. 그러면서도 어머니가 피떡이 되도록 두드려 맞는 걸 지켜봤죠. 저는 이불로 얼굴을 가렸지만 시몬은 이따금 옆에서 그 광경을 지켜보았어요. 마치 나중에 자기가 커서 아버지에게 맞설 수 있게 되면 그 일을 해결하겠다고 마음을 다지는 것 같았어요. 아버지 문제를 해결할 수 있을 만큼 크면요.

실제로 그 시절에도 시몬은 가끔 끼어들려고 했어요. 어머니 앞에 서서 아버지를 막으려고 했죠. 어머니는 맞는 것보다 그런 일을 더 싫어했어요. 아이들이 잘못되는 건 참을 수 없었으니까요.

시몬은 정말로 따뜻한 아이였어요."

"그분이 아직도 어린아이인 것처럼 말씀하시네요. 혹시 세상을 떠나셨나요?" 엘린보르그가 물었다.

미켈리나는 미소만 지을 뿐 대답하지 않았다.

"그리고 토마스는요? 남매가 모두 셋이었죠." 에를렌뒤르가 말했다.

"네." 미켈리나가 말했다. "토마스는 시몬하고 달랐어요. 의붓아버지도 그걸 알았고요."

그러고서 그녀는 입을 다물었다.

"어머니는 누구한테 전화를 거신 거죠? 일터에서 집으로 돌아오시기 전에요." 에를렌뒤르가 물었다.

미켈리나는 그 질문에도 대답하지 않고 일어나서 자기 방으로 갔다. 엘린보르그와 에를렌뒤르는 서로 눈길을 주고받았다. 잠시 후 미켈리나가 쪽지 한 장을 들고 돌아왔다. 그녀가 쪽지를 펼쳐 읽고는 에를렌뒤르에게 건넸다.

"어머니가 주신 쪽지예요." 그녀가 말했다. "데이브가 식탁 위로 어머니에게 이걸 밀어주던 모습은 보았지만 거기 무슨 말이 적혀 있는지는 몰랐죠. 어머니는 나중에, 아주 오랜 시간이 지나서야 이걸 내게 보여주셨어요."

에를렌뒤르는 쪽지를 보았다.

"데이브는 아이슬란드 사람 아니면 아이슬란드어를 아는 군인을 시켜서 이 쪽지를 쓰게 했어요. 어머니는 평생토록 이걸 간직하셨고, 나는 이걸 무덤으로 가지고 갈 거예요."

에를렌뒤르는 쪽지를 읽었다. 서툰 대문자로 적혀 있었지만, 내용은 명확했다.

"그가 당신에게 무슨 짓을 하는지 알아요."

"엄마와 데이브는 의붓아버지가 감옥에서 나오면 곧장 연락하기로 약속을 했어요. 그러면 그가 도와주기로 했을 거예요. 정확한 내용은 모르지만요."

"귀뷔네스에 계신 분들이 어머니를 도울 수는 없었나요? 거기 일꾼이 많았을 텐데요." 엘린보르그가 물었다.

미켈리나가 그녀를 보았다.

"어머니는 의붓아버지에게 십오 년을 학대당하며 살았어요. 육체적 폭력이 너무 심해서 때로 며칠 동안 자리에서 못 일어나기도 했고요. 한편으로 그건 심리적 학대이기도 했죠. 아마도 그게 더 지독했을 거예요. 어제 형사님께 말했듯이, 어머니를 아무것도 아닌 존재로 만들어갔으니까요. 어머니는 남편이 자신을 미워하는 것만큼 스스로를 미워하기 시작했어요. 늘 자살을 생각했지만, 아이들 같은 이런저런 문제로 생각에만 머물고 말았죠. 데이브가 어머니와 여섯 달을 함께 지내며 망가진 정신을 약간이나마 되살려 줬어요. 그분은 어머니가 도움을 구할 수 있는 유일한 사람이었어요. 어머니는 그 오랜 세월 동안 누구에게도 자기 사정을 이야기하지 않았거든요. 그리고 아마 필요하다면 다시 매 맞을 각오를 했을 거예요. 최악의 경우에도 자기만 두드려 맞으면 우리 가족의 생활은 정상으로 돌아갈 거라고 생각한 거죠."

미켈리나는 에를렌뒤르를 보았다.

"데이브는 오지 않았어요."

이어 그녀의 시선은 엘린보르그를 향했다.

"그리고 우리 생활은 정상으로 돌아가지 않았죠."

~

"그래, 어머니가 전화를 했다고?"

그리뮈르가 토마스에게 한 팔을 둘렀다.

"누구한테 전화한 거냐, 토마스? 우리 사이에 비밀이 있으면 안 돼. 네 어미는 비밀을 지킬 수 있다고 생각할지 모르지만, 그건 착각이야. 비밀을 간직하는 건 위험한 일이지."

"아이를 이용하지 말아요." 어머니가 말했다.

"이제 나한테 명령도 하네." 그리뮈르가 토마스의 어깨를 문지르면서 말했다. "세상이 무섭게 변한단 말야. 다음에는 뭐야?"

시몬은 어머니 옆에 가 섰다. 미켈리나도 그들에게 다가왔다. 토마스가 울음을 터뜨렸다. 바지 앞섶에 검은 얼룩이 번졌다.

"누가 전화를 받기는 했어?" 그리뮈르가 물었다. 그의 얼굴에서 미소가 떠났다. 냉소는 사라지고 표정이 무거워졌다. 그들은 그의 흉터에서 눈을 떼지 못했다.

"아무도 안 받았어요." 어머니가 말했다.

"그러면 구원자 데이브는 오지 않는 거야?"

"안 와요." 어머니가 말했다.

"난 우리를 밀고한 놈이 누군지 궁금한데." 그리뮈르가 말했다. "오늘 아침에 군인을 가득 태운 배가 한 척 떠났어. 유럽에 군인이 필요한 모양이야. 아이슬란드에 있어봤자 이 나라 여편네들하고 붙어먹을 일밖에 없으니 말야. 아니면 놈을 벌써 처리해버렸는지도 모르겠군. 일이 내가 생각했던 것보다 훨씬 커져서 말이야. 대가리가 우수수 떨어져나갔다니까. 나보다 훨씬 높으신 분들의 대가리, 장교들 대가리가 말야. 그 사람들 기분이 좋았을 리 없지."

그가 토마스를 옆으로 밀었다.

"다들 그 일로 아주 기분이 나빠졌다고."

시몬은 어머니 옆에 붙어 섰다.

"이번 일에서 내가 이해할 수 없는 게 딱 하나 있어." 그리뮈르가 말했다. 이제 어머니 바로 앞에 와 있는 그에게서는 지독한 악취가 풍겼다. "아무리 생각해도 이해가 안 돼. 내가 집에 없을 때 어떤 놈팽이가 너한테 눈길을 주자마자 네년이 속옷을 내린 거야 이해할 수 있어. 너는 갈보 년이니까. 하지만 그놈은 대체 무슨 생각을 한 거야?"

그들의 몸이 거의 맞닿았다.

"네년한테 뭐 볼 게 있다고?"

그가 두 손으로 그녀의 머리를 잡았다.

"더러운 걸레 년한테."

~

"이번에는 아버지가 정말로 어머니를 죽일 거라는 생각이었어요. 우리 모두 예상하고 있던 일이었죠. 나는 무서워서 벌벌 떨었고 시몬도 마찬가지였어요. 나는 부엌에 가서 칼을 가져올 수 있을까 하는 생각까지 했어요. 그런데, 아무 일도 없었어요. 두 분은 서로를 노려보았고 이내 그 사람은 어머니를 때리지 않고 물러섰어요."

미켈리나는 말을 멈추었다.

"평생 그렇게 무서웠던 적은 없어요. 그리고 시몬은 그후로 완전히 변했죠. 그날 이후 우리와 점점 멀어졌어요. 불쌍한 시몬."

그녀는 바닥을 내려다보았다.

"데이브는 우리 인생에 그렇게 불쑥 찾아왔다가 불쑥 떠났어요." 그녀가 말했다. "어머니는 두 번 다시 그의 소식을 듣지 못했어요."

"그분의 성은 웰치입니다." 에를렌뒤르가 말했다. "그분에 대해 조사중이에요. 의붓아버지 이름은 어떻게 됩니까?"

"그 사람 이름은 소르그리뮈르였어요. 하지만 늘 그냥 그리뮈르라고 불렀죠."

"소르그리뮈르." 에를렌뒤르가 말했다. 보급소에서 일한 아이슬란드인 명단에 그 이름이 있었다.

코트 주머니에서 휴대전화가 울렸다. 언덕 위 발굴 현장에 있는 시귀르뒤르 올리였다.

"선배, 여기 빨리 와주셔야겠습니다." 시귀르뒤르 올리가 말했다.

"여기라니, 여기가 어디야?" 에를렌뒤르가 물었다.

"당연히 언덕이죠." 시귀르뒤르 올리가 말했다. "뼈를 발굴했는데, 누구의 뼈인지 분명한 것 같아요."

"누구지?"

"베니아민의 약혼녀입니다."

"왜? 그 여자라고 생각하는 이유가 뭐야?" 에를렌뒤르는 다른 사람들이 듣지 못하도록 자리에서 일어나 부엌으로 들어갔다.

"일단 와서 보세요." 시귀르뒤르 올리가 말했다. "다른 사람일 수가 없습니다. 직접 와서 보세요."

그러고서 그는 전화를 끊었다.

26

에를렌뒤르와 엘린보르그는 십오 분 뒤에 그라바르홀트에 도착했다. 미켈리나에게 서둘러 작별 인사를 하자 그녀는 놀란 얼굴로 그들이 나가는 모습을 지켜보았다. 에를렌뒤르는 시귀르뒤르 올리가 베니아민의 약혼녀에 대해 한 말은 전하지 않고, 그저 드디어 뼈가 발굴되어서 언덕에 가봐야 한다고, 잠시 이야기를 중단해주셔야겠다고 사과했다. 남은 이야기는 나중에 다시 듣겠다고.

"나도 같이 가면 안 될까요? 내가……." 미켈리나가 집을 나서는 그들을 보면서 물었다.

"지금은 곤란합니다." 에를렌뒤르가 그녀의 말을 잘랐다. "나중에 이야기하는 게 좋겠어요. 새로운 사실이 나왔거든요."

시귀르뒤르 올리가 언덕에서 그들을 맞아 스카르프헤딘에게로 데리고 갔다. 그는 무덤 옆에 서 있었다.

"에를렌뒤르 씨." 고고학자가 그에게 인사했다. "다 돼갑니다. 그렇게 오래 걸리지 않았어요."

"뭐가 나왔죠?" 에를렌뒤르가 물었다.

"여자입니다. 의문의 여지가 없어요." 시귀르뒤르 올리가 으스대듯 말했다.

"어떻게? 자네가 갑자기 의사라도 된 거야?" 엘린보르그가 물었다.

"의사를 부를 필요도 없어요. 보면 알아요." 시귀르뒤르 올리가 대꾸했다.

"무덤 속 유골이 두 구입니다." 스카르프헤딘이 입을 열었다. "하나는 어른, 아마도 여자 같고요, 다른 하나는 아기, 아주 작은 아기, 거의 태아 상태의 아기 같아요. 그게 다른 뼈 안쪽에 놓여 있었습니다."

에를렌뒤르는 놀라서 그를 보았다.

"유골이 두 구라고요?"

그는 시귀르뒤르 올리에게 힐긋 눈길을 던진 뒤 앞으로 두 걸음을 가서 무덤 속을 들여다보았고, 그 즉시 스카르프헤딘의 말뜻을 이해했다. 큰 뼈가 흙 밖으로 거의 다 나와 있었는데, 손을 공중으로 쳐든 채 흙이 가득 든 입을 벌린 모습에 갈비뼈가 부러져 있었다. 빈 눈구멍에도 흙이 가득했고, 이마에는 약간의 머리카락이 흩어져 있었으며, 얼굴 피부 중 일부가 남아 있었다.

그리고 그 안에 아주 작은 뼈들이 태아 같은 자세로 웅크리고 있었다. 고고학팀이 거기서 흙을 세심하게 털어낸 뒤였다. 팔과 대퇴골은 연필만 했고, 두개골은 테니스공만 했다. 그것은 큰 뼈의 흉곽 하부에 고개를 아래로 향한 채 놓여 있었다.

"다른 사람일 가능성이 없지 않나요?" 시귀르뒤르 올리가 말했다. "그 여자도 임신중이었잖아요. 이름이 뭐였더라?"

"솔베이흐." 엘린보르그가 대답했다. "이렇게까지 만삭이었나?" 그녀가 뼈들을 내려다보며 혼자말처럼 중얼거렸다.

"이 상태를 아기라고 해야 할까, 아니면 태아라고 해야 할까?" 에를렌뒤르가 물었다.

"저야 모르죠." 시귀르뒤르 올리가 말했다.

"나도 몰라. 전문가가 필요해." 에를렌뒤르가 말하고 스카르프헤딘에게 물었다. "뼈들을 이 상태 그대로 바론스티귀르의 시신 안치소로 보낼 수 있나요?"

"이 상태 그대로라는 건 무슨 뜻이죠?"

"두 유해가 겹쳐진 상태로요."

"큰 뼈는 아직 다 꺼내지 못했어요. 작은 솔과 붓으로 흙을 조금씩 털어내면서 아래로 조심조심 내려가면 전체를 들어낼 수 있습니다. 네, 그렇게 하면 될 것 같아요. 법의학자가 여기서 뼈를 보는 건 원하시지 않는 거죠?"

"네, 실내로 가져가고 싶습니다. 모든 걸 최상의 조건에서 살펴봐야 해요."

저녁 무렵, 뼈는 모두 손상 없이 땅에서 나왔다. 에를렌뒤르, 시귀르뒤르 올리, 엘린보르그는 뼈들이 나오는 모습을 지켜보았다. 고고학팀의 솜씨가 아주 전문적이라 에를렌뒤르는 그들을 부른 것에 전혀 후회가 없었다. 스카르프헤딘의 지휘는 효율성이라는 면에서 발굴 때와 다르지 않았다. 그는 에를렌뒤르 말마따나 '밀레니엄 맨'이라는 그 뼈에 애착이 생겼다고, 잊지 못할 거라고 말했다. 하지만 일이 거기서 끝난 것은 아니었다. 발굴 과정에서 범죄학에 흥미를 느낀 스카르프헤딘이 팀원들과 함께 흙을 세밀히 조사해 오랜 옛날 그 언덕에서 무슨 일이 벌어진 건지 실마리를 찾아보겠다고 나선 것이다. 모든 발굴 과정을 사진과 비디오로 찍어두었으니 그것을 대학 강의에 흥미로운 자료로 사용할 수 있을 거라고, 그리고 에를렌뒤르가 뼈가 거기 묻힌 사연을 밝혀내면 더욱 그럴 거라고, 그는 송곳니가 도드라지는 미소를 지으며 덧붙였다.

뼈들은 바론스티귀르의 시신 안치소로 옮겨졌다. 에를렌뒤르는 그날 오후에 법의학자와 통화를 했는데, 그는 여전히 가족과 스페인에서 휴가를 보내는 중이고 일주일 뒤에나 돌아온다고 했다. 바비큐장에서 햇볕을 쬐고 있다는 그의 목소리는 술에 절어 있는 것 같았다. 경찰 승합차에 실린 뼈들은 경찰의의 감독하에 시신 안치소로 옮겨져 적절한 장소에 자리를 잡았다.

에를렌뒤르가 바란 대로 뼈들은 흩어지지 않고 그대로 옮겨졌다. 서로의 위치를 최대한 원래 상태로 유지하기 위해서 고고학팀원들은 두 뼈 사이에 흙을 많이 남겨두었다. 그래서 에를렌뒤르와 지역 경찰의가 부검실의 밝은 형광등 불빛 아래 서서 보았을 때, 테이블 위에는 뼈가 상당히 큰 더미를 이루고 있었다. 경찰의가 유골을 감싼 흰색 모포를 벗겼고, 두 사람은 뼈를 바라보며 생각에 잠겼다.

"제일 먼저 유골의 연대를 추정해야겠죠." 에를렌뒤르가 말하고 경찰의를 보았다.

"네, 연대 추정요." 경찰의가 생각에 잠긴 채 말을 이었다. "남자와 여자는 골반 부분을 제외하면 뼈의 차이가 거의 없습니다. 그런데 작은 뼈하고 흙 때문에 골반을 제대로 보기가 어렵네요. 큰 뼈는 이백여섯 개 모두 제자리에 있는 것 같습니다. 갈비뼈는 짐작하던 대로 부러졌고요. 뼈로 보면 키가 상당히 큰 여자입니다. 우선 그게 첫인상이지만 첫인상에 기대면 안 되겠지요. 급한가요? 일주일을 기다려주실 수 있나요? 저는 부검이나 시신 연대 추정의 전문가가 아니라서요. 유능한 법의학자는 알아차릴 것들을 다 놓칠지도 모릅니다. 확실한 결과를 위해서라면 기다리는 게 나아요. 급한 일인가요? 천천히 하면 안 되나요?" 그가 다시 물었다.

에를렌뒤르는 경찰의의 이마에 맺힌 땀방울을 응시하며, 누군가가 이 사람은 늘 큰 책임은 피하려 한다며 욕하던 일을 떠올렸다.

"상관없습니다." 에를렌뒤르가 말했다. "급한 일은 아니에요. 어쨌건 제 생각은 그렇습니다. 발굴 현장에서 우리가 모르던 무언가, 어떤 비극이 밝혀지지 않는다면요."

"발굴 현장을 지켜본 누군가가 사건의 전말을 알고 있다는 뜻입니까?"

"두고 봐야죠." 에를렌뒤르가 말했다. "법의학자를 기다립시다. 생사가 달린 문제는 아니니까. 그래도 먼저 확인할 수 있는 게 없는지 한번 살펴주시죠. 편하신 시간에요. 증거를 손상시키지 않고 작은 유골을 분리해주셔도 좋을 것 같습니다."

지역 경찰의는 무슨 일을 해야 할지 알 수 없다는 듯한 태도로 고개를 끄덕였다.

"제가 뭘 할 수 있는지 보죠." 그가 말했다.

에를렌뒤르는 다음 날 아침까지 기다릴 것 없이 곧장 베니아민 크뉘센의 조카에게 이야기를 전하기로 마음먹고, 그날 저녁 시귀르뒤르 올리와 함께 그녀의 집을 찾아갔다. 엘사가 문을 열고 그들을 거실로 들였다. 모두 자리에 앉았다. 그녀가 전보다 피곤한 기색이라 에를렌뒤르는 유골 두 구가 발견된 사실에 대한 그녀의 반응이 약간 걱정되었다. 수십 년 전의 일이 이렇게 다시금 불거져 나오고, 삼촌이 살인 사건에 연루되는 일은 당연히 그녀에게 큰 스트레스일 터였다.

마침내 그가 입을 열어 고고학팀의 발굴 결과를 전했다. 유골은 베니아민의 약혼녀인 것 같다고. 에를렌뒤르가 이야기를 마칠 무렵 엘사는 불신을 숨기지 못한 채 두 형사를 번갈아 보았다.

"두 분 말씀 못 믿어요." 그녀가 소리쳤다. "그래서, 삼촌이 약혼녀를 죽였다는 말씀인가요?"

"그럴 가능성이 있……."

"그리고 언덕의 샬레 옆에 묻었다고요? 저는 못 믿어요. 경찰이 어떻게 그런 생각을 하는지 모르겠네요. 이대로는 납득할 수 없어요. 다른 근거가 필요해요. 삼촌이 살인자가 아니라는 건 제가 장담합니다. 두 분께 이 집을 드나들도록 허락하고 지하실도 마음껏 뒤지게 해드렸는데, 이건 너무 지나치네요. 나나 우리 가족이 감출 게 있다면 지하실을 찾아보게 했을까요? 아뇨, 이건 지나쳐요. 두 분 다 나가주셨으면 합니다. 지금 당장요!" 그녀가 말하고 일어섰다.

"선생님이 연루된 일이 아닙니다." 시귀르뒤르 올리가 말했다. 그와 에를렌뒤르는 자리에서 움직이지 않았다. "선생님이 저희한테 무얼 감추는 게 아니잖습니까. 아닌가요……?"

"지금 그게 무슨 말씀이시죠?" 엘사가 말했다. "내가 무언가 감춘다고요? 내가 공범이라는 건가요? 그래서 날 체포해 감옥에 넣을 건가요? 참 대단들 하시네요!" 그녀는 에를렌뒤르를 노려보았다.

"진정하십시오." 에를렌뒤르가 말했다. "어른의 유골과 아기의 유골이 겹쳐진 채 발견되었습니다. 베니아민의 약혼녀는 임신중이라고 했고요. 그러니까 그 유골이 약혼녀라는 결론이 자연스럽지 않겠습니까? 저희는 누구를 비난하려는 게 아니라 그저 사건을 해결하고 싶을 뿐입니다. 선생님은 저희 일에 크게 협력해주셨고, 그 점에 감사드립니다. 모두가 그렇게 협조해주지는 않을 겁니다. 하지만 이제 뼈가 발견된 이상, 베니아민 삼촌께서 핵심 용의자가 될 수밖에 없어요."

엘사는 에를렌뒤르가 무단 침입이라도 한 것처럼 그를 노려보았다. 그러더니 잠시 후 다소 누그러진 태도로 시귀르뒤르 올리와 에를렌뒤르를 차례로 보고 다시 자리에 앉았다.

"잘못 짚으셨어요." 그녀가 말했다. "두 분이 나만큼 삼촌을 아신다면 이해할 거예요. 삼촌은 파리 한 마리도 못 죽이는 분이었어요. 정말로요."

"그분은 약혼녀의 임신 사실을 알았습니다." 시귀르뒤르 올리가 말했다. "두 분은 결혼할 예정이었고요. 그분은 약혼녀를 열렬히 사랑하셨던 것 같더군요. 그 사랑과 앞으로 꾸릴 가정, 사업, 사회적 지위를 중심으로 미래를 그리고 계셨어요. 그러다가 그게 무너진 거죠. 어쩌면 그분이 지나치게 반응했던 건지도 모릅니다. 여자분의 시신은 발견되지 않고, 그저 바다에 투신했다고만 알려졌어요. 그렇게 사라진 분을 우리가 찾은 건지도 모르지 않습니까."

"선생님께서 시귀르뒤르 올리에게 말씀하시기로, 베니아민 씨는 누가 약혼녀를 임신시켰는지 몰랐다고요." 에를렌뒤르가 조심스럽게 말했다. 자신들이 너무 성급했나 싶었고, 스페인에 있는 법의학자가 원망스러웠다. 어쩌면 엘사는 나중에 찾아오는 편이 좋았을 것이다. 법의학자의 확인을 받은 다음에.

"그래요. 삼촌은 몰랐어요." 엘사가 말했다.

"솔베이흐의 어머니가 나중에 베니아민 씨를 만났다고 들었습니다. 모든 일이 지나간 뒤에. 그러니까 솔베이흐가 실종된 다음에요."

엘사의 얼굴에 놀란 기색이 번졌다.

"그 일은 몰랐네요. 그게 언제였죠?" 그녀가 말했다.

"나중 일입니다." 에를렌뒤르가 말했다. "정확한 때는 모르고요. 솔베이흐는 아이 아버지를 밝히지 않았어요. 이유는 모르지만, 어쨌건 입을 다물었죠. 어떻게 된 일인지 베니아민 씨에게도 말하지 않았고요. 약혼만 깨고 아이 아버지는 밝히지 않았습니다. 아마도 가족을 지키려고 그랬던 것 같습니다. 아버님의 이름을 지키려고요."

"아버지의 이름을 지키다니, 그게 무슨 뜻인가요?"

"플리오트에 사는 아버님의 조카가 그 집에 놀러 간 솔베이흐를 강간했어요."

엘사는 의자에 몸을 파묻고, 충격에 본능적으로 손을 입에 올렸다.

"믿을 수가 없네요." 그녀가 한숨을 쉬었다.

같은 시각, 엘린보르그는 도시 반대편에 있는 바라에게 무덤에서 나온 유골에 대해, 그리고 그것이 베니아민의 약혼녀 솔베이흐일 가능성이 높고 아마도 베니아민이 거기 묻었으리라 추정된다는 이야기를 전했다. 그러면서 경찰의 근거는 그가 솔베이흐의 살아 있는 모습을 본 마지막 사람이었다는 점과 언덕의 유골 곁에서 아이가 나왔다는 점뿐이라고 강조했다. 뼈에 대한 자세한 분석은 아직 이루어지지 않았다고.

바라는 눈도 깜박이지 않고 엘린보르그의 설명을 들었다. 지난번과 마찬가지로 그녀는 부유함이 넘쳐흐르는 큰 집에 혼자였고, 아무 반응도 보이지 않았다.

"아버지는 언니가 낙태하기를 바랐어요." 그녀가 입을 열었다. "어머니는 언니를 시골에 데려가려고 했죠. 거기서 아기를 다른 사람에게 주고 아무 일도 없던 것처럼 돌아와서 베니아민하고 결혼시키려고요. 부모님은 그 일에 대해 오랫동안 의논하고 솔베이흐를 불렀어요."

바라가 자리에서 일어섰다.

"나는 나중에 어머니한테 들었고요."

그녀는 웅장한 참나무 서랍장 앞으로 가더니 서랍 하나를 열고 작은 흰색 손수건을 꺼내서 코를 찍었다.

"부모님은 언니에게 그 두 가지 선택지를 제시했어요. 세 번째는 없었죠. 그러니까 아기를 낳아 우리 가족으로 키우는 거요. 언니가 아무리 설득해도 부모님은 듣지 않았죠. 아기에 대해 알고 싶어 하지 않았고, 그냥 아기를 죽이거나 다른 사람에게 주려고만 했어요. 다른 대안은 없었어요."

"그러면 언니분은요?"

"모르겠어요." 바라가 말했다. "불쌍한 언니. 전 모르겠어요. 언니는 아기를 낳고 싶어 했어요. 다른 경우는 생각하지 않았어요. 언니도 아직 어렸는데 말이죠. 아직 어린애였는데."

에를렌뒤르가 엘사를 보았다.

"베니아민 씨가 배신감을 느꼈을까요?" 그가 물었다. "약혼녀가 아이 아버지를 알려주지 않아서?"

"두 사람이 마지막으로 만났을 때 무슨 이야기를 했는지는 아무도 몰라요. 삼촌이 어머니에게 대강 말해주었지만, 자세한 내용까지 전했는지는 이제 알 수가 없네요. 그런데, 정말로 강간당했던 건가요? 세상에!"

엘사는 에를렌뒤르와 시귀르뒤르 올리를 번갈아 보았다.

"삼촌으로서는 배신감을 느꼈을 만도 했죠." 그녀가 나직하게 말했다.

"죄송합니다만, 뭐라고 하셨죠?" 에를렌뒤르가 물었다.

"삼촌이 솔베이흐에게 배신감을 느꼈을 만도 했다고요. 하지만 그렇다고 삼촌이 그분을 죽여서 언덕에 묻었다는 뜻은 아니에요."

"그분이 말을 안 했으니까요." 에를렌뒤르가 말했다.

"네, 아이 아버지 이름을 말하지 않았죠." 엘사가 말했다. "삼촌은 강간인 줄 몰랐어요. 그건 확실해요."

"혹시 공범이 있었을까요?" 에를렌뒤르가 말했다. "자기 대신 일을 처리할 사람을 구했을까요?"

"무슨 말씀이신지……."

"베니아민 씨는 그라바르홀트의 샬레를 폭력 남편이자 절도범에게 임대했습니다. 그 자체로는 아무 의미도 없습니다만, 어쨌건 그런 사실이 있죠."

"무슨 말씀을 하시는지 전혀 모르겠네요. 폭력 남편이라고요?"

"아, 지금은 이 정도로 충분할 것 같습니다. 너무 넘겨짚는 것일 수도 있어서요. 그냥 법의학자의 보고를 기다리는 게 가장 좋을 것 같군요. 괜히 심기만 불편하게 해드렸다면……."

"아뇨, 괜찮아요. 알려주셔서 고마워요. 그 점은 감사드립니다."

"수사가 진전되는 대로 연락드리겠습니다." 시귀르뒤르 올리가 말했다.

"참, 머리카락이 있잖아요. 그걸로 신원을 확인해보시죠." 엘사가 말했다.

엘린보르그는 일어섰다. 긴 하루였고, 이제는 집에 가고 싶었다. 바라에게 인사를 건네며 늦은 밤에 폐를 끼쳐서 죄송하다고 말하자, 바라는 괜찮다며 현관까지 엘린보르그를 따라나와서 문을 닫았다. 잠시 후 현관 벨이 울려 바라는 다시 문을 열었다.

"그분은 키가 컸나요?" 엘린보르그가 물었다.

"누구요?" 바라가 말했다.

"언니분요. 키가 꽤 큰 편이었나요? 평균 키였나요? 아니면 작은 키? 언니의 체격은 어땠나요?"

"아, 언니는 키가 작았어요." 바라가 웃음을 머금고 말했다. "눈에 띌 정도로 작은 키였죠. 아주 아담했어요. 어머니가 언니를 한 줌짜리라고 부를 정도였죠. 그래서 베니아민하고 언니가 손을 잡고 걸어가면 아주 웃겼어요. 베니아민은 아주 장신이라 두 사람의 키 차이가 엄청났거든요."

에를렌뒤르는 딸의 병실에 앉아 있다가 지역 경찰의의 전화를 받았다. 자정 직전이었다.

"지금 시신 안치소에 있습니다." 경찰의가 말했다. "유골들을 분리해냈어요. 망가진 게 없기만을 바랍니다. 저는 법의학자가 아니니까요. 테이블과 바닥이 온통 흙투성이예요. 얼마나 지저분한지."

"그리고요?" 에를렌뒤르가 말했다.

"아, 얘기가 옆길로 샜군요. 아기의 유골은 태아가 맞습니다. 칠 개월 이상 되었어요."

"그리고요?" 에를렌뒤르가 참고 기다리며 말했다.

"그 자체로는 별달리 이상한 게 아니지만 한 가지……."

"말씀하세요."

"아기는 죽기 전에 이미 태어났을 수도 있어요. 아니면 사산됐거나요. 단언하기는 어렵습니다. 하지만 아이 밑에 있던 게 어머니는 아닙니다."

"잠깐요……. 그렇게 말씀하시는 근거는……."

"아기 밑에 있건 아기와 함께 묻혔건, 하여간 어머니는 아니에요."

"어머니가 아니라니, 무슨 말씀이죠? 그러면 누군가요?"

"분명합니다. 골반을 보면 알아요." 경찰의가 말했다.

"골반요?"

"성인 유골은 남자입니다. 아기 밑에 묻혀 있던 건 남자예요."

27

언덕의 겨울은 길고 혹독했다.

어머니는 계속 귀뷔네스 목장으로 일하러 다녔고, 아이들은 매일 학교에 갔다. 그리뮈르도 석탄 배달 일로 돌아갔다. 절도 행위가 발각된 이후 군은 그에게 일자리를 주지 않았다. 보급소는 문을 닫고 막사는 모두 할로갈란드로 옮겨 갔다. 울타리와 기둥들, 그리고 막사 앞의 콘크리트 마당만 남았다. 대포도 벙커를 떠났다. 사람들은 전쟁이 끝나간다고 했다. 독일군이 러시아에서 퇴각중이고, 서부전선에 대규모 반격이 예정되어 있다는 얘기가 돌았다.

그해 겨울 그리뮈르는 어머니를 다소 무시하며 지냈다. 욕설을 던질 때를 빼면 말도 거의 하지 않았다. 그들은 이제 한 침대를 쓰지 않았다. 어머니는 시몬의 방에서 잤고, 그리뮈르는 토마스와 함께 자고 싶어 했다. 그리고 토마스만 빼고 모든 식구가 겨울 사이 어머니의 배가 천천히 부푸는 것을 알아차렸다. 배는 지나간 여름날의 달콤 씁쓸한 기억처럼 부풀어 올랐고, 식구들은 그리뮈르가 복수하고자 나서면 무슨 일이 일어날지 두려움에 떨었다.

어머니는 몸 상태를 최대한 감추었다. 그리뮈르는 줄기차게 아내를 협박했다. 아기를 허락하지 않겠다고 했다. 태어나자마자 죽여버리겠다고. 그 아이도 미켈리나처럼 저능아일 테니 나오는 순간 죽는 게 좋을 거라고. 그러면서 어머니를 '양갈보'라 불렀지만, 그해 겨울 신체적 폭행은 가하지 않았다. 먹잇감에 뛰어들 시점을 노리는 맹수처럼 조용히 주변을 맴돌 뿐이었다.

어머니는 이혼 이야기를 꺼내려 했지만 그리뮈르가 비웃었다. 그녀는 목장 사람들에게도 자신의 상태를 말하지 않고 임신 사실을 숨겼다. 어쩌면 그리뮈르가 결국 생각을 바꿀 거라고, 그의 협박은 다 허풍이라고, 결정적 시기가 오면 협박을 무르고 어쨌건 아이 아버지 역할을 떠맡을 거라고 생각했는지도 모른다.

결국 그녀는 극단적인 수단으로 눈을 돌렸다. 그동안의 고통에도 불구하고, 그리뮈르에게 복수하기 위해서가 아니라 자신과 새로 태어날 아기를 지키기 위해서였다.

미켈리나는 그 혹독한 겨울 동안 어머니와 그리뮈르 사이에 긴장이 커지는 것을 느꼈지만, 시몬의 변화 또한 그 못지않게 걱정스러웠다. 어릴 때부터 워낙 어머니를 좋아하던 그는 이제 학교에서 돌아오고 어머니가 일을 마치고 오면 아예 어머니의 곁에 달라붙어 좀처럼 떠나지 않았다. 그리뮈르가 감옥에서 돌아온 그 추운 가을날 이후 시몬은 전보다 더 불안해했다. 아버지와 함께 있는 일은 최대한 피했고, 날이 갈수록 어머니에 대한 걱정으로 안절부절못했다. 가끔 혼잣말하는 소리가 들려왔는데, 마치 미켈리나의 눈에는 보이지도 않고 집에 있을 수도 없는 상상의 인물에게 말하는 것 같았다. 때로는 어머니를, 그리고 데이브가 어머니에게 남겨준 아기를 보호하기 위해 자신이 무슨 일을 해야 할지 크게 소리 내서 말하기도 했다. 어머니를 그리뮈르에게서 지켜주는 일도 아기의 생명을 지키는 일도 다 자신에게 달려 있다고. 다른 사람은 없다고. 데이브는 돌아오지 않을 거라고.

시몬은 그리뮈르의 협박이 진심이라고 여겼다. 그가 아기를 살려두지 않을 거라고 믿었다. 그리뮈르가 아기를 데리고 나가면 그걸로 끝이라고, 그가 아기를 산 위로 데리고 갔다가 혼자 돌아올 거라고 생각했다.

토마스는 언제나처럼 조용했지만, 겨울이 지나는 동안 미켈리나는 그의 변화도 감지했다. 그리뮈르는 어머니를 더블 침대에서 쫓아낸 뒤 토마스를 안방에서 재웠다. 어머니는 좁고 불편한 토마스의 침대에서 자야 했다. 그리뮈르가 토마스에게 무슨 말을 하는지는 몰라도, 토마스의 태도가 크게 달라지기 시작했다. 그는 그녀와 아무것도 하려 들지 않았다. 그렇게 친했던 시몬하고도 거리를 두었다. 어머니가 그와 이야기를 나누려 해도 토마스는 분노와 침묵, 무력함 속으로 물러설 뿐이었다.

"시몬이 이상해." 언젠가 미켈리나는 그리뮈르가 토마스에게 말하는 소리를 들었다. "네 어미처럼 이상해지고 있어. 형을 잘 지켜보렴. 형을 닮으면 안 돼. 너도 이상해질 테니까."

미켈리나는 어머니가 그리뮈르에게 아기 이야기를 하는 것도 들었다. 미켈리나가 아는 한 그리뮈르는 그때 처음으로 어머니가 자기 이야기를 하게 내버려두었다. 어머니의 배는 이제 많이 부풀어 있었고, 그는 어머니에게 농장 일을 그만두라고 했다.

"가서 일 그만두고 가족을 돌봐야 한다고 얘기해." 그가 어머니에게 말했다.

"하지만 당신 아이라고 하면 되잖아요." 어머니가 말했다.

그리뮈르는 비웃었다.

"그러면 돼요."

"닥쳐."

시몬도 그들의 대화를 듣고 있었다.

"당신 아이라고 말해도 아무도 의심 안 해요." 어머니가 부드러운 목소리로 말했다.

"헛짓하지 마."

"다른 사람들은 알 필요 없어요. 궁금해할 사람도 없고요."

"이제 와서 뭘 어떻게 바로잡으려고. 그 양키 놈하고 들판에 나갔을 때 생각이라는 걸 했어야지."

"아니면 아이를 입양 보낼 수도 있어요." 어머니가 조심스럽게 말했다. "이런 일을 겪는 게 내가 처음은 아니니까요."

"물론 처음은 아니지. 세상의 절반이 놈들하고 붙어먹고 있으니까. 그렇게 생각하면 네가 좀 나아 보여?"

"당신은 아이를 안 봐도 돼요. 태어나자마자 다른 사람한테 주면 당신은 얼굴조차 볼 필요 없어요."

"내 마누라가 양키 놈들이랑 붙어먹은 건 세상이 다 알아." 그리뮈르가 말했다. "네년이 들판에서 뒹군 걸 다 안다고."

"아무도 몰라요." 그녀가 말했다. "나와 데이브 일을 아는 사람은 아무도 없었어요."

"그럼 나는 어떻게 알았을까, 이 등신 같은 년아? 네가 말해준 것도 아닌데? 그런 이야기가 사람들 입방아에 오르지 않을 거 같아?"

"그렇기는 하지만 그 사람이 아버지인 건 몰라요. 아무도요."

"입 닥쳐. 안 그러면……."

그들은 모두 그 긴 겨울이 끝날 무렵 닥칠, 참혹하고도 불가피한 일을 기다렸다.

그 무렵, 그리뮈르가 시름시름 앓기 시작했다.

미켈리나가 에를렌뒤르를 바라보았다.

"어머니가 겨울 동안 그 사람에게 독을 먹였어요."

"독이라고요?" 에를렌뒤르가 말했다.

"어머니는 자신이 무슨 일을 하는지 몰랐어요."

"어떻게 먹인 겁니까?"

"레이캬비크의 둑스코트 사건 기억하시나요?"

"젊은 여자가 쥐약으로 오빠를 죽인 사건 말이죠? 네, 20세기

초의 일이었죠."

"어머니는 사실 그 사람을 죽일 생각이 없었어요. 그저 건강을 상하게 하려고 했죠. 그렇게 해서 아기를 낳고, 그가 보기 전에 빼돌리려고요. 둑스코트의 여자는 오빠에게 쥐약을 먹였어요. 우유죽에 그걸 잔뜩 넣었고, 심지어 오빠도 그 장면을 보았지만 그게 뭔지 몰랐죠. 죽기까지 며칠이 걸린 터라 그사이에 그가 다른 사람에 그 사실을 얘기했고요. 여자는 오빠가 쥐약 맛을 못 느끼도록 우유죽을 주면서 슈냅스도 함께 주었어요. 부검 결과 몸에서 인이 나왔는데, 그건 느리게 확산하는 독성 물질이죠. 어머니는 그 이야기를 알고 있었어요. 유명한 살인 사건이었으니까요. 그래서 귀뷔네스 목장에서 쥐약을 가져다가 그리뮈르의 음식에 조금씩 넣었어요. 그가 맛을 느끼거나 낌새를 채지 않게끔 아주 조금씩만요. 집에다 따로 보관하지 않고 매번 필요한 만큼 가져오다가, 목장 일을 관두면서는 많은 양을 가져와 숨겨두었어요. 어머니는 그게 그리뮈르에게 어떤 영향을 미칠지, 또 그렇게 소량을 쓰는 게 효과가 있기나 할지 전혀 몰랐지만 시간이 지나자 차츰 효력이 나타났어요. 그 사람은 기력을 잃고 자주 앓아눕고 피곤해하고 구토도 했어요. 일도 못 나가고 누워서 지냈죠."

"낌새를 전혀 못 챈 겁니까?" 에를렌뒤르가 물었다.

"깨달았을 때는 이미 너무 늦은 시점이었어요." 미켈리나가 말했다. "그 사람은 의사를 믿지 않았어요. 어머니도 당연히 병원에 가보라고 하지 않았고요."

"사람들이 데이브를 처리했을 거라고 한 건 무슨 소리였습니까? 그 일을 다시 언급한 적이 있나요?"

"아뇨, 없어요." 미켈리나가 말했다. "그냥 허풍을 친 거예요. 어머니에게 상처를 주려고요. 어머니가 데이브를 사랑하는 걸 알았으니까요."

에를렌뒤르와 엘린보르그는 미켈리나의 거실에서 이야기를 듣고 있었다. 그들이 그라바르홀트의 무덤에서 나온 아기 밑의 유골이 남자의 것이라고 전하자 미켈리나는 고개를 저었다. 그날 그렇게 이유도 얘기하지 않고 서둘러 나가지 않았다면 자신이 알려줄 수도 있었다고 그녀는 말했다.

그녀는 아기의 유골에 대해 물으면서도, 에를렌뒤르가 보고 싶으냐고 물어보니 아니라고 대답했다.

"하지만 조사가 언제 끝날지 알고 싶군요." 그녀가 말했다. "여동생도 축복받은 땅에서 쉴 때가 되었지요."

"여동생요?" 엘린보르그가 물었다.

"네, 여동생요."

시귀르뒤르 올리는 엘사에게 경찰의가 밝혀낸 내용, 그러니까 무덤 속 시신이 베니아민의 약혼녀일 가능성은 없다는 사실을 알렸다. 엘린보르그도 솔베이흐의 동생 바라에게 전화를 걸어 같은 소식을 전했다.

에를렌뒤르가 엘린보르그와 함께 미켈리나에게 가는 동안 에드가 그의 휴대전화로 연락을 해와, 아직 데이브 웰치에 대해 알아낸 바가 없다고 했다. 그가 아이슬란드 밖으로 배치되었는지 어쨌는지, 심지어 그런 일이 일어났을 만한 시점도 모르겠다고, 하지만 조사를 계속하겠다는 이야기였다.

그날 아침 일찍 에를렌뒤르는 딸을 보러 중환자 병동으로 갔다. 그녀의 상태는 변함이 없었고, 에를렌뒤르는 한참이나 그 옆에 앉아 자신이 열 살 때 겪은 일, 에스키피외르드뒤르 위쪽 들판에서 눈보라 속에 동생을 잃어버린 이야기를 이어갔다. 그들은 아버지와 함께 양떼를 산 아래로 몰고 내려가다가 폭풍을 만났다. 형제는 아버지를 놓쳤고, 이어 서로를 놓쳤다. 아버지는 탈진한 상태로 농장에 돌아갔고, 사람들이 수색에 나섰다.

"내가 발견된 것도 순전히 운이 좋아서였지." 에를렌뒤르가 말했다. "이유는 몰라도, 나는 눈 더미를 파고 들어가 눈보라를 피할 정신이 있었어. 눈을 쑤시던 막대기가 내 어깨에 닿았을 땐 거의 시체에 가까운 상태였지. 우리 식구는 그곳을 떠났어. 그 애가 들판에서 죽었는데 거기서 계속 살 수는 없었어. 그래서 레이캬비크에서 새로운 삶을 시도했지만…… 결국 실패했단다."

그때 의사가 안을 들여다보았다. 에를렌뒤르는 그에게 인사를 하고 에바 린드의 상태에 대해 짧은 대화를 나누었다. 의사는 아무런 변화가 없다고 말했다. 회복의 기미도, 의식을 되찾는 기미도 없다고. 그들은 침묵에 잠겼다. 그런 뒤 인사를 나누고 의사는 돌아섰다.

"기적을 바라지는 마세요." 의사가 말했다. 그는 에를렌뒤르의 얼굴에서 차가운 미소를 보았다.

이제 에를렌뒤르는 미켈리나 앞에 앉아 병원에 있는 딸과 눈 속에 누운 동생을 생각했다. 문득 미켈리나의 목소리가 그 생각을 뚫고 흘러들었다.

"어머니는 살인자가 아니에요." 그녀는 말했다.

에를렌뒤르는 그녀를 바라보았다.

"어머니는 살인자가 아니에요." 미켈리나가 다시 말했다. "아기를 구하려고 한 일이었어요. 아이 때문에 겁이 나서요."

그러곤 엘린보르그에게 눈길을 던졌다.

"게다가 그 사람이 쥐약 때문에 죽은 것도 아니고요."

"하지만 그분이 깨달았을 때는 이미 늦은 시점이라고 하시지 않았나요?" 엘린보르그가 물었다.

"네, 맞아요. 너무 늦은 시점이었죠." 미켈리나가 말했다.

~

그 일이 벌어진 날, 그리뮈르는 하루 종일 침대에서 앓았지만 밤이 되자 병세가 조금 누그러지는 듯했다.

어머니는 배에 통증을 느꼈고, 저녁이 다가오자 진통 간격이 짧아지면서 분만이 시작되었다. 너무 이른 시기였다. 조산이었다. 그녀는 두 아들에게 그들 침대의 매트리스와 부엌에 있는 미켈리나의 소파 매트리스를 가져오게 한 뒤 모두 부엌에 깔고 저녁 무렵 그 위에 누웠다.

어머니는 또 시몬과 미켈리나에게 깨끗한 이불과 아기를 씻길 따뜻한 물을 준비해놓으라고 했다. 이미 아이를 셋이나 낳았기에 해야 할 일은 다 알고 있었다.

아직 겨울이고 어두웠지만 날씨가 돌연 따뜻해져서 낮에는 비가 내렸다. 봄이 가까이 와 있었다. 그날 낮에 어머니는 바깥에 나가 까치밥나무 주변의 화단을 정리하고 죽은 가지들을 잘랐다. 가을이 되어 잼을 만들 때쯤이면 까치밥 열매가 잘 익어 있을 거라고 했다. 어머니에게서 한시도 눈을 떼지 않던 시몬도 어머니를 따라 까치밥나무로 갔다. 그녀는 다 잘될 거라며 그를 달랬다.

"잘될 리 없어요." 그러고서 시몬은 다시 한번 말했다. "잘될 리 없어요. 아기를 낳으면 안 돼요. 절대 안 돼요. 아버지가 아기를 죽인다잖아요. 아기는 언제 나와요?"

"걱정할 것 없어." 어머니가 말했다. "아기가 태어나면 내가 아기를 시내로 데리고 갈 거야. 아버지는 아기를 보지도 못해. 아파서 힘을 못 쓰잖니. 하루 종일 침대에 누워만 있고."

"그래서 아기는 언제 나오는데요?"

"이제 언제라도 나올 수 있어." 어머니가 부드럽게 말했다. "아마 곧 나올 거야. 그러면 모든 일이 끝나. 걱정할 것 없어, 시몬. 마음을 굳게 먹으렴. 엄마를 위해서, 시몬."

"왜 병원에 안 가요? 왜 아기를 낳으러 병원에 가지 않는 거죠?"

"아버지가 못 가게 할 거야." 그녀가 말했다. "나를 도로 데려다가 집에서 낳으라고 하겠지. 다른 사람들이 알까 봐. 사람들한테는 누가 집 앞에 아기를 두고 갔다고 말할 거야. 그리고 좋은 사람들 손에 맡기는 거지. 아버지도 그걸 원해. 다 잘될 거야."

"하지만 아버지가 아기를 죽일 거라잖아요."

"그러지 않으실 거다."

"무서워요." 시몬이 말했다. "왜 이래야 하죠? 어떻게 해야 할지 모르겠어요. 정말 모르겠어요." 계속되는 이야기에 어머니는 시몬이 불안에 얼마나 쩔쩔매고 있는지 알 수 있었다.

이제 시몬은 부엌에 매트리스를 깔고 누운 어머니를 내려다보았다. 안방을 빼면 부엌이 그나마 널찍한 공간이었다. 이내 어머니는 침묵 속에 몸을 비틀기 시작했다. 토마스는 그리뮈르의 방에 있었다. 시몬은 그리로 살그머니 다가가 문을 닫았다.

미켈리나는 소리를 내지 않으려 애쓰는 어머니 곁에 누워 있었다. 그때 안방 문이 열리더니 토마스가 나와서 부엌으로 들어왔다. 그리뮈르는 침대에 걸터앉아 신음하고 있었다. 그가 부엌에 가서 자신이 먹지 않고 둔 죽을 가져오라고 토마스를 보낸 터였다. 그리고 너도 좀 먹으라고.

토마스는 어머니와 시몬과 미켈리나 곁을 지나가다가 아기의 머리가 나타난 것을 보았다. 어머니가 힘을 주자 어깨까지 빠져나왔다.

토마스가 죽 그릇과 스푼을 집어 들어 입으로 가져가는 순간, 어머니가 곁눈으로 그 모습을 보았다.

"토마스! 너 그거 먹으면 안 돼!" 어머니의 입에서 다급한 외침이 튀어나왔다.

적막 속에서 아이들이 어머니를 바라보았다. 어머니는 갓난아기를 품에 안고 앉은 채 토마스를 보았다. 토마스는 너무 놀라서 죽 그릇을 떨어뜨렸고, 그릇은 산산조각 났다.

침대가 삐걱거렸다.

그리뮈르가 밖으로 나와 부엌으로 들어섰다. 그는 경멸하는 얼굴로 어머니와 어머니가 안고 있는 아기를, 이어 토마스를 본 뒤, 바닥의 죽으로 시선을 내렸다.

"설마 그런 거야?" 그리뮈르가 놀라움이 섞인 목소리로 나직하게 말했다. 오래도록 알 수 없던 수수께끼의 답을 막 찾은 것 같았다. 그가 어머니를 내려다보았다.

"나한테 독을 먹인 거야?" 그가 소리쳤다.

어머니는 그리뮈르를 올려다보았다. 미켈리나와 시몬은 고개를 들지 못했다. 토마스는 가만히 선 채 바닥에 쏟아진 죽만 바라보았다.

"내가 낌새를 못 채다니! 그렇게 기운이 없고 아프고 속이 울렁거리고……."

그리뮈르는 부엌을 둘러보다가 찬장으로 달려들어 서랍을 마구 열었다. 갑자기 미친 사람이 된 것 같았다. 그는 찬장의 물건들을 마구 끄집어냈다. 옥수숫가루 봉지를 벽에다 던지자 봉지가 터지며 유리병 떨어지는 소리가 났다.

"이거야? 언제부터 이 짓을 한 거야?" 그가 병을 집어 들면서 소리쳤다.

어머니는 그를 똑바로 바라보았다. 어머니 옆의 부엌 바닥에서 촛불이 타고 있었다. 그가 독을 찾는 사이 옆에 둔 촛불로 데운 큼직한 가위를 들어 탯줄을 자른 뒤 떨리는 손으로 얼른 매듭을 묶은 터였다.

"대답해!" 그리뮈르가 악을 썼다.

어머니는 대답할 필요가 없었다. 그 눈을 통해 모든 것을 알 수 있었다. 그 표정과 고집스러움을 통해. 그가 얼마나 두드려 패든 그녀는 이미 오래전부터 마음속 깊이 그를 단호히 거부하고 있었다는 것을, 그 무언의 거절을 그는 알 수 있었다. 군인의 사생아, 핏덩이를 품에 안은 그녀의 도전적인 눈빛을 통해 알았다.

그리고 그녀의 품에 안긴 아기를 통해서도.

"어머니를 가만두세요." 시몬이 낮은 목소리로 말했다.

"이리 내! 아기 이리 줘. 독사 같은 년!" 그리뮈르가 소리를 질렀다.

"어머니 가만둬요." 시몬의 목소리가 더 커졌다.

"이리 내! 아니면 둘 다 죽여버릴 거야. 모두 죽여버릴 거라고! 너희 모두!"

분노로 그의 입에 거품이 일었다.

"갈보 년아, 나를 죽이려고 한 거야? 날 죽일 수 있을 것 같아?"

"그만하라니까!" 시몬이 소리쳤다.

어머니는 한 손으로 아기를 끌어안은 채 다른 손으로 바닥을 더듬었지만, 가위가 잡히지 않았다. 황급히 고개를 돌려보아도 가위는 보이지 않았다.

에를렌뒤르가 미켈리나를 보았다.

"누가 가위를 가져간 겁니까?" 그가 물었다.

미켈리나는 이제 창가에 가서 서 있었다. 에를렌뒤르와 엘린보르그가 서로를 보았다. 두 사람은 같은 생각을 하고 있었다.

"그 일을 목격한 사람 중에 남아 있는 분은 선생님뿐인가요?"

에를렌뒤르가 물었다.

"네, 다른 사람은 없어요." 미켈리나가 말했다.

"가위를 가져간 게 누구였나요?" 엘린보르그가 물었다.

28

“시몬을 만나보시겠어요?” 미켈리나가 물었다. 눈에 눈물이 차올라 있었다.

“시몬요?” 에를렌뒤르가 얼른 이해하지 못하고 되물었다. 그러다가 언덕에서 그녀를 데려간 남자가 떠올랐다. “아드님 말씀인가요?”

“아뇨, 아들 말고 동생요. 제 동생 시몬.” 미켈리나가 말했다.

“그분이 살아 있나요?”

“네, 살아 있어요.”

“그러면 그분과 이야기를 해봐야겠네요.”

“하지만 별로 얻어낼 건 없을 거예요.” 미켈리나가 미소를 지었다. “그래도 한번 만나보시죠. 그 애는 손님이 오는 걸 좋아하니까.”

“이야기를 끝내고 가는 게 어떨까요?” 엘린보르그가 물었다.

"아버지는 정말이지 짐승 중의 짐승이었네요. 믿기지가 않아요. 사람이 그런 짓을 할 수 있다는 게."

에를렌뒤르가 그녀에게 눈길을 던졌다.

"가면서 더 말씀드리죠." 미켈리나가 말했다. "시몬을 보러 갑시다."

"시몬!" 어머니가 소리쳤다.

"어머니 가만둬요." 시몬이 떨리는 목소리로 외치더니, 눈 깜박할 새에 그리뮈르의 가슴에 가위를 박았다.

시몬이 손을 떼자 가위가 손잡이 바로 앞부분까지 가슴에 박혀 있는 것이 보였다. 그리뮈르는 믿을 수 없다는 표정으로 아들을 보았다. 무슨 일이 벌어진 건지 온전히 깨닫지 못하는 듯했다. 그는 가위를 보았지만, 움직일 수 없는 것 같았다. 그가 다시 시몬을 보았다.

"나를 죽이려는 거냐?" 그러고서 신음을 내뱉더니 무릎으로 털썩 주저앉았다. 가위가 꽂힌 곳에서 피가 솟구쳐 나왔고, 그는 천천히 뒤로 쓰러져서 벽에 탕 부딪혔다.

어머니는 침묵의 공포 속에 아기를 끌어안았다. 미켈리나는 어머니 옆에 꼼짝 않고 누워 있었다. 토마스는 죽을 떨어뜨린 곳에 가만히 서 있었다. 시몬은 어머니 곁에 서서 몸을 떨었다. 그리뮈르는 움직이지 않았다.

모든 것이 고요했다.

침묵을 깨고 어머니가 고통스러운 울음을 터뜨렸다.

~

미켈리나가 말을 멈추었다.

"아기가 사산된 건지 아니면 어머니가 너무 세게 안는 바람에 품 안에서 질식한 건지 모르겠어요. 어쨌거나 너무 일찍 나오긴 했죠. 출산 예정일은 봄이었는데 늦겨울에 태어났으니까요. 우리는 아기 울음소리를 못 들었어요. 어머니는 울음도 틔우지 않고 아기 얼굴을 옷에 묻은 채 있었어요. 그리뮈르가 아기를 빼앗아 갈까 봐 두려워서요."

에를렌뒤르는 미켈리나가 일러주는 대로 어느 수수한 단독주택 앞에 차를 세웠다.

"그대로 지냈으면 봄에 돌아가셨을까요?" 에를렌뒤르가 물었다. "그러니까 의붓아버지 말입니다. 어머니 계산은 그랬나요?"

"아닐 거예요." 미켈리나가 말했다. "어머니는 석 달 동안 독을 썼어요. 그 정도로는 충분하지 않았던 거죠."

에를렌뒤르는 차고 진입로에 차를 세우고 시동을 껐다.

"파과병이라는 걸 혹시 아시나요?" 그녀가 차 문을 열면서 물었다.

~

어머니는 품 안의 죽은 아기를 바라보다가 세게 흔들더니 다시 울음을 터뜨렸다.

시몬은 어머니의 울음소리가 들리지 않는 듯 아버지의 시신만 바라보았다. 눈앞에 벌어진 일을 믿을 수 없는 것 같았다. 시신 아래쪽에 핏물이 흥건히 고이고 있었다. 시몬은 나뭇잎처럼 몸을 떨었다.

미켈리나가 어머니를 진정시키려 했지만 불가능했다. 토마스는 아무 말 없이 방으로 들어가서 문을 닫았다. 표정의 변화도 없었다.

시간이 한참 흘렀다.

마침내 미켈리나가 어머니를 진정시켰다. 어머니는 정신을 되찾고 울음을 멈춘 뒤 주변을 둘러보았다. 자기 핏물 속에 누워 있는 그리뮈르를, 옆에서 떨고 있는 시몬을, 고통스러운 표정을 짓고 있는 미켈리나를. 그녀는 마침내 시몬이 준비해놓은 온수에 아기를 씻겼다. 천천히, 꼼꼼하게 씻겼다. 생각하지 않아도 어떻게 해야 하는지 알고 있는 것 같았다. 어머니는 아기를 내려놓고 일어선 뒤 자리에 붙박인 시몬을 끌어안았다. 그러자 시몬의 떨림이 멈추며 격렬한 흐느낌이 터져 나왔다. 어머니는 그를 의자로 데려가 아기가 안 보이는 방향으로 앉혔다. 이어 그리뮈르에게 가서 가슴에 박힌 가위를 빼내 싱크대에 던졌다.

그러곤 출산으로 지친 몸을 의자에 앉혔다.

그녀는 시몬에게 해야 할 일을 일러주고, 미켈리나에게도 지시를 했다. 그들은 그리뮈르의 시신을 이불에 말아 현관 앞으로 끌고 갔다. 그런 다음 시몬과 어머니는 함께 나가 집에서 꽤 떨어진 곳까지 갔고, 시몬이 구덩이를 팠다. 낮 동안 그쳤던 비가 다시 내리기 시작했다. 차갑고 무거운 겨울비였다. 땅은 군데군데 녹아 있었다. 시몬은 곡괭이로 흙을 파헤친 뒤 두 시간 동안 구덩이를 파 내려갔고, 그들은 시신을 무덤 앞으로 끌고 와서 이불과 함께 떨구어 넣었다가 이불만 다시 빼냈다. 시체는 왼손을 들어 올린 자세로 무덤에 들어갔지만, 시몬도 어머니도 그걸 내릴 엄두를 내지 못했다.

어머니는 다시 집으로 가서 아기를 차가운 빗속으로 데리고 나온 뒤 그리뮈르의 몸 위에 내려놓았다.

그러곤 무덤 위로 성호를 그으려다가 멈추었다.

"하느님은 없어." 어머니가 말했다.

그녀가 삽을 들고 두 구의 시신 위로 흙을 끼얹었다. 시몬은 무덤 옆에 선 채 비에 젖은 검은 흙이 시신 위로 떨어지고, 그들이 점점 흙에 덮이는 모습을 지켜보았다. 미켈리나는 부엌을 정돈하고 있었다. 토마스는 보이지 않았다.

흙이 꽤 두텁게 쌓였을 때 시몬은 그리뮈르가 경련을 한다는 느낌을 받았다. 몸을 떨면서 어머니를 보았지만 어머니는 아무것도 모르는 기색이었고, 그는 다시 무덤 속을 보았다. 그 순간, 공포스럽게도 흙에 반쯤 덮인 얼굴이 움직였다.

그가 눈을 떴다.

시몬은 얼어붙었다.

그리뮈르가 무덤에서 그를 올려다보았다.

귀청을 찢을 듯한 시몬의 비명 소리에 어머니가 삽질을 멈추었다. 그녀는 시몬을 보고, 이어 무덤 속을 내려다보았다. 그리뮈르가 아직 살아 있었다. 그녀는 무덤가에 그대로 서 있었다. 비가 쏟아져 그리뮈르 얼굴의 흙을 씻어냈다. 잠시 그들은 서로를 바라보았다. 이윽고 그리뮈르의 입술이 움직였다.

"제발!"

그런 뒤 그의 눈이 감겼다.

그녀는 시몬을 보았다. 무덤 속을 보고, 다시 시몬을 보았다. 그러곤 삽을 들어 아무 일도 없던 것처럼 계속 흙을 퍼 넣었다. 그리뮈르는 흙에 묻혀 사라져갔다.

"엄마." 시몬이 울먹였다.

"집에 들어가라, 시몬. 이제 다 끝났어. 집에 가서 누나를 도와주렴. 어서, 시몬. 집으로 돌아가."

시몬은 어머니를 보았다. 어머니는 삽을 들고 차가운 비에 흠뻑 젖은 채 허리를 굽히고 구덩이를 채워갔다. 시몬은 말없이 집으로 돌아갔다.

~

"토마스는 그게 다 자기 잘못이라고 생각했을지도 몰라요." 미켈리나가 말했다. "그 애는 다시는 그 일을 언급하지 않았고, 아예 우리하고 이야기를 안 했어요. 그냥 자기 껍데기 속으로 들어갔죠. 어머니가 소리치고 토마스가 죽 그릇을 떨어뜨린 순간, 그 순간이 우리 인생을 완전히 바꾸고 그리뮈르를 죽게 한 거예요."

그들은 작은 거실에 앉아 시몬을 기다리고 있었다. 그 집에서 지내는 다른 사람들이 그는 동네에 산책을 나갔다고, 하지만 금방 돌아올 거라고 했다.

"여기는 정말 좋은 곳이에요. 이곳 사람들보다 시몬을 더 잘 대해주는 곳은 없죠." 미켈리나가 말했다.

"그리뮈르를 찾거나 하는 사람은 없었나요?" 엘린보르그가 물었다.

"어머니는 집 안을 말끔하게 청소했고, 나흘 뒤에 남편이 셀포스로 간다며 헬리스헤이디 들판 방향으로 떠났다가 소식이 끊겼다고 신고했어요. 어머니가 임신했던 건 아무도 몰랐고요. 어쨌건 누구도 임신에 대해 묻지 않았죠. 사람들이 수색을 나갔지만 당연히 시신은 못 찾았어요."

"셀포스에는 무슨 볼일이 있다고 말씀하셨나요?"

"어머니가 그것까지 대답할 필요는 없었어요." 미켈리나가 말했다. "그 사람이 왜 거기 갔는지 아무도 궁금해하지 않았어요. 그 사람은 절도죄로 징역을 산 전과자였어요. 그가 셀포스에 가서 무슨 일을 하건 사람들이 왜 신경을 쓰겠어요? 그리뮈르는 이 세상에 전혀 중요한 사람이 아니었어요. 생각해야 할 다른 사람들이 많았으니까요. 어머니가 실종 신고를 한 날 미군 몇 명이 아이슬란드인 한 명을 사살한 일도 있었고요."

미켈리나가 희미하게 웃었다.

"며칠이 지나고, 몇 주가 지나갔어요. 그리뮈르는 나타나지 않았고, 죽었다고 여겨졌죠. 여느 아이슬란드 실종자처럼요."

그녀는 한숨을 쉬었다.

"어머니가 가장 많이 운 건 시몬 때문이었어요."

~

모든 일이 끝났을 때 집 안은 섬뜩하리만치 고요했다.

어머니는 비에 흠뻑 젖은 채 식탁에 앉아서 자신의 더러운 손을 내려다보았다. 아이들에게는 신경도 쓰지 못했다. 미켈리나가 옆에 앉아 어머니의 손을 쓰다듬었다. 토마스는 여전히 방 안에 있었다. 시몬은 부엌에 서서 바깥의 비를 내다보았다. 눈물이 두 뺨을 타고 흘러내렸다. 그는 어머니와 미켈리나를, 이어 창밖의 까치밥나무들을 차례로 바라보았다. 그런 뒤 밖으로 나갔다.

그는 비에 젖은 몸으로 추위에 떨며 나무들 앞에 서서 헐벗은 가지들을 쓰다듬었다. 그러다 하늘로 고개를 들어 얼굴에 비를 맞았다. 하늘은 캄캄했고 멀리서 천둥 소리가 울렸다.

"나도 알아." 시몬이 말했다. "달리 할 수 있는 일이 없었어." 그는 말을 멈추고 고개를 숙인 채 비를 맞았다. "너무 힘들었어. 너무 오랫동안 너무 많이 힘들었어. 아버지가 왜 그랬는지 나는 몰라. 내가 왜 아버지를 죽여야 했는지도 모르겠어."

"누구한테 말하는 거니, 시몬?" 어머니가 물었다. 그를 따라 나와 있던 어머니는 아들에게 팔을 둘렀다.

"저는 살인자예요. 사람을 죽였어요." 시몬이 말했다.

"내 눈에는 그렇지 않아, 시몬. 나한테 너는 살인자가 될 수 없어. 너와 나는 다르지 않아. 어쩌면 이 일은 아버지가 자초한 운명인지 몰라. 아버지가 죽은 지금 가장 나쁜 일은, 그런 아버지 때문에 네가 고통받는 거야."

"제가 아버지를 죽였어요, 엄마."

"달리 방법이 없었잖니. 그걸 알아야 돼, 시몬."

"하지만 너무 끔찍해요."

"그래, 나도 잘 안단다, 시몬."

"기분이 너무 안 좋아요. 이런 적은 처음이에요, 엄마."

어머니는 까치밥나무를 보았다.

"가을이 되면 이 나무에 열매가 열릴 테고, 그러면 모든 게 다 잘될 거야. 듣고 있니, 시몬? 모든 게 다 잘될 거야."

29

현관문이 열리자 모두 그쪽으로 고개를 돌렸다. 숱이 듬성한 백발에 허리가 구부정한 일흔 살가량의 남자가 다정한 얼굴로 들어왔다. 두툼하고 깔끔한 스웨터에 회색 바지를 입고 있었다. 그를 찾아온 손님이 있다는 얘길 전해 들은 도우미가 시몬과 함께 들어와 거실 쪽을 가리켜 보였다.

에를렌뒤르와 엘린보르그는 자리에서 일어섰다. 미켈리나가 다가가 포옹을 하자 그는 미소를 지었다. 얼굴이 아이처럼 빛났다.

"미켈리나 누나." 남자가 놀라우리만치 젊은 목소리로 말했다.

"안녕, 시몬." 그녀가 말했다. "너를 보고 싶어 하시는 분들을 모시고 왔어. 이분은 엘린보르그, 여기 남자분 성함은 에를렌뒤르야."

"시몬입니다. 미켈리나는 제 누나고요." 그가 그들과 악수를 나누며 말했다.

에를렌뒤르와 엘린보르그는 고개를 끄덕였다.

"시몬은 행복해요." 미켈리나가 말했다. "다른 식구들은 그런 적이 없지만요. 어쨌건 시몬은 행복하고, 그러면 된 거죠."

시몬은 그들 곁에 앉아서 미켈리나의 손을 잡은 채 미소 띤 얼굴로 그녀의 얼굴을 쓰다듬더니, 에를렌뒤르와 엘린보르그에게도 미소를 보냈다.

"이분들은 누구야?" 그가 물었다.

"나하고 친하게 지내는 분들이야." 미켈리나가 말했다.

"이곳은 편안하신가요?" 에를렌뒤르가 물었다.

"이름이 뭐예요?" 시몬이 물었다.

"제 이름은 에를렌뒤르입니다."

시몬이 미소를 지었다.

"나는 미켈리나의 동생이에요."

미켈리나가 그의 팔을 쓰다듬었다.

"이분들은 형사셔, 시몬."

시몬은 에를렌뒤르와 엘린보르그를 번갈아 바라보았다.

"이분들은 그때 일을 알고 계셔." 미켈리나가 말했다.

"어머니는 돌아가셨어." 시몬이 말했다.

"그래, 어머니는 돌아가셨어."

"누나가 말해. 누나가 이분들하고 말해." 시몬은 에를렌뒤르와 엘린보르그의 눈길을 피해 누나만 바라보며 애원하듯 말했다.

"좋아, 시몬. 내가 나중에 다시 올게." 미켈리나가 말했다.

시몬은 미소 짓고 일어나서 거실을 나가더니 복도 저편으로 사라졌다.

“파과병이에요.” 미켈리나가 말했다.

“파과병요?” 에를렌뒤르가 물었다.

“우리도 처음에는 몰랐어요.” 미켈리나가 말했다. “시몬은 성장을 멈췄어요. 여전히 착하고 다정한 아이였지만, 정신이 몸을 따라 자라나지 않았어요. 파과병은 조현병의 한 유형이에요. 시몬은 피터 팬 같아요. 보통은 사춘기 시절에 발병하는데, 어쩌면 시몬에겐 이미 징후가 있었는지도 몰라요. 늘 예민했거든요. 그러다가 그 비극이 일어나면서 선을 넘어간 것 같아요. 시몬은 늘 두려움 속에 살았고 책임감을 무겁게 느꼈어요. 어머니를 보호하는 게 자기 책임이라고 생각했죠. 다른 사람은 아무도 없었으니까요. 시몬은 우리 중에 가장 크고 강한 아이였어요. 하지만 알고 보니 그 애가 가장 약한 사람이었던 거죠.”

“그러면 어릴 때부터 시설에서 지내신 건가요?” 엘린보르그가 물었다.

“아뇨, 어머니가 돌아가시기 전까지는 어머니하고 살았어요. 어머니는 이십육 년 전에 돌아가셨고요. 시몬 같은 사람은 돌보기 쉬워요. 온순하고 상냥하거든요. 하지만 계속 챙겨줘야 하고, 돌아가시기 전까지는 어머니가 그 일을 하셨어요. 시몬은 상태가 괜찮을 때면 시청 청소부로도 일했어요. 레이캬비크를 구석구석 누비며 쓰레기를 줍고 개수를 세면서 쓰레기봉투에 넣었죠.”

그들은 잠시 말없이 앉아 있었다.

“데이비드 웰치에게서는 다시 연락이 없었고요?” 엘린보르그가 마침내 물었다.

미켈리나가 그녀를 보았다.

"어머니는 돌아가시는 날까지 그분을 기다렸어요. 하지만 그는 돌아오지 않았어요."

그녀는 잠시 말을 멈추었다.

"그리뮈르가 돌아온 그날 아침 어머니는 목장에서 그에게 전화를 걸었어요." 그녀가 마침내 말했다. "그리고 그분과 이야기를 했죠."

"그분은 왜 언덕으로 가지 않은 겁니까?" 에를렌뒤르가 물었다.

미켈리나가 미소를 지었다.

"두 분은 서로 작별 인사를 나눴어요." 그녀가 말했다. "그분은 유럽 대륙으로 떠나게 되어 있었거든요. 그날 오전에 배가 출항할 예정이었고, 어머니가 전화한 건 위험을 알리기 위해서가 아니라 그에게 작별 인사를 하고 자기는 아무 문제 없다고 말하기 위해서였어요. 그분은 돌아온다고 했어요. 어쩌면 전사하셨는지도 모르죠. 어머니는 두 번 다시 그분 소식을 못 들었지만, 전쟁이 끝나도 돌아오지 않자……."

"대체 왜……"

"어머니는 그리뮈르가 그분을 죽일 거라고 생각했어요. 그래서 혼자서 집에 돌아왔죠. 그분의 도움을 바라지 않았어요. 스스로 해결하려고 했어요."

"그분도 그리뮈르가 곧 출소하리라는 걸 알았을 텐데요. 게다가 데이브와 어머니에 대한 소문이 그리뮈르한테까지 가닿았으니, 그분도 무언가 듣지 않았을까요?" 에를렌뒤르가 물었다.

"두 분은 아버지가 그 사실을 안다는 걸 몰랐어요. 아주 비밀스러운 연애였으니까요. 그리뮈르가 어떻게 알게 됐는지는 저도 모르겠어요."

"그러면 아기는……?"

"두 분은 어머니가 임신한 걸 몰랐어요."

에를렌뒤르와 엘린보르그는 한동안 말없이 앉아서 미켈리나의 말을 생각해보았다.

"토마스는요? 그분은 어떻게 됐습니까?" 에를렌뒤르가 물었다.

"토마스는 죽었어요. 겨우 쉰둘에요. 두 번 이혼하고 아들만 셋을 두었죠. 저는 조카들하고 전혀 연락하지 않아요."

"왜요?" 에를렌뒤르가 물었다.

"그 애는 아버지 같았어요."

"어떻게요?"

"그 애의 인생은 불행했어요."

"네?"

"토마스는 아버지처럼 되었어요."

"그러니까……." 엘린보르그가 미켈리나에게 예리한 눈길을 던졌다.

"폭력 남편이 된 거죠. 아내를 때리고, 아이들을 때리고, 술을 마시고."

"그건…… 그리뮈르와의 관계 때문이었을까요?"

"우리는 몰라요." 미켈리나가 말했다. "저는 그렇게 생각하지 않아요. 그게 아니길 바라기도 하고요. 그 생각은 하지 않으려고 해요."

"그리뮈르가 무덤에서 '제발'이라고 말한 건 무슨 의미였을까요? 어머니에게 도와달라는 뜻이었을까요? 자비를 구하는 거였을까요?"

"어머니하고 그 이야기를 많이 했어요. 어머니가 한 가지 추론을 냈는데, 저도 납득이 되더군요."

"그게 뭔가요?"

"그리뮈르가 자기 자신을 알았다는 거죠."

"무슨 말씀이신지……."

"그리뮈르는 자신이 어떤 사람인지 알았어요. 그리고 직접 거론한 적은 없지만 마음 깊은 곳에서는 그렇게 된 이유도 알았던 것 같아요. 그 사람은 힘든 유년기를 보냈어요. 그도 한때 어린아이였고, 그 아이가 그의 영혼에 남아서 소리쳤을 거예요. 최악의 상태가 되어 앞뒤 없는 분노를 쏟아낼 때, 그에게 그러지 말라고 소리쳤겠죠."

"선생님 어머니는 정말로 용감하신 분이셨습니다." 엘린보르그가 말했다.

"제가 저분과 이야기를 좀 해도 될까요?" 잠시 침묵이 흐른 뒤 에를렌뒤르가 물었다.

"시몬 말씀인가요?" 미켈리나가 말했다.

"그래도 되겠습니까? 방에 들어가서 둘만 따로 만나도요."

"시몬은 지난 오랜 시간 동안 이 일에 대해 이야기한 적이 없어요. 어머니는 그런 일이 없었던 것처럼 행동하는 게 최선이라고 생각하셨죠. 어머니가 돌아가신 후 제가 시몬에게서 그 이야기를 꺼내보려고 했는데 불가능했어요. 그 애에겐 그 일 이후의 기억만 있는 것 같아요. 그전의 다른 건 모두 사라진 것처럼. 끈질기게 추궁하면 가끔 한두 마디씩 꺼내기는 하지만, 그럴 때를 빼면 완전히 닫혀 있어요. 스스로 만든 평화로운 세상에 혼자 살고 있죠."

"안 될까요?" 에를렌뒤르가 다시 물었다.

"아뇨, 제가 볼 때는 괜찮을 것 같아요." 미켈리나가 말했다.

에를렌뒤르는 일어나서 복도로 나갔다. 방들은 대부분 문이 열려 있었다. 침대에 걸터앉아 창밖을 내다보는 시몬의 모습이 보였다. 에를렌뒤르가 문을 두드리자 그가 돌아보았다.

"안에 들어가도 될까요?" 에를렌뒤르가 묻고 허락을 기다렸다.

시몬은 그에게 고개를 끄덕이고 다시 창밖으로 고개를 돌렸다.

책상 앞에 의자가 있었지만 에를렌뒤르는 시몬과 나란히 침대에 걸터앉았다. 책상에는 사진이 몇 장 놓여 있었다. 미켈리나가 보였고, 노부인은 어머니인 것 같았다. 그는 사진을 집어 들었다. 부엌 식탁에 앉아 있는 어머니의 모습이었다. 그 시절 그 또래 여자들이 많이 입던 얇은 나일론 재질에 알록달록한 무늬가 박힌 원피스를 입고서 카메라를 바라보며 긴장된, 수수께끼 같은 미소를 짓고 있었다. 시몬도 그 옆에 앉아 웃고 있었다. 미켈리나의 집에서 찍은 사진일지도 모른다는 생각이 들었다.

"어머니신가요?" 그가 시몬에게 물었다.

시몬이 사진을 보았다.

"네, 우리 어머니예요. 돌아가셨어요."

"알고 있습니다."

시몬은 다시 창밖을 보았고, 에를렌뒤르는 사진을 책상에 내려놓았다. 그들은 한동안 말없이 앉아 있었다.

"무얼 보고 계시나요?" 에를렌뒤르가 물었다.

"어머니는 다 잘될 거라고 말씀하셨어요." 시몬이 여전히 창밖을 내다보며 말했다.

"다 잘될 겁니다."

"저를 데려가실 건가요?"

"아뇨, 데려가지 않습니다. 그저 선생님을 만나고 싶었어요."

"우리가 사이좋게 지낼 수도 있겠죠?"

"그럼요." 에를렌뒤르가 말했다.

그들은 침묵 속에 앉아서 이제는 함께 창밖을 내다보았다.

"그쪽 아버지는 좋은 분이었나요?" 시몬이 갑자기 물었다.

"네, 좋은 분이셨습니다." 에를렌뒤르가 대답했다.

그들은 다시 말을 잃었다.

"아버지 이야기를 해주세요." 한참 후에 시몬이 입을 열었다.

"네, 언젠가 아버지 이야기를 해드릴게요. 그분은……."

에를렌뒤르가 말을 멈추었다.

"네?"

"그분은 아들을 잃었습니다."

두 사람은 창밖을 바라보았다.

“제가 알고 싶은 게 한 가지 있습니다.” 에를렌뒤르가 말했다.

“무언가요?” 시몬이 말했다.

“그분 성함이 어떻게 되나요?”

“누구요?”

“어머니요.”

“왜요?”

“누님께 어머니 이야기를 들었는데, 성함을 못 들어서요.”

“어머니 이름은 마르그리에트였어요.”

“마르그리에트.”

그때 미켈리나가 문 앞에 나타났고, 시몬이 일어나서 그녀에게 다가갔다.

“열매 가져왔어? 까치밥나무 열매?” 그가 물었다.

“가을에 가져올게. 여름 지나고 가을이 되면, 그때 가져올게.”

미켈리나가 말했다.

30

그 순간 중환자 병동의 어둠 속에 죽은 듯 누워 있던 에바 린드의 눈에 눈물이 맺혔다. 눈물 방울은 점점 커져서 천천히 눈꼬리 밖으로 빠져나왔고 산소마스크 아래 얼굴을 따라 흘러 입술 위를 지나갔다.

몇 분 뒤 그녀가 눈을 떴다.

옮긴이 **고정아**
대학에서 영문학을 공부하고 전문 번역가로 활동하며 『순수의 시대』 『하워즈 엔드』 『전망 좋은 방』 『오만과 편견』 『히든 피겨스』 등 많은 작품을 우리말로 옮겼고, 그중 『천국의 작은 새』로 2012년 6회 유영번역상을 받았다. 또한 『엘 데포』 『클래식 음악의 괴짜들』 『손힐』 등 어린이, 청소년 도서도 활발히 번역하고 있다.

무덤의 침묵
Grafarþögn (Silence of the grave)

초판 발행 2021년 4월 12일

지은이 아르드날뒤르 인드리다손
옮긴이 고정아

책임편집 이송 | **편집** 김유진 | **외주교정** 홍상희
표지디자인 이경란 | **본문디자인** 이원경 | **저작권** 한문숙 김지영 이영은
마케팅 정민호 정진아 김혜연 정유선 | **홍보** 김희숙 김상만 함유지 김현지 이소정 이미희 박지원
제작 강신은 김동욱 임현식 | **제작처** 영신사

펴낸곳 (주)문학동네 | **펴낸이** 염현숙
출판등록 1993년 10월 22일 제406-2003-000045호
임프린트 엘릭시르
주소 10881 경기도 파주시 회동길 210
문의 031-955-1918(편집) 031-955-8896(마케팅) 031-955-8855(팩스)
전자우편 editor@elmys.co.kr | **홈페이지** www.elmys.co.kr

ISBN 978-89-546-7853-7 03840
978-89-546-4534-8 (SET)

엘릭시르는 출판그룹 문학동네의 임프린트입니다.